Der Götterwanderer

Band II

Ein Mittelalter-Fantasy-Roman
von Andrea Rohn

Alle Rechte der Verarbeitung vorbehalten, auch durch Funk, Fernsehen und sonstige heute bekannten und zukünftigen Kommunikationsmittel, fotomechanische und vertonte Wiedergabe, sowie des auszugsweisen Nachdrucks.

Titelfoto: Pixabay

© 2021, Andrea Rohn
Herstellung und Verlag: BoD – Books on Demand, Norderstedt
ISBN: 9783753439136

Inhaltsverzeichnis

Personenverzeichnis

Adalar von Matricaria: Sohn und Erbe des Grafen Irinäus von Matricaria, Bruder von Catandra und Dilar, 15 Sommer alt; Gott des Windes

Alda (Welle): Pony von Fanai

Athanasius von Karelien: Sohn des Barons Dekert und der Baronin Bianca, 2 Sommer alt

Basilius: neuer Wächter auf der Burg

Bianca Isabella Lucia Baronin von Karelien: zweite Gemahlin des Barons Dekert, Mutter von Romuald, Euphemia, Leana, Desiderius, Athanasius und Ermelinde

Bodart: Schmied auf der Burg

Cameron, Sir: Sohn des Magiers Rell-Peras, Bruder von Luciano Da'Simh, Shira Leora und Eivin

Catandra (Vogelgesang) **von Matricaria:** Tochter des Grafen Irinäus von Matricaria, Schwester von Adalar und Dilar, 12 Sommer alt; Göttin der Erde

Dekert Baron von Karelien: Mann von Baronin Bianca, Vater von Drutmar, Ebermut, Fortan, Romuald, Euphemia, Leana, Desiderius, Athanasius und Ermelinde

Desiderius von Karelien: Sohn des Barons Dekert und der Baronin Bianca, 4 Sommer alt

Dilar von Matricaria: Sohn des Grafen Irinäus von Matricaria, Bruder von Catandra und Adalar, 14 Sommer alt; Gott des Wassers

Personenverzeichnis

Drutmar von Karelien: Sohn des Barons Dekert und seiner ersten, verstorbenen Frau, 22 Sommer alt

Ebermut von Karelien: Sohn des Barons Dekert und seiner ersten, verstorbenen Frau, 20 Sommer alt

Eivin: Sohn des Magiers Rell-Peras, Bruder von Cameron, Luciano Da'Simh und Shira Leora; leiblicher Bruder von Baronin Bianca

Ermelinde von Karelien: Tochter des Barons Dekert und der Baronin Bianca, ½ Sommer alt

Euphemia von Karelien: Tochter des Barons Dekert und der Baronin Bianca, 12 Sommer alt

Fanai/Fortan: Sohn des Barons Dekert und der Magd Karelena, 17 Sommer alt

Hilarius: neuer Wächter auf der Burg

Jolar tu-Jas-Joklas: Magier, Heiler, Großkönig von Glendalach

Karelena: Heilerin auf der Burg derer von Karelien, Mutter von Fortan/Fanai

Kallistus: neuer Wächter auf der Burg

Kastehelmi (Tautropfen): Regenbogenschlange / Meerjungfrau, Freundin des Wassergottes

Kirtan (Lied): Einhorn, Freundin und Reittier der Erdgöttin

Personenverzeichnis

Leana von Karelien: Tochter des Barons Dekert und der Baronin Bianca, 5 Sommer alt

Lung (Wind): Drache, Freund und Reittier des Windgottes

Marzellus, Sir: Leibwächter des Barons Dekert; Lehrer von Fanai

Master Da'Simh, Luciano: Sohn des Magiers Rell-Peras, Bruder von Cameron, Shira Leora und Eivin

Meinrad: neuer Wächter auf der Burg

Notker: Heiler auf der Burg

Rabanus, Sir: Leibwächter des Barons Dekert; Lehrer von Fanai

Rell-Peras, Sir: Magier, Großmeister des *Ordens der Ritter von den Elementen*, Vater von Cameron, Shira Leora, Luciano Da'Simh und Eivin

Romuald von Karelien: Sohn des Barons Dekert und der Baronin Bianca, 15 Sommer alt

Shira Leora (Lied des Lichts): Tochter des Magiers Rell-Peras, Schwester von Cameron, Luciano Da'Simh und Eivin

Für meine Eltern

13. Kapitel: Catandras magische Begegnung

„Ich habe Angst", flüsterte Catandra mir zu, als wir die Lichtung betraten. Ihre kleine kalte Hand wanderte wie selbstverständlich in meine nicht minder eisige.

„Das brauchst du nicht", versuchte ich ihr Mut zuzusprechen, dabei erging es mir nicht anders als dem Mädchen. Nur war der Grund meiner Angst ein ganz anderer als der ihre.

Schon auf dem Weg hierher hatte ich darüber gegrübelt, welche Veränderungen unser heimlicher Aufbruch nach sich ziehen würde. Ganz abgesehen davon, dass der Baron alles andere als begeistert davon sein würde, dass ich ihm bereits das zweite Druckmittel entführte. Aber meine Gedanken gingen in eine ganz andere Richtung. *„Welchen Preis werde ich dafür bezahlen, dass ich sie in den Wald bringe? Ich hoffe nur, dass ich nicht ein zweites Mal beinahe sterben muss. Würde es mir auch diesmal gelingen, dass das Kind sich in eine Göttin verwandelt und seiner Bestimmung folgt? Welches Wesen erwartet uns? Natürlich hoffe ich auf ein ebenso Sympathisches wie die Meerjungfrau-Regenbogenschlange Kastehelmi. Aber wie auch immer das Geschöpf aussehen wird, Catandra wird sich ihm anschließen. Ich hoffe nur, dass sie stark genug für den so weitreichenden Schritt der Verwandlung sein wird."*

„Aber du hast selbst gesagt, dass du nicht weißt, welches magische Geschöpf uns hier erwartet. Vielleicht sieht es zum Fürchten aus ..." Noch während sie sprach, kuschelte sie sich an mich. An ein Weitergehen war nicht mehr zu denken. Nichts war mehr von dem aufgeregt plappernden Mädchen geblieben, das mich mit Fragen gelöchert hatte, seit wir die Burg vor zwei Tagen in aller Frühe verlassen hatten.

Ich schluckte ein paar Mal, um mich zu sammeln. Mein Blick streifte kurz über das knöchelhohe Gras und den kleinen, glasklaren Teich im Zentrum der Lichtung. „Ich glaube nicht, dass uns ein Ungeheuer erwartet, meine Kleine. Eine solche Schönheit wie dich kann sich nur ein Wesen des Lichts zur Freundin wählen." Mit

11

diesen Worten versuchte ich, auch meine Befürchtungen hinwegzufegen. Es war schließlich nicht das erste Mal, dass ich einen Menschen zu einem magischen Geschöpf führte. Vielleicht würde sich meine Aufregung legen, sobald ich wüsste, was mich erwartete. Der Traum der letzten Nacht war zwar eindringlich gewesen, hatte mir aber nichts in Bezug auf die Art der Begegnung offenbart. Wäre ich nicht schon durch meine Reise mit Dilar vertraut mit dem Ablauf gewesen, hätte ich mich niemals der Forderung, mit dem Mädchen ins Ungewisse aufzubrechen, gebeugt.

Erst jetzt fiel mir auf, dass ich den Arm um die Schultern der kleinen Gestalt neben mir gelegt hatte. Diese Geste konnte nur meiner Aufregung geschuldet sein. Viel wichtiger als mich weiter damit zu befassen, schien mir die Umgebung im Auge zu behalten. Die dunklen Schatten der uralten Bäume machten es mir nicht gerade leicht außerhalb der sonnenbeschienenen Lichtung etwas im Dickicht des Waldes zu erkennen. Hätte ich wenigstens eine Ahnung gehabt, welche Farbe das Wesen hatte, das uns ganz sicher schon länger beobachtete. Es wäre leichter gewesen, meinen Blick gezielt schweifen zu lassen und darauf auszurichten. Solange ich allerdings im wahrsten Sinn des Wortes im Dunkeln forschte, war ich angespannt.

Wer von uns beiden mehr zitterte, war unmöglich zu sagen. Ich für meinen Teil konnte nur mit Mühe, abgesehen von dieser Eigenmächtigkeit meines Körpers, zumindest nach außen hin ruhig bleiben. Das Herz raste und der Puls schien bis zum Hals zu klopfen. Ich schwitzte, obwohl die Luft noch recht kühl war. Hin und wieder überlief mich ein kalter Schauer, wenn ich glaubte, im Augenwinkel eine Bewegung wahrgenommen zu haben. Sah ich genauer hin, musste ich feststellen, dass meine Fantasie mir einen Streich gespielt hatte. Entweder es gab nichts, was sich regen konnte oder ein kleiner harmloser Vogel war durch die Äste gehüpft. Jedes Mal atmete ich erleichtert auf, um dann umso genauer die Ränder der Lichtung abzusuchen.

„Glaubst du, es kommt noch?", flüsternd unterbrach Catandra nach einer gefühlten Ewigkeit die Stille.

Es war seltsam, dass es keinerlei Geräusche mehr gegeben hatte, seit wir die baumfreie Fläche betreten hatten. Kein Vogel sang, kein Frosch quakte, kein Insekt summte. Selbst der Wind, der uns mitsamt der üblichen Waldgeräusche bis hierher begleitet hatte, war verstummt.

„Es lässt uns ganz schön warten", stimmte ich ihr zu, nachdem ich mich geräuspert hatte. „Vielleicht ist es aber auch schon da und beobachtet uns, weil es genauso aufgeregt ist, wie wir. Sicherlich wird es sich gleich zeigen. Vielleicht hat es ja auch noch nie einen Menschen gesehen."

„Oder es möchte sicher sein, dass wir ihm nichts tun", ergänzte das Kind und sah mich mit einem erzwungenen Lächeln an. Sie versuchte so tapfer zu sein, doch das Beben in ihrer Stimme konnte sie nicht unterdrücken.

„Deshalb habe ich meine Waffen ja auch bei den Ponys zurückgelassen. Da wir nicht wissen, um welches Geschöpf es sich handelt, kann ich auch nicht ausschließen, dass es deren Geruch fürchten könnte."

Natürlich war ich mit meiner Entscheidung ein ziemliches Risiko eingegangen. Sollte das Wesen für einen von uns eine Gefahr darstellen, blieb mir nichts anderes übrig, als einen Ast zur Verteidigung einzusetzen. Inwieweit ein Stück Holz dazu geeignet wäre, konnte ich erst beurteilen, wenn ich wusste, wie mein Gegner aussah. Insgeheim hoffte ich jedoch, dass er friedliebend war und nicht allzu erschreckend aussah. Auf keinen Fall würde ich Catandra einer Bestie ausliefern. Was ich allerdings gegen sie unternehmen könnte, wenn sie darauf bestand, das Mädchen zu entführen, war mir noch nicht klar. Allein die Magie, mit der sie sicherlich – laut meiner Erfahrung mit Kastehelmi – ausgestattet war, würde wohl schon verhindern, dass ich überhaupt eine Chance hätte einzugreifen. Schon ein einfacher Erstarrungszauber würde mich zum Nichtstun verdammen.

Wieder verging eine endlos erscheinende Zeit, in der sich nicht viel veränderte. Außer dem Stand der Sonne am Himmel und den damit verbundenen kürzer werdenden Baumschatten war wohl die immer heller erstrahlende Wasserfläche vor uns das einzig Seltsame. Schon bald reflektierte der Teich die Strahlen dermaßen stark, dass Catandra sich nicht anders zu helfen wusste, als sich zu mir umzudrehen und ihr Gesichtchen gegen meine Brust zu drücken. Ich wandte den Kopf ab und kniff die Augen zusammen. Dann löste ich meine Hand von ihrer und hielt sie mir als zusätzlichen Schutz vor die Augen. Durch einen Spalt zwischen den Fingern suchte ich, noch immer den Waldrand nach einer Bewegung ab. Allerdings erging es mir dabei nicht besser als dem Kind. Die Spiegelung des Wassers blendete mich derart, dass ich aufgab und die schmerzenden Augen schloss. Mir blieb nichts anderes, als mich auf mein Gehör zu verlassen. Egal wie groß oder klein das Wesen auch war, ein Geräusch würde es wohl verursachen.

Aber es war dann doch kein Laut, kein knackender Zweig oder Rascheln von dürrem Laub, der mich auf die Anwesenheit eines fremden Lebewesens auf der Lichtung aufmerksam machte. Ein schwer zu beschreibendes Gefühl, als berührte mich ein Lufthauch in meinem Inneren, ließ mich die Augen wieder öffnen. Zunächst noch immer mit dem Schutz der Hand vor den Augen blinzelte ich durch die Finger. Zu meiner Freude hatte sich die Sonne entschieden, den Teich nicht mehr als Spiegel zu benutzen. Zwar glitzerte das Wasser noch immer, reflektierte aber nicht mehr so stark wie eben. Jetzt war die Lichtung nur noch in hellen Sonnenschein getaucht, wie zu dem Zeitpunkt, als wir sie betreten hatten.

Ich nahm die Hand herunter, öffnete die Augen ganz und suchte Grasfläche, Teich und Waldrand nach dem Geschöpf ab, das sich mir magisch angekündigt hatte. Aber da war nichts. Sollte ich mich getäuscht haben? Hatte ich mir die Berührung nur eingebildet?

„Ich kann es nicht sehen, aber spüren", flüsterte Catandra. Das Mädchen hatte sich von mir gelöst und starrte einen Busch zu unserer Linken an. Da der mit weißen Blüten übersäte Holunderbaum nur etwa drei Pferdelängen entfernt wuchs, musste es sich um ein vergleichsweise kleines Wesen handeln, das sich dort versteckte. Trotzdem fühlte ich mich nicht erleichtert. Selbst ein nur menschengroßes magisches Geschöpf konnte gefährlich sein.

14

Während ich noch überlegte, was ich tun konnte, wenn sich das Wesen als angriffslustiger Zwerg oder hinterlistiger Kobold erweisen sollte, machte Catandra einige zögerliche Schritte auf den Busch zu.

„Warte, Kind! Noch wissen wir nicht ..." Meine Mahnung wurde von dem Erscheinen einer Kreatur unterbrochen, die mich völlig in ihren Bann zog. Vor Erstaunen vergaß ich ganz, dem Mädchen zu folgen. Ja sogar meine nach ihr ausgestreckte Hand erstarrte in der Bewegung.

Der Holunder schien sich zu teilen und heraus trat ein weiß und braun geschecktes Pferd. Kaum aber war dieser Gedanke in meinem Kopf aufgetaucht, musste ich ihn auch schon wieder berichtigen. Das Tier, hinter dem sich die Zweige wieder schlossen, hatte zwar das Haupt und den Körper eines Pferdes, aber die Beine einer Antilope, den Schweif eines Löwen und den Bart eines Ziegenbocks. Das markanteste aber war das lange, spitze, gedrehte Horn, das dem Tier aus der Mitte der Stirn herauswuchs.

„Ein Einhorn!", rief Catandra glücklich und zugleich erstaunt aus. Zu meiner Erleichterung war sie stehen geblieben, streckte aber in einer Geste der Zuneigung ihre Hand nach dem Wundertier aus.

„Nicht, Catandra! Wir wissen nicht, ob es uns freundlich gesinnt ist", warnte ich, trat mit zwei schnellen Schritten schützend vor das Kind. Wenn ich auch keine Waffe besaß, so musste ich wenigstens verhindern, dass Catandra dem Einhorn zu nahe kam. „Das Horn ist eine fürchterliche Waffe, vor allem da das Einhorn ein ungestümes und streitbares Tier ist. Ausgewachsene Einhörner verteidigen ihr Herrschaftsgebiet in blinder Wut. Selbst die gefährlichsten Raubtiere nehmen Reißaus vor ihm." Ich sagte ganz unwillkürlich auf, was ich über diese Geschöpfe gehört hatte.

„Aber mir tut es ganz bestimmt nichts. Ich bin eine Jungfrau und deshalb wird es mir seine Zuneigung schenken." Das Mädchen schlüpfte unter meinem Arm hindurch. „Wenn du so viel über Einhörner zu wissen glaubst, sollte dir auch bekannt sein, dass Einhörner ihren Kopf in den Schoß einer Jungfrau legen und sich dann sogar das Horn abschneiden lassen."

Für einen Moment war ich sprachlos. Das Wissen des Kindes

überraschte mich derart, dass ich ihre nächste Eigenmächtigkeit nicht verhindern konnte. Catandra huschte die wenigen Schritte auf das magische Wesen zu und stellte sich seitlich neben es. Ohne zu zögern umschlossen ihre beiden Arme den Hals des Tieres, bevor sie ihr Gesichtchen in dessen Mähne vergrub.

Das Einhorn schnaubte wie ein Pferd, wenn es sich besonders wohl fühlt. Scheinbar schien es diese überfallartige Liebesbezeugung zu genießen. Trotzdem konnte es meine Zweifel an seiner Ungefährlichkeit für Catandra nicht ganz ausräumen. Anhand meiner Erfahrung mit Pferden wusste ich, wie schnell aus einem gerade noch ruhigen Tier eine unberechenbar tobende Bestie werden konnte. Falls diese magische Kreatur genauso schreckhaft war, konnte bereits ein aus dem Gebüsch aufsteigendes Vögelchen diese Verwandlung bewirken. Daher entschloss ich mich, das Mädchen aus der Gefahrenzone zu ziehen. Aber schon mein erster Schritt in diese Richtung löste bei dem Einhorn Unwillen aus. Aus dem behaglichen Schnauben wurde ein mürrisches. Außerdem hob es einen Vorderhuf leicht an. Die hellblauen Augen verengten sich zu Schlitzen, während ich ein Blitzen in ihnen zu erkennen glaubte. Seine eben noch auf das Kind gerichtete Aufmerksamkeit galt nun ganz und gar mir. Um Catandra nicht zu gefährden, blieb ich sofort stehen.

„Ich will deiner kleinen Freundin nichts tun", versuchte ich das Einhorn zu beruhigen. „Schließlich habe ich dafür gesorgt, dass sie unbeschadet hierher gelangt ist." Jede winzigste Veränderung am Verhalten des Tieres im Auge behaltend, flüsterte ich Catandra zu: „Lass das Einhorn los und komm langsam zu mir herüber! Es sieht ganz so aus, als wenn dein Schoßtier sich gleich in ein Ungeheuer verwandelt."

Die einzige Antwort des Mädchens bestand darin, dass sie mir ihr Gesicht zudrehte und den Kopf schüttelte. Störrisch zog sie ihre Lippen in den Mund und kniff ihre Augen zusammen.

Es gefiel mir gar nicht, zu welchem Winkelzug mich die kleine Göre dadurch zwang. Ich müsste blitzschnell handeln, ohne dass Catandra die Chance hatte noch im unmittelbaren Umkreis des magischen Wesens aufzuschreien. Allein diese Handlungsweise des

Kindes konnte unser beider Leben gefährden. Schnell durchdachte ich die Möglichkeiten, stellte dann aber fest, dass nur eines infrage kam.

Im Geiste sah ich mich mit zwei großen, raschen Schritten die Entfernung zu dem Mädchen überwinden, wobei ich darauf achtete außerhalb der Reichweite des spitzen, gedrehten Horns zu bleiben. Sobald ich hinter dem Kind stand, löste ich seine Arme mit dem rechten Verhältnis von Kraft und Feingefühl vom Hals des Einhorns. Dann warf ich mir das überraschte Kind über die Schulter und brachte einen Sicherheitsabstand zwischen uns und das Tier. Das kleine Biest ließ mich nur im ersten Augenblick gewähren, bevor es sich mit Händen und Füßen wehrte. Bis es soweit war, hatte ich sie aus der unmittelbaren Nähe ihres Schoßtieres gebracht. Mit viel Glück schaffte ich es mit meiner Last noch bis hinter einen dicken Baum.

Soviel zur Theorie. Die Praxis gestaltete sich aber weitaus schwieriger. Als könne das Einhorn meine Gedanken lesen, schüttelte es, noch bevor ich auch nur einen Schritt gemacht hatte, seine weiße Mähne. Catandra öffnete zwar daraufhin ihre Arme, blieb aber weiterhin dicht neben dem Wunderwesen stehen. Ich bildete mir ein, dass auch ihre himmelblauen Augen mich anblitzten. Was ich mir allerdings nicht einredete war, dass beide gleichzeitig mit dem linken Fuß beziehungsweise Huf aufstampften. Die Warnung war zwar deutlich, allerdings konnte ich darauf keine Rücksicht nehmen. Meine Aufgabe war, das Mädchen zu beschützen, wenn es sein musste, auch vor sich selbst. Wie konnte die kleine Göre nur die Gefahr, in der sie schwebte derart ignorieren?

„Catandra, ich bitte dich: Komm sofort zu mir, ehe dir etwas passiert. Ich bin schließlich für dich verantwortlich. Was soll ich Adalar sagen, wenn …"

„Ich bin nicht in Gefahr!", erwiderte sie trotzig. „*Kirtan*[1] wird mir nichts tun. Sie ist ein Teil von mir."

„Du redest Unsinn!" Jetzt war sie auch noch verwirrt vor lauter Zuneigung zu dem Geschöpf. Ich musste sofort handeln.

---

[1] Kirtan = Lied

Noch während ich das letzte Wort aussprach, machte ich einen schnellen Ausfallschritt nach links und einen weiteren auf Catandra zu. Weiter kam ich allerdings nicht mehr. Auch das Einhorn hatte sich bewegt, allerdings schneller, als ich es je bei einem Pferd erlebt hatte. Es blockierte nicht nur den Weg zu dem Mädchen, sondern stellte jetzt für mich eine ernstliche Gefahr dar. Den Kopf mit dem schwertlangen Horn in meine Richtung gesenkt, scharrte es mit dem linken Vorderhuf und rollte mit den Augen.

Im letzten Moment erkannte ich, was passieren würde, sollte ich auf meinem Vorhaben bestehen. Mit meinem nächsten Schritt hätte ich mir unweigerlich das Horn in die Brust gerammt. Mir blieb nichts anderes, als mich seitwärts zu Boden zu werfen, da mein Schwung einen schnellen Rückzug unmöglich machte.

Leider erwies sich der vermeintlich weiche Grasteppich als trügerisch. Ich war auf einen Ast getreten, der unter meinem linken Fuß wegrutschte. Sogleich machte mein Knöchel unsanfte Bekanntschaft mit dem steindurchsetzten Erdreich. Gleichzeitig prallte meine Schulter genau auf einen versunkenen Stein. Vor Schmerz und Wut schrie ich auf.

Ja, ich war wütend, weil ich mich selbst gerade in eine äußerst gefährliche Lage gebracht hatte. Sollten Schulter und Knöchel auch nur geprellt sein, würden beide Verletzungen es mir unmöglich machen, mich schnell aus der Reichweite des Horns zu rollen.

Mein noch im Stürzen gefasster schöner Plan zersprang wie ein fallen gelassener Spiegel und zerstreute seine Einzelteile unübersehbar auf der Lichtung.

So schnell die Wut gekommen war, so schnell verpuffte sie wieder, als mir bewusst wurde, dass ich nie eine Chance gegen die Geschwindigkeit der magischen Kreatur vor mir gehabt hatte. Die gedrehte Spitze ihres Horns befand sich nur eine Fingerspitze entfernt von meiner Stirn.

Ich schloss die Augen und hielt für einen Moment die Luft an. Dann wagte ich einen tiefen Atemzug. Meine Gedanken überschlugen sich, verknoteten sich zu einem Wirrwarr und lösten sich plötzlich in nichts auf. Seltsamerweise wurde ich ganz ruhig in der Gewissheit des Unabänderlichen. Mein Atem blieb tief und genauso gleichmäßig wie mein Herzschlag.

Die Geräusche in meiner Nähe schienen mir lauter und klarer. Im Holunder sang ein Vogel mein Abschiedslied von dieser Welt. Der Atem Kirtans strich wie ein sanfter Windhauch über mein Antlitz. Wäre sie ein Pferd gewesen, hätte dieses Streicheln mir die Gewissheit vermittelt, dass alles in Ordnung war. Fast hätte ich mich von der Idylle täuschen lassen. Aber als ich die Augen öffnete, blickte ich in die Wirklichkeit. Die Spitze des Horns wanderte gerade ein Stück tiefer. Eigentlich hätte es mich beunruhigen müssen, wie wenig Abstand noch immer zwischen ihr und meinem Gesicht lag. Aber ich empfand keine Angst. Ich sah nur diese wunderschönen himmelblauen Augen. Die Farbe füllte meinen Geist vollständig aus. Ein Gefühl der Geborgenheit und Leichtigkeit hüllte mich ein.

Die Bewegung des Horns stoppte über der Halsgrube. Gleichzeitig schloss das magische Wesen kurz seine Augen. Ich rechnete fest damit, dass es nun mit seiner gefürchteten Waffe zustoßen würde.

Plötzlich öffnete es die Augen mit einem erschrockenen Gesichtsausdruck. Anschließend wich es einige Schritte zurück, hob erst dann den Kopf und starrte auf den Weg, der auf die Lichtung führte. Seine Ohren bewegten sich nervös, wobei es wütend schnaubte.

„Drutmar!" Catandras Stimme war zwar nur ein Flüstern, aber sie hallte in meinem Kopf wie ein Hilfeschrei wieder.

Wie ich trotz meiner Verletzungen so schnell auf die Beine kam, weiß ich nicht. Wenn dieser Drecksack das Einhorn sähe, würde er es zur Strecke bringen wollen. Das musste ich unbedingt verhindern. Mir war vollkommen gleichgültig, dass ich eben selbst noch in Lebensgefahr geschwebt hatte. Dieses magische Wesen war für Catandra bedeutsam. Jetzt war nur wichtig, dass weder dem Einhorn, noch dem Mädchen etwas geschah.

In diesem Augenblick bedauerte ich es, meinen bei den Pferden zurückgelassen Bogen nicht einsetzen zu können. Mit einem gezielten Schuss hätte ich diesem Mistkerl eine ihn kampfunfähig machende Verletzung beibringen können. Dies hätte mir die

Gelegenheit gegeben, die pferdeähnliche Kreatur und das Kind in Sicherheit zu bringen. Wie ich das hätte bewerkstelligen können, wusste ich zwar nicht, da diese Möglichkeit ja ohnehin ausschied.

Ich sah mich nach einem Ast um, den ich als Waffe benutzen konnte. Gegen ein Schwert würde er zwar nichts nützen, aber wenn ich ihm zuvorkäme und ihn daran hindern konnte es zu ziehen, hätte ich zumindest eine Chance ihn zu verprügeln. Vielleicht könnte ich ihn sogar entwaffnen.

Doch er hielt das Schwert bereits in der Hand. Hätte ich meinen Schlangenzahndolch bei mir getragen, hätte ich ihn werfen können. Es wäre zwar nicht leicht gewesen, Drutmar auf dem sich zwischen den Bäumen durchschlängelnden Weg zu treffen, jedoch einen Versuch wert. Aber aus Rücksicht auf das magische Geschöpf hatte ich auch diese metallfreie Waffe in der Satteltasche bei den Pferden gelassen. Da ich nur wenig Erfahrung mit Wesen aus der Anderswelt hatte, war es mir so besser erschienen.

„Flieht!", wandte ich mich an Catandra und das Einhorn. „Ich versuche ihn aufzuhalten."

„Nein, wir bleiben hier!", widersprach die kleine Göre mir doch glatt. „Nimm den Stock!"

Ich hatte gar nicht gesehen, woher sie den völlig geraden Ast, der etwa so dick wie ihr Handgelenk war, genommen hatte. Er war in etwa schwertlang und an einem Ende zugespitzt.

In Ermangelung einer anderen Waffe nahm ich ihn, der sich seltsam leicht für ein Holzstück dieser Länge anfühlte. Außerdem lag er so gut wie ein Schwert in der Hand, jedenfalls wie ein Holzschwert. Mit einer Stahlwaffe hatte ich noch nie gekämpft. Abgesehen davon, dass mein Stand es mir nicht erlaubte eine solche zu führen, hatte ich seit meinem fünfzehnten Lebenssekel Probleme etwas anzufassen was aus Metall bestand. Ich verbrannte mich daran. Selbst an Zaumzeug und Sattel meines Ponys hatte ich es durch andere Materialen ersetzt.

Mittlerweile hatte Drutmar die Hälfte des Weges zu uns zurückgelegt. Für mich wurde es Zeit ihm entgegen zu gehen. Ich wollte nicht riskieren, Catandra und Kirtan in die Kampfhandlungen einzubeziehen. Wie leicht könnte er sie verletzen oder das Mädchen gar als Schutzschild verwenden.

Mein Körper kribbelte vor Anspannung und meine Hände wurden feucht. Je näher ich ihm kam, desto mehr verkrampften sich meine Muskeln. Dadurch stellten sich die Schmerzen in Schulter und Fesselgelenk wieder ein und ich humpelte. Nichts von alledem konnte ich jetzt gebrauchen. Um gegen ihn zu bestehen, musste ich aufmerksam sein und mit allen Tricks rechnen. Den einen oder anderen Übungskampf zwischen ihm und Ebermut hatte ich heimlich beobachtet. Vor meinem inneren Auge erschienen Bilder von der Ausbildung meiner Halbbrüder durch den alten Waffenmeister. Aber auch die schmählichen Szenen, in denen ich gegen ihn antreten musste, tauchten dazwischen auf. Wie oft hatte er mit unfairen Methoden dafür gesorgt, dass ich, trotz der Holzschwerter, mit teilweise schweren Verletzungen einen solchen Kampf beenden musste.

Schade nur, dass ich heute kein Schwert gegen ihn führen konnte. Zwar hatte mir der neue Waffenmeister meines Vaters, Sir Rabanus, zunächst auch den Gebrauch eines Stocks als Waffe beigebracht, aber ich bezweifelte, dass ich genug Übung darin hatte. Es war, als habe er gewusst, dass ich mich an diesem Tag mit einem Holzstück gegen einen ausgebildeten Schwertkämpfer zur Wehr setzten musste. Jetzt bedauerte ich, dass ich nicht mehr Wert auf diese Kampfart gelegt hatte. Der ein oder andere Kniff würde mir jetzt zugutekommen. Aber er hatte ja darauf bestanden, mich die Schwertkunst zu lehren. Auch hierin war Rabanus ein strenger, aber gerechter Lehrmeister gewesen. Er und Marzellus hatten mir in einem Übungskampf mit scharfen Waffen gezeigt, welche Fähigkeiten ein Meister erlangen konnte, sofern er hart an sich arbeitete. Marzellus hatte auch darauf bestanden, vor jeder Waffenübung zu meditieren. Zunächst hatte ich es als Zeitverschwendung abgetan. Nachdem ich aber gemerkt hatte, dass ich mich dadurch besser sammeln und zentrieren konnte, war ich mit einer ganz anderen Einstellung dazu bereit gewesen.

Abgelenkt durch meine Gedanken, war ich zu einer Stelle des

Pfades gelangt, an der er sich etwas verbreiterte. Hier war der ideale Platz, um Drutmar zu erwarten. Auch das hatte mir Sir Rabanus beigebracht: Suche dir den besten Ort aus, ehe dein Gegner dir zuvorkommt!

Nur wenige Atemzüge später erreichte auch Drutmar diese nur katengroße Fläche. Er trug ein überhebliches Grinsen im Gesicht, für das allein ich ihn schon gern herausgefordert hätte.

„Mein hinkender Bastard-Bruder will also den großen Beschützer spielen", versuchte er mich in Rage zu bringen. Noch während er sprach, nahm er sein Schwert hoch und lehnte die Breitseite der Klinge gegen seine Schulter. Seine lässige Art mit dieser scharfen Waffe umzugehen und seine beleidigenden Worte waren nichts Neues für mich. Es gehörte für ihn schon zur Strategie, seine Widersacher damit zu einem Fehler zu verleiten.

Sir Rabanus hatte mich damit auch herauszufordern versucht. Dank Marzellus Vorbereitungen und den Meditationen war es mir immer leichter gefallen nicht auf dieses Taktik einzugehen. Er hatte mir erklärt, dass ich, sollte ich darauf eingehen, genau in die Falle meines Gegners tappen würde. Stattdessen sollte ich mich auf die kleinsten Veränderungen in der Haltung meines Gegenspielers achtgeben. Mit seinem geschulten Blick hatte er Drutmars Bewegungen voraussagen können. Durch seine Erklärungen über die kleinen Zeichen, anhand der er das Gebaren meines Halbbruder erkennen und daraus schließen konnte, was er vorhatte und wann er wie kontern würde, bekam auch ich einen Blick dafür. Stets hatte Sir Marzellus es so eingerichtet, dass ich bei den Waffenübungen meiner Brüder in der Nähe war. So konnte ich sie heimlich beobachten, ohne Verdacht zu erregen. Jetzt sollten mir diese Erkenntnisse zugutekommen.

Da ich auf Drutmars erste Herausforderung nicht eingegangen war, versuchte er es erneut. „Was für eine gefährliche Waffe hast du dir da ausgesucht. Siehst du, wie ich zittere?" An seiner Haltung hatte sich genauso wenig geändert wie an der meinen.

Auch ich hielt meinen Ast in einer scheinbar lässigen Geste in der Hand. Dabei tat ich so, als betrachtete ich das dichte Laub des Unterholzes, welches den Platz umgab. In Wirklichkeit behielt ich dieses aufgeblasene Miststück ständig im Blick. Leider konnte ich meinen Halbbruder nicht so herablassend angrinsen, wie er es mir gegenüber tat. Dafür fehlte es mir noch an Übung. Außerdem war ich mir meiner Kampfkunst nicht so sicher, schließlich hatte ich nicht die Möglichkeit gehabt, sekelslang mit einem Waffenmeister meine Fähigkeiten zu verbessern. Die wenigen Kerzenstriche in den letzten Wochen hatten gerade einmal dazu ausgereicht, mir ein Gefühl für Dolch und Schwert und deren Einsatzweisen zu geben. Wenn Marzellus mir auch eine schnelle Auffassungsgabe bescheinigte, war mir bewusst, dass ich noch ganz am Anfang stand.

„Jetzt ist der Herr auch noch zu eingebildet, um sich mit mir zu unterhalten. Glaubst du, nur weil die kleine Dirne einen Narren an dir gefressen hat und dich anhimmelt, bist du etwas Besseres? Es ist an der Zeit, dir zu zeigen, wo du hingehörst." Seine überheblichen Worte ließen mich die Zähne aufeinanderbeißen, denn ich wusste, dass es ihn unvorsichtiger machen würde, wenn ich schwieg. Trotzdem war ich überrascht, als er, noch während er sprach, den Kampf eröffnete.

Mit wenigen Schritten hatte er sich mir soweit genähert, dass er sein Schwert gegen mich einsetzen konnte. Dass sein gegen meinen rechten Arm geführter Streich nur die Luft zerschnitt, war meinen Reflexen geschuldet. Ich war ihm, ohne auch nur an Verteidigung zu denken, einfach ausgewichen. Diese Taktik konnte ich zu meinem Leidwesen bei dem nächsten Angriff nicht mehr anwenden. Wie ich es gelernt hatte, versuchte ich ihm mithilfe des Stocks die Waffe aus der Hand zu prellen. Leider war er darauf vorbereitet und bedrängte mich mit einigen schnellen Hieben, die mir keine Zeit zum Angriff ließen. Immer wieder traf die Klinge meinen Ast, ohne diesen, wie wir beide mit erstaunten Blicken feststellten, auch nur anzukratzen.

Während er seine Taktik, meinen Stock zerhacken zu wollen und mich somit zu entwaffnen, beibehielt, versuchte ich, meine Waffe auf eine andere Art zu führen. Wenn der Ast wirklich so hart war, wie er sich bisher erwiesen hatte, konnte ich ihn genauso gut wie ein Schwert einsetzen. Mir war noch nicht ganz klar, ob ich Drutmar mit dem runden Holz irgendwie verletzten konnte oder ob ich dafür die

Spitze einsetzen musste. Vorerst hatte ich ohnehin genug damit zu tun, seine hageldichten Streiche abzuwehren.

Dass er mich von meinem gewählten Kampfplatz herunter auf den Weg in Richtung der Lichtung getrieben hatte, bemerkte ich erst, als ich mit einem Fuß in den Schlamm am Teichufer geriet. Ich rutschte zwar aus und musste daraufhin mit meinem Gleichgewicht kämpfen, dafür entging ich aber einem Streich, der mich schwer verwundet hätte.

Mit meinem nächsten Schritt tauchte ich meinen linken Fuß ungewollt bis über den Knöcheln ins Wasser. Zu meinem Glück war das Ufer seicht, sodass ich Halt im Schlick fand, während ich diesmal mit dem rechten Stiefel ausglitt. Wieder rettete mich die Bewegung vor einer Schwertwunde. Andererseits sog sich nun auch mein zweiter Stiefel voll Wasser, da ich auch mit diesem in den Tümpel trat.

Drutmar hielt so lange mit seinen Schlägen inne, bis er eine erneute Beleidigung ausgesprochen hatte. „Mòr-Thubaist[2], hätte deine Schlampe von Mutter dich nennen sollen. Würde besser zu dir passen als Fortan. Was für ein Glück solltest du in deinem jämmerlichen Leben schon gehabt haben? Aber vielleicht hat dich die kleine Hure ja rangelassen. Wäre zwar schade, denn ich hätte sie gern als Erster …"

Jeder andere hätte damit gerechnet, dass er seinen Satz beendete, aber ich hatte am Zucken seiner Augenlider bemerkt, dass er einen erneuten Vorstoß wagen würde. Seinen auf meine linke Seite gezielten Schlag parierte ich mit dem Knüppel, bevor ich zur anderen Seite auswich und wieder ans trockene Ufer sprang. Verwundert stellte ich fest, dass mein linker Knöchel nicht mehr schmerzte. Dies schrieb ich dem eiskalten Wasser zu, das wohl eine betäubende Wirkung erzielt hatte. Dafür spürte ich meine Schulter umso mehr. Außerdem begann mein rechter Arm vom Abfangen der kraftvollen Schläge lahm zu werden. Ich musste den Kampf schnellstens beenden, bevor ich die Waffe nicht mehr zu halten vermochte. Den Trumpf sie in die linke Hand zu wechseln, konnte ich aufgrund

---

[2] Mòr-Thubaist = Desaster

meiner Schulterverletzung ja nicht nutzen. Zwar hätte ich aufgrund meiner fehlenden Durchhaltekraft ohnehin bald aufgeben müssen, allerdings hätte ich dadurch noch etwas Zeit gewonnen.

Meine Gedanken rasten, während ich dem nächsten Hieb Drutmars auswich. Er versuchte, mich wieder in den Tümpel zu treiben. Wahrscheinlich rechnete er damit, dass der Boden sich nicht gleichmäßig absenken würde. Sollte dem so sein, würde ich zumindest ins Straucheln geraten, was ihm die Gelegenheit bot, mir einen tödlichen Stoß zu versetzen. Zum Leidwesen meines Gegners wich ich aber in Richtung Catandras und Kirtans aus. Als aber aus dem enttäuschten Gesichtsausdruck des um Atem ringenden Drutmars wieder die überhebliche Fratze wurde, die ich von ihm gewohnt war, begriff ich meinen Fehler. Sollten wir zu nahe an das Mädchen herankommen, würde er es als Schutzschild missbrauchen. Was er mit dem Einhorn anstellen würde, wagte ich mir gar nicht erst vorzustellen.

„Göttin der Erde unternimm etwas!", rief ich in meiner Not aus. Dass ich damit eine Kettenreaktion auslöste, konnte ich ja nicht wissen.

Drutmar hielt mitten im Schlag inne und starrte auf einen Punkt hinter mir. Dann rannte er ganz unvermittelt los. Da ich die vermeintlich feige Flucht in Richtung des Pfades nicht als solche auslegte, sondern als geschickten Schachzug, setzte ich ihm sofort nach. Hätte ich mich doch umgedreht, bevor ich so überstürzt handelte!

„Vorsicht, Fanai!", rief mir Catandra mit Entsetzen in der Stimme zu. Im selben Augenblick stoppte Drutmar abrupt und drehte sich zu mir um. Ich war ihm zu nahe, um ihm ausweichen zu können, doch er hatte es gar nicht mehr auf mich abgesehen. Vor ihm war aus dem Nichts eine undurchdringliche Blätterwand gewachsen und hatte damit den Pfad verschlossen.

In seinem Gesicht zeigte sich die reinste Panik, als er seitwärts in den Wald einzudringen versuchte. Sofort schnellten auch dort Triebe aus dem Boden. Er konnte nicht mehr stoppen, prallte gegen eine Barriere aus jungen Bäumen und Rankpflanzen. Sein Schwung ließ ihn zurückfedern und gegen mich fallen. Dadurch machte ich einige Schritte rückwärts und stolperte gegen einen Baum.

Im nächsten Augenblick hörte ich Catandra aufschreien: „Nicht, Kirtan!"

Aber ihre Warnung kam zu spät. Das Einhorn kam mit gesenktem Kopf auf mich zugerast. Ich ließ den Stock fallen und schrie: „N-E-I-N!" Seine unheimliche Geschwindigkeit ließ jedoch eine Richtungsänderung nicht mehr zu. In dem Moment, als ich erkannte, was mich erwartete, war es auch schon zu spät.

Gleichzeitig mit meinem Aufschrei traf mich das Horn. Die Welt schien zu bersten, als diese spitze, gedrehte Waffe in meinen Bauch eindrang, meinen Leib durchbohrte und in dem mächtigen Stamm der alten Eiche hinter mir stecken blieb. Im nächsten Moment umfingen mich die dunklen sanften Arme des Vergessens.

Als ich zu mir kam, blickte ich in die hellblauen Augen Kirtans. Sie erschienen mir kalt und starr wie Eis. Ein Schauer lief über meinen ganzen Körper, riss mich brutal in die Wirklichkeit zurück. Der Vogelgesang verstummte abrupt und die Luft gefror. Die eben noch sommerlich grüne Lichtung war von Raureif überzogen. Der Holunder hatte seine Blüten und Blätter abgeworfen. Seine Zweige ragten kahl in die Luft, eingeschlossen in das gefrorene Wasser.

Auch ich erstarrte. Der erste Atemzug, den ich in dieser winterlichen Umgebung tat, ließ meine Lunge fast erfrieren. Ich hatte das Gefühl, reines Eis einzuatmen. Trotzdem verspürte ich keinen Schmerz. Es war, als würde ich innerlich erstarren.

Erstaunt stellte ich fest, dass ich noch auf meinen Beinen stand, gehalten vom mich durchbohrenden Horn des magischen Tieres und einem Eispanzer, der sich um meinen Leib gelegt hatte.

Mit unheimlicher Willensanstrengung löste ich meine rechte Hand vom überreiften Baumstamm, während ich nur noch flach atmete. Eine gefühlte Ewigkeit verging, bis ich den Arm soweit gehoben hatte, dass es mir möglich gewesen wäre, meine Finger als Schutz vor der eisigen Luft vor die Nasenlöcher zu legen. Im letzten Augenblick entschied ich mich aber anders. Ich umfasste das Horn so fest ich konnte.

Es war, als hätte ich in unzählige Messerklingen gleichzeitig gegriffen. Jede Windung des Horns war so scharf, das sie tief in meine Haut schnitt. Blut floss aus ungezählten Wunden und tropfte auf die Nüstern Kirtans. Durch ihr Schnauben besprenkelte sie ihr Brustfell. Die wenigen Tropfen, die mich und den Baum erreichten, gefroren sogleich.

„Du kannst es nicht herausziehen", hörte ich eine weibliche Stimme in meinem Kopf. *„Es tut mir leid, dass wir in diese Lage geraten sind. Ich war mal wieder zu ungestüm."*

„Du kannst reden?", wollte ich laut fragen, brachte aber keinen Ton über meine Lippen, stattdessen dachte ich die Worte sehr angestrengt.

„Warum nicht?", kam auch prompt die gedachte Antwort zurück.

Wahrscheinlich wäre unsere Unterhaltung noch etwas weiter gegangen, wenn Drutmar sich nicht eingemischt hätte.

„Du scheinst also doch für etwas nütze zu sein, Fortan!", stellte er mit seiner unangenehmen Stimme fest. „Wenn du auch keine Jungfrau im üblichen Sinne bist und der Kopf dieses Biestes nicht in deinem Schoß liegt, so hast du es dennoch für mich in die perfekte Lage gebracht."

Mit Entsetzen stellte ich fest, dass er sein Schwert hob, um dem Einhorn damit den Kopf abzuschlagen. Wie gern hätte ich ihm jetzt meinen angespitzten Stock in seine dreckig grinsende Visage getrieben. Aber ich war zur Bewegungslosigkeit verdammt. Sollte ich wirklich mit ansehen müssen, wie das magische Wesen durch die Hand dieses Mistkerls starb?

„Göttin der Wälder, hilf Kirtan!", flehte ich flüsternd. Allein das war schon anstrengend genug aufgrund meiner Schwäche. Mein Blick war ganz unvermittelt auf Catandra gefallen, die sich vor meinen Augen in eine Frau verwandelte. Ihr schlanker Leib war in eines in allen Farben der Natur schimmerndes Gewand gehüllt. Ihre ausgestreckte Hand wies auf Drutmar, während sie nur ein Wort rief: „Truthahn!" Im selben Augenblick entfiel ihm sein Schwert. Ein entsetzter Gesichtsausdruck zeigte sich bei ihm. Dann wurde sein Körper in Nebel gehüllt, der sich spiralförmig drehend zu Boden senkte. Als er sich lichtete, erblickte ich statt meines verhassten Stiefbruders einen schwarzen Truthahn. Das Tier schien genauso erstaunt wie ich zu sein, denn für eine Weile starrten wir uns an.

„Hinfort mit dir!", befahl eine Frauenstimme in die Stille hinein. Sogleich kollerte der Puter los. Dann rannte er auf dem Pfad zurück in die Richtung, aus der er gekommen war. Inzwischen hatten sich die Ranken und behindernden Bäume wieder zurückgezogen.

„Und nun zu unserem eigentlichen Problem", meinte die Herrin der Wälder. Sie trat nahe an uns heran und löste meine Hand von dem Horn, dass ich noch immer umklammert hielt. Sogleich wuchs der Eispanzer von meinem Leib am Arm hinunter. Als das gefrorene Wasser die Fingerspitzen eingeschlossen hatte, stoppte die Blutung. Währenddessen legte die Göttin ihre Hände neben mir an den mächtigen Baumriesen und sagte zu ihm: „Öffne deine Rinde!"

Ich spürte, dass sich etwas in meinem Rücken bewegte. Da ich nun wieder gänzlich eingefroren war, konnte ich nicht einmal den Kopf drehen, um festzustellen, was sich da tat.

Mit den Worten: „Und nun tritt einige Schritte zurück und senke dein Haupt, Kirtan!", stellte die Göttin des Waldes sich neben das magische Geschöpf und sah mich mit einem entschlossenen Gesichtsausdruck an.

Das Einhorn gehorchte und kurz darauf lag ich, befreit von seiner gefährlichen Waffe, auf dem Boden. Ich hatte gar nicht bemerkt, wie es sein Horn aus meinem Leib gezogen hatte. Meine Augen hatten die ganze Zeit über eine Verbindung zu denen der Göttin gehalten.

Sie war so wunderschön. Das, was ich bei dem Kind Catandra erahnt hatte, war bei ihrer Verwandlung in die Göttin des Waldes in Erfüllung gegangen. Ein schöneres und geheimnisvolleres Wesen war mir noch nie begegnet.

„Wir sollten etwas gegen deine Verwundungen tun, Fanai. Kirtan kann diesen Frost nicht mehr lange aufrechterhalten."

Ihre Worte unterbrachen meine Schwärmerei. Ich hätte ewig so daliegen und sie ansehen können. Dem Zustand meines Körpers schenkte ich keine Beachtung, solange sie nur in meinem Blickfeld blieb.

„Das Mädchen Catandra war nur ein Kind gewesen, das es zu beschützen galt, in der Erwachsenen Catandra erblicke ich die Frau, der ich dienen kann. Niemals zuvor hätte ich mir vorstellen können, dass ich einmal solche Gedanken hegen würde. Ich bin zwar nichts weiter als der Bastard eines Barons, kann nicht mal besonders gut mit einer Waffe umgehen, aber ...“

Als sie diesmal mein Sinnieren abrupt beendete, tat sie es energisch. Sie bückte sich zu mir herunter, nahm mich auf ihre starken Arme und stieg in den Tümpel hinein. In der Mitte blieb sie stehen und ließ mich einfach fallen.

Die Eisschicht zersprang im selben Augenblick, in dem mein Körper die Wasseroberfläche berührte. Bevor mir klar wurde, was geschah, schloss sich das eisige Nass schon wieder über mir.

„Was tut Catandra – nein die Göttin der Wälder – mir jetzt wieder an? Will sie mich ertränken? Bin ich nun überflüssig, nachdem sie ihre wahre Gestalt wiedererlangt hat?“

Während mein Kopf mit diesen Gedanken beschäftigt war, kümmerte mein Körper sich darum, wieder an die Luft zu kommen. Entgegen meiner Befürchtungen gelang das leichter, als ich gedacht hatte. Der Tümpel war hier nur hüfttief. Ich hatte mich schneller erhoben, als mein Kopf das fassen konnte. Zwar noch etwas atemlos, dafür aber von sämtlichen Wunden genesen, musterte ich erstaunt meine triefende Körperhülle. Sogar die geprellte Schulter schmerzte nicht mehr.

„Wenn du deine Schönheit genug bewundert hast, wäre es nett von dir, wenn du zu uns ans Ufer kämst“, riss mich die Stimme der Göttin aus meiner Verblüffung.

Ich hatte gar nicht bemerkt, dass ich ganz allein in der Teichmitte stand. Sie saß im Damensitz auf dem Rücken des Einhorns und lächelte mich an. Kirtan hatte den Kopf leicht schräg gelegt und schien mich mit ihren himmelblauen Augen zu mustern.

Innerhalb der wenigen Augenblicke, die ich unter Wasser gewesen war, hatte sich der Raureif verzogen. Die gesamte Lichtung strahlte sommerlicher Wärme aus, die meinem nassen, durchgefrorenen Leib gut tat. Deshalb kam ich ihrer Aufforderung allzu gerne nach und watete ans Ufer. Dort allerdings wusste ich nicht so recht, was ich tun sollte.

Vor Verlegenheit lief ich rot an, konnte dennoch den Blick nicht von ihr abwenden. Ich fragte mich, wie man mit einer Göttin umgeht. Erwartete sie, dass ich mich vor ihr hinwarf? Würde sie es mir übel nehmen, dass ich sie ansah? Da sich meine Erfahrungen mit Göttern auf Dilar, Melar und Feular beschränkte, entschied ich mich dafür in eine – zugegeben nicht sehr elegante – Kniebeuge zu sinken. Was der eigentlich tiefen Ehrbezeugung die Feierlichkeit nahm, war, dass ich meinen Blick einfach nicht von ihr wenden konnte.

Die Göttin schien meine Verwirrung eher zu belustigen, als dass es sie erzürnte. „Steh endlich auf, Fanai! Es sieht seltsam aus, was du da tust." Sie begleitete ihre Aufforderung mit einer anmutigen Geste.

Sie immer noch anstarrend, erhob ich mich.

„Und nun wollen wir einmal dafür sorgen, dass du wieder ansehnlich wirst." Mit ihren Worten beschwor sie einen warmen Wind herauf, der mich innerhalb weniger Augenblicke trocknete. Anschließend machte sie eine sonderbare Handbewegung, die meine ganze Gestalt einschloss. Etwas zupfte an meiner Kleidung. Neugierig, was es war, riss ich meinen Blick von der Göttin los. Was ich dann zu sehen bekam, war zu fantastisch. Hunderte kleine geflügelte Wesen tanzten um mich herum und berührten meine Kleidung. Diese färbte sich nicht nur sogleich um, sondern verwandelte den groben Stoff in feines Linnen. Meine alten abgetragenen Schuhe verschwanden, um durch bequeme, strapazierfähige Lederstiefel ersetzt zu werden. Auch auf meinem Kopf machten sich die winzigen Geschöpfe zu schaffen. Sie kämmten meine Haare, schnippelten hier und da an ihnen herum und setzten mir schließlich ein grünes Filzkäppchen auf die neue Frisur. Dann verschwanden die fleißigen Helferlein so schnell, wie sie gekommen waren.

„Vielleicht sollte ich meine kindliche Gestalt wieder annehmen, damit du wieder zu dir kommst", brachte mich die Stimme der Göttin in die Wirklichkeit zurück. „Ich hoffe, dir gefällt dein neues Gewand. Uns, Kirtan und mir, jedenfalls sagt es eher zu, als das, was du vorher trugst. Jetzt sieht man erst, welch ansehnliche Gestalt du hast."

Noch während sie sprach, verwandelte sie sich wieder in das Mädchen Catandra, was mich dazu veranlasste, meinen Blick auf meine Fußspitzen zu richten. *Was ist nur mit mir los? Einer Göttin schaue ich tapfer ins Antlitz, aber das kleine Kind lässt mich nervös die Augen niederschlagen.*"

"Wir müssen uns bei dir entschuldigen, Fanai", begann Catandra und kaute verlegen auf ihrer Unterlippe.

Erstaunt, wieder die Kinderstimme zu hören, schaute ich auf. "Eine Göttin muss sich für gar nichts entschuldigen", wagte ich, wieder den Boden vor mir musternd, einzuwenden.

"Aber ein ungestümes Einhorn!", trumpfte Kirtan nun in meinen Gedanken auf und nickte mit dem Kopf.

Was war ich froh, dass ich seitlich von ihr stand und auch in angemessenem Abstand zu ihrem Horn. Ein zweites Mal wollte ich mit dieser gefährlichen Waffe keine Bekanntschaft machen. "Dann solltest du auch jetzt vorsichtig sein, wohin du dein Horn wendest", gab ich dem Einhorn zu bedenken, während ich in seine strahlendblauen Augen blickte.

"Oh, entschuldige!", war alles, was es dazu sagen konnte, schlug aber die Augen für einen Moment nieder. Als es sie wieder öffnete, glaubte ich einen Ausdruck von Trotz darin feststellen zu können. *"Du musst halt schneller zu Seite springen. Diese Fähigkeit solltest du dir noch beibringen lassen!"*

"Ehe ihr beiden euch noch streitet, möchte ich dir noch sagen, dass ich froh bin, dass du deine Bestimmung angenommen hast, Fanai", fuhr Catandra dazwischen.

Entgegen meiner sonstigen Zurückhaltung sah ich dem Mädchen ins Gesicht. "Es war mir eine Ehre, Euch dienen zu können."

"Eigentlich ist es an mir, dir für dein Opfer zu danken, welches weit über das hinausging, was ich von dir erwartet hätte können. Aber genug davon. Als Anerkennung möchte ich dir etwas schenken, was eines Helden wie dir würdig ist."

"Ich und ein Held? Was habe ich denn schon getan? Was ist daran heldenhaft, ein kleines Mädchen den Gefahren des Waldes auszusetzen? Fast hätte Kirtan wegen mir ihr Leben verloren und wenn du ... äh Ihr nicht die Göttin des Waldes wärt und eingegriffen hättet, als dieser Mistkerl von Drutmar ihr den Kopf abschlagen wollte ... Wer weiß, was er Euch angetan hätte."

„Fanai, spiele nicht herunter, was du erduldet hast! Ohne dein Opfer hätte ich nicht erlöst werden und meine Macht zurückerlangen können. Das sollte dir doch klar sein, seit du die Prophezeiung gelesen hast. Doch nun zu deinem Geschenk."

Catandra rutschte von Rücken des Einhorns herunter und landete dabei ganz undamenhaft fast auf ihrem Hinterteil. Im letzten Moment konnte sie das Gleichgewicht wiedererlangen, weil Kirtan einen Seitwärtsschritt machte und sie somit im Rücken Halt fand.

Da ich den Blick wieder abwendete, sah ich nicht, woher sie so plötzlich ein Schwertgehänge geholt hatte. Jedenfalls hielt sie es in einer Hand, als sie auf mich zu kam. In der anderen erkannte ich den ungewöhnlich harten Knüppel, mit dem ich gegen Drutmar gekämpft hatte.

„Was habt Ihr denn damit vor?" Mir fiel es immer noch schwer, dieses Kind mit der Göttin in Verbindung zu bringen.

„Halte still! Ich mache das auch nicht täglich. Wie bekommt ihr Menschen das nur so einfach hin?" Während sie das sagte, legte sie mir den Schwertgurt um. Vielmehr versuchte sie es.

„Darf ich Euch behilflich sein?", fragte ich sie, als ich merkte, dass sie es nicht schaffte, die hölzerne Schnalle zu schließen. „Aber Ihr wisst schon, dass es mir nicht zusteht, ein Schwert zu tragen?"

„Es ist keine gewöhnliche Waffe. Und, wie du unschwer erkennen kannst, ist es kein einfaches Schwert", belehrte sie mich, als ich den Gurt befestigt hatte und sie mir den Knüppel vor das Gesicht hielt.

Erst jetzt erkannte ich, dass der vermeintliche Ast das Horn eines Einhorns war. Wieso hatte ich es nicht gesehen, als ich die ungewöhnlich harte und mit den typischen Windungen versehene Waffe selbst in der Hand gehalten hatte? Vielleicht, weil ich nicht damit gerechnet hatte, dass ich mit etwas anderem als einem Stock würde kämpfen müssen?

„Knie nieder, Fanai, denn wenn du ein Schwert tragen willst, musst du zum Ritter geschlagen werden. So ist das doch im Reich der Menschen, oder?"

„Ihr seid Euch sicher, dass ...", wandte ich belustigt ein. Bisher hatte ich es für einen Scherz gehalten.

Augenblicklich wurde aus dem Kind wieder die Göttin. „Wenn du mich als Mädchen nicht ernst nimmst, tust du es vielleicht, wenn ich dir als Göttin der Erde erscheine. – Also, gehorchst du nun?" Aus dem gütigen Lächeln war eine strenge Miene geworden.

Da ich ihren Zorn nicht spüren wollte, tat ich was sie verlangte und sank auf ein Knie. Diesmal fiel es mir leicht, den Blick zu senken.

„Hiermit schlage ich dich zum Ritter der Elemente", sagte sie, berührte dabei kurz mit dem Horn erst meine linke, dann meine rechte Schulter. „Erhebe dich, Ritter Fanai!"

Ich war so verblüfft über das, was sie gesagt hatte, dass ich beinahe nicht mitbekommen hatte, dass sie mir das Horn auf den ausgestreckten Händen hinhielt.

„Willst du es nun oder nicht?", fragte sie etwas beleidigt.

„Natürlich, ... Göttin der Erde", stammelte ich, erhob mich und nahm ihr meine neue Waffe ab. Sicherheitshalber fasste ich sie nur am oberen Ende an, da ich mich nicht an den Windungen schneiden wollte.

„Du wirst dich nie wieder an einer magischen Waffe verletzen", kicherte Kirtan amüsiert in meinen Gedanken. *„Wer einmal im Teich durch die Göttin der Erde versenkt worden ist, braucht sich da keine Sorgen mehr zu machen. Aber an deiner Stelle würde ich mich weiterhin vor Metall hüten. Es ist nicht gut für Wesen wie dich."*

„Was meinst du damit?" Jetzt hatte sie mich doch neugierig gemacht.

„Du wirst noch verstehen", entgegnete sie mir, ließ die Göttin aufsteigen und setzte sich mit ihr in Richtung des Holunders in Bewegung.

„Aber ich habe noch so viele Fragen ...", rief ich den beiden nach.

„Sie werden dir nach und nach beantwortet werden", hörte ich die Göttin noch sagen, bevor Kirtan und sie in dem sich öffnenden

Strauch verschwanden. „Wenn du meiner Hilfe bedarfst, rufe mich mit dem Namen, unter dem du mich kennengelernt hast: Catandra, Vogelgesang!", erklang ihre Stimme leise wie aus einer anderen Welt, als sich die Zweige hinter der Frau auf dem ungewöhnlichen Reittier schlossen.

Ich stand noch eine ganze Weile wie angewurzelt da und betrachtete das Tor zur Anderswelt. *„Wer außer meinen Lehrern wird mir glauben, was ich heute erlebt habe? Allerdings kann ich das wohl auch nur ihnen erzählen. Solange meine Aufgabe nicht ganz erfüllt ist, darf niemand davon erfahren. Wie soll ich meine neue Kleidung und vor allem meine Bewaffnung erklären? Was wird mein Vater dazu sagen, wenn ich allein zur Burg zurückkehre? Wie soll ich ihm beibringen, dass sein Sohn und Erbe jetzt als Truthahn herumläuft?"*

Mich quälten eine Menge Fragen, deren Antworten zum größten Teil in den Mauern der Burg meines Vaters zu finden waren. Wohl oder übel musste ich dorthin zurückkehren, wenn ich Auskünfte bekommen wollte. Außerdem war da auch noch Catandras Bruder Adalar, auf den ich aufzupassen geschworen hatte. Ganz sicher würde es mir nun leichter fallen auf ihn achtzugeben, nachdem Drutmar nun keine Gefahr mehr darstellte. Aber auch mit ihm musste ich noch eine Reise unternehmen, um ihn seiner Bestimmung wieder zuzuführen. Ich hoffte nur, dass ich seine Verwandlung auf eine für mich weniger schmerzhafte Art erreichen konnte.

14. Kapitel: Erneute Heimkehr

Als ich zu den Ponys zurückkehrte, erwartete mich dort eine Überraschung. Sir Rabanus lehnte an einem Baumstamm und schien sich zu langweilen. Auf jeden Fall war er dabei, sich mit der Dolchklinge die Fingernägel zu säubern. Ich war mir zwar sicher, dass sich kein Dreck darunter befand, aber ich hatte festgestellt, dass er dieser Tätigkeit allzu gern nachging, wenn er mit seinen Händen nichts anzufangen wusste.

„Da bist du ja endlich, Fanai!", sagte er beiläufig, steckte die Waffe in die Scheide zurück und blickte mir entgegen.

„Was bin ich froh Euch hier zu sehen!", rief ich erleichtert aus und umarmte ihn spontan.

„Welche stürmische Begrüßung. Ich hoffe nur, dass du hier und jetzt nicht auf weitere körperliche Vergnügungen aus bist", machte er sich über mich lustig, ließ es sich aber gefallen.

„Und wenn ich darauf bestehen würde, mein Bräutigam?", neckte ich ihn, glücklich noch am Leben zu sein und nicht allein nach Hause reiten zu müssen.

„Fanai? In dich ist doch nicht etwa wieder der Gott des Feuers gefahren?" Er schob mich von sich, hielt mich aber an den Schultern fest. Der Abstand einer ganzen Armlänge erlaubte ihm, mich zu mustern.

„Nein, Sir Rabanus, Feular hat mich diesmal nicht überwältigt. Ich bin nur so froh, Euch hier zu sehen. Habt Ihr diesmal Drutmar begleitet? Dann habt Ihr auch gesehen, was geschehen ist. Wie gefällt Euch eigentlich mein neues Gewand? Was soll ich meinem Vater nur erzählen, woher ich diese teure Bekleidung habe? Und was erzähle ich ihm, wo Drutmar, sein Erbe geblieben ist? Ich kann ihm ja schlecht sagen, dass er jetzt als Truthahn irgendwo hier in den Wäldern lebt. Außerdem brauche ich noch eine Erklärung, warum ich mit Komtess Catandra verschwunden bin und wo ich sie gelassen habe. Dass wir wieder unter die Räuber gefallen sind, kann ich ja nicht nochmals …" Die Worte purzelten nur so aus mir heraus. Und ganz sicher wäre diese Quelle so schnell nicht versiegt, wenn der bronzehäutige Mann nicht etwas ganz Überraschendes getan hätte.

Zunächst hatte er nur den Kopf geschüttelt, dann jedoch schien es ihm eindeutig zu viel zu werden, was ich ihm da zumutete. Mit Schwung zog er mich an sich heran, umfing mit beiden Händen mein Gesicht und stopfte mir im wahrsten Wortsinn das Maul. Nicht allein seine Lippen lagen auf den meinen, sondern auch seine Zunge traf sich mit ihrem Gegenstück in meinem Mund.

Ich war so überrascht von diesem Überfall, dass ich Mühe hatte, Luft zu holen. Aber das überwältigende Gefühl, welches meinen ganzen Leib erfasste, war stärker als meine Panik, die sich schon wieder bemerkbar machen wollte. Ohne, dass ich darüber nachgedacht hatte, fand ich meine Hände in seinen Haaren am Hinterkopf wühlend wieder. Ich glaube, wenn er in diesem Augenblick von mir verlangt hätte, dass ich mit ihm das Lager teilte, ich hätte es ohne Bedenken getan.

Soweit kam es dann aber doch nicht. So plötzlich, wie er mich an sich gezogen hatte, ließ er auch wieder von mir ab. Noch ganz außer Atem sah diesmal ich ihn irritiert an.

„Was … ist … los? … Habe … ich …", stammelte ich, während ich versuchte, genug Luft in meine Lungen zu pumpen.

„Wir sollten es nicht übertreiben, meine Braut", meinte er mit einer lehrerhaften Stimme und sah mich spöttisch an. Seine Arme hielten mich wieder auf Abstand.

„Glaubt Ihr, dass ich wieder in Panik geraten würde, wenn Ihr versuchen würdet, weiter zu gehen? Uns bleiben nur ein Tag und eine Nacht. Und gerade jetzt ist mir danach, etwas mehr mit meinem Bräutigam auszuprobieren. Wir sind hier ganz unter uns. Außer den Bäumen und den Tieren gibt es keine Zuschauer. Wenn wir erst wieder auf der Burg sind, werden wir kaum Gelegenheit haben uns auf diese Art weiter kennenzulernen. Vor allem weiß ich nicht, wann ich wieder in eine solche Hochstimmung komme, um mehr als bisher mit Euch zu wagen. Meint Ihr nicht, dass wir diese Chance nutzen sollten? Nachdem unsere öffentliche körperliche Vereinigung ausgefallen ist, könnten wir doch …", versuchte ich ihn doch noch dazu zu überreden auf mein Angebot einzugehen.

„Nein, Fanai! Du bist zu aufgeregt. Wenn du wirklich bereit dafür bist, solltest du das ganz in Ruhe und wohlüberlegt angehen. Jetzt ist weder der richtige Zeitpunkt, noch ist hier der rechte Ort. Du hast gerade mal wieder eine schwere Verwundung überlebt. Glaube mir, dein Leib benötigt noch Zeit, um sich davon zu erholen und auch dein Geist braucht noch ein paar Tage, bis er wirklich begriffen hat, was da soeben passiert ist. Lass uns aufbrechen! Unterwegs werde ich versuchen dir sämtliche Fragen, mit denen du mich eben überschüttet hast, zu beantworten. – Es tut mir leid, dass ich so heftig reagiert und dich geküsst habe. Allerdings war ich so froh, dich diesmal in wesentlich besserem Zustand anzutreffen, als nach Dilars Verwandlung. Du glaubst gar nicht, was ich mir für Sorgen um dich gemacht habe. Aber scheinbar war mein Unterricht nicht ganz vergeblich. Was ich gesehen habe, war schon recht gut. Natürlich solltest du dich nicht damit zufriedengeben. Wer kann schon wissen, wer dein nächster Gegner sein wird? Deshalb werden wir den Unterricht gleich wieder aufnehmen, sobald wir die Burg deines Vaters erreicht haben. Aber dafür müssen wir jetzt in die Sättel steigen. Wie du wieder einmal feststellen kannst, dürfen wir auch heute zwei ledige Ponys mit uns zurücknehmen. Manche Dinge ändern sich wohl nie." Nachdem er geendet hatte, ließ er mich los und schwang sich in den Sattel seines Ponys.

Ich stellte fest, dass er das Gleiche ritt, wie auch damals als er mit Ebermut unterwegs gewesen und mich nach Dilars Verwandlung abgeholt hatte.

„Wie ich sehe, scheint Euch das Pony zu gefallen. Schon bei unserer ersten Begegnung habt ihr es geritten. Und auch, als Ihr mich beim Wassergott abgeholt habt. Die kleine schwarze Stute passt aber auch hervorragend zu Eurer Gewandung. Das einzig Helle an ihr ist die Blesse, welche … die Form des Zeichens hat, dass ich damals vor dem Tempel an der Säule berührt hatte", den zweiten Teil des Satzes hatte ich nachdenklich ausgesprochen, weil mir erst jetzt auffiel, welche Ähnlichkeit zwischen diesen beiden Dingen bestand.

„Ja. Das hast du richtig erkannt. Und wenn du dich jetzt endlich in den Sattel deines Ponys bemühen würdest, wäre ich auch bereit, dir mehr über dieses Symbol einer alten Sprache zu berichten." Ohne darauf zu warten, ob ich seiner Aufforderung Folge leistete, nahm er den Zügel von Drutmars Pony auf und ritt an.

Ich schnappte mir meinerseits den Lederstreifen des Reittieres, welches Catandra geritten hatte und schwang mich auf Aldas Rücken. Kaum hatte ich ihr die Zügel freigegeben, schritt sie hinter den beiden vorauslaufenden Ponys her. Der Schecke folgte brav hinter ihr.

Erst, nachdem wir den schmalen Wildpfad verlassen hatten, ritt ich an die Seite des schwarzhaarigen Ritters und bat ihn sein Versprechen einzulösen.

„Dieses Symbol gehört der Alten Sprache an. Sie wurde lange Zeit in Tangalan gesprochen und geschrieben. Wie du aus dem Buch, welches dir Marzellus gegeben hat, weißt, ist Tangalan verbotenes Land. Nur sehr wenigen wird der Zutritt heute noch gewährt. Einstmals aber war es das Paradies. Doch diese Geschichte hast du selbst bereits der Baronin und den Kindern vorgelesen. – Zurück zu dem Zeichen. Es bedeutet Mut. Und dieses Pony ist wirklich mutig. Es hat sich strikt geweigert, sowohl Ebermut als auch Drutmar zu tragen. Die kleine Stute hat die beiden sogar mehrfach angegriffen. Gut nur, dass ich einmal Zeuge einer der Szenen wurde. Im Namen des Barons habe ich einfach bestimmt, dass sie fortan nur mir als Reittier zur Verfügung steht. Ich habe deinen Halbbrüdern klar gemacht, dass sie künftig ihre dreckigen Klauen von dem Pony lassen sollen. Scheinbar hat mein Auftritt ihnen so imponiert, dass sie nie wieder in die Nähe von *Misneach*[3] gekommen sind. Dieses Wort ist die Übersetzung von Mut in die tangalanische Sprache. Einzig der Stallknecht und meine Wenigkeit können das Tier anfassen. Aber ich denke, dass auch du eine Ausnahme darstellst, denn ich weiß, wie sehr du an den Ponys hängst."

„Da habt Ihr Recht, Sir Rabanus. Bisher ist noch kein Pferd vor mir zurückgewichen. Und von Eurem Vorrecht auf *Misneach* wusste ich nichts. Ich habe sie, wie alle anderen stets anfassen können. Wenn ich damit Euren Befehl missachtet habe, bitte ich Euch hiermit um

---

[3] Misneach = Mut

Entschuldigung. Aber aus Euren Worten schließe ich, dass Ihr mir das Vorrecht gewährt, die Stute weiterhin umsorgen zu dürfen. Sollte ich Euch falsch verstanden haben, so tadelt mich." Den Kopf zum Zeichen meines Dankes neigend, wandte ich mich ihm direkt zu.

„Du hast meine Worte richtig gedeutet, Fanai. Wie könnte ich meiner Braut den Umgang mit etwas, was sie so sehr liebt, verbieten? – Bei Umgang fällt mir etwas ein. Soll ich Marzellus darum bitten, dir die Symbole und Sprache von Tangalan beizubringen? Ich habe schon im Tempel bemerkt, wie sehnsüchtig du die Zeichen betrachtet hast", ging er auf mich ein und hob mit der Rechten, in der er den Zügel seines Handpferdes führte, mein Kinn kurz an. Wir ritten so dicht nebeneinander, dass sich unsere Steigbügel fast berührten. Trotzdem achtete Sir Rabanus immer darauf, dass ich nicht mit irgendwelchen Metallteilen in Berührung kam.

„Ihr würdet mir eine große Freude bereiten, mein Bräutigam. Allerdings wird es nicht einfach sein, Sir Marzellus davon zu überzeugen, dass ich schon soweit bin, eine fremde Sprache zu lernen. Er lobt mich zwar für meine schnelle Auffassungsgabe, meint aber, dass ich mich nicht genug anstrenge. Wahrscheinlich hat er recht. Doch mit dem Ziel die Sprache Tangalans zu erlernen, würde er mir einen Anreiz schaffen. – Dürfte ich Euch in diesem Zusammenhang auch um etwas bitten?" Ich sah ihn mit einem, wie ich hoffte, einnehmenden Lächeln an. Wie selbstverständlich legte ich für einen Augenblick meine Zügel führende Hand auf seine Linke.

Er strich mir, ehe ich es verhindern konnte, mit dem Daumen leicht über die Außenseite meines kleinen Fingers. Weshalb ich die Hand schnell zurückzog. Daraufhin sah er mich sogleich mit einem verschmitzten Lächeln an. „Welchen Wunsch darf ich meiner Braut erfüllen, den du mithilfe dieser Geste leichter durchzusetzen glaubst?"

„Was erwartet Ihr von mir als Gegenleistung, wenn ich Euch bitte, mich noch einmal den Tempel besuchen zu lassen, in dem die Zeremonie unserer Verbindung stattgefunden hat? Natürlich würde ich diese Reise erst dann unternehmen, wenn ich zumindest einige tangalanische Schriftzeichen lesen kann. Ich vermute nämlich, dass die Geschichte Tangalans auf den Wänden aufgeschrieben wurde. Vielleicht könntet Ihr mir ja verraten, was für ein Thema die Säulen behandeln und was es mit den Symbolen auf dem goldenen Weg auf sich hat. Ihr merkt, dass ich sehr wissbegierig bin, denn bisher seid Ihr und Sir Marzellus die Einzigen, die mir einiges zutrauen. Ehe Ihr auf die Burg gekommen seid, fand niemand es angebracht, mir auch nur einen Bruchteil von dem beizubringen, was Ihr mich gelehrt habt. Ich hoffe, ich enttäusche Euch nicht."

„Ganz und gar nicht, Fanai. Wir haben dir in der letzten Zeit sehr viel abverlangt, allerdings hast du heute einmal wieder selbst festgestellt, wie wichtig die Ausbildung mit dem Schwert war. Ohne die tägliche Übung wärst du Drutmar hoffnungslos unterlegen gewesen. So hattest du wenigstens eine Chance gegen ihn. Aber, wie gesagt, du kannst noch viel besser werden, wenn du dich anstrengst. – Um auf deine Bitte einzugehen: Nein, ich werde auf keinen Fall verlangen, dass du etwas tust, zu dem du nicht bereit bist. Meine Bedingung beinhaltet auch nichts, was unsere Verbindung anbelangt. Fanai, zeige mir, welch guter Kämpfer in dir steckt! Strenge dich noch mehr an, meine Vorgaben bei unseren Übungseinheiten mit Schwert und Dolch umzusetzen. Ich weiß, dass du es kannst. Aber um es mit Marzellus Worten zu sagen: Fanai, du strengst dich nicht genug an!"

„Nun gut, ich gebe zu, dass Ihr Recht habt. Ich werde Euch und auch Sir Marzellus zeigen, dass ich mich noch mehr bemühe, Euren Forderungen gerecht zu werden. Jetzt habe ich ein Ziel, für das es sich lohnt hart zu arbeiten."

Ich sah, wie der dunkelhäutige Mann die Zügel in die andere Hand nahm und mir die Linke hinhielt. „Versprichst du mir das, was du da gerade gesagt hast, in die Hand?"

Auch ich nahm die Zügel des Handpferdes zu denen meines Reittieres in die Rechte und reichte ihm auch meine Linke. „Solange Ihr von mir keinen Schwur fordert, bin ich bereit einzuschlagen."

Wir musterten unsere Mienen gegenseitig. Bei ihm stellte ich fest, dass er kurz irritiert schien, dann erkannte ich, dass er verstand. „Nein, kein Schwur, nur eine Abmachung. Und ich werde dich auch nicht bestrafen, falls du gewichtige Gründe anführen kannst, die dich von der Einhaltung abhalten. Da ich dir ja mit der Aussicht auf den erneuten Tempelbesuch einen starken Grund liefere, wirst du wohl kaum davon Gebrauch machen."

„Abgemacht!", stimmte ich zu und umfasste seine Hand.

Er drückte sie, beugte sich dann aber mit einem spitzbübischen Grinsen darüber und küsste meinen Handrücken.

„Zu mir habt Ihr gesagt, dass ich mich noch schonen soll, dabei versucht Ihr ständig, mich zu etwas zu verlocken, mein Bräutigam. Vielleicht sollten wir uns darauf einigen, dass wir das heute Abend, nachdem wir das Lager aufgeschlagen haben, einvernehmlich klären. Einverstanden?" Mein Vorschlag schien ihm zu gefallen, denn zum einen ließ er meine Hand los, zum anderen nickte er. Da sich sein Gesichtsausdruck noch immer nicht verändert hatte, konnte ich davon ausgehen, dass es bis zu unserer Aussprache noch mehrmals vorkommen konnte, dass ich ihn daran erinnern musste. Um ihn etwas abzulenken, kam ich auf meine Fragen zurück, mit denen ich ihn bei unserem Aufeinandertreffen überfallen hatte.

„Was habt Ihr Euch diesmal für eine Geschichte ausgedacht, die den Baron zufriedenstellen wird?"

Sein Gesicht wurde ernst. „Dein plötzliches Verschwinden zu erklären, war ja noch verhältnismäßig einfach. Jeder ist davon ausgegangen, dass du vor der öffentlichen Vereinigung Angst bekommen und im letzten Moment das Weite gesucht hast. Das Catandra auch nicht mehr auffindbar war, hat Baronin Bianca damit erklärt, dass sich das törichte Ding in dich verliebt hätte. Irgendwie hätte sie herausbekommen, dass du fliehen wolltest und dich damit erpresst dich zu verraten, wenn du sie auf dieses Abenteuer nicht mitnehmen würdest. Baronin Bianca hat öffentlich in der Halle behauptet, Komtess Catandra von Matricaria habe in der letzten Zeit häufig viele Dinge über die Minne wissen wollen. Außerdem sei ihr aufgefallen, dass das Mädchen dich anhimmelte. Sie hätte das als eine Schwärmerei abgetan, zumal du weder frei warst, noch überhaupt als ihr Bräutigam infrage kamst. Damit waren alle zufriedengestellt", erzählte Sir Rabanus mit einem Schulterzucken und grinste dann doch wieder.

„Soweit so gut. Was aber tischen wir für eine Geschichte auf, warum wir ohne sie zurückkommen? Und warum seid Ihr mir eigentlich mit Drutmar gefolgt?" Ich fand meine Fragen berechtigt und machte mir wirklich Sorgen, von Sir Rabanus angelogen zu werden.

„Was Drutmar angeht, konnte ich gar nicht anders, als dem Befehl des Barons zu gehorchen. Er verlangte wörtlich, seinen Erben bei der Verfolgung seines „Bastards" und der Komtess zu unterstützen. Ihr hattet einen guten Vorsprung und ich habe meine Aufgabe als Fährtenleser sehr ernst genommen. Dennoch war ich froh, dass ihr diesmal keine Umwege geritten seid oder Abstecher gemacht habt. Anders verhält es sich mit der Geschichte, die Marzellus und ich uns für deine Rückkehr ausgedacht haben. Diesmal musst du mich etwas unterstützen. Wir können ja nicht noch einmal mit Räubern kommen, wie du selbst schon bemerkt hast. Für Drutmars Verschwinden haben wir uns überlegt, dass er Komtess Catandra bedrängte und sie ihn mit seinem eigenen Dolch erstochen hat. Wir dachten an ein Gerangel, bei dem sie ihm die Waffe entwendete. Da deine Halbschwester Ermelinde bereits einmal mitbekommen hat, wie wehrhaft ihre Freundin ist, klingt die Geschichte plausibel. Von Drutmars Absichten brauchen wir gar nicht mehr zu reden. Jeder auf der Burg weiß um seine Geilheit. Anders hingegen sieht es mit einer glaubhaften Erklärung dafür aus, warum wir ohne die Komtess zurückkehren. Zunächst dachten wir an einen Reitunfall. Die ganze Aufregung hat sie unvorsichtig werden lassen oder gar in Panik versetzt. Dabei hat sie eine Schlucht übersehen und ist hineingestürzt. Leider hat die Sache einen Haken. ..." Der dunkelhäutige Ritter sah mich skeptisch an, schien aber von mir zu erwarten, dass ich den Fehler in der Erzählung fand.

„Wir dürften ihr Reittier nicht unverletzt mit uns heimführen. So gut, wie sie sich alle Knochen gebrochen hätte, würde auch das Pony zerschmettert auf den Felsen liegen. Aber ein Tier zu opfern für eine

Lüge, kommt nicht infrage! Da Ihr das genauso seht, habt Ihr Euch eine andere Version einfallen lassen. Obwohl ich einen Reitunfall schon sehr wirklichkeitsnah finde. Nur dass Catandra in Panik aufs Pony gestiegen ist, kauft Euch keiner ab. Dafür war die kleine Göre zu selbstsicher. Allerdings gibt es in einem Wald auch Tiere, die ein Fluchttier wie ein Pony erschrecken können. Ich denke an Wildschweine, Wölfe, Bären. Daraus ließe sich eine sehr glaubhafte Geschichte zimmern. – Aber sagt: Wofür habt Ihr Euch entschieden?", dachte ich laut darüber nach und sah ihn von der Seite her an.

„Marzellus Einfluss ist unverkennbar in dem zu finden, was du mir da gerade vorgeschlagen hast. Genau mit diesen Anregungen kam er mir nämlich auch. Wir haben uns nach gründlichen Überlegungen auf folgende Version geeinigt: Nachdem Catandra auf Drutmar eingestochen hatte, hat sie mich bemerkt. Ich war damit beschäftigt dich einzufangen, deshalb konnte ich ihr auch nicht zu Hilfe kommen. Einigen wir uns darauf, dass ich dich an einen Baum gefesselt habe. Das erklärt auch, warum das Mädchen sich auf ihr Pony schwingen und davongaloppieren konnte. Natürlich habe ich dann unverzüglich die Verfolgung aufgenommen. Da sie einen ziemlichen Vorsprung hatte, konnte ich nicht verhindern, dass die Komtess von ihrem Reittier stürzte. Sie muss einen tief hängenden Ast übersehen und sich wohl das Haupt dort angeschlagen haben. Zu allem Unglück geriet sie, bei ihrer überstürzten Flucht auch noch in das Revier eines alten griesgrämigen Bären. Der war scheinbar hocherfreut, dass seine nächste Mahlzeit ihm vor die Füße fiel. Als ich an dem Ort ankam, war Catandra bereits tot und wurde von dem Raubtier in seine Höhle gezerrt. – Denkst du, dass wir mit dieser Erzählung durchkommen?" Sir Rabanus sah mich neugierig an, wie ich diese Geschichte finden würde.

„Vielleicht solltet Ihr noch erwähnen, dass das Pony vor dem Bären gescheut hat und das Mädchen sich deshalb das Haupt an diesem dicken Ast gestoßen hat. Und am Ende fände ich es glaubhafter, wenn Ihr beschreiben würdet, wie zerfetzt ihr Leib schon war. Dann kann jeder sofort erkennen, dass Ihr aus diesem

Umstand schließen konntet, dass sie tot war. Warum solltet Ihr Euch noch selbst in Gefahr bringen und mit dem Raubtier anlegen? Außerdem musstet Ihr ja auch schnellstmöglich zu mir zurückkehren, da ich mich nicht selbst befreien konnte. Solltet Ihr schwer verletzt werden, würde es Euch nicht mehr möglich sein, mich loszubinden und mich so zu einem weiteren möglichen Mahl für ein Raubtier machen. Abgesehen davon, dass Ihr als Untergebener des Barons dafür Sorge zu tragen habt, dass seinen Kindern nichts geschieht, habt Ihr mit dem Bund, den Ihr mit mir eingegangen seid, auch eine besondere Fürsorgepflicht für mich auf Euch geladen. Würdet Ihr Euer Leben für eine Leiche aufs Spiel setzen, wenn Eure Braut hilflos an einen Baum gebunden Eurer harrt?" Bei meinem letzten Satz sah ich ihn mit schräg gelegtem Kopf und verführerischem Lächeln an.

„Du bist ja noch ausgekochter, als ich dachte. Ich glaube, da schlägt wohl die Natur derer von Karelien durch. In Zukunft muss ich wohl stärker darauf achten, was du so denkst und im Geheimen aushecks. Nicht, dass ich einmal unangenehm von meiner Braut überrascht werde. Mir kommt da so ein offensichtliches Angebot in den Sinn, das für mich schmerzhaft endet", dachte er laut nach und zügelte sein Pony.

Ehe ich verstand, was er vorhatte, griff er auch schon in den Zügel von Alda und brachte somit auch meine Stute zum Stehen. Dann beugte er sich zu mir herüber und küsste mich, diesmal aber nur auf die Wange.

„Ein kleiner Dank, meine Braut", rechtfertigte er seine Handlung und ritt wieder an. „Nun komm schon, Fanai! Wir haben noch so einiges zu besprechen und bis zu dem Platz, den ich für unser Nachtlager auserkoren habe, erst gut die Hälfte der Strecke zurückgelegt. Sobald wir den Wald verlassen haben, werden wir ein Stück tölten, damit wir die verlorene Zeit wieder aufholen."

Ich brauchte einen Augenblick, bis ich begriff, was er da gesagt hatte, erst dann konnte ich ihm folgen. Mit einem etwas schnelleren Schritttempo holte ich ihn rasch wieder ein.

„Du hast ja ein ganz rotes Antlitz, meine Braut. Es ist niemand da, vor dem du dich schämen brauchst. Allerdings siehst du so allerliebst aus. Habe ich dir bereits gestanden, dass dich das neue Gewand sehr gut kleidet? Es geht doch nichts über die Hand einer Dame. Die Herrin der Erde hat einen ausgezeichneten Geschmack. Wärst du nicht schon mit mir vermählt, ich würde einen Umweg in Kauf nehmen, um dich an mich zu binden. Und damit wären wir bereits bei einer weiteren deiner Fragen. Natürlich kannst du nicht so gewandet mit mir in die Burg einreiten. Morgen früh wirst du die Geschenke der Göttin gegen deine alte Bekleidung tauschen. Ich habe dir Hemd, Hose und Fußbekleidung aus der Truhe im Turmzimmer mitgebracht. Deine neue Gewandung werde ich in meinen Satteltaschen verstauen, um sie unauffällig in mein Gemach zu bringen. Dort werde ich sie zu derjenigen legen, die du vom Gott des Wassers erhalten hast."

„Ich habe mich schon gefragt, wo die Sachen geblieben sind. Aber meint Ihr nicht, dass Ihr sie mir nun wiedergeben könnt? Jetzt, wo Drutmar nicht mehr …"

„Wir wollen kein Wagnis eingehen, Fanai. Wer sagt uns, dass nicht eine der Mägde neugierig ist und heimlich deine Truhe durchsucht? Nein, in meinem Raum sind sie sicher vor Entdeckung. Du glaubst doch nicht etwa, dass ich sie mir aneignen will? Zum einen sind sie mir zu eng und zum anderen würde ich niemals die Gewänder meiner Braut tragen. Wie du sicherlich festgestellt hast, bevorzuge ich die Farbe Schwarz und in der ist nicht ein einziges deiner neuen Kleidungsstücke gehalten. Ich verspreche dir, dass ich dir alles aushändigen werde, sobald du auch Adalar zu seiner Verwandlung verholfen hast." Mein Bräutigam konnte sehr überzeugend sein.

„Und was ist, wenn ich dabei umkomme? Wo steht geschrieben, dass der Wanderer lebend zurückkehrt?", wollte ich wissen und sprach damit ein Thema an, das mich schon lange beschäftigte. Hatte ich vor meinem Aufbruch mit Catandra noch damit gerechnet, dass ich zumindest lebend davon käme, war das bei der Verwandlung Adalars nicht sicher.

„Erinnerst du dich an die Worte des Eides, den du dem Baron schwören musstest?", fragte Sir Rabanus und hielt am Waldrand an.

Ich nickte nur. Ja, die Worte waren mir nur zu genau im Gedächtnis.

„Außer den Worten, die die Kinder betreffen, hast du noch einen Schwur geleistet. Und genau dieser letzte Satz sagt doch schon aus, dass du überleben wirst."

„Sobald diese Aufgabe erledigt ist, werde ich meine Fähigkeiten in den Dienst des Mannes stellen, dem ich diesen Schwur leiste!", wiederholte ich die Worte von damals.

Diesmal nickte mir der bronzehäutige Mann zu. „Siehst du. Wie kannst du in jemandes Dienst treten, wenn du nicht mehr leben solltest?"

„Aber dann kann der Baron nicht derjenige sein, der verantwortlich für Adalars Verwandlung in den Gott des Windes sein wird. Ich werde also doch auf Romuald treffen. Aber wieso er? Ich will damit nicht sagen, dass Ebermut und Drutmar ... Ihr wisst schon. Doch Romuald und überhaupt die Kinder von Baronin Bianca sind ganz anders, als die beiden. Ich ...", überlegte ich laut, wurde aber unterbrochen.

„Fanai, ich verspreche dir, dass du auf keines deiner noch lebenden Halbgeschwister, ganz egal von welchem Weib sie geboren wurden, treffen wirst." Seine Hand lag beruhigend, solange er sprach, auf meinem Unterarm. „Sobald wir wieder auf der Burg sind, solltest du dich einmal mit einer ganz bestimmten Geschichte weit hinten in Marzellus' Buch befassen. Sie wird dir so einige Fragen beantworten. Und jetzt lass uns über diese Lichtung tölten, sonst erreichen wir unseren Lagerplatz nicht mehr vor dem Einbruch der Dunkelheit."

„Wie Ihr meint!" Ich wusste, dass er mir nichts weiter offenbaren würde. Mir blieb also nichts anderes übrig, als mich zu gedulden und mir die Erzählung vorzunehmen, sobald ich dazu Zeit fand.

Vor uns lag eine größere Lichtung, die, was ungewöhnlich für diese naish[4] war, nochmals ergrünt war. Obwohl die Fläche von Wald eingeschlossen war, wuchs hier das Gras nur knöchelhoch. Scheinbar war der Boden sehr mager und bot größeren Pflanzen nicht genug Nahrung. Sogar die durch die lange Trockenzeit

---

[4] naish = Jahreszeit

abgestorbenen Halme waren zuvor nicht höher gewachsen. Aufgrund dessen mussten wir auch nicht mit versteckten Löchern rechnen, die den Beinen der Ponys gefährlich werden konnten. So trieben wir unsere Reittiere bis zum Tölt an und überquerten die Freifläche im Schein der untergehenden Sonne.

Als wir den gegenüberliegenden Waldrand erreichten, mussten wir die Geschwindigkeit wieder auf Schritt drosseln, da der Wildpfad, dem wir nun folgten, zu dicht bewachsen war. Diesmal blieb uns nichts anderes übrig, als hintereinander zu reiten. Dadurch wurde auch eine Unterhaltung schwierig, was uns die Zeit, bis wir erneut eine kleine Lichtung mitten im Wald erreichten, schweigen ließ.

Ich dachte noch einmal über die Geschichte nach, die Sir Rabanus vor hatte, meiner Familie zu erzählen. Punkt für Punkt ging ich durch, ob sich noch irgendwo eine Schwachstelle fand. Ich war so abgelenkt, dass ich weder auf den Weg achtete, noch die hereinbrechende Dunkelheit bemerkte. So stellte ich überrascht fest, dass die Sonne bereits untergegangen war, nachdem wir die Freifläche erreicht hatten. Schnell schlugen wir unser Lager auf und aßen aus unserer beider Vorräte. Dabei fiel mir wieder auf, dass der dunkelhäutige Mann kein Fleisch aß. Sollte ich es wagen und der Sache hier und jetzt auf den Grund gehen? Mehr als mir eine Antwort verweigern konnte er nicht, daher traute ich mich, meine Neugier zu befriedigen.

„Darf ich Euch einmal eine persönliche Frage stellen, Sir Rabanus?", begann ich vorsichtig.

„Was möchtest du wissen, meine Braut?", neckte er mich und sah mich mit seinen im Mondschein glänzenden schwarzen Augen an.

„Mir ist aufgefallen, dass Ihr und auch Sir Marzellus dem Genuss von Fleisch und Wurst abhold seid. Gibt es dafür einen besonderen Grund?", fragte ich zwischen zwei Bissen in mein hartes Schinkenbrot.

„Ja, da hast du gut aufgepasst, Fanai. Wir essen keine Tiere, allerdings genießen wir alles, was sie uns bieten. Käse, Butter, Eier, Honig, solche Dinge eben. Und wir tragen auch ihre Haut als Stiefel, nutzen sie für Sättel, Satteltaschen, Gürtel, Schwert- und

Dolchscheiden. Ich kann dir noch nicht alles enthüllen, nur soviel: Unsere Leiber vertragen kein Fleisch toter Tiere. Wenn du Adalar zu seinem Recht verholfen hast, werden wir uns nochmals darüber unterhalten. Dann kann und darf ich dir mehr darüber sagen. Bitte dring nicht weiter in mich! – Außerdem wollten wir heute Abend etwas anderes klären. Wie geht es dir, Fanai? Spürst du irgendwelche Schmerzen? Bist du sehr erschöpft? Wie hast du die Auswirkungen deiner Verletzung durch das Horn Kirtans verwunden? Ich möchte auch wissen, wie es dir nicht nur körperlich damit geht. Was bewegt dich, wenn du darüber nachdenkst, was du rund um die Verwandlung Catandras in die Göttin der Erde erlebt hast?"

„Ich danke, Euch, dass Ihr mir so ehrlich auf meine Frage geantwortet habt, Sir Rabanus, und muss mich wohl zuförderst mit Eurer Antwort zufriedengeben", bedankte ich mich zunächst einmal, um etwas Zeit zu gewinnen. So ganz sicher war ich mir nämlich nicht, was ich ihm antworten sollte. „Jetzt seid Ihr es, der mich mit Fragen nur so überhäuft. – Aber ja, es geht mir gut und ich habe auch keine Schmerzen. Catandra hat meine Verwundungen vollständig geheilt, indem sie mich in den Teich hat fallen lassen. Und erschöpft bin ich nicht mehr, als jeder andere es auch nach den Ereignissen dieses Tages wäre. Was wolltet Ihr sonst noch wissen? – Sagt nichts! Jetzt fällt es mir wieder ein. Ihr wolltet wissen, ob mir die Verletzung durch das Einhorn noch in irgendeiner Weise zu schaffen macht. Wisst Ihr, das Erlebnis an sich war schlimm, aber was Ebermut mir angetan hat, war weit schlimmer. Kirtan hatte gar nicht vor mich zu verletzen. Aber Ebermut wollte mich hinterrücks umbringen. Ich weiß nicht, welche Wunde gefährlicher war; allerdings empfand ich die Hinterlist, mit der mein Halbbruder gehandelt hat, weit schlimmer. Ja, und was denke ich über das Erlebnis rund um die Verwandlung Catandras? Wisst Ihr, darüber möchte ich im Augenblick gar nicht nachdenken. Für mich ist das so unwirklich, dass ich noch immer glaube alles nur in einem Traum erlebt zu haben. Wahrscheinlich werde ich, wenn ich etwas zur Ruhe gekommen bin und wir wieder ganz normale Tage auf der Burg verleben, darüber nachdenken können. Fragt mich dann nochmals. –

Und nun lasst uns bitte über etwas anderes reden."

Sir Rabanus spürte wohl, dass ich die Wahrheit sagte, denn er beließ es dabei. „Gut, reden wir über etwas anderes, Fanai. Du hast mich gar nicht gefragt, was aus unserem Fest geworden ist. Wie du dir vorstellen kannst, war der Baron wütend, als er bemerkte, dass du geflohen warst. Zusätzlich hat ihn natürlich das Verschwinden Catandras aufgeregt. Aber das war für ihn nicht das Schlimmste. Du hast ihn in seiner Ehre verletzt. Wenn auch bei Weitem nicht alle geladenen Gäste angereist sind, so war er doch blamiert. Was glaubst du, was jetzt über ihn geredet wird? Dass er noch nicht einmal imstande ist, auf seinen Bastard aufzupassen, wird ihm noch lange anhängen. Manch einer hat sich gefragt, warum er überhaupt für dich ein Fest geben wollte. Jeder hätte doch Verständnis für eine Feier unserer Verbindung nur im engsten Familienkreis gehabt. Es wäre etwas ganz anderes gewesen, hätte es sich um einen seiner legitimen Söhne gehandelt. Dann wäre er dazu verpflichtet gewesen, eine Festivität im großen Rahmen abzuhalten. Ich hoffe nur, dass er sich bis zu unserer Rückkehr einigermaßen beruhigt hat. Da du seit unserer Verbindung unter meiner Munt stehst, brauchst du wenigstens keine Angst mehr zu haben, dass er dich als Vater und Untertan bestrafen kann. Dies liegt nun in meiner Hand." Nachdenklich musterte er mich von seinem Platz über das Feuer hinweg von oben bis unten.

„Ihr gedenkt mich doch nicht morgen als Euren Gefangenen womöglich auch noch gefesselte zur Burg zurückzubringen?", wollte ich entsetzt wissen. Dass ich mit meiner Annahme richtig lag, bestätigte er mir mit seinem nächsten Satz.

„Es wäre sehr amüsant, die Mienen der einzelnen Burgbewohner zu beobachten, auch und gerade für dich, Fanai. Aus ihnen könntest du schließen, wer dir wohlgesonnen ist und wer sich nur mit dir gutstellen will, weil er sich einen Vorteil davon erhofft. Nur gut, dass der Baron mit seiner zweiten Frau charakterlich bessere Söhne gezeugt hat. Sonst kämst du auch noch als Erbe infrage. Sei froh, dass dem nicht so ist! Dein Stand ist genau richtig, Fanai. So hast du viel mehr Möglichkeiten etwas mit deinem Leben anzufangen. Erst recht seit du mit mir den Bund eingegangen bist." Seine nachdenklich ausgesprochenen Worte erzeugten in mir Widerstand.

„Erst sprecht Ihr mir von Gefangenschaft und dann von Freiheit. Wo bitte bin ich frei? Erst war ich der …", begann ich mit meinem Widerspruch, kam aber nicht weit.

„Du wirst noch sehen, was deine Stellung für Vorteile hat, wenn du erst Adalar geholfen hast. – Aber genug davon! Natürlich werde ich dich nicht verschnürt dem gaffenden Gesinde präsentieren. Meine Braut wird neben mir, ihre Hand in der meinen, durchs Burgtor reiten. Wie viele Bräute sind schon kurz vor ihrer Vermählung geflohen? Was du ja nicht getan hast. Aber ich denke, die meisten Leute haben Verständnis dafür, dass ein so schüchterner Knabe, wie du Angst vor dieser öffentlichen Zurschaustellung hat. – Eigentlich wollten wir etwas ganz anderes besprechen, meine Braut." Seine Miene veränderte sich bei seinem letzten Satz genauso, wie ich es mir gedacht hatte. Der spöttische Blick war zurückgekehrt und seine Augen wanderten verdächtig lange über meinen Leib.

„Nun gut. Da Ihr von selbst auf mein Anliegen zu sprechen kommt, macht Ihr es mir etwas einfacher. Ich hoffe, dass ich Euch davon überzeugen konnte, dass diesmal der Gott des Feuers nicht in mich gefahren ist. Wenn Ihr es wagt, Euch mir zu nähern und meinen Leib in Augenschein zu nehmen, könnt Ihr Euch überzeugen, dass ich von meinen Verletzungen vollständig genesen bin. Ich kann natürlich auch zu Euch hinüberkommen, falls Euch das beliebt, mein Bräutigam. Befehlt und ich werde gehorchen." Wieder einmal durchflutete mich dieses Gefühl wie Wellen, die ans Ufer liefen.

„Nein, ich habe nicht vor, mit ihm das Lager zu teilen. So weit bin ich noch lange nicht. Aber bei dem dunkelhäutigen Mann fühle ich mich einfach geborgen, gleichzeitig reizen mich seine Fremdartigkeit und die Gefahr, der ich mich immer wieder aussetze. Was ist, wenn er sich nicht mehr beherrschen kann und weiter geht, als ich mich bereit erkläre? Werde ich dann für immer Angst vor jedem Mann haben, der mir auch nur ein Lächeln schenkt oder mich einfach freundschaftlich berührt? – Ach was! Sir Rabanus hat mir bereits des Öfteren gezeigt, wie feinfühlig er ist. Wenn ich es heute nicht wage,

wann dann? Die Bedingungen sind ideal. Niemand kann uns stören. Niemand sieht zu. Ich brauche mich vor keinem meiner Halbbrüder mehr zu fürchten. Und nach diesem aufregenden Tag brauche ich einfach die Geborgenheit und das Gefühl, geschützt und behütet zu sein."

„Nach diesem Angebot kann ich ja wohl kaum Nein sagen. Würdet Ihr Euch zu mir hinüber bemühen, meine Braut? Ich glaube hier ist das Licht besser", zog er mich auf.

„Da ich Euch nichts abschlagen kann, mein Bräutigam, komme ich zu Euch", ging ich auf ihn ein, erhob mich und umrundete das Feuer.

Jede meine Bewegungen wurde von ihm auf das Genauste beobachtet und mit Wohlgefallen betrachtet. Schließlich stand ich neben ihm, wusste aber nicht so recht, was ich als Nächstes tun sollte. Hin- und hergerissen zwischen Dableiben und gehen wollen, sah ich auf ihn herab. Da wurde er wagemutig. Mit liebevollem Blick sah er zu mir hinauf, umfasste zart meine Hände und zog mich neben sich.

„Fanai, du musst das nicht tun. Du kannst jederzeit stopp sagen, wenn du Unwillen verspürst." Seine leisen Worte ließen mich nur nicken. Schüchtern sah ich ihn an. „Dann lass mich einmal sehen, wie gut die Wunden verheilt sind. Dafür müsste ich dir allerdings das Hemd ausziehen. Ist das in deinem Sinne?"

Seine flüsternde Stimme und das vorsichtige Vorgehen, dazu sein warmer, nach Minze duftender Atem auf meinem Antlitz waren genau das, was mich so richtig einlullte. Hinzu kamen noch der laue Abend und das Knistern des Feuers. Ich sah ihn vertrauensvoll an, ließ es zu, dass seine Finger die Nestel an meinem Hemd löste und er es mir ganz langsam über den Kopf streifte. Dabei achtete er darauf, mich möglichst wenig zu berühren. Wie es seine Art war, faltete er das grüne Hemd und legte es neben sich.

Sich noch einmal mit einem Blick in mein Gesicht versichernd, dass ich nicht gleich in Panik ausbrach, strich sein Zeigefinger genau über die Stelle, an der das Horn Kirtans in meinen Bauch eingedrungen war. Dort befand sich nicht die kleinste Narbe, wie ich mich nun auch selbst überzeugen konnte. Allerdings löste allein seine Berührung dieses so angenehme Kribbeln in meinem Leib aus. Ich blickte ihn wieder an. In seinem Antlitz sah ich Unglauben, meinte aber auch noch etwas zu erkennen, was ich noch nicht einordnen konnte.

„Nichts!", flüsterte er erstaunt. „Nicht das kleinste Anzeichen für eine so schwere Verletzung! Drehst du dich einmal so, dass ich deinen Rücken betrachten kann, Fanai?"

Ich tat, was er verlangte und spürte auch dort, wo die Spitze ausgetreten war, die federleichte Berührung seines Fingers. Wieder kribbelte es in meinem Körper. Diesmal hörte es aber nicht auf, da er mir nun an der Wirbelsäule entlang nach oben fuhr, bis zu der Stelle, an der Ebermut mir seinen Dolch in den Nacken gestoßen hatte. Hier verharrte er kurz, bevor Sir Rabanus zunächst wiederholte: „Nichts! Keine Narben! Keine Spur von den schweren Verwundungen. Die Götter haben ganze Arbeit geleistet. Schade nur, dass sie deine anderen Narben nicht auch verschwinden ließen. Ein solch vollkommener Leib und dann diese vielen Erinnerungen an Schläge und Misshandlungen. Ach, hätte ich doch die Macht, sie einfach zu entfernen!" Während er sprach, strichen seine Finger über ein altes Wundmal nach dem anderen. Schauder über Schauder jagte durch meinen Körper. Ich sog stockend die Luft durch die Nase und presste die Lippen aufeinander, um nicht aufzustöhnen. Aber eine Gänsehaut verriet mich wohl, denn nun blies er zusätzlich auf die Stellen, die sein Finger gerade verlassen hatte. Sein Atem bewirkte, dass sich mein Rücken ihm entgegen bog.

„Oh, was für ein herrliches Gefühl Ihr in meinem Körper entfacht!", dachte ich und wurde damit belohnt, dass nun seine Lippen kleine zarte Küsse auf die Erinnerungen meiner Qualen setzten. Mein Atem beschleunigte sich und aus dem schnellen Schritt, wurde ein Traben des Herzschlags. Aus lauter Angst, einen Ton von mir zu geben, presste ich die Kiefer und die Lippen aufeinander. Wenn mein Bräutigam auch viel zärtlicher mit meinem Leib umging, so hatte ich dennoch Bedenken, dass sich dies ändern würde, falls ich auch nur einen Laut von mir gab.

Aus der Erfahrung mit Drutmar wusste ich, dass jeder Ton aus meinem Mund ihn nur dazu angestachelt hatte, mich mehr zu quälen. Dabei war es egal gewesen, ob ich bettelte er möge aufhören, vor Schmerzen stöhnte oder schrie. Wobei er Letzteres sehr schnell mit einem Knebel unterband, da sein Tun ansonsten zu leicht der Entdeckung anheim gefallen wäre.

Nein, ich wollte nichts riskieren. Aber mein Bräutigam schien eine Äußerung zu erwarten, denn dicht an meinem Ohr flüsterte er: „Gefällt dir so wenig, was ich deinen Leib genießen sehe? Lass endlich zu, dass auch dein Geist sich dazu äußern darf!"

„*Aber soweit bin ich noch nicht*", dachte ich.

Mein Bräutigam erweckt bei mir den Eindruck ganz anderer Ansicht zu sein, denn zwischen seinen Küssen, die vom Genick am Hals entlang nach vorn zu meiner Kehle wanderten, meinte er: „Das ... müssen ... wir ... ändern!" Seine Hände umfassten meine Schultern sanft, aber bestimmt und sorgten dafür, dass ich leicht, Stück für Stück nach hinten kippte. Mir fiel das zunächst gar nicht auf, da ich meine Aufmerksamkeit gänzlich auf mein Schweigen richtete. Aber je weiter seine Lippen nach vorn wanderten, desto mehr wurde ich dessen gewahr. Schon war ich versucht mich dagegen zu wehren, als sein Mund von meiner Kehle abließ und sich plötzlich auf dem meinen wiederfand. Der zärtlichen Berührung hatte ich nichts entgegenzusetzen und mit einem lauten befreienden Stöhnen öffneten sich meine Lippen und drängten sich den seinen entgegen. Im gleichen Augenblick schien etwas in meinem Kopf zu zerbrechen. Als hätte ich ein betäubendes Getränk zu mir genommen, gab ich mich dieser Erfahrung hin und merkte gar nicht, dass ich mittlerweile auf dem Gras lag und der dunkelhäutige Mann sich über mich beugte. Einen so leidenschaftlichen Kuss hatte ich noch nie von ihm bekommen.

Während wir uns gegenseitig weiterhin tief in die Augen sahen, löste er langsam seine Lippen von den meinen und meinte: „Das war genug für heute, meine Braut. Wenn es dir gefallen hat, können wir dies gerne morgen Abend auf der Burg auf einem bequemen Lager fortsetzen. Und nun solltest du dich in deine Decke wickeln und etwas schlafen. Wir werden bei Sonnenaufgang aufbrechen. Gegen

Mittag möchte ich die Burg erreichen."

Enttäuscht so plötzlich in die Wirklichkeit gerissen worden zu sein, wollte ich schon protestieren, während er mir in eine sitzende Position verhalf. Aber noch, bevor ich ein Wort äußern konnte, grinste er mich unverschämt an. „Falls du es mir erlaubst, schenke ich dir einen wunderschönen Traum, in dem du erfahren kannst, was Braut und Bräutigam nach der Zeremonie im Tempel so angestellt haben könnten. Wäre das für dich annehmbar?"

„Aber dann kommt Ihr nicht zu Eurer Nachtruhe", protestierte ich halbherzig und nahm von ihm mein Hemd entgegen. Scheinbar war nicht nur mir aufgefallen, dass ich in meiner Rolle als weibliche Braut viel weiter gehen konnte, als in der Wirklichkeit und in meinem eigenen Leib.

Langsam streifte ich mir das Kleidungsstück über und schloss die Nestel, während ich aufstand und zu meinem Deckenlager auf die andere Seite des Feuers ging. Dort machte ich es mir bequem.

Erst dann stand Sir Rabanus auf und folgte mir. „Ich brauche wenig Schlaf, meine Braut. Außerdem könnten wir einen Versuch mit diesem Traum machen. Wir beginnen genauso wie die letzten beiden Male, in denen ich lenkend eingegriffen habe. Diesmal jedoch lasse ich dir irgendwann völlig freie Hand, wie du weiterzumachen gedenkst. Falls du Hilfe brauchst, kannst du mich jederzeit erreichen. Aber vielleicht ist das auch gar nicht notwendig. Vertraue darauf, dass du nichts falsch machen kannst, meine Braut. Du darfst dir alles vorstellen und es wird für dich entstehen. Wenn dir etwas nicht zusagt, verändere es zu dem, was dir gefällt. Ich bin mir sicher, dass du deine helle Freude daran haben wirst, in deiner anderen Gestalt ein Gebiet zu erkunden, dass dir hier und als Fanai noch Angst einflößt. – Sag mir, sobald du bereit bist und ich schicke dich auf die Reise."

Er hockte sich neben mich und ich sah zu ihm auf. Dann nickte ich und nahm Verbindung mit seinen schwarzen Augenseen auf. Ich stellte fest, dass es mir immer leichter fiel, mich einfach hineinfallen zu lassen und durch das Tor zu schreiten, das sich bereitwillig vor mir öffnete und hinter mir schloss.

*

Gegen Mittag des nächsten Tages ritten wir, uns an der Hand haltend, nebeneinander in den Burghof ein. Fast das ganze Gesinde hatte sich hier oder an den Fenstern versammelt. Die diensthabenden Wachen blickten vom Wehrgang zu uns herab, andere hatten sich unter die Dienerschaft gemischt. Selbst Dekert von Karelien stand mit undurchschaubarer Miene zu unserem Empfang auf der Treppe bereit. Baronin Bianca hatte sich bei ihm eingehakt und blickte uns, umgeben von ihrer gesamten Kinderschar erwartungsvoll entgegen. Auch Adalar erwartete uns bei der Familie. In seiner Nähe entdeckte ich Hilarius, der wohl ein Auge auf den Grafensohn haben sollte. Mein Vater musste diesen letzten Spross jetzt besonders gut bewachen lassen, denn er war sein einziges Pfand.

Herrschte zunächst noch Geraune um uns herum, so erstarb es urplötzlich, als wir in der Mitte des gepflasterten Platzes anhielten. Auch das Herumgezeige und das ungläubige Kopfschütteln hörten auf. Es trat eine seltsame Stille ein, hier und da nur von einer Kinderstimme unterbrochen, die schnell zum Schweigen gebracht wurde.

Nach einem kurzen Rundblick ließ Sir Rabanus meine Hand los, die er zuvor noch kurz bekräftigend gedrückt hatte. Mit einem triumphierenden Lächeln schwang er sich aus dem Sattel, schnallte die Satteltaschen ab und übergab sie Sir Marzellus, der sich unbemerkt aus der Menge gelöst hatte und sie unauffällig übernahm. Nach einer schnellen Umarmung trat er zurück. Dann schritt mein Bräutigam um die Ponys herum und hob mich, wie wir es vereinbart hatten, von meinem Reittier. Auch meine Satteltaschen schnallte er ab und reichte sie an Sir Marzellus weiter, der sogleich zur Stelle war. Unauffällig schenkte dieser mir ein aufmunterndes Lächeln, das ich mit gesenktem Haupt schüchtern erwiderte, ehe zu seinem Platz zurückkehrte.

Nun nahm mein Bräutigam mich an der Hand, sah mich liebevoll an, während ich die Augen weiterhin niedergeschlagen hielt. Erst dann gingen wir gemeinsam auf den Baron zu.

Das Gesinde hatte eine Gasse bis zur Treppe freigelassen, die wir nun würdevoll entlangschritten. Wir beide müssen schon einen seltsamen Anblick geboten haben. Sir Rabanus in seinem gewohnt sauberen, guten Leinengewand, mit Waffengurt um die Hüften und ich in meiner zwar reinen, allerdings oft gestopften und mit Flicken übersäten Bekleidung. Meine einzige Bewaffnung stellte der von Dilar erhaltene Dolch dar, der mit einem Zauber geschützt war. Für alle Augen war er eine ganz gewöhnliche einfache Klinge, ohne Zierrat und aus Holz und Stahl gefertigt. Einzig die Leibwächter meines Vaters und ich sahen ihn so, wie er wirklich war.

Ich ging barfuß und hinkte leicht. Für alle sichtbar biss ich die Zähne zusammen, das Antlitz zu einer schmerzhaften Miene verzogen. Obwohl ich gar nicht verletzt war, schlang sich ein Tuch um meinen Knöchel. Diesen kleinen Trick hatte mir Sir Rabanus auf dem Ritt hierher vorgeschlagen. Er hatte den Verband mir erst kurz bevor wir den um die Burg liegenden Wald verlassen hatten, angelegt. Damit, so meinte er, hätten wir einen Grund die Begrüßung abzukürzen.

Am Fuß der Treppe blieben wir stehen und verneigten uns vor dem Baron; der Ritter neben mir mit einem leichten Senken des Kopfes, ich mit einem ungeschickten Versuch den Oberkörper zu beugen. Kaum hatte ich dies bis zur Hälfte geschafft, griff ich mir mit der freien Hand an den Kopf und schwankte leicht. Sofort fing mich mein Bräutigam nicht nur auf. Er nahm mich gleich auf seine Arme.

„Seid gegrüßt, Vater! Wie Ihr seht, geht es unserer Braut nicht gut. Lasst Uns sie in ihr Gemach bringen, wo sich Notker um sie kümmern kann. Danach stehen wir Euch gerne zur Verfügung", rettete er die Situation.

Mich überlief ein Schauder nach dem anderen und ich hatte Mühe meine Leidensmiene aufrechtzuerhalten, so gut fühlte ich mich. Was mir allerdings leicht fiel, war, mich auf seinen Armen zu entspannen. Nicht zuletzt hatte der Traum von vergangener Nacht dazu beigetragen, mich bei ihm so wohl zu fühlen. Den Kopf an seine Schulter gelehnt und die Hand noch immer an mein Haupt gepresst,

56

muss ich wohl ein Bild des Jammers abgegeben haben.

Auf jeden Fall tuschelte es wieder um mich herum, bevor Dekert von Karelien dem Ganzen ein schnelles Ende bereitete. „Wir grüßen Euch auch, Eidam. Es freut uns, Euch wohlbehalten wiederzusehen. Geht nur und sorgt für Eure Braut. Sobald sie gut versorgt ist, sehen Wir Uns in unserer Schreibstube. Ihr habt mir einiges zu erklären." Mit einem Wink seiner Hand entließ er uns. Dann wandte er sich an seinen Schreiber. „Sir Marzellus, Ihr werdet die Güte haben, der Unterredung mit Sir Rabanus beizuwohnen."

Der Angesprochene beugt leicht den Kopf und entgegnete: „Wie Ihr wünscht, Baron Dekert." Dann folgte er uns, die wir bereits auf dem Weg in den Westturm waren. Sir Rabanus bestand darauf, mich die ganze Strecke zu tragen. Falls uns jemand vom Gesinde sehen würde, wäre es nicht ratsam gewesen, dass er mich eigenständig laufen sah, war seine Begründung. Selbst nachdem wir die Tür im Untergeschoss des Westturms hinter uns geschlossen hatten und ich zwar leise, aber bestimmt, darauf bestand, von ihm auf den Boden gestellt zu werden, meinte er: „Es ist mir eine Ehre, meine Braut in ihr Gemach zu tragen. Da wir die Hochzeitsnacht nicht auf diese Weise beginnen konnten, holen wir diesen Teil eben jetzt nach." Sein anzügliches Grinsen verriet mir, dass er noch weit mehr dachte, als er aussprach.

Auch Sir Marzellus, der uns noch immer folgte, lächelte wissend, zuckte die Schultern und nickte mir zu, als ich zu ihm zurückblickte. Erst, nachdem wir in meinem Zimmer angekommen waren, setzte Sir Rabanus mich auf meinem Bett ab.

Ich sah ihn liebevoll an, neigte den Kopf graziös und bedankte mich, indem ich ihm die Hand zum Kuss reichte. „Es war sehr aufmerksam von Euch, mein Bräutigam. Ich danke Euch."

„Mehr als einen Handkuss wollt Ihr mir nicht gewähren, meine Braut? Womit habe ich Euch erzürnt?", spielte er das Theater noch etwas mit, beugte sich dann aber zu mir herunter und küsste mich, ehe ich seine Absicht erkannte, leidenschaftlich auf den Mund. Es war allerdings nur ein kurzer Kuss.

„Es tut mir leid, dass ich dir jetzt nicht mehr Zeit widmen kann,

Fanai, aber wie du gehört hast, ruft die Pflicht. Marzellus und ich müssen den Baron aufsuchen. Notker wird bestimmt auch gleich erscheinen, außerdem hat Marzellus dafür gesorgt, dass Meinrad sich an der Tür zum Turmaufgang postiert. Niemand außer dem Heiler wird bis zu dir durchdringen. Und Notker weiß auch Bescheid, was deine Verletzungen anbelangt. Du weißt, dass man ihm vertrauen kann. – Und nun ruh dich aus. Sobald ich meine Unterredung mit dem Baron beendet habe, werden wir hier oben gemeinsam das Mittagsmahl einnehmen. Bis später, geliebte Braut. Ich kann es kaum erwarten Euch wiederzusehen und in meine Arme zu schließen." Mir einen Luftkuss zuwerfend, verließ er, von dem sich köstlich amüsierenden Sir Marzellus am Arm gepackt, mein Gemach.

„Lasst mich nicht zu lange warten, geliebter Bräutigam!", rief ich ihm scherzend hinterher.

Bevor der mittelblonde Ritter die Tür hinter sich schloss, meinte er: „Jetzt hättest du Zeit um zu lesen. Das Buch liegt auf dem Tisch. Außerdem habe ich dir in dem Krug etwas gekühlte Ziegenmilch bereitgestellt. Du wirst sicherlich durstig sein. Bis später."

Nun war ich allein. Ich atmete tief durch, dann löste ich den Verband von meiner Fessel und setzte mich an den Tisch. Die Milch tat nach dem Ritt durch die Mittagshitze und der ganzen Aufregung gut. Anschließend wollte ich in dem Buch nach der Geschichte suchen, die mir Sir Rabanus empfohlen hatte. Leider betrat da Notker mein Gemach. So verschob ich das Lesen auf später.

„Da bist du ja wieder, Fanai! Willkommen zuhause!", rief er ehrlich erfreut aus, kaum, dass er die Tür hinter sich geschlossen hatte.

„Danke, Notker, du scheinst einer der Wenigen zu sein, die sich freuen mich wiederzusehen", merkte ich an und lächelte gequält.

„Dass der Baron dich nicht mit offenen Armen empfängt, nachdem du ihn mit deiner Flucht so blamiert hast, ist ihm nicht zu verdenken. Baronin Bianca indessen, soll ich dir ausrichten, freut sich genauso aufrichtig wie deine Halbgeschwister. Sie war ehrlich in Sorge um dich. Natürlich kann sie ihrem Gemahl in aller Öffentlichkeit nicht in den Rücken fallen, wie du sicherlich verstehst. Außerdem darf ich dir von Hilarius und Meinrad noch mitteilen, dass sie erleichtert sind, dass du heil hier angekommen bist. Sie haben mich schon gefragt, wann du mit ihnen wieder Wache schieben darfst. Und damit kommen wir auch schon zu dem Grund meines Besuchs. Sir Rabanus wird dir bereits ausgerichtet haben, dass ich Bescheid weiß über deine angeblichen Verletzungen. Wir fanden es besser, dich so vor dem Zorn Baron Dekerts schützen zu können. Er soll sich erst mal beruhigen. Da das noch ein paar Tage dauern wird, verordne ich dir für die nächsten fünf Tage erst einmal offiziell Bettruhe. Sir Rabanus wird das gar nicht recht sein, aber Sir Marzellus und ich fanden diese Lösung noch immer die beste. Wie sonst soll ich erklären, dass du dich morgens auf dem Turnierplatz mit Schwert und Dolch übst, aber nicht zur Frühmahlzeit erscheinst? Oder dass du am Unterricht im Lesen und Schreiben bei Sir Marzellus teilnimmst, dem Mittagsmahl allerdings fernbleibst? Außerdem kannst du mit einem geprellten Knöchel und vollkommen erschöpft keinen Wachdienst vor dem Gemach des Grafen Adalar antreten, ganz zu schweigen von so etwas Anstrengendem wie die Kampfübungen. Zu deiner Sicherheit verbiete ich weiterhin jegliche Besuche." Notkers lange Erläuterung schien ihn so angestrengt zu haben, dass er sich den Hocker nahm und sich zu mir an den Tisch setzte.

„Soll das heißen, dass ich hier eingesperrt bin und niemanden zu Gesicht bekomme? Haben Sir Marzellus und du beschlossen mich so dafür zu bestrafen, dass ich getan habe, was die Prophezeiung von mir verlangt? Ich …", empört sah ich Notker an, der vollkommen ruhig zugehört hatte.

„Nein!", unterbrach mich der weißhaarige Mann entschieden. Seine faltigen Hände legte er locker auf meine auf dem Tisch liegenden geballten Fäusten. „Deine beiden Lehrer und ich werden dir Gesellschaft leisten, so oft und solange es unsere jeweiligen Aufgaben erlauben. Außerdem wird dir einer der beiden dein Mahl heraufbringen. Ich bin mir sicher, dass es dir nicht langweilig wird. So wie ich die Ritter einschätze, werden sie sich schon etwas ausdenken, um dich zu beschäftigen. Womit wir bei einem für dich bisher schwierigen Problem wären." Er sah mich lange schweigend an, als schätze er ab, ob er die Frage wirklich stellen sollte.

„Und was meinst du damit? Notker, wir kennen uns schon seit meiner Geburt. Du bist so etwas wie ein Onkel für mich. Wir haben immer offen über alles gesprochen und du hast nicht nur versucht meine körperlichen, sondern auch meine seelischen Wunden zu heilen. Nun sprich auch offen aus, was du meinst", forderte ich ihn auf, als ich es nicht mehr aushielt.

„Du weißt, dass ich nicht gern um den heißen Brei herumrede, deshalb frage ich dich ganz offen: Hast du mit Sir Rabanus schon einmal das Lager geteilt?" Der alte Mann sah mich besorgt an. Noch immer bedeckten seine sehnigen Hände die Meinigen, die ich allerdings nicht mehr zu Fäusten geballt hatte, sondern nun flach auf der Tischplatte lagen.

„Nein. Ich war nahe dran es auszuprobieren, aber Sir Rabanus wollte, dass wir damit noch warteten. Er meinte, ich wäre wegen meiner kürzlichen Heilung von einer schweren Verletzung noch körperlich geschwächt. Außerdem hatte er Bedenken, dass ich in Panik geraten könnte und das wollte er auf jeden Fall vermeiden. Mehr als leidenschaftliche Küsse haben wir noch nicht ausgetauscht. Allerdings hat er gestern Abend mit seinen Berührungen und Küssen auf meinem Leib seltsame und wundervolle Gefühle in mir ausgelöst. Weißt du Notker, ich war mir sicher, dass er, wenn er weitergemacht hätte, bei mir weder Unwillen noch Panik ausgelöst hätte. Ich hätte mich ihm freiwillig und mit Freude hingegeben. Allein dieses Kribbeln und die Wellen, welche seine Hände und seine Küsse bei mir auslösen, bringen mich in einen Zustand, der wie Schweben ist. Ich bin mittlerweile gerne mit ihm zusammen. Und es macht mir auch nichts mehr aus, von ihm berührt zu werden. Im Gegenteil! Ich genieße es jedes Mal, wenn er mich anfasst. Von ihm strömt etwas Beruhigendes in mich. Wie soll ich das nur beschreiben?", versuchte ich ihm klar zu machen, was zwischen meinem Bräutigam und mir geschah.

„Du hast dich in ihn verliebt, Fanai", stellte Notker lächelnd fest. „Ich freue mich für dich." Seine Hände umfassten meine und drückten sie kurz, dann zog er sie zurück. „Wenn ich dein Antlitz betrachte, wie es leuchtet und deine Augen strahlen, deine Wangen rosig werden und mit welchen Worten du eure Beziehung beschreibst, bin ich mir vollkommen sicher. Allerdings bewundere ich deinen Bräutigam auch für seine Zurückhaltung und Umsicht. Er hat recht, wenn er meint, dass dein Leib sich von der Verletzung durch das Horn erholen muss. – Sieh mich nicht so ungläubig an, Fanai! Sir Marzellus und Sir Rabanus haben eine ganz eigene Art und Weise, miteinander zu reden. Noch bevor ihr hier angekommen seid, hat mir der blonde Ritter erzählt, was dir widerfahren ist. Aber was ihr sonst besprochen oder gestern Abend getan habt, davon war keine Rede. Nein, alles sagen die beiden mir dann doch nicht. Und was, von dem Ganzen Sir Marzellus erfährt; ich rede hier zum Beispiel von den Zärtlichkeiten; weiß ich auch nicht. Es wird wohl Dinge geben, die auch Sir Rabanus nicht weitererzählt. Aber das musst du ihn selbst fragen. – Bitte lass dir Zeit mit dem, wie weit du zulässt, dass dein Bräutigam deinen Leib berühren darf. Ich hätte von diesem geheimnisvollen Mann nicht erwartet, dass er so feinfühlig sein kann und sich so zurückhält. Du weißt, dass er den Vollzug eures Bundes eigentlich noch im Tempel selbst hätte fordern können?"

„Im Tempel? Vor dem Heiler, Sir Marzellus, Hilarius und Meinrad?", rief ich empört und erschrocken aus. „Du scherzest, Notker!"

„Nein, das tue ich nicht! Das tangalanische Zeremoniell erlaubt, so manches, wie du ja auch anhand dieser – zum Glück nicht stattgefundenen – öffentlichen Vereinigung mit ihren vielfältigen Möglichkeiten erfahren hast. – Aber reden wir jetzt nicht davon. Da dies alles nicht geschehen ist, was sollst du dir darüber Gedanken machen? ..." Der Heiler winkte gerade ab, als er auch schon unterbrochen wurde.

„Was ist nicht geschehen? Und worüber soll meine Braut sich keine Gedanken machen, Notker?" So wie Sir Rabanus das sagte, musste er wohl mehr gehört haben, als nur den letzten Satz. Er betrat gerade, gefolgt von Sir Marzellus mein Gemach. Beide trugen Tabletts mit dampfenden Schalen, Bechern und Kannen.

Wir machten ihnen auf dem Tisch Platz, damit sie dort alles abstellen konnten. Notker stand auf und knipste dem dunklen Ritter mit einem Auge zu.

„Schade, dass ich gehen muss. Ich würde mir gerne anhören, wie Ihr Eurer Braut erklärt was die tangalanische Zeremonie erlaubt. Könnte ganz amüsant werden", verabschiedete der ältere Mann sich und verschwand auch schon durch die Tür.

„Was hat er dir über das tangalanische Zeremoniell erzählt, Fanai? So wie du mich ansiehst, scheinst du mich gerade auf eine Stufe mit deinem verhassten Halbbruder Drutmar gestellt zu haben", wollte der dunkelhäutige Mann besorgt wissen.

Während Sir Marzellus so tat, als ginge ihn das alles gar nichts an und das Geschirr und die Speisen verteilte, trat mein Bräutigam dicht vor mich. Ich stand auf halbem Weg zwischen Tisch und Bett und sah zu ihm auf. Da ich die Auswirkungen meiner Worte auf ihn sehen wollte, um zu erkennen, ob er log oder die Wahrheit sagte, zwang ich mich dazu.

„Notker hat gesagt, dass Ihr den Vollzug unseres Bundes noch im Tempel hättet fordern können. Ist das wahr? Und er sagt auch, dass die Zeremonie noch so manches andere erlaubt. Diese öffentliche Vereinigung sei nur eine der vielfältigen Möglichkeiten. Was davon hättet Ihr mir angetan, wenn ich nicht schon bei dem Kuss …" Nein, ich schrie ihn nicht an. Meine Stimme blieb gefasst, bis ich im Hals etwas aufsteigen fühlte, was mich verstummen ließ. Tränen rannen meine Wangen herab.

„Nichts von alledem hätte ich dir angetan, meine Braut. Bitte beruhige dich! Du warst so in dir gefangen, dass ich mir sicher war dich allein mit diesem Kuss zurückholen zu können. Glaubst du wirklich, nach dem, was Drutmar dir gerade antun wollte, hätte ich da weitergemacht, woran ich ihn gerade noch gehindert hatte?" Er sprach leise und eindringlich. Das Wichtigste für mich war allerdings, dass er mich dabei offen ansah.

„Wenn du es wirklich wissen willst, was es mit dem tangalanischen Zeremoniell auf sich hat, werde ich es dir erklären. Du sollst genau erfahren, warum und wie es entstand. Außerdem verspreche ich dir, den genauen Ablauf zu erläutern, falls du auch darauf neugierig bist. Aber bitte hör auf zu weinen!" Ganz vorsichtig fuhr seine Hand über meine Wange und wischte die Tränen weg. Ich schniefte nur, ließ es aber geschehen. Seine Berührung tat gut und erweckte dieses leichte Kribbeln.

„Bevor ihr solche ernsten Gespräche führt, solltet ihr euch erst einmal stärken!", meldete sich der mittelblonde Mann zu Wort. „Das Mahl wird sonst kalt und ich habe mich nicht von der Küche bis hierher beeilt, damit ich gleich Speisen zu mir nehmen muss, die nur noch lauwarm sind. Setzt euch endlich an den Tisch, ihr beiden!"

„Kommt Ihr, meine Braut? Lasst Euch von mir mit den köstlichsten Genüssen verführen, welche die Küche dieser Burg zu bieten hat", zog er mich auf, woraufhin ich lächeln musste.

Als er mir seinen Arm reichte, legte ich meine Hand darauf. Gemeinsam schritten wir zur Tafel. Dort zog er den Stuhl für mich zurück, ließ mich Platz nehmen und schob ihn sogleich wieder an den Tisch heran. Dann setzte er sich mir gegenüber auf den Hocker.

„Und Ihr, Sir Marzellus?", fragte ich, da mir gerade auffiel, dass ich nur zwei Sitzgelegenheiten in meinem Gemach hatte. „Es kommt nicht infrage, dass Ihr steht, während ich sitze. Es ist an mir, Euch meinen Stuhl anzubieten, zumal Ihr den höheren Rang bekleidet." Schon wollte ich mich erheben, da rutschte meine Kleidertruhe vom Bettende auf uns zu. Überrascht und erstaunt sah ich, wie sie sich quer vor dem Tisch platzierte, sodass Sir Marzellus sich bequem auf ihr niederlassen konnte, um zu speisen.

„Nun, Fanai, meinst du nicht, dass ich hierauf auch sehr gut sitzen kann?" Ein spitzbübisches Grinsen lag auf seinem Gesicht, als er sich setzte und zu essen begann.

„Wenn du schon den Mund aufmachst, meine Braut, dann bitte so, dass ich die Speisen auch hineinlegen kann", meinte mein Bräutigam. Er hielt mir einen Bissen Braten zwischen zwei Fingern hin.

Etwas irritiert wendete ich ihm den Kopf zu, woraufhin er mir das Stück auf die Zunge legte. Dann schloss er sanft meinen Mund, indem er mir zwei Fingern unter mein Kinn legte und so meinen

Unterkiefer nach oben schob. Ohne darüber nachzudenken, begann ich bei dem herrlichen Geschmack sogleich zu kauen.

„Das war nur eine kleine magische Vorführung, Fanai. Tu nicht so, als wäre dir nicht schon länger klar, dass wir mehr sind, als wir scheinen. Du vermutest schon lange, dass wir beide Magie beherrschen. Und ja, wir sind Magier. Allerdings gehören wir nicht zu den großen Meistern. Ich denke, dir wird jetzt so einiges klar. Und meine Offenbarung gibt dir genug Stoff zum Nachdenken für die nächsten Tage", meinte Sir Marzellus und steckte sich einen Löffel voll Salat aus Kräutern in den Mund.

„Bist du fertig mit dem Kauen? Dann mach den Mund auf und genieße das hier!", forderte mich Sir Rabanus auf, indem er mir auf einem Löffel das gleiche anbot, was sein Freund gerade mit Genuss verspeiste.

Beide abwechselnd ungläubig musternd, tat ich, was er verlangte und stellte fest, dass die Kräuter wirklich sehr gut schmeckten. Seit ich mit an der Tafel der adligen Familie essen durfte hatte ich Speisen kennengelernt, von denen ich gar nicht wusste, dass es sie gab.

„Jetzt hast du ihn aber neugierig gemacht, Marzellus", stellte Sir Rabanus fest und aß auch etwas von dem Grünzeug. „Dich wird Fanai in den nächsten Tagen wegen der Magie löchern und mich, was die tangalanische Hochzeitszeremonie angeht. Und weißt du, dabei wird er es nicht belassen, so wissbegierig, wie er ist. Ich fürchte, dass wir uns noch einige andere Aufgaben suchen sollten, um nicht allzu viel Zeit für seine Fragen zu haben." Sein Lächeln nahm seinen Worten die Spitze.

„Da dürftest du recht haben. – Aber vergiss nicht, dein Vögelchen zu füttern, damit es wenigsten beim Speisen den Mund hält." Sir Marzellus Aufforderung wäre gar nicht notwendig gewesen, da ich momentan wirklich nicht dazu in der Lage war, etwas Vernünftiges zu der Bestätigung für meine lange gehegten Vermutungen zu sagen.

15. Kapitel: Viele Dinge klären sich

Die folgenden fünf Tage liefen bei Weitem nicht so erholsam für mich ab, wie ich das zunächst vorgestellt hatte. Nun ja, eigentlich hatte ich sogar gedacht, dass sie recht langweilig sein würden. Da ich ja nicht hinunter auf den Turnierplatz durfte, glaubte ich, dass mein Tag wie folgt aussehen würde: Morgens lange schlafen, dann das Frühmahl von Sir Rabanus vorgesetzt bekommen und anschließend Sir Marzellus mit Fragen löchern. Nach dem von Sir Marzellus servierten Mittagsmahl würde ich Sir Rabanus mit Fragen löchern. Wenn er dann genug von mir hatte, wollte ich in dem Buch von Sir Marzellus lesen, ehe ich das Abendmahl von beiden Rittern kredenzt bekommen würde. Anschließend konnte ich beide Männer mit Fragen löchern, um zuletzt Schlafen zu gehen.

Der Nachmittag unserer Ankunft sah jedenfalls genau nach der Langeweile aus, die ich aufgrund Notkers Ankündigung vor mir gesehen hatte.

Schon während des Mahls verkündeten meine Lehrer, dass sie an diesem Nachmittag keine Zeit für mich hätten. Ihre Aufgaben ließen ihnen keinen Freiraum, um mir Gesellschaft zu leisten. Sie würden erst mit dem Abendmahl, das sie mit mir gemeinsam einzunehmen gedachten, wieder zu mir kommen. So lange könnte ich mich mit dem Lesen der restlichen Geschichten in dem Buch beschäftigen. Allerdings bestand mein Bräutigam darauf, dass ich mich nach dem Mittagsmahl noch etwas aufs Bett legte und schlief. Zunächst weigerte ich mich mit der Begründung, dass ich überhaupt nicht müde wäre. So anstrengend sei der Ritt nun auch nicht gewesen. Erst nachdem er mir einen interessanten Traum versprach, ließ ich mich überreden, ihm in die *Moorseen* zu schauen. Allzu schnell versank ich darin und schlüpfte gleich darauf durch die offen stehende Tür in der himmelhohen Mauer.

Ich stehe im Tempel vor dem Heiler, der uns soeben verbunden hat. Sir Rabanus zieht mich an sich und küsst mich leidenschaftlich. Diesmal erwidere ich die Liebesbezeugung nur allzu gern und genauso heftig, wie er. Einen endlos scheinenden Moment schwebe ich regelrecht vor Glück. Ja, ich habe mich wirklich und wahrhaftig in diesen geheimnisvollen Tangalaner verliebt.

„Würde der Bräutigam die Braut wieder loslassen, damit auch Wir und die übrigen Gäste Euch und der Braut gratulieren können? Nicht, dass Ihr sie vor Verlangen noch aufesst." Die Worte des Zelebranten reißen uns beide aus diesem herrlichen Augenblick heraus.

„Verzeiht! Aber wie Ihr sicherlich verstehen könnt, waren wir ganz überwältigt", entschuldigt sich mein Bräutigam sichtlich verlegen. Dann flüstert er mir zu: „Bist du damit einverstanden, dass meine Familienangehörigen dich nach tangalanischer Tradition und der damit verbundenen Zeremonie in die Familie aufnehmen?"

„Das heißt?", frage ich ebenso leise und sehe ihn voller Liebe an.

„Mein Vater und mein Bruder würden dich jeweils auf jede Wange küssen und dann auch auf den Mund. Wobei auf den Mund eigentlich nicht ganz stimmt. Du müsstest es ihnen schon erlauben dich genauso wie wir es gerade getan haben, küssen zu lassen. Ich weiß, ich erwarte etwas von dir, was dir sehr schwer fällt, aber es würde mir viel bedeuten. Würdest du es für mich tun, meine Geliebte?" Seine verlegene Erklärung macht ihn für mich so anziehend, dass ich ihm den Wunsch gewähre.

„Wenn es Euch so viel bedeutet, tue ich es gerne für Euch, mein Bräutigam", hauche ich und sehe ihm mit heiß werdendem Antlitz in die Augen. „Und wer sind Euer Bruder und Euer Vater? Stellt Ihr mich Ihnen wenigstens erst vor? Oder wollt Ihr, dass ich erst Fremde küsse, bevor ich feststelle, wer sie wirklich sind?" Ich blicke mich im Raum nach weiteren Männern um, kann aber niemanden außer dem Heiler, Sir Marzellus, Hilarius und Meinrad erkennen. Da durch die Kerzen der ganze Tempel ausgeleuchtet ist, kann sich auch niemand in den Schatten verstecken.

„Darf ich dir meinen Bruder vorstellen", sagt mein Bräutigam und zeigt auf meine rechte Seite, an der noch immer Sir Marzellus steht.

Ich wende mich ihm zu und schaue ihn verblüfft an. „Ihr seid sein Bruder?"

66

„*Das bin ich wohl, meine Schwester*", stellt er mit vergnügtem Grinsen fest. „*Wir hatten nicht die gleiche Mutter, wie du unschwer erkennen kannst. – Dürfte ich dich trotzdem auf tangalanische Art in unserer Familie begrüßen?*"

„*Oh, natürlich, Sir Marzellus*", erlaube ich es ihm etwas verwirrt. „*Ihr seid kein Fremder für mich, deshalb wird es mir nicht schwerfallen, dem Ritual gemäß von Euch geküsst zu werden.*

„*Aber dass du es nicht allzu sehr genießt, werter Bruder!*", schaltet sich mein Bräutigam mit einem spitzbübischen Grinsen ein. Ich habe mich ihm wieder zugewandt, als er zu reden begann, weil ich dachte, er würde erst noch etwas zum Ablauf sagen wollen.

„*Du gönnst mir nicht einmal dieses kleine Vergnügen, Bruderherz?*" Der mittelblonde Mann verzieht beleidigt sein Gesicht.

„*Dann tu es endlich, bevor meine Braut es sich noch anders überlegt!*", stimmt Sir Rabanus lachend zu und dreht mich zu seinem Bruder hin.

Kaum stehe ich dem hübschen Mann mit den grau-grünen Augen gegenüber, zieht er mich auch schon an sich, küsst mich erst leicht auf die linke, dann auf die rechte Wange und nimmt zum Schluss meine Lippen mit den seinen gefangen. Seine rechte Hand liegt auf meinem Hinterkopf und lässt mir keine Wahl ihm auszuweichen. Seine zweite gespreizte Hand ruht fest auf meinem Rücken und drückt meinen Körper besitzergreifend gegen den seinen. Als ich ihm so gezwungenermaßen erschrocken in die Augen blicke, will ich mich gegen ihn aufbäumen. Sogleich spüre ich eine Welle der Beruhigung von seinem Leib ausgehen und ich entspanne mich und genieße, was er tut. Auch, dass seine Zunge Einlass in meinem Mund begehrt, verwundert mich nun nicht mehr. Langsam öffne ich ihn und spüre, wie er mir mit der seinen etwas hineinschiebt. Kurz bin ich irritiert von dem kleinen glatten Gegenstand, der sich seltsam anfühlt.

So plötzlich, wie er mich an sich gedrückt hat, lässt er mich auch wieder los. Etwas schwindelig stolpere ich zwei Schritte rückwärts, werde aber sofort von meinem Bräutigam aufgefangen.

„*Hoppla, Geliebte, küsst er so gut, dass ich mir Sorgen machen muss?*", will er dann auch sogleich wissen und dreht mich zu sich *um.*

Ich nehme erst einmal das Geschenk aus meinem Mund und schaue es mir an. Es handelt sich um einen daumennagelgroßen und ebenso geformten, goldgefassten Smaragd, in den ein tangalanisches Zeichen eingraviert ist. Er gefällt mir und ich wende mich meinem Schwager nochmals zu. „Danke, es ist ein sehr schönes Geschenk. Würdet Ihr mir auch erklären, um was für ein Symbol es sich handelt?"

„Es ist das Zeichen für Treue, werte Schwester. Es freut Uns, dass es dir zusagt. Wenn du erlaubst: Wir haben auch die passende Kette dabei. Zu gerne würden Wir sehen, wie sehr es deine Schönheit hervorhebt." Sir Marzellus wartet eine Antwort gar nicht erst ab. Wo die fein gearbeitete Goldkette in seiner Hand so plötzlich herkommt, ist mir noch immer ein Rätsel, aber inzwischen weiß ich ja, dass er ein Magier ist. Das erklärt so einiges. Auch, wie das Schmuckstück, ohne, dass er es mir aus der Hand nimmt, an die Kette gelangt. Das Vergnügen, sie mir persönlich umzulegen, genießt er dann aber selbst.

„Sie unterstreicht deine Schönheit auf das Vortrefflichste!", bemerkt er sogleich, nachdem er zwei Schritte zurückgetreten ist.

„Ja, Bruderherz, du hast, wie immer Geschmack bewiesen. Allerdings soll es das letzte Mal gewesen sein, dass du meine Braut auf solche Art vereinnahmst." Die Drohung ist nicht ernst gemeint, denn Sir Rabanus lacht dabei.

„Und nun stellen Wir dir Unseren Vater vor", erinnert er mich daran, dass ich noch ein Mitglied seiner Familie kennenlernen soll. An den Schultern gefasst dreht er mich so, dass ich dem Heiler gegenüberstehe. „Dürfen Wir dir unseren Vater vorstellen?"

„Es freut Uns, dass unser Sohn einen solch guten Geschmack bewiesen hat. Willkommen in Unserer Familie, Tochter!", begrüßt er mich, steigt die Stufe herunter und umarmt mich.

Völlig überrascht lasse ich es geschehen.

„Erlaubst du auch Uns dich auf die gleiche Weise, wie unsere Söhne, in die Familie aufzunehmen? Es wäre Uns eine Ehre das Zeremoniell weiterzuführen", meint er, nachdem er mich losgelassen

hat.

„Wie könnt Ihr der Vater dieser Männer sein? Ihr seid doch selbst nur wenig älter als sie?", rutschen mir die Fragen heraus, ehe ich mir die Hand vor den Mund halten kann.

Doch der Heiler lächelt nur und ergreift sanft genau jene Hand, zieht sie von meinen Lippen und haucht einen leichten Kuss auf den Handrücken. „Meine Tochter, du schmeichelst Uns. Unser Aussehen täuscht über die sekels hinweg, die bereits hinter Uns liegen. Wie du bereits erfahren hast, sind wir Magier, daher altern wir sehr viel langsamer als dies gewöhnliche Menschen tun. – Doch genug der Erklärungen, lass Uns dem Ritus Genüge tun. Was also antwortest du Uns auf Unsere Frage?" Erst jetzt entlässt er meine Hand wieder und sieht mich mit seinen schwarzen Augen liebenswürdig lächelnd an.

„Natürlich stimme ich zu. Auch Ihr seid für mich kein Fremder. Leider weiß ich nicht, wie ich Euch ansprechen soll. Bitte vergebt mir meine Unkenntnis, denn es ist meine erste Verbindung und ich bin davon überrascht worden, die Braut Eures Sohnes zu werden." Ich bin etwas verlegen, da ich nicht weiß, ob ich vor ihm einen Knicks machen muss oder ein leichtes Neigen des Hauptes ausreicht. Da ich seinen Rang nicht kenne, kann ich nicht einschätzen, welche Fehler ich mache. Hoffentlich ist mir deshalb keiner böse.

„Rede Uns einfach mit Vater an. So wie du durch die Verbindung mit Unserem Sohn Unsere Tochter wurdest, sind Wir zu deinem Vater geworden. Eine einfache Sache, oder? Und um Förmlichkeiten mache dir heute keine Gedanken! Als Unsere Tochter genügt es, wenn du Uns deine Ehrerbietung durch leichtes Neigen deines so bezaubernden Hauptes erweist. – Können Wir nun fortfahren?"

Ohne meine Antwort abzuwarten, küsst er mich sogleich auf beide Wangen, erst links, dann rechts.

„Oh, Tochter, du wirst ja rot. Das erlebt ein alter Mann recht selten", zieht er mich auf. Warum er sich so bezeichnet, ist mir aufgrund seines Aussehens ein Rätsel. Sein Alter schätze ich auf etwa fünfunddreißig Sommer.

Noch ehe ich mir darüber weitere Gedanken machen kann, liege ich schon in seinen Armen. Anders als seine Söhne sorgt er dafür, dass ich mich leicht nach hinten neige und er sich über mich beugt. Die Berührung seiner Lippen ist zunächst so leicht wie Schmetterlingsflügel, sodass ich verwundert in seine schwarzen glänzenden Augen blicke. Dann spüre ich, wie er die Lippen öffnet und mit der Zunge um Einlass in meinen Mund bittet. Wie kann ich dieser sanften Aufforderung widerstehen, zumal mich gleichzeitig ein Gefühl übermannt, dass ich bisher nur mit meinem Bräutigam in Verbindung gebracht habe. Mein ganzer Leib kribbelt.

Schon frage ich mich, ob es richtig ist, was ich da zulasse, da merke ich, wie seine Zunge meine Lippen nachzeichnet und dadurch dieses Kribbeln noch verstärkt. Mit dem Eindringen seiner Zunge in meinen Mund verliere ich endgültig die Gewalt über meinen Körper. Ich habe das Gefühl, über dem Boden zu schweben, nur gehalten von den kräftigen Armen meines Schwiegervaters. Aber er ist noch nicht fertig, denn anders als Sir Marzellus, der mir sein Geschenk schnell von seinem in meinen Mund geschoben hat, zögert er seine Übergabe noch etwas hinaus. Plötzlich liegt seine Zunge auf der meinen und drückt sie fest herunter. Schon will ich mich gegen eine solche Behandlung wehren, als von seinem Mund etwas zu mir herüberzufließen scheint. Es ist zwar nicht flüssig, sondern eher wie ein Lufthauch, dennoch muss ich schlucken. Gleichzeitig mit dem Hinuntergleiten dieser Brise, merke ich, wie mein Leib sich total entspannt.

Eine Erkenntnis macht sich in mir breit und öffnet eine Tür in meinem Verstand, die fest verriegelt und mit Schlössern versehen war. Dahinter liegt ein sonnendurchfluteter Raum, an dessen Wänden rundherum vom Boden bis zur Decke reichende Regale stehen. Diese sind voller Bücher in den unterschiedlichsten Rückenfärbungen, Formaten und Umfängen.

Ich merke, wie ich leichtfüßig das Gemach betrete. Mein Blick wandert die einzelnen Bretter entlang und auch nach oben. Dort fallen die Sonnenstrahlen durch ein gewölbtes Regenbogenglas, welches den Abschluss des Raumes bildet. Obwohl sich auf dem Steinfußboden entsprechende Farbtupfer zeigen, wirkt sich das bunte

Licht nicht auf die Helligkeit im Zimmer aus. Die Schrift oder die entsprechenden Zeichen auf den Buchrücken kann ich allesamt erkennen, egal wo sie stehen. Und noch ein seltsamer Umstand kommt mir zupass. Die Werke sind in den verschiedensten bekannten Sprachen des Großkönigreiches verfasst. Aber es gibt auch Bücher darunter, welche mit Schriftzeichen in alten nicht mehr gesprochenen Dialekten oder völlig fremden Mundarten gekennzeichnet sind. Doch auch diese verraten mir ihre Titel, ohne, dass ich viel darüber nachdenken muss, zu welcher Sprache die Symbole gehören.

Ich bin so überwältigt von der Flut des Wissens, welches mich umgibt und der Erkenntnis dies alles selbst lesen zu können, dass ich erschrocken zusammenfahre, als mich jemand von hinten anspricht.

„Dies alles schenke ich der Braut meines Sohnes und meinem Tochtersohn", offenbart mir eine Männerstimme in meinem Rücken. Gleichzeitig legt sich eine Hand auf meine Schulter und dreht mich zu sich um.

Nun stehe ich dem Heiler und Zelebrant gegenüber. Er lächelt mich etwas gezwungen an. Ich habe den Eindruck, dass er zwischen Freude und Schmerz hin- und hergerissen ist. Seine Hand ist von meiner Schulter unter mein Kinn gewandert und umfasst es zart, aber bestimmt. Dann dreht er mein Haupt mal nach links, mal nach rechts. Schließlich schüttelt er den Kopf mit einer traurigen Miene und lässt mein Kinn wieder los. Dafür streckt er beide Hände mit den Handflächen nach oben in meine Richtung aus.

„Vertraust du mir, Fanai? Bist du gewillt, deine Hände derart auf die meinen zu legen, dass sich nur unsere Finger berühren? Ich möchte etwas überprüfen. Du musst keine Angst haben, denn was ich zu tun gedenke, wird nicht schmerzen." Der Mann lächelt mich so vertrauenerweckend an, dass ich das Gefühl habe, ihm keinen Wunsch abschlagen zu können. Außerdem wähne ich, ihn schon viel länger zu kennen, als seit meiner ersten Heilung.

„Bevor ich dies tue, Vater, erklärt mir bitte euren Satz, in dem Ihr mir und Eurem Tochtersohn diesen Reichtum an Wissen zum Geschenk macht", fordere ich. Mir ist auch aufgefallen, dass er im vertrauten Du mit mir spricht und mich damit auf eine Stufe mit sich

hebt. Doch darauf will ich ihn noch nicht ansprechen. Vielleicht würde mir ja schon seine Antwort auf meine Bitte die Erkenntnis bringen.

„Du spielst auf den zweiten Teil meines Satzes an und das zu Recht, denn wie wir alle wissen, bist du im Leib eines Mannes geboren, wenn du jetzt auch in Gestalt einer Frau vor mir stehst. Und als Mann kannst du meinem Sohn keine Kinder schenken und folglich auch mir keinen Tochtersohn. Das ist mir völlig klar, aber darum geht es ja auch nicht. Ich habe eine Befürchtung, die unsere Beziehung und auch die deine zu meinem Sohn verändern wird, sollte sie sich als wahr erweisen. Doch bevor ich deiner Bitte entsprechen kann, muss ich mir erst selbst Klarheit verschaffen, Fanai. Bitte vertraue mir und reiche mir deine Hände!" Er sieht mich mit seinen schwarzen pupillenlosen Augen so eindringlich an, dass ich schließlich nachgebe und meine Finger auf die seinen lege. Sofort habe ich das Gefühl, geistig mit ihm verbunden zu sein. Eine warme Brise weht durch mich hindurch, die ihren Ausgang von ihm nimmt und auch wieder zu ihm zurückfließt. Wie lange oder kurz unsere Verbindung gewesen ist, kann ich nicht sagen, nur, dass ich gerne mehr davon genossen hätte.

Ich bin ehrlich enttäuscht, als er seine Hände zurückzieht und mich schweigend mit einem leichten Nicken mustert. Gleichzeitig spüre ich, wie sich meine Gestalt mitsamt meinen Gewändern verändert. Aus der mit einem samtenen Brautkleid ausgestatteten Frau wird der in einfaches, geflicktes Leinen gekleidete Knabe Fanai. Überrascht sehe ich an mir herunter.

„Warum?", ist alles, was ich fragen kann. Ich begreife nicht, weshalb er die schöne Illusion, die mir Sir Rabanus geschenkt hat, so einfach zerstört.

„Weil ich dir jetzt mit Bestimmtheit sagen kann, dass du mein Tochtersohn bist. Deine Mutter ist meine Tochter, Fanai. Damit ist der Bund, den du mit meinem Sohn eingegangen bist, ungültig, denn schließlich kannst du dich nicht mit deinem eigenen Oheim vereinigen. Andererseits freue ich mich, dass ich einen so stattlichen Jüngling in meiner Sippe begrüßen kann. Deine Ausflüge als Frau

wirst du nicht mehr zusammen mit meinem Sohn mit der Stärke genießen können wie bisher, das verstehst du hoffentlich. Allerdings solltet ihr beiden euer Spiel des verliebten Paares auf der Burg nach außen hin noch eine Weile aufrechterhalten. Ich muss erst noch einige Dinge klären, bevor du dem Gesetz nach als mein Tochtersohn gelten kannst und damit natürlich auch als Schwestersohn deines jetzigen Bräutigams. Sei nicht enttäuscht, mein Junge, denn du wirst feststellen, dass sich die Beziehung zwischen dir und deinen Oheimen auf einer ganz neuen Ebene bewegen wird. Sie verändert sich, macht aber manches, was dir bisher Angst eingeflößt hat wesentlich leichter. – Und nun sollten wir zu der Zeremonie zurückkehren, mein Tochtersohn. Ich befürchte, dass ich den eindrücklichen Kuss nun leider abbrechen muss. Und außerdem werde ich den Bund für nichtig erklären müssen. Das heißt für dich allerdings nicht, dass du nicht weiterhin in den dir so lieb gewordenen Gefilden als Frau herumstreifen darfst. Bitte, lass uns jetzt in den Tempel zurückgehen und die Angelegenheit klären. Danach kannst du hierher zurückkehren und dich dem Wissen hingeben." Ohne meine Zustimmung abzuwarten, legt er einen Arm um meine Schultern und zieht mich mit sich aus dem Gemach. Gemeinsam treten wir in einen von Fackeln erleuchteten Flur mit vielen geschlossenen Türen zu beiden Seiten. An seinem Ende öffnet sich eine reich verzierte Pforte, durch die wir den Tempel betreten.

Im selben Moment finde ich mich wieder in der Lage der von ihrem Schwiegervater leidenschaftlich geküssten Braut wieder. Nun aber löst er sich schnell von mir, tritt zwei Schritte zurück. Er lässt gleichzeitig meine reichen Frauengewänder verschwinden und verwandelt mich in meine wahre Gestalt zurück. Diesmal jedoch trage ich das Gewand, welches Catandra mir geschenkt hat, nachdem ich ihr zu ihrem Recht verholfen hatte.

Dankbar lächle ich meinen Großvater an, der mich wohlwollend betrachtet.

Ganz anders verhalten sich die anderen vier Männer. Sie alle sehen erst den Zelebranten, dann mich ungläubig an. Wie sollen sie auch verstehen, welche Erkenntnis wir beide eben gewonnen haben?

„Geliebte Söhne, werte Ritter, Wir müssen euch etwas Wichtiges mitteilen. Soeben, bei der Übergabe Unseres Geschenkes an die Braut, ist Uns ein Gedanke gekommen, den Wir gründlich überprüft haben. Wir sind zu dem Ergebnis gelangt, dass Wir den Bund nicht billigen können und somit zurücknehmen müssen. Wir erklären die Verbindung für nicht geschlossen!", beginnt mein Großvater mit seiner Erklärung.

Betroffen sehen sich die Männer an.

„Aber, Vater, was soll das bedeuten? Warum billigt Ihr meine Verbindung mit meiner Braut nicht mehr, nachdem Ihr sie selbst geschlossen habt? Welchen Grund führt Ihr dafür an?" Sir Rabanus ist bleich geworden, soweit ich das bei seiner dunklen Haut so nennen kann. Kopfschüttelnd sieht er seinen Vater an. Auch die anderen verlangen mit Blicken nach einer Aufklärung. Sie haben sich augenscheinlich soweit im Griff, nicht sogleich laut ihren Unmut zu äußern.

„Geschätzter Sohn, du hast nichts falsch gemacht, falls du das jetzt denkst. Wie konntest du auch annehmen, dass dieser Knabe mit dir verwandt sein könnte? Selbst Wir haben bis zu diesem verhängnisvollen Kuss nichts dergleichen geahnt. Nun sind Wir uns allerdings sicher, dass Fanai Unser Tochtersohn ist, der Sohn Unserer Tochter Shira Leora[5], welche auf der Burg derer von Karelien als Magd Karelena lebte." Diese Neuigkeit trifft alle vier gleich schwer. Wie sie im Einzelnen damit klarkommen würden, sollte ich erst später erfahren, denn nun wendet sich mein Großvater an mich.

„Fanai, bitte gehe nun zurück in den Raum der Weisheit. Was jetzt hier noch zu bereden ist, muss dich nicht belasten. Suche dir eines der Bücher aus und lies etwas darin! Du solltest nicht zögern, dir soviel Wissen anzueignen, wie du nur erlangen kannst." Mit diesen Worten schiebt er mich in Richtung Tür.

Kurz bevor ich den Tempel verlasse, werfe ich noch einmal einen Blick auf die fassungslos vor sich hinstarrenden Männer. „Warten sie nur darauf, dass ich die Pforte hinter mir schließe, um dann

---

[5] *Shira Leora = Lied des Lichts*

74

lauthals loszudiskutieren? Welche Veränderungen werden sich für mich ergeben, wenn sie begreifen, was das für sie heißt? Ich hoffe nur, dass sie mich dann nicht genauso links liegen lassen, wie ich das vor ihrer Ankunft auf der Burg mit den meisten Bewohnern erlebt habe." Mit diesen Gedanken schleppe ich mich den Flur entlang bis zu der offenstehenden Tür, die mich einlädt, den „Raum der Weisheit", wie mein Großvater sich ausgedrückt hat, zu betreten. Ich verharre kurz ich unter dem Türstock, lasse meinen Blick über all diese Schätze gleiten, atme tief durch und trete hinein.

Sofort sind meine Sorgen vergessen, meine Anspannung fällt von mir ab und ich drehe mich ein paar Mal frei und fröhlich wie ein kleines Kind um meine eigene Achse. Dabei bade ich regelrecht in dem Licht der Regenbogenfarben, das durch die Dachfenster erzeugt wird. Schneller und schneller wirbele ich mit ausgebreiteten Armen herum, bis mir so schwindelig wird, dass ich mit einem glücklichen Seufzer zu Boden sinke. Dort lege ich mich auf den Rücken und genieße den Schwindel in meinem Haupt und das Gefühl an nichts denken zu müssen.

Einige Zeit später ertappe ich mich dabei, wie ich die Regale mustere und scheinbar nach einem ganz bestimmten Buch absuche. Schließlich zieht ein roter Buchrücken meine Aufmerksamkeit auf sich. Das Werk ist sehr umfangreich und mit den Symbolen der tangalanischen Sprache beschriftet. Daneben steht ein schmales, dunkelblaues Bändchen mit einem seltsam geformten Wappen darauf. Dieses enthält die Zeichen der Elemente, welche ich bereits im Tempel oberhalb der Drachenfigur gesehen habe. Beide Bücher befinden sich auf dem untersten Regalbrett. Mit ausgestrecktem Arm kann ich sie mühelos erreichen. Nun stellt sich mir die Frage, welches dieser Werke ich herausnehmen soll, um darin zu lesen. Da ich mich nicht für keines entscheiden kann, entschließe ich mich, beide an mich zu nehmen. „Vielleicht fällt es mir leichter, wenn ich sie mir ansehe und darin blättere", denke ich mir und ziehe sie zwischen den anderen Bänden heraus.

Zunächst lege ich den schweren Wälzer neben mich und widme mich dem kleinen Bändchen, auf dessen Deckel das Wappen eingeprägt ist und ihn ganz ausfüllt. Lange betrachte ich die äußere Form dieses seltsamen Gebildes, bis mir einfällt, wo ich es bereits gesehen habe. „Tragen nicht Hilarius und Meinrad, sowie Sir Marzellus und mein Großvater ein solches auf ihren Gewändern? ", kommt mir die Erkenntnis." Fanai, dieses Buch musst du dir jetzt ansehen, um zu erfahren, zu welcher Familie du nun gehörst! "

Meine Entscheidung ist somit gefallen und ich schlage das kleine Werk auf. Auf der ersten Seite prangt nochmals das bunte Wappen mit den Elementen. Darüber steht in einer gestochen scharfen Schrift: Regel des Ordens der Ritter von den Elementen. *Etwas kleiner darunter:* aufgezeichnet von dem Gründer des Ordens und Großmeister dem Magier Sir Rell-Peras im Hornung[6] des sekel seiner Entstehung 1217.

Ich schlage die Seite um. Dort befindet sich das Inhaltsverzeichnis. Unterhalb desselben erregt ein Nachtrag meine Aufmerksamkeit. Mit der gleichen sauberen Handschrift ist dort angefügt: Die Geschichte des Ordens findet sich in den Annalen, welche für jedes sekel einzeln erstellt wurden und werden.

Sofort schließe ich das Bändchen und lege es zu dem dicken Wälzer. Beide Bücher würde ich mir zwar gerne ansehen, doch zunächst will ich diese Annalen finden. Hoffentlich werden sie auch in diesem Raum aufbewahrt. Die Geschichte des Ordens der Elemente-Ritter, wie dieser Orden im Volksmund genannt wird, würde mich erst einmal mehr faszinieren, als dessen Regeln. Diese könnte ich mir ja nach dem ersten oder zweiten Band der Sekelbücher immer noch durchlesen.

Ich mustere die unteren Regalböden rund um mich, werde aber nicht fündig. Deshalb setze ich mich auf und nehme mir die nächsten Reihen vor. Aber auch dort stehen sie nicht. Schließlich erhebe ich mich hin und betrachte die Borde weiter oben, soweit ich die Schrift auf den Buchrücken erkennen kann. Leider habe ich noch immer kein Glück.

„Vielleicht befinden sie sich ja auf den obersten Regalbrettern,

---

[6]Hornung = Februar

weil sie so selten gebraucht werden", denke ich mir. „Nur wie soll ich das feststellen? Und selbst, wenn ich sie erspähen sollte, wäre es mir unmöglich sie zu erreichen."

„Ja, Fanai, dein Gedankengang ist richtig", bestätigt hinter mir die Stimme meines Großvaters, über was ich soeben nachgegrübelt habe.

Ich zucke erschrocken zusammen und drehe mich zu ihm um. Zwar lächelt er mich an, trotzdem glaube ich in seinem Antlitz erkennen zu können, dass er sich Sorgen macht. Nun ja, das Gespräch war sicher für ihn nicht gerade einfach gewesen.

„Ich lasse dir den Band des sekel 1217 durch meinen Sohn in dein Gemach bringen. Auch die beiden Bücher, welche du herausgelegt hast, wird er dir überreichen. Für die nächste Zeit wirst du mit dem Werk, welches du bereits begonnen hast, und diesen dreien genügend Lesestoff haben. Übrigens solltest du dich nicht wundern, wenn dir nach deinem Erwachen auffällt, dass du nicht nur die bisher erlernten Schriftzeichen fließend lesen und schreiben kannst. Auch alle anderen Sprachen und Symbole, in denen die Werke dieses Raumes aufgezeichnet wurden, werden dir geläufig sein. Mit meinem Geschenk, welches du als Brise empfunden hast, habe ich deinen Verstand fürs Lernen öffnen wollen. Da du aber der Sohn meiner Tochter bist, wurde dir dadurch weit mehr offenbart. Nimm es als mein Willkommensgeschenk, dass du alle im Großkönigreich Glendalach heute noch gesprochenen und geschriebenen Sprachen und Dialekte lesen und sprechen kannst. Auch alle jemals in den Grenzen des jetzigen Reiches benutzten Zeichen und Symbole, sowie Sprachen sind dir nun geläufig. Falls du noch Fragen dazu hast, werden meine Söhne, deine Oheime, dir sicherlich gerne Rede und Antwort stehen. Ich muss nun gehen, daher schicke ich dich jetzt auch in die Wirklichkeit deines Gemachs im Westturm der Burg derer von Karelien zurück. – Wir werden uns recht bald wiedersehen, Fanai, das verspreche ich dir!"

Ich begreife zunächst gar nicht, was er mir da erklärt. Zuviel ist in der letzten Zeit auf mich eingestürmt. Angefangen von Catandras Verwandlung in die Göttin, die ausgelöst wurde durch den Unfall, den ich mit dem Einhorn Kirtan hatte; über meine Liebe zu Sir Rabanus und die Fortführung unserer Zeremonie der Verbindung. Dann muss ich erfahren, dass mein Bräutigam mein Oheim ist und der Zelebrant und Heiler, welcher unseren Bund schloss mein Großvater. Letzterer machte mir das Geschenk des Alles-Lesen- und Schreiben-Könnens, was ich mir schon lange gewünscht habe. Zum Teil hatte mir Sir Marzellus, der sich auch als einer meiner Oheime erwiesen hat, ja diesen Wunsch schon erfüllt, indem er mir die Landessprache in diesen beiden Bereichen beigebracht hatte. Natürlich ist die Gabe meines Großvaters noch viel umfangreicher und eigentlich unvergleichlich. Schließlich habe ich erfahren, dass zumindest vier der Männer im Tempel dem Orden der Elementerritter angehören. Und jetzt leiht mein Großvater mir auch noch drei Bücher aus diesem Raum zum Lesen.

Während ich noch mit diesem ganzen Wirrwarr beschäftigt war, merkte ich gar nicht, dass ich den Raum des Wissens verlassen hatte. Erst der Schrei eines Raubvogels machte mir bewusst, dass ich mich wieder in meinem Gemach im Westturm befand. Ich erwachte aus meinem Halbschlaf und blickte mich erstaunt im Raum um.

„Habe ich das alles wirklich geträumt? Was davon ist wahr? Und was habe ich mir selbst ausgedacht?" Die Antworten auf meine Fragen würde ich wohl erst erhalten, wenn einer meiner Lehrer mich aufsuchte. Doch da das erst gegen Abend geschehen würde, nahm ich mir das Buch, welches Sir Marzellus eigenhändig geschrieben hatte zur Hand und suchte die Geschichte, die mir Sir Rabanus zu lesen empfohlen hatte.

Die Erzählung über das ursprüngliche Tangalan war so spannend, dass ich die Zeit vergaß und gar nicht merkte, wie die Sonne sich dem Horizont immer mehr näherte. Etwas anderes wurde mir indessen bewusst. Ich konnte so flüssig lesen, als hätte ich es schon in frühster Kindheit gelernt. Außerdem schien die Geschichte umfangreicher zu sein, als es die Seitenanzahl des Buches erlaubte. Dieses kleine Werk musste wohl auch ein magisches Innenleben haben. Warum war mir das bisher noch nicht aufgefallen?

*

Als am Abend die beiden Ritter mit zwei voll beladenen Tabletts mein Gemach betraten, hatte ich gerade eine weitere Erzählung aus dem Schreibwerk beendet. Sie handelte von den Drachenrittern, einer kleinen Gruppe von jungen Männern, die eine besondere Aufgabe innerhalb der Elementeritter zu erfüllen hatten. Ich war noch so mit dem Inhalt beschäftigt, dass mir gar nicht auffiel, wie still meine Lehrer waren.

Gemeinsam deckten sie den Tisch, sprachen aber kein Wort. Zwischendurch warfen sie mir vereinzelt abschätzende Blicke zu.

Ich war zwar neugierig, ob mein Traum mir die Wahrheit enthüllt hatte, stellte aber fest, dass ich nicht so einfach darüber reden konnte. Vielleicht war es besser, erst einmal die Mahlzeit zu mir zu nehmen und danach, gestärkt, auf das, was mich beschäftigte, zu sprechen zu kommen.

„Hattet Ihr einen anstrengenden Nachmittag?", warf ich der Höflichkeit halber die Frage in den Raum, außerdem hielt ich die Stille nicht mehr aus.

„Nicht mehr, als sonst auch. Aber danke für die Nachfrage, Fanai", entgegnete mir Sir Marzellus und versuchte sich an einem Lächeln, was ihm aber gründlich misslang. Stattdessen wirkte er unsicher auf mich.

Auch Sir Rabanus schien sehr nachdenklich zu sein. Bei ihm vermisste ich sein Spötteln und die leuchtenden Augen. Ich weiß nicht, ob ich mir das nur einbildete, aber meiner Ansicht nach war er etwas blass unter seiner natürlichen Bräune.

„Nein, das halte ich nicht aus!", dachte ich mir und handelte. Das Buch, was ich noch immer in der Hand hielt, legte ich neben mich aufs Bett und setzte mich auf die Kante meines Lagers. „Bitte tut mir den Gefallen und gesellt Euch zu mir!" Gleichzeitig mit meinen Worten klopfte ich links und rechts von mir auf das Laken.

Doch beide schüttelten ihre Häupter, zogen die Sitzgelegenheiten vom Tisch weg und stellten sie mir gegenüber auf halbem Weg zwischen Bett und Tafel auf. Dort ließen sie sich nur zögerlich nieder. Ihre Blicke schienen an mir vorbei zu gehen.

„Es ist also wahr, was ich geträumt habe!", stellte ich erst einmal fest und betrachtete sie ausgiebig.

Eine Antwort erfolgte nur in Form eines leichten Nickens von Sir Marzellus Seite. Sir Rabanus regte sich nicht.

Trotz dieser Versicherung, konnte ich nicht begreifen, dass dieses Erlebnis das Ende meiner Beziehung zu Sir Rabanus bedeuten sollte. „Wie kann das sein? ... Aber ...", mir fehlten die Worte um auszudrücken, was ich empfand. Ich starrte den Mann an, der dem Gesetz nach noch immer als mein Bräutigam galt. Ich musterte seine Miene, um zu erfahren wie es ihm erging und stellte fest, dass er mich mitleidig anblickte.

„*Wo ist seine Trauer?*", fragte ich mich in Gedanken. „*Empfindet er keinen Verlust? Wie kann er so gelassen bleiben? Mich zerreißt es im Inneren. Alles dort drinnen fühlt sich wund an. Und er empfindet nur Mitleid!*"

Etwas Feuchtes lief über meine Wangen, rann an meinem Hals herunter in den Ausschnitt meines Hemdes. Ein Schluchzen stieg in meiner Kehle auf, bahnte sich den Weg hinauf bis in meinen Mund. Ohne es zu wollen, schlüpfte es zwischen meinen Lippen hindurch. Gleichzeitig verschwamm das Antlitz meines Geliebten vor meinen tränengefüllten Augen. Mehr und mehr Schluchzer entrangen sich mir in immer kürzeren Abständen. Die Zähren bildeten einen unaufhaltsamen Strom, der sich auf die Dielen ergoss. Meine Nase lief und erschwerte mir das Atmen. Mich hielt es nicht mehr aufrecht. Ein Krampf, der mich seitwärts aufs Bett kippen ließ, erfasste meinen Leib. Meine Hände ballten sich zu Fäusten, öffneten und schlossen sich unkontrolliert, krallten sich in mein Kopfkissen. Erneut schoss ein scharfer Schmerz nun durch meine Brust bis in die Mitte meines Körpers. Ich zog die Beine an und drückte eine Faust in meinen Magen, um der Heftigkeit dieses Gefühls etwas entgegenzusetzen. Mein Herz ballte sich zu einem harten Klumpen zusammen. Wie Blitze trafen mich diese schmerzhaften Krämpfe. Vor Pein wälzte ich mich hin und her. Ich glaubte, dass es schlimmer nicht mehr werden konnte. Mein Leib bestand nur noch aus Qual und Wundsein.

Plötzlich wurde ich von kräftigen Händen gepackt und an einen warmen, weichen Körper gepresst. Ehe ich mich wehren konnte, umklammerten mich zwei starke Arme. Ich glaubte eine wiegende Bewegung zu spüren, war mir aber nicht sicher. Mein Antlitz wurde gegen etwas gedrückt, das stark nach Minze roch. Mein Atem schien zu stocken, ehe ich bemerkte, dass dieser Geruch mir durchzuatmen half. Eine vertraute Stimme flüsterte Worte, welche ich in meinem Zustand nicht erfassen konnte. Einzig, dass sie beruhigend klangen, kam bei mir an. Gleichzeitig wurde ich von einer mächtigen Welle überströmt, die meine Schmerzen, meine Pein und meine Hilflosigkeit davonschwemmten. Meine Gedanken an Gegenwehr verflogen, ehe ich sie richtig betrachten und danach handeln konnte. Die Schluchzer verebbten und auch der Tränenstrom wurde zum Rinnsal, um schließlich ganz zu versiegen.

Ein Gefühl der Leere überkam mich. Ich spürte nichts mehr als dieses leichte Vor- und Zurückwiegen. Meine Welt bestand nur aus diesem herrlich tröstlichen Minzduft und der wippenden Bewegung, gehalten von starken, mich umfangenden Armen. Kein Gedanke, kein Bild, kein Laut, keine sonstige Empfindung drang zu mir durch.

*

„Ihr liebt mich nicht mehr! Habt mich wahrscheinlich nie geliebt!", schleuderte ich dem dunkelhäutigen, mich musternden Mann meine ganze Wut entgegen. Soeben erst war ich aus einem traumlosen, tiefen Schlaf erwacht. Kaum aber gewahrte ich Sir Rabanus, der auf einem Stuhl an meinem Bett saß, stieg all mein Schmerz, meine Verzweiflung und meine Hilflosigkeit wieder in mir empor.

Mit Schwung setzte ich mich auf, wollte das meinen Leib bedeckende Laken zur Seite reißen und mich mit geballten Fäusten auf den Mann stürzen, der meine Gefühle, wie mir dünkte, dermaßen verraten hatte. Dazu kam es indessen gar nicht mehr.

Schneller, als ein Mensch je handeln konnte, war er aufgesprungen.

Plötzlich saß er über mir und umklammerte meine Unterarme.

Wie das Kaninchen vor der Schlange starrte ich nur gebannt in sein Antlitz, das sich wie eine Wand vor mir erhob. Mein Verstand setzte aus. Dadurch, dass er mit einer Hand meine oberhalb meines Hauptes gekreuzten Handgelenken ins Kissen drückte und sich über mich gebeugt hatte, schoben sich Bilder aus der Vergangenheit von ähnlichen Begebenheiten mit Drutmar vor meine Augen. Meine Gedanken an Gegenwehr waren schon im Ansatz verflogen. Ich ahnte, was mir nun bevorstand. Ergeben wartete ich darauf, dass er mit seiner freien Hand meine nackte Brust betatschte. Gleich würde er das Laken herunterreißen. Die dreckigen Finger meines Halbbruders würden die Nestel meiner Bruche lösen. Seine Hand würde gleich darauf das für ihn lästige Stoffstück aus dem Weg räumen. Und dann …

Doch nichts von alldem geschah. Einzig der nach Minze riechende Duft des Mannes drang in meine Nase. Gierig sog ich ihn bereits nach kurzer Zeit ein. Langsam entspannte sich jeder verkrampfte Muskel und ich konnte wieder bewusst tief durchatmen. Mein Verstand regte sich wieder und die albtraumhaften Bilder lösten sich auf. Gleichzeitig drang auch Sir Rabanus Stimme zu mir durch, die ich zunächst nur als ein unverständliches Gemurmel wahrgenommen hatte.

„ … hast du viel über deinen Leib gelernt, Fanai", sagte der dunkelhäutige Ritter gerade. „Aber du must einsehen, dass eine Beziehung, wie du sie dir mittlerweile vorstellen kannst mit mir nicht möglich ist. Ich bin dein Oheim, daran ist nun einmal nichts zu rütteln."

„Ihr habt mich nie wirklich geliebt!", stellte ich fest. Wieder begannen Tränen meine Augen zu füllen. Schluchzer stahlen sich aus meinem Mund.

„Nicht schon wieder!", stöhnte der Mann über mir genervt auf. „Sieh mich an, Fanai!" Seine Stimme hatte etwas Forderndes, dem ich nicht widerstehen konnte. Er beugte sich tiefer zu mir herunter, sodass sich unsere Nasen fast berührten. Mit einem Mal füllten seine schwarzen Moorseen mein ganzes Sichtfeld aus. Mir blieb nichts anderes übrig, als mich dem Sog, der von ihnen ausging, zu ergeben und hineinziehen zu lassen.

Ich stehe in einem langen, nur von Fackeln erhellten Flur vor einer angelehnten Tür. Aus dem Raum dringen Stimmen zu mir, die ich als diejenige von Sir Rabanus und meines Großvaters erkennen kann.

Gerade sagt mein Oheim: „Natürlich werde ich in den Norden reiten, Vater! Allein mein Erscheinen wird schon dafür sorgen, dass dort wieder Ruhe einkehrt. Ein Ruf wie der meine kann oft sehr nützlich sein. Aber ich muss ihn auch immer wieder pflegen, deshalb erlaube mir, streng durchzugreifen. Ich möchte diese lange Reise nicht in wenigen Wochen nochmals auf mich nehmen, nur, weil du willst, dass ich zu nachsichtig bin. Lass mich Richter und Henker in einer Person sein! Sonst schickst du besser deinen anderen Sohn. Mein Bruder, dieser Federfuchser, kann ja einmal versuchen, ob er mit Worten erreicht, was ich mit Taten zu tun gedenke."

„Ich gebe dir freie Hand, mein Sohn", entgegnet mein Großvater streng. „Hätte ich die Hoffnung, mit Worten noch etwas zu retten, würdest du nicht hier sein. Walte deines Amtes und nutze die Vollmachten, die du von mir erhalten hast. Sei meine Stimme und mein Schwert!"

Da ich die Befürchtung hege, dass Sir Rabanus gleich auf den Flur treten wird, verlasse ich meinen Lauschposten und husche ein Stück den Gang entlang. Zum Glück macht er bald einen Knick, hinter dem ich mit rasendem Herzen stehen bleiben kann. Ich hoffe nur, dass mich niemand gesehen hat.

Die Szene wechselt abrupt. Ich befinde mich im Stall eines Gasthofes. Ich hocke in einer leeren Box, rechts und links stehen dösende Pferde. Der Schein einer an der Stalltür aufgehängten Laterne reicht nicht ganz bis hierher.

Zwei Männer treten ein und schließen die Pforte hinter sich. Sie schleichen den Gang entlang, an meinem Versteck vorbei und schlüpfen in einen Raum, dessen Tür nur angelehnt wird.

„Wir müssen vorsichtig sein", flüstert eine noch recht knabenhafte Stimme. „Die Elementeritter sind uns auf den Fersen. Wenn uns

dieser hegranische Bluthund auf die Schliche kommt, gibt es kein Entkommen. Er hat bisher jedes Wild gestellt. Und du weißt, dass er kein Erbarmen kennt. Oder hast du jemals gehört, dass er ein Herz besitzt? Mit Unsereins macht er kurzen Prozess. Er ist Richter und Henker in einer Person."

„Glaubst du wirklich, dass der Großmeister gerade ihn schicken wird?", will der zweite Mann wissen. Sein tiefer Bass klingt selbst leise noch volltönend. „Wegen uns wird er nicht so einen Aufstand machen, den gefährlichsten seiner Söhne zu entsenden. Da es sich ursprünglich um eine Grenzstreitigkeit gehandelt hat, wird er diesen mittelblonden Schreiberling damit beauftragen, seine Nase in die Besitzurkunden zu stecken. Du wirst sehen, dass dieser junge Mann uns zu unserem Recht verhelfen wird. Er ist mehr wie sein Vater, der auf Ausgleich und nicht auf Blut aus ist."

„Dafür, fürchte ich, ist es längst zu spät", bezweifelt die erste Stimme. „Die Fronten sind verhärtet und auf beiden Seiten ist bereits zu viel passiert, was mit dem Gesetz des Königs nicht zu vereinbaren ist. ER wird kommen und das Schwert wird der Richter sein!"

Wieder wechselten Ort und Tageszeit.

Ich stehe hinter einem dichten Dornengebüsch. Vor mir befindet sich eine Viehweide mit Schafen und Ziegen. Unterhalb führt ein Fahrweg vorbei, den ich aufgrund der zu beiden Seiten wachsenden Sträucher nur stellenweise einsehen kann. Dann sehe ich, wie das Gatter zur Weide geöffnet wird. Zwei sich immer wieder umblickende Gestalten mit tief ins Gesicht gezogenen Hüten schleichen zu beiden Seiten des Zaunes entlang und umrunden die Herde.

Als einer der Männer dicht an meinem Versteck vorbeikommt, halte ich erschrocken den Atem an. Doch er huscht schnell an mir vorbei ohne mich zu bemerken.

Beide Gestalten haben erst den halben Weg zurückgelegt, da setzen sich Schafe und Ziegen mähend und meckernd bereits in Bewegung. Die Tiere streben dem unteren Weideteil und damit dem weit offen stehenden Gatter zu. Die Männer folgen ihnen sogleich.

Noch ehe das erste Tier dicht genug an dem Tor ankommt, um hinauszuschlüpfen, schält sich ein ganz in schwarzes Leinen *gekleideter Ritter aus dem Schatten eines Busches und verschließt schnell das Gatter. Erschrocken bleiben die vordersten Schafe stehen, werden von den nachfolgenden jedoch bis dicht an den Zaun gedrängt, ehe plötzlich die ganze Herde umdreht. Blökend und meckernd stürmt sie den Hügel hinauf.*

Die beiden Viehdiebe – zumindest glaube ich, dass es sich bei den Männern in der Weide um solche handelt – erkennen die Gefahr zu spät. Während einer es gerade noch schafft sich zur Seite zu werfen, wird der andere von den auf ihn zustürzenden Tieren umgerannt. Aufschreiend verschwindet er schnell zwischen den braunen und weißen Leibern.

Mein Blick streift nur kurz den ersten Mann, der sich am Rand der Herde gerade aufrappelt und hinkend den Tieren folgen will. Da ich durch die dicht belaubten Büsche sein Gesicht nicht erkennen kann, weiß ich nicht, ob er den schwarz gekleideten Ritter wahrgenommen hat.

Inzwischen befindet sich der dunkelhäutige Ritter nicht nur innerhalb der Weide, sondern sitzt auch auf einem abzeichenlosen Rappen. Ohne Hilfe seines Reiters setzt das Pferd sich erst im Schritt, dann im Trab und schließlich im Galopp in Bewegung. Im Nu verringert sich die Entfernung zu dem davonhumpelnden Dieb. Kurz bevor der Reiter auf einer Höhe mit dem Lumpen ist, sehe ich, wie er sein Schwert zieht. Im nächsten Moment fliegt das Haupt des Viehdiebs durch die Luft. Der Körper läuft noch einige Schritte, ehe er zu Boden stürzt.

Gleich darauf pariert der Ritter seinen Hengst, der mittlerweile fast den Hügel hinaufgaloppiert ist, zum Schritt durch. Noch während der Rappe in einem Bogen auf den Mann, welcher unter die Hufe der Herde graten ist, zusteuert, steckt sein Reiter das Schwert wieder in die Scheide zurück.

Von meiner Lauer aus beobachte ich, wie der dunkelhäutige Mann aus dem Sattel heraus auf die Leiche vor ihm im Gras blickt. Dann hebt er den Kopf, schaut in meine Richtung und nickt mir scheinbar mit einem sadistischen Lächeln zu.

Mir stockt der Atem. Nein, es ist nicht sein vermeintliches

Erkennen, dass er mich in meinem Versteck gewahrt haben könnte!
Ich kenne diesen Mann zu genau. Der unbarmherzige Mörder ist
niemand anderes als Sir Rabanus.

Noch ehe ich mich von diesem Schrecken erholt habe, stelle ich
fest, dass er sein Pferd genau auf mich zuschreiten lässt. Ich frage
mich, ob das Zufall ist oder er mich gesehen hat. Wie gebannt bleibe
ich an meinem Platz stehen und harre dessen, was kommt. Für eine
Flucht ist es zu spät. Selbst wenn mir ein Reittier zur Verfügung
gestanden hätte, wäre ich kaum dazu imstande gewesen mich in den
Sattel zu ziehen und zu fliehen. Außerdem bin ich mir sicher, dass
der Magier mich auch dann noch einholen würde, wenn ich einen
großen Vorsprung erlangen könnte.

Nur eine knappe Pferdlänge entfernt von mir, aber immer noch
innerhalb der Umzäunung, bleibt der Rappe stehen. Sir Rabanus
blickt mir von seinem erhöhten Sitz herunter genau in die Augen.
Seine abfällige Miene beweist mir, dass er nicht zum ersten Mal auf
diese Weise mit dem Schwert getötet hat.

„Fanai, ich hoffe, dass dir nun klar ist, mit wem du es zu tun hast",
sagt er mit kalter Stimme. „Mein Vater tat recht daran, unsere
Verbindung zu lösen, denn auf Dauer hätte sie ohnehin keinen
Bestand haben können. Keiner von uns beiden wäre glücklich
geworden, wenn du erst einmal meine wahre Natur kennengelernt
hättest. – Und nun schicke ich dich in dein Turmzimmer zurück!"

Im nächsten Moment fand ich mich auf dem Bett liegend wieder.
Mein Atem raste und mein Herz klopfte scheinbar in meinem Hals.
Ich war noch so schockiert von den letzten Bildern, dass ich mir
nicht sicher war, wirklich auf meinem Lager angekommen zu sein.
Meine Hände krampfte ich in das Laken, um mich von dem
Vorhandensein eines bekannten Gegenstandes zu überzeugen. Nur
langsam sickerte die Erkenntnis in mir durch, dass ich mich wieder
in der Wirklichkeit befand.

Sir Rabanus stand seitlich an die Wand neben dem Fenster gelehnt
und blickte scheinbar gelangweilt hinaus. „Bist du nun zufrieden,
Fanai?" Er klang keineswegs abgebrüht, eher traurig.

„Was Ihr mir da gezeigt habt ... Ist das wirklich geschehen oder habt Ihr das nur für mich ...“ Mir fiel es nicht leicht den dunkelhäutigen Mann auf mein Erlebnis anzusprechen. Ansehen konnte ich ihn dabei nicht, sondern starrte die gegenüberliegende Wand an.

„Diese Szenen haben sich wirklich ereignet“, bestätigte er mir. „Es ist mir nicht leicht gefallen, sie dir zu zeigen, aber du musst wissen, was dich erwartet hätte, wenn wir zusammengeblieben wären. Früher oder später hätten wir die Verbindung ohnehin lösen müssen. Ich bin nicht für ein Leben an der Seite eines Menschen geschaffen. Verstehe mich richtig, Fanai! Das hat nichts mit dir persönlich zu tun. Aber es gibt einige Gründe, weshalb das nicht geht. – Und jetzt lasse ich dich allein. Dein Abendmahl steht auf dem Tisch – falls du Hunger bekommst.“

Er ließ mir nicht einmal die Möglichkeit ihm etwas zu antworten, so schnell hatte er mein Gemach verlassen und die Tür hinter sich geschlossen.

Mit einem Gemisch der unterschiedlichsten Gefühle blieb ich zurück.

*

Bis zum nächsten Morgen hatte ich sehr viel Zeit über all das nachzudenken, was mein Leben in nur einem Tag auf den Kopf gestellt hatte. An Essen oder Schlaf konnte ich nicht denken, zu sehr beschäftigten mich die Ereignisse. Mal war ich niedergeschlagen, mal wütend über das, was mir wiederfahren war. In dieses Gefühlschaos verstrickt, fand ich allein keinen Ausweg. Ich fragte mich: *„Wie soll ich je wieder normal mit Sir Rabanus umgehen können? Allein sein Anblick löst bei mir die unterschiedlichsten Gefühle hintereinander aus.“*

„Rede mit mir darüber, Fanai“, schlug die Stimme meines Großvaters vor. Im Licht des heraufdämmernden Morgens war er, für mich unbemerkt, in mein Gemach getreten und setzte sich gerade zu mir auf die Bettkante.

Erschrocken zuckte ich zusammen und blickte ihn für einen Moment ungläubig an. Ich fragte mich, woher er wissen konnte, dass ich jemanden zum Reden brauchte, dennoch warf ich ihm vor, mehr gewusst zu haben, als er mir offenbart hatte. „Warum habt Ihr das nicht von Anfang an gemerkt?"

„Erst durch die tiefe Verschmelzung unserer Geister bei der Übergabe meines Geschenkes nach der Zeremonie wurden meine Zweifel geweckt, Tochtersohn. Zuvor habe ich mich davor gehütet, ohne deine Erlaubnis so weit in dein Bewusstsein einzudringen. Es gibt eine Selbstverpflichtung der Magier, dass sie nur im äußersten Notfall diese Grenze ohne Befugnis überschreiten. – Es tut mir leid, dass die Wahrheit erst jetzt zutage getreten ist. Ich hätte es niemals soweit kommen lassen, wäre mir der Umstand der nahen Verwandtschaft früher aufgefallen. Bitte gib deinen Oheimen nicht die Schuld dafür, denn das hätten sie niemals selbst herausfinden können. Irgendwann wirst du verstehen, warum das so ist. Doch hier ist weder der richtige Ort noch der richtige Zeitpunkt für solcherlei Erklärungen. Ich bin gekommen, um dir folgendes mitzuteilen: Deine Oheime fühlen sich ohnehin schuldig, mit dir so engen körperlichen Kontakt gepflegt zu haben, seit sie erfahren haben, dass du ihr Schwestersohn bist. Versuche ihre Lage zu verstehen, Fanai! Ich weiß, dass das für dich nicht leicht ist, aber du hast noch eine Aufgabe zu erfüllen, die du allein nicht bewältigen kannst. Wäre es anders, würde ich meine Söhne nach Hause beordern, damit du dich leichter fangen kannst. Glaub mir, das wäre mir auch lieber, als dich so verzweifelt zu sehen."

„Großvater, ich weiß nicht, wie ich gerade mit Rabanus ...", versuchte ich Worte zu finden, die in etwa das ausdrückten, was mir so zu schaffen machte.

„Vertraust du mir, Fanai?"

„Natürlich! Was hast du vor?" Meine Neugier überwog alle meine Bedenken.

„Ich möchte dir diese verwirrenden Gefühle für einige Zeit nehmen, damit du mit meinen Söhnen einen normalen Umgang pflegen kannst. Es ist sehr wichtig, dass du in der Öffentlichkeit weiterhin deine Rolle als Braut aufrecht erhältst. Außerdem möchte ich nicht, dass dich diese Last in deinem Inneren davon abhält, die Prophezeiung zu erfüllen. Oder soll Adalar weiterhin ein Knabe bleiben, obwohl er doch ein Gott ist? Möchtest du Feular diesen Triumph gönnen?" Großvater hatte nach meiner Hand gegriffen, die ich ihm gerne überließ, zumal er mir sogleich ein Gefühl übermittelte, welches mich wie ein Umhang schützend umfing.

„Nein. Ich werde Adalar helfen. Niemals hätte ich gedacht, dass ich einmal vor solche Aufgaben gestellt werde und sie – zumindest bisher – auch irgendwie meistern würde." Ich reckte das Kinn und nickte dem Mann zu, der eher mein Vater, als mein Großvater sein konnte. „Ich bin damit einverstanden. Ich sehe ein, dass ich dieses Chaos in meinem Haupt loswerden muss, um wieder einen normalen Umgang mit meinen Oheimen aufnehmen zu können." Ein paar Mal atmete ich durch, ehe ich dem neben mir sitzenden Mann tief in die Augen blickte.

*

Es war schon lange hell, als ich aus einem erfrischenden Schlaf erwachte. Sir Rabanus und Sir Marzellus gewahrte ich in meinem Gemach. Beide lehnten etwas verloren rechts und links des Fensters und starrten zu Boden. Mir war klar, dass ich den Anfang machen musste. Seltsamerweise war mein Geist völlig klar. Was Großvater auch immer gemacht hatte, es schien zu wirken.

„Warum seid Ihr so in Euch gekehrt? Es kommt mir so vor, als würdet Ihr Euch schämen. Dabei gibt es nichts, was Euch so handeln lässt. Wer konnte denn wissen, dass wir so nah verwandt sind? Selbst meinem Großvater ist es nicht aufgefallen, als er mich zum ersten Mal aufgesucht hat, um meine Wunden zu heilen. Und nachdem, was er mir erzählt hat, musste er mit mir eine tiefe geistige Verbindung dafür eingehen." Ich zog die Lippen in den Mund und überlegte, was ich sagen oder tun konnte, um die Männer davon zu überzeugen, dass ich ihnen nichts nachtrug. Dann fiel mir etwas ein.

„Ich danke Euch dafür, dass Ihr mir gezeigt habt, dass Berührung so viel mehr als Schmerz sein kann. Sir Rabanus, Ihr habt in mir Gefühle ausgelöst, von denen ich nicht einmal ahnte, dass es sie gibt. Und auch Ihr, Sir Marzellus habt mir geholfen, meinen Leib auf eine Weise zu spüren, wie ich ihn noch nie wahrgenommen habe. Bitte helft mir, weiter damit umzugehen!" Während ich sprach, sah ich sie abwechselnd an und merkte, dass ich genau das Thema berührte, was sie mir gegenüber so unsicher machte. Bei meinem letzten Satz blickten sie mich beide entsetzt an, sodass ich mich gezwungen sah, mich weiter zu erklären.

„Nein, ich verlange nicht, dass Ihr mit mir das Lager teilt. Nicht, nachdem ich erfahren habe, dass Ihr meine Oheime seid. Eigentlich schade, denn fast bin ich soweit gewesen es mit Euch, Sir Rabanus, zu versuchen. Bei Eurem Einfühlungsvermögen hätte ich gewiss nicht mehr lange widerstehen können, wie Ihr ja bereits auf unserer Heimreise bemerkt habt. Aber auch als die Brüder meiner Mutter könnt Ihr mich doch sicherlich weiterhin berühren oder schließt unsere Verwandtschaft jetzt jedes Anfassen aus? Es gibt doch auch zärtliche Gesten, die nicht darauf abzielen, gleich mit mir das Lager teilen zu wollen, oder? Was ist zum Beispiel mit einer brüderlichen Umarmung? Werdet Ihr mich jetzt nie wieder anfassen dürfen, weil sich herausgestellt hat, dass ich Euer Schwestersohn bin? Und wie wollt Ihr mir beibringen, wie ich mich befreien kann, wenn ich rücklings auf dem Boden liege und sich mein Gegner über mich beugt, um mich mit seinem Dolch zu erstechen? Glaubt Ihr, dass mir diese Übung leicht fallen wird? Ihr wisst, was ich unter meinem Halbbruder Drutmar zu erdulden hatte. Und gerade dadurch lähmen mich so manche Situationen, in die ich in einem Kampf geraten könnte. Bitte gebt mir die Sicherheit, dass ich lernen kann, mich aus meiner Starre zu befreien. Jetzt, da ich weiß, dass Ihr mich garantiert nicht mehr körperlich bedrängen werdet, können wir solche Übungen viel leichter angehen. Bitte stoßt mich nicht von Euch! Ich weiß, dass ich Euch nichts bieten kann, damit Ihr mich wenigstens noch ein bisschen mögt und mir Eure Gunst gewährt, mich weiter auszubilden. Doch ich würde alles dafür tun, wenn Ihr mir nur sagt, was Ihr dafür verlangt." Bei meinen letzten Worten war ich von der

Bettkante heruntergerutscht und vor ihnen beiden auf die Knie gefallen. Ich streckte ihnen meine wie zum Lehnseid aneinandergelegten Hände entgegen – eine Geste, die mir aufgrund meines Erlebnisses mit meinem Vater, sehr schwer fiel.

„Nein, Fanai! Das wollen wir nicht!", rief da Sir Rabanus erschrocken aus und sah mich panisch an. Sein Bruder schüttelte entschieden sein Haupt. Dann ergriff jeder von ihnen einen meiner Arme und gemeinsam zogen sie mich auf die Füße. Erleichtert atmete ich auf. Ich weiß nicht, ob ich das wirklich durchgestanden hätte, wenn einer von ihnen annähme, was ich ihnen damit anbot. Eigentlich war diese Geste ja dafür gedacht, dass ein Rangniederer einem Ranghöheren die Gefolgschaft schwor oder den Lehnseid ablegte. Ich hatte in Sir Marzellus Buch gelesen, dass auch ein Knappe seinem Ritter mit dieser Geste den Gehorsam schwur. Genau darauf hatte ich angespielt.

„Da hast du recht. Wir gehören einer Familie an und sollten zusammenhalten. Das schließt auch ein, dass wir dich nicht dafür bestrafen, dass du unser Schwestersohn bist. Aber sicherlich verstehst du auch, dass die Offenbarung uns sehr getroffen hat. Wir hätten dich niemals auf solche Weise berührt, wenn wir gewusst hätten, dass du der Sohn unserer Schwester bist, Fanai. Das musst du uns glauben!" Sir Marzellus fasste sich als Erster, obgleich er noch Schwierigkeiten damit hatte, mir ins Antlitz zu sehen.

„Und ich hätte mit dir fast das Lager geteilt. Welch ein Glück, dass ich an dem Abend unserer Heimreise deinem Verlangen nicht nachgegeben habe. Ich möchte mir gar nicht vorstellen, dass wir beide noch weiter gegangen wären, als wir es ohnehin schon getan haben. Fanai, für die Zukunft verspreche ich dir …"

Ich musste Sir Rabanus einfach unterbrechen. Diesem Mann verdankte ich soviel und jetzt mit ansehen zu müssen, wie er darunter litt, dass er mir doch nur helfen wollte, konnte ich nicht ertragen. „… dass Ihr mich weiterhin in der Öffentlichkeit genauso berührt und küsst, wie bisher. Das wolltet Ihr doch sagen, denn mein Großvater, Euer Vater hat es so verfügt. Noch eine kurze Zeit lang, meinte er, müssten wir dieses Spiel aufrechterhalten. Es wäre wichtig. Und mir hat es gefallen. Ihr habt mir geholfen, mein Selbstvertrauen wieder etwas aufzubauen. Ich weiß, dass es noch eine Weile dauern wird, bis es mir gelingt, mit meiner Vergangenheit zu leben. Aber Ihr habt entschieden dazu beigetragen mit Eurer Art mir zu zeigen, dass mein Leib mehr empfinden kann als Schmerz und Ekel, wenn mich ein Mann berührt. Wenn wir auch niemals das Lager miteinander teilen werden, Sir Rabanus, so könnt Ihr mich dennoch lehren, meinen Körper wieder richtig zu fühlen." Anschließend wandte ich mich dem zweiten Ritter zu. „Und Ihr, Sir Marzellus, habt mir einmal gesagt, dass Ihr beide meine Lehrer seid und mir mehr als Waffenkunst und Lesen und Schreiben beibringen wollt. Wieso solltet Ihr mir nicht auch zeigen, wie ich mit dem umgehen kann, was ich durch Eure Unterweisungen über meinen Körper erfahren habe? Glaubt Ihr, dass etwas dagegen spricht, wenn Ihr auch darin meine Lehrer bleibt? Vielleicht könnt Ihr ja mit Großvater darüber reden, falls Ihr Euch unsicher seid. Ich bin mir gewiss, dass er Rat weiß. Bitte überlegt es Euch. Lasst mich nicht mitten in diesen Erfahrungen allein!"

Meine Oheime sahen sich verblüfft an und nickten sich und mir zu. „Wir werden mit unserem Vater darüber sprechen, Fanai, ob wir deinen Wunsch gewähren können. –

Mit einem hast du recht, unser Spiel müssen wir in der Öffentlichkeit weiter spielen. Das hat Vater wirklich so verfügt. Allerdings fällt es mir schwer, momentan darüber nachzudenken, nachdem ich weiß, dass ich meinen eigenen Schwestersohn wie meine Braut behandeln soll. Ich werde auch diese Schwierigkeit nochmals mit ihm erläutern", stimmte Sir Rabanus zögerlich zu.

„Damit du merkst, dass wir dich noch genauso mögen, wie vor der Offenbarung unserer verwandtschaftlichen Beziehungen, würden wir dich gerne in unsere Arme schließen; eine Berührung, die innerhalb der Familie in jedem Fall erlaubt und üblich ist. Bist du damit einverstanden, Fanai?", erklärte mein mittelblonder Oheim und sah erst mich, dann seinen Bruder auffordernd an.

„Gerne!", rief ich erfreut aus und ließ mich nicht nur fest an ihre Leiber drücken, sondern schlang auch meine Arme um die ihren.

Als wir uns losließen, lächelten wir uns alle erleichtert an. Wir hatten zumindest für den Augenblick einen Weg gefunden, mit dem jeder von uns klarkam.

„Und jetzt sollten wir etwas essen", schlug ich vor, woraufhin mein Magen wie auf Kommando knurrte.

„Unbedingt!", schloss sich Sir Marzellus mir an und schob mich in Richtung des Tisches. „Nicht, dass du noch über uns herfällst und uns annagst, so laut, wie deine Gedärme brüllen."

Die Kleidertruhe folgte ihnen auf magische Weise. Wie beim letzten Mal ließen wir uns an der Tafel nieder und speisten gemeinsam.

Um das Gespräch nicht verstummen zu lassen, sprach ich Sir Marzellus auf die Bücher an, die mein Großvater mir versprochen hatte, durch ihn überbringen zu lassen.

„Du interessierst dich für den *Orden der Ritter von den Elementen*, Fanai? Wie kommt das?", wollte er daraufhin wissen und nahm sich noch eine Scheibe Brot.

„Mir sind die seltsamen Umrisse der Wappen auf Eurem Gewand und auch denen von Großvater, Hilarius und Meinrad aufgefallen. Als ich in dem Raum des Wissens das gleiche Wappen auf einem Buchrücken bemerkte, habe ich darin nachgeschlagen. Da zumindest zwei Männer meiner Familie und zwei Männer, mit denen ich mich gut verstehe, dieser Gemeinschaft angehören, wollte ich mehr darüber wissen. Großvater hatte nichts dagegen und meinte sogar, dass ich mit den vier Büchern für die nächste Zeit mit Lesestoff gut versorgt wäre", beantwortete ich seine Frage und griff selbst nochmals nach der Brotschale. Dort trafen sich meine und Sir Rabanus Finger. Schon glaubte ich, dass er sie erschrocken zurückziehen würde, da tat er etwas völlig Unerwartetes. Er griff nach meiner Hand und hielt sie fest. Mit der anderen nahm er die Schnitte und legte sie vor sich. Erst dann entließ er meine Hand wieder. In sein Antlitz war dieser spöttische Zug zurückgekehrt.

„Merke dir, Schwestersohn: Zuerst kommen die älteren Familienangehörigen! Die Reste sind für die Kinder!"

„Ihr wollt damit doch nicht andeuten, dass ich noch ein Kind bin, werter Oheim?", ging ich auf sein Geplänkel ein und bemächtigte mich seiner Brotscheibe, welche er gerade mit Butter bestrichen hatte. Schnell legte ich ein Stück Braten darauf, wohl wissend, dass er kein Fleisch aß.

„Du unverschämter Bengel!", schimpfte mein bronzehäutiger Oheim mit einem verschlagenen Grinsen. „Wie kannst du es wagen, deinem müden, hungrigen Verwandten das Essen vor der Nase wegzustehlen? Hast du das gesehen, Bruderherz? Glaubst du nicht, dass soviel Dreistigkeit bestraft gehört? Was wäre wohl angebracht für Mundraub in diesem schweren Fall? Du kennst dich mit dem Gesetz besser aus, also sag mir, was dort steht!"

„Ich fürchte, dass du in diesem Fall Gnade walten lassen solltest. Wie du eben selbst gehört hast, knurrten die Gedärme unseres Schwestersohn derart laut, dass ich davon ausgehen muss, wenn wir nicht genügend dagegen tun, könnte er uns einfach vor Schwäche zusammenbrechen", machte Sir Marzellus den Spaß mit, allerdings wechselte er einen verdächtigen Blick mit seinem Bruder.

Ich tat so, als hätte ich nichts bemerkt und biss vergnügt grinsend in mein Brot. Ja, ich beeilte mich sogar, es schnellstmöglich hinunterzuschlingen. Einen Becher Ziegenmilch kippte ich sogleich hinterdrein. Dadurch verlor ich die Männer für einen Moment aus den Augen. Ein fataler Fehler!

Kaum hatte ich den Becher auf dem Tisch abgesetzt, packten die beiden mich an den Oberarmen und zerrten mich grinsend hinüber zu meinem Bett. Im ersten Moment fuhr ich erschrocken zusammen, doch dann sagte ich mir, dass sie nichts vorhaben würden, was mir schaden könnte. Ich hatte ja selbst gesehen und gespürt, wie schwierig für sie die neuen Verhältnisse waren. Trotzdem wehrte ich mich, wissend, dass ich gegen sie keine Chance hatte. Selbst gegen einen von ihnen hätte ich nichts ausrichten können.

„Strafe muss sein, Fanai! Ich kann mir doch nicht einfach mein Brot stehlen lassen und dabei ruhig zusehen, wie es im Magen eines Diebes verschwindet. Da ich heute großmütig bin, sollst du selbst bestimmen, wie ich das ahnden soll. Was also schlägst du vor, SCHWESTERSOHN!" Seine spitzbübische Miene passte so gar nicht zu den ernsten Worten, was mich in meiner Ansicht, dass sie sich mit mir einen Scherz erlauben wollten, bestätigte. Daher machte ich auch weiterhin mit. Zwar wehrte ich mich noch, aber nicht mehr so stark wie anfangs. Es war mehr ein Aufbäumen als Gegenwehr.

„Bitte, Oheim! Seid gnädig! Es ist ganz so, wie Sir Marzellus angeführt hat. Es lag keine Boshaftigkeit in meiner Handlung. Der Hunger hatte mich derart im Griff, dass ich nicht wusste, was ich tat. Könntet Ihr es verantworten, wenn ich an der Tafel zusammenbrechen würde, nur weil Ihr statt meiner diese Scheibe Brot verspeist hättet?"

Mittlerweile waren wir an meinem Nachtlager angekommen und ich ergab mich scheinbar, was die Männer nicht davon abhielt mich auf das Bett fallen zu lassen. Dort drehten sie mich sofort auf den Rücken und setzten sich rechts und links neben mich. Jeweils eine ihrer Hände schloss sich blitzschnell um meine Handgelenke. Fast in der gleichen Bewegung rissen sie meine Arme nach oben und drückten sie neben meinem Haupt aufs Laken.

Mein Lächeln wurde zunehmend dünner, denn diese Lage kannte ich nur allzu gut aus meinen Begegnungen mit Drutmar. Zu gerne hatte Ebermut mich so festgehalten oder mir die Hände an einen Balken gefesselt. Dann hatte der Dreckskerl es genossen, mir das Hemd hochzustreifen und mit seinen rauen Fingern über meine Brust zu fahren. Anschließend hatte er sich erst meiner Hose und dann meiner Bruche bemächtigt.

Gerade kamen diese Bilder wieder hoch und schon wollte mein Unwohlsein in Panik umschlagen, da schlüpften die freien Hände meiner Oheime unter mein Hemd. Die Berührungen ihrer für Schwertkämpfer viel zu zarten Finger auf meiner Haut löste in mir ein Kribbeln aus, welches die Panik schnell hinwegspülte und auch das Unbehagen mit sich nahm.

Noch während sie meine Haut in Flammen zu versetzten schienen, lächelten sie mich an.

„Du hast mir noch immer nicht auf meine Frage geantwortet, Fanai. Welche Strafe empfindest du als angemessen?", flüsterte der schwarzhaarige Oheim und schob dabei mein Hemd nach oben.

Sogleich liefen Schauder über meine Haut.

„Es sieht ganz so aus, als wären wir auf dem richtigen Weg, Bruderherz. Da er sich nicht beschwert, sollten wir die Bestrafung wohl etwas ausdehnen. Findest du nicht?", entgegnete der mittelblonde Mann, zwinkerte mir zu und beugte sich von der Seite her über mich.

Mein Leib wurde so von diesen glücklichen Gefühlen überschwemmt, dass für Unbehagen kein Platz blieb. So bemerkte ich auch erst, nachdem es zu spät war, was Sir Marzellus vorhatte. Anstatt mich, wie ich angenommen hatte, zu küssen, kniete er plötzlich über mir. Gleichzeitig nahmen beide ihre Finger von meiner Brust.

„Wehr dich, Fanai!", forderte mein Oheim mich auf und lächelte auf mich herab. Erst jetzt bemerkte ich, dass sie auch meine Handgelenke losgelassen hatten.

Für kurze Zeit hatten mich die herrlichen Gefühle weiterhin im Griff, sodass ich mich noch etwas berauscht im Kopf fühlte. Genau das half mir dabei, zu versuchen, mich aus dieser Lage zu befreien. Dass mir das nicht gelang, war zweitrangig, allein der Versuch zählte.

„Na also, geht doch!", meinte Sir Marzellus und wechselte zu seinem Bruder hinüber. „Bleib liegen, Fanai, und sieh dir an, was Rabanus tut, um sich von mir zu befreien!"

Mir war nicht ganz wohl dabei, rücklings liegen zu bleiben und nur das Haupt so zu drehen, dass ich meine Oheime beobachten konnte. Schon kroch das Gefühl der Panik wieder in mir hoch.

„Atme dagegen an, Fanai!", erinnerte mich Sir Rabanus, während er dafür sorgte, dass sein mittelblonder Bruder scheinbar ohne wirklichen Kraftaufwand von ihm heruntergeschleudert wurde. Dann drehte er sich auf die Seite und legte eine Hand auf meine Brust. Eine Welle der Beruhigung durchströmte mich und half mir, wieder durchatmen zu können.

„Wir sollten es vielleicht mit umgekehrten Rollen versuchen", meinte da Sir Marzellus, der sich wieder auf meine andere Seite neben mich aufs Bett setzte. „Aber für heute soll es genug sein.

Wenn du dich wieder beruhigt hast, Fanai, sollten wir unser Mahl beenden." Er erhob sich dann auch wieder und suchte erneut den Platz auf meiner Kleiderkiste auf. Scheinbar unberührt von meiner Lage, widmete er sich seiner angebissenen Brotscheibe und trank von der Ziegenmilch.

Kurz darauf atmete ich wieder normal, was auch Sir Rabanus dazu veranlasste sich zurück an die Tafel zu begeben. Ich folgte ihm, nachdem er Platz genommen hatte.

„Wenn Ihr wollt, bestreiche ich Euch eine Scheibe mit Butter, denn diese hier kann ich Euch ja nicht mehr anbieten, Oheim." Ich zeigte auf meinen Bauch und griff schon nach dem Brot.

„Das ist ja wohl das Wenigste, was ich von dir erwarten kann, Schwestersohn", feixte er und ließ sich wirklich von mir die Butter aufs Brot schmieren.

„Ich hoffe, dass es Euch so genehm ist, Oheim", ging ich darauf ein und reichte ihm die Scheibe auf der flachen Hand über die Tafel hinweg.

„Den Honig hättest du ruhig noch draufstreichen können", bemäkelte er lächelnd mein Bemühen ihn zufriedenzustellen.

Schon wollte ich seiner Aufforderung nachkommen, da nahm er mir bereits die Schnitte ab und langte selbst nach dem Honigtopf. Während er die klebrige Bienengabe auf der Butter verteilte, murmelte ich vor mich hin: „Ihm kann man auch nichts recht machen."

„Hast du das gehört, Marzellus? Unser Kleiner wird aufsässig. Die Ruhe hier oben auf dem Turm bekommt ihm scheinbar gar nicht. Ab morgen sollten wir den Unterricht wieder fortsetzen, sonst wird er uns noch übermütig", beschwerte der dunkelhäutige Mann sich bei seinem Bruder.

„Da stimme ich dir vollkommen zu, Rabanus", bestätigte mein zweiter Oheim, sah sich kurz im Gemach um und meinte dann: „Genug Platz für gewisse Kampfübungen ist auch hier vorhanden. Ansonsten könntet ihr ja auch den Raum ein Stockwerk tiefer nutzen. Wie ich festgestellt habe, ist er gänzlich leer. Für Schreib- und Leseübungen reichen der Tisch und die beiden Sitzgelegenheiten völlig aus."

„Aber ...", wollte ich etwas einwenden. Sofort schnitt mir Sir Rabanus das Wort ab. „Kein Aber! Es ist beschlossen! Morgen, bei Sonnenaufgang komme ich hierher und wir werden uns etwas mit Übungen ohne Waffen beschäftigen. Ich habe da schon einige Ideen. Anschließend nehmen wir gemeinsam das Frühmahl ein und danach darf dich Marzellus mit Feder und Tinte quälen. Danach essen wir zu Mittag, nach dem wir dir, großmütig, wie wir nun mal sind, eine Pause gönnen."

„Am Nachmittag wirst du dich mit den Regeln des Ordens der Ritter von den Elementen auseinandersetzen. Ich bestehe darauf, dass du sie nicht einfach nur liest, sondern sie auch auswendig lernst. Außerdem werde ich dir noch die von mir verfasste erweiterte Auslegung der Regeln mitbringen, damit du dich auch über die Hintergründe kundig machen kannst. Übermorgen werde ich überprüfen, ob du deine Aufgabe wirklich erledigt hast und dich sowohl zu den Regeln im Einzelnen als auch den Auslegungen befragen", nahm mein mittelblonder Lehrer den Faden auf.

„Vor dem Nachtmahl werde ich dich nochmals aufsuchen und wir widmen uns dem Kampf mit dem Dolch. Ich hoffe, dass dein Tag damit gut gefüllt ist und du keine Zeit mehr für solche Flausen haben wirst, Fanai."

Die Ausführungen der beiden Männer hatte mich derart überrascht, dass ich das Kauen eingestellt hatten. Ich sah sie verblüfft an, trank einen großen Schluck Milch und schluckte erst einmal alles hinunter, was sich noch an Speisen in meinem Mund befand. „Aber, Notker hat doch gesagt, dass ich mich schonen soll", wandte ich kleinlaut ein.

„Das ist so nicht richtig und das weißt du auch genau, Fanai. Für alle anderen bist du erschöpft von deinen Erlebnissen und hast einen verstauchten Knöchel. Deshalb sollst du in deinem Gemach bleiben. Wir aber wissen, dass dem nicht so ist. Außerdem ist es wichtig, dass du vor deiner nächsten Reise noch einiges lernst und nicht steif wirst, sowohl körperlich, als auch geistig", maßregelte mich Sir Marzellus und biss genüsslich in seine nur mit Butter bestrichene Brotscheibe.

„Und nun solltest du aufessen, damit du gestärkt in die Nacht gehen kannst. Nachdem du gehört hast, was morgen alles auf dich wartet, musst du bei Kräften sein, Fanai. Nicht dass mich bei Sonnenaufgang ein Hänfling erwartet, der, noch ehe wir begonnen haben, zusammenbricht. Vielleicht sollte ich dich füttern, damit ich mir auch sicher bin, dass du genug isst. Was meinst du, Bruderherz?"

„Zumindest hat deine Braut entschieden mehr gegessen, als du ihr die Bissen selbst in den Mund geschoben hast, Rabanus. Einen Versuch, ob es bei unserem Schwestersohn genauso ist, wäre es wert", ging Sir Marzellus auf ihn ein und zuckte mit den Schultern.

Als sie mich abschätzend musterten, schlang ich den letzten Bissen herunter und kippte den halben Becher Milch hinterher. Dann sprang ich auf und flüchtete in Richtung Tür.

„Ich habe den Bauch voll. Mehr geht beim besten Willen nicht mehr hinein", rief ich ihnen zu, kurz, nachdem ich aufgestanden war.

Meinen Atem hätte ich mir sparen können, denn in Höhe meines Bettes hatte mich mein Oheim bereits eingeholt. Er versetzte mir einen Stoß. Ich stolperte über meine Füße und landete rücklings auf meinem Lager. Ein schwerer Leib drückte den meinen in die Laken und nahm mir den Atem. In Panik schlug ich auf ihn ein, wurde aber schnell überwältigt. Meine beiden Handgelenke waren oberhalb meines Hauptes gekreuzt und wurden festgehalten von einer dunkelhäutigen Hand. Die zweite umfasste meine Kehle und übte nur leichten Druck aus, der allerdings ausreichte, um meine Gegenwehr zu stoppen. Erst jetzt gewahrte ich, dass Sir Rabanus **auf** mir lag. Er kniete nicht, wie sein Bruder zuvor, über meinem Leib, sondern nutzte sein gesamtes Gewicht, um mich unter Kontrolle zu halten. Sein Antlitz war so dicht vor meinem, dass sich unsere Nasen fast berührten. Ich war gezwungen ihm in die schwarzen Augen zu sehen und entdeckte Schadenfreude in ihnen.

„Bitte, … lasst … mich … los, … Sir … Rabanus! … Ihr habt … bewiesen, … dass ich … Euch … nicht … entkommen … kann. … Lag … auch … gar nicht … in meiner … Absicht", keuchte ich infolge des Drucks auf meiner Kehle und der Panik, die mich wieder überschwemmte.

Schon wollte das erste Bild sich wieder zwischen uns schieben, als Sir Rabanus mir befahl: „Sag mir: Wer bin ich, Fanai? Sieh mir in die Augen und beantworte meine Frage!" Der Druck auf meinen Hals verschwand.

Ich schnappte nur nach Luft und starrte ihn weiter an, jeden Moment fürchtend, dass sich Drutmars Antlitz vor das meines Oheims schob. Als das nicht geschah, versuchte ich ihm zu antworten, brachte aber keinen Laut hervor.

„Fanai, wer bin ich?", knallte er mir die Frage nochmals ins Gesicht.

Noch kämpfte ich mit der Panik, die mir die Luft abschnürte und dem Willen ihm zu antworten.

„Nicke oder schüttle dein Haupt, Fanai!", versuchte er auf andere Art mich aus dieser Starre zu holen. „Bin ich dein Halbbruder Drutmar?"

Ich schaffte es, den Kopf zu schütteln.

„Bin ich dein Halbbruder Ebermut?"

Wieder verneinte ich auf die gleiche Art. Diesmal fiel es mir schon leichter und auch die Panik wurde beherrschbar.

„Wer bin ich, Fanai?" Seine Stimme wurde leiser, einfühlsamer. „Atme, Fanai! Atme gegen die Panik an, wie du es gelernt hast!"

„*Seltsam*", dachte ich und tat, was er mir geraten hatte, „*mit jedem Atemzug wird die Panik kleiner, rückt weiter von mir weg.*" Bald bekam ich genug Luft, um zu reden. „Sir Rabanus. … Mein Oheim!" Nachdem ich das zwar nur geflüstert hatte, ließ mich die Angst ganz los und ich stürzte mich vertrauensvoll in die schwarzen Moorseen. Doch diesmal prallte ich auf der Wasseroberfläche ab und wurde wieder unsanft in die Wirklichkeit zurückgeschleudert.

„Oh nein, Fanai! So leicht entkommst du mir nicht!", drohte mir der Mann, dessen Leib noch immer auf dem meinen lag. „Wiederhole laut und deutlich, was du gerade gesagt hast, sodass auch Marzellus es hören kann!"

„Sir Rabanus … mein Oheim!", schrie ich ihn an. „Und nun lasst mich endlich los! Ihr zerquetscht mich noch."

„Eigentlich komme ich Befehlen nur nach, wenn sie von meinem

Vater oder dem Großkönig stammen, aber da du sehr knochig bist, empfinde ich meine Lage auch nicht gerade als angenehm. Ich will mal nicht so sein, Schwestersohn, und so tun, als hättest du mich darum gebeten", mit diesen nicht ganz ernst gemeinten Worten rollte er sich von mir herunter und ließ auch meine Handgelenke los.

Während ich mir die schmerzenden Stellen rieb, legte er sich auf die Seite, stützte seinen Kopf auf eine Hand und musterte mich mit einem spitzbübischen Grinsen. „Schade nur, dass du mein Schwestersohn und nicht mehr meine Braut bist. Jetzt gerade würde es mir gefallen, das Lager mit diesem eckigen Leib zu teilen. Es wäre sicherlich eine Herausforderung für mich ohne mir blaue Flecken zu holen, das Spiel der Vereinigung zu betreiben."

„Nein, danke! Für heute habe ich genug von Eurem vollgefressenen Leib, der mich fast erdrückt hat", hielt ich ihm enttäuscht von seiner geistigen Abweisung entgegen.

Sogleich huschte seine freie Hand unter mein Hemd. Seine zärtlichen Finger zeichneten dort meine Narben nach und verursachten ein Kribbeln in meinem Leib, das mich nach Luft schnappen ließ. „Was … tut … Ihr … da?"

„Ich wette mit dir, dass du gar nicht mal so abgeneigt von meinem Vorschlag wärst, wenn uns nicht verwandtschaftliche Bande daran hindern würden, Fanai", neckte er mich, setzte sich auf und beugte sich über mich. Seine Finger beschäftigten sich weiterhin mit der Haut auf meiner Brust. Plötzlich jedoch stützte er sich mit beiden Händen neben meinem Haupt ab. Seine Augen suchten die Verbindung mit den meinen und sein Antlitz näherte sich. Ein Lächeln lag auf seinen Zügen, als ich den Kopf hob und meine Lippen den seinen entgegenkamen. Im gleichen Moment, in dem sie sich berührten, spürte ich seinen Leib wieder auf dem meinen. Ich wollte mich schon dagegen aufbäumen, da raubte er mir mit einem innigen Kuss den Verstand. Unsere geistige Verbindung war mit einem Mal so stark, dass ich dagegen ankämpfen musste, nicht fortgerissen zu werden. Es begann mit dem Gefühl zu schweben, ging dann aber recht schnell in einen Sog über. Wie ein Luftwirbel, der manchmal über die Hochplateaus tanzte, drehte mein Geist sich immer schneller und versuchte mit dem meines Oheims zu verschmelzen. Zumindest versuchte ich in ihn einzudringen, als ich mich plötzlich gepackt und zurück in meinen Leib geschleudert fühlte.

Als ich wieder zu mir zurückfand, lag ich keuchend und mit schmerzendem Haupt rücklings auf meinem Bett. Rechts und links von mir hockten meine Oheime im hegranischen Sitz. Sie sahen besorgt auf mich herab und schüttelten gleichzeitig die Köpfe.

„Was ... war ... das?", wollte ich wissen, sah aber keinen unmittelbar an. Allein die Vorstellung, mein Haupt auch nur etwas zu bewegen löste in mir ein Schwindelgefühl aus. So starrte ich hinauf zur Decke.

„Im Zweifelsfall der Gott des Feuers. Aber wir werden mit unserem Vater darüber reden, um Klarheit zu erlangen. Da wir nicht wissen, warum unser Vater deine Mutter zu seiner Tochter gemacht hat, können wir dir diese Frage wahrscheinlich erst dann beantworten. Es ist uns ohnehin ein Rätsel, wie es möglich war, dass sie ein Kind empfangen hat. Mit uns Magierkindern hat es nämlich etwas Seltsames auf sich. Wir leben zwar im Leib eines Menschen, aber dieser Leib verliert einige Eigenschaften, bekommt dafür andere dazu. Wir werden uns ein anderes Mal darüber unterhalten, Fanai. Jetzt sollten wir etwas gegen deine Kopfschmerzen unternehmen. – Sieh mich nicht so erstaunt an! Als ich den Angriff gespürt und deinen Geist zurückgeschleudert habe, wusste ich genau, was du anschließend durchmachen würdest. Ich war selbst einmal so verrückt, es bei unserem Vater zu versuchen. Damals war ich noch unerfahren und hatte keine Ahnung, was ich da tat. Genau wie du jetzt, Fanai. Deshalb habe ich nicht mehr unternommen und dich weder angeschrien, noch eine magische Strafe verhängt." Sir Rabanus war sehr einfühlsam. Das lag sicherlich daran, dass er, wie er ja selbst zugegeben hatte, diese Erfahrung auch schon gemacht hatte.

„Da wir nicht wissen, wie viel Heiler in dir steckt, probieren wir es einfach mit Schlaf", schaltete sich nun Sir Marzellus ein. „Wir bitten Dilar, Catandra und Melar darum dich heute Nacht vor Feulars

Angriffen zu schützen, dann helfen wir dir, in einen erholsamen Schlaf zu fallen. Morgen früh wirst du erfrischt aufwachen und keine Schmerzen mehr spüren. Bist du einverstanden, Fanai?"

„Ich würde alles tun, um diese Schmerzen loszuwerden. Also tut, was Ihr vorgeschlagen habt", erklärte ich mich einverstanden. In meinem Haupt dröhnte es, als ob ein Schmied seine Werkstatt dort aufgeschlagen hätte. Selbst das Sprechen tat weh.

„Gut. Wir werden dir beim Ausziehen behilflich sein, damit du es bequem hast und es dir nicht zu warm wird. Noch sind die Nächte, trotz der gelegentlichen Regenschauer, sehr mild. Und ich möchte nicht, dass du vor dem Morgengrauen aufwachst. Es ist wichtig, dass du durchschläfst, damit sich dein Körper und dein Geist von dieser Erfahrung erholen können."

Nachdem ich ihm durch kurzes Schließen und Öffnen der Augen meine Zustimmung erteilt hatte, halfen mir meine beiden Oheime aus meinen Gewändern. Anschließend legten sie mich ins Bett. Mit dem Laken deckten sie meinen nur noch mit der Bruche bekleideten Leib zu. Dann sorgten sie nicht nur dafür, dass ich einschlief, sondern auch ungestört bis zum Sonnenaufgang durchschlafen konnte.

*

Mein Erwachen am nächsten Morgen nach einer erholsamen Nacht war schmerzfrei und wurde durch den Anblick von Sir Rabanus, der auf der Bettkante saß und mich anlächelte, gekrönt.

Die nächsten vier Tage verliefen genauso, wie meine Lehrer es mir an jenem Abend angekündigt hatten. Ich lernte fleißig, las viel und genoss die Mahlzeiten mit meinen beiden Oheimen, zumal sie mir viele Fragen über die Elementeritter, Tangalan und was es bedeutete ein Magierkind zu sein, beantworteten. Noch heute erinnere ich mich gerne an diese wenigen Tage, die wohl die schönsten auf der Burg meines Vaters waren.

16. Kapitel: Eine feurige Götter-Drohung

„Letzte Nacht hat sich Melar wieder im Traum gezeigt", berichtete ich Sir Rabanus, zwei Tage nachdem bei mir der normale Alltag wieder eingekehrt war.

Er war wie jeden Morgen in mein Gemach gekommen, um mich zum Unterricht abzuholen. Heute hätte ich allerdings gerne darauf verzichtet, da es nieselte. So war ich Melar zum ersten Mal dankbar, dass er mir die nächste Reise angekündigt hatte. Mit der Kunde über meinen Traum glaubte ich, dem Unterricht auf dem Turnierplatz bei diesem Wetter entgehen zu können.

„Gut. Es wird also in wenigen Tagen wieder einmal so weit sein. Diesmal musst du mit Adalar aufbrechen. Marzellus und ich werden alles wie gehabt vorbereiten. Sobald du weißt, wie lange ihr unterwegs sein werdet, sagst du uns Bescheid, damit wir entsprechend vorsorgen können. – Und nun wird es Zeit für die Waffenübungen. Glaube ja nicht, dass ich deinen Blick zum Fenster nicht gesehen hätte, Fanai. Ja, es regnet. Aber auch bei Regen finden Kämpfe statt. Falls du einmal in die Verlegenheit kommst, dass die Sonne mal nicht scheint, wenn du kämpfen musst, solltest du auch damit umgehen können. Die Gegebenheiten bei den verschiedensten Wetterverhältnissen musst du stets in deine Taktik mit einbeziehen. Da ist es doch gut, wenn du schon etwas Erfahrung in einem Übungskampf gesammelt hast. Schade nur, dass es für Eis und Schnee noch zu früh im sekel ist. Diese beiden Schwierigkeiten stellen an einen Schwertkämpfer ihre ganz eigenen Herausforderungen. – Doch genug des Geredes! Lass uns dem Wetter trotzen und deine Lektionen für heute unter diesen neuen Bedingungen erproben."

Ich hatte insgeheim das Gefühl, dass mein Oheim es genoss, mich hinaus in den Regen zerren zu können. Ihm selbst schien die Nässe nichts auszumachen, wie ich während unseres Übungskampfes feststellte. Er deutete das leichte Nieseln sogar.

„Ob wir nun durchgeschwitzt sind vor Anstrengung oder vom Regen nass werden ist belanglos. Einzig, dass wir etwas schmutziger werden und uns vor dem Frühmahl umziehen müssen, weil wir mit Schlamm bespritzt unmöglich vor dem Baron erscheinen können, ist etwas lästig. Aber da das Wasser ja warm ist, brauchen wir uns wenigstens nicht das eisige aus dem Brunnen über den Leib zu kippen, um uns abzukühlen und zu waschen."

Ganz so einfach war es dann doch nicht. Zwar hatte Sir Rabanus in weiser Voraussicht zwei Eimer aufgestellt, in denen sich auch etwas Regenwasser gesammelt hatte, aber leider nicht genug, um den Matsch von unseren Gewändern zu entfernen. Meines zumindest musste ich, samt meiner völlig durchweichten Fußbekleidung, beim Betreten der Burg ausziehen. Sie waren dermaßen voller Dreck, dass ich es nicht wagte, damit quer durch das Gebäude bis zu meinem Gemach im Westturm zu laufen. Ich hätte sonst eine beachtliche Schmutzspur hinterlassen.

„Zieh dich im Stall um", riet mir mein dunkelhäutiger Lehrer, der schon auf dem Weg bis zum Innenhof wieder sauber geworden war. Ich war mir sicher, dass er, kaum, dass er das Innere der Burg betreten haben würde, auch trocken sein würde. Magie hatte ihre Vorteile.

Leider hatte ich noch nicht entdeckt, ob ich auch etwas von dieser Fähigkeit geerbt hatte. Auf meine Fragen diesbezüglich hatte ich stets zur Antwort bekommen, dass ich Wichtigeres zu lernen hätte. Zunächst sei es maßgeblich, dass ich meine Bestimmung erfüllte, alles Weitere gingen wir danach an. Trotzdem wäre es wesentlich einfacher gewesen, wenn ich genauso schnell sauber und trocken gewesen wäre wie Sir Rabanus. Es hätte mir den lästigen Umweg über den Stall erspart. Dort lagen zwar frische Kleidung und Schuhe, sowie alle notwendigen Dinge, um mich zu waschen bereit, aber mich in Gegenwart eines Stallknechtes auszukleiden bereitete mir noch immer Schwierigkeiten. Er konnte nichts dafür, dass er seiner Arbeit nachgehen musste, aber immerhin war er ein Mann. Ich bildete mir ein, dass er mich die ganze Zeit über musterte und meinen Leib mit seinen Augen verschlang. Natürlich beeilte ich mich, konnte aber nicht verhindern, dass ich rot anlief vor Scham, obwohl Sir Rabanus sich dankenswerterweise so hinstellte, dass er mich abschirmte. Seine Blicke machten mir nicht mehr so viel aus, seit ich wusste, dass er mein Oheim war und eine körperliche Verbindung für ihn damit nicht mehr infrage kam.

Dass meine Befürchtungen wegen des Knechtes nicht ganz unbegründet waren, erfuhr ich dann durch eine Bemerkung von Sir Rabanus. „Mach deine Arbeit, Kerl und starr meine Braut nicht an, als hätte sie etwas an sich, was du noch nie an dir selbst gesehen hättest! Dieser Leib gehört allein dem, der ein Anrecht darauf hat. Und nun beeil dich! Nach dem Frühmahl will Baron Dekert ausreiten. Sieh zu, dass sein Pony bis dahin bereitsteht!"

Fürsorglich half mir Sir Rabanus in mein Gewand, legte mir einen Umhang um und zog mir die Kapuze über die nur noch feuchten Haare. Dann legte er besitzergreifend seinen Arm um meine Schultern und verließ, mich fest an sich gedrückt, den Stall. Gerne hätte ich das Gesicht des Stallknechtes betrachtet, leider hinderte mich die tief ins Antlitz gezogene Kapuze und die Eile meines „Bräutigams" daran. Erst am Abend kam er dazu, mir die Miene des Mannes zu beschreiben. Ja, er spielte mir sogar vor, wie der Knecht geschaut hatte. Wir amüsierten uns alle drei köstlich über den Spaß.

„Ich hätte dir noch einen Kuss auf den Mund geben sollen, dann wären ihm die Augen ausgefallen", meinte Sir Rabanus zum Schluss seiner Vorführung und zog eine Miene, als überlege er, ob er das beim nächsten Mal nicht nachholen könnte.

„Von mir aus", stimmte ich zu, „dürft Ihr mich auch küssen. Wir müssen unseren Ruf in der Öffentlichkeit schließlich wahren. Und so langsam gefällt es mir auch, Eure Braut zu spielen."

Aus seinem spitzbübischen Lächeln schloss ich, dass ich das besser nicht gesagt hätte. Für ihn boten sich damit nämlich vielfältige Möglichkeiten, die er nutzen würde.

*

Zwei Tage später träumte ich nach langer Zeit wieder einmal von meiner Mutter. Sie übermittelte mir öfter Botschaften im Traum. Das war für mich so natürlich, dass ich mir nichts dabei dachte. Vor allem, seit sie die Burg vor sieben sekels verlassen hatte, meldete sie sich auf diese Weise. Es musste wohl mit meinem magischen Erbe zu tun haben.

Bisher waren ihre Nachrichten meist von sehr einfacher Art gewesen. Sie ließ mich wissen, dass es ihr gut ging, wo sie sich gerade im Großkönigreich Glendalach herumtrieb und was sie dort tat. Gleichzeitig fragte sie mich nach Neuigkeiten und wie ich behandelt wurde.

Stets hielt ich sie auf dem neusten Stand, was alle anderen Burgbewohner anging. Von mir selbst berichtete ich ihr nur wenig, da ich sie nicht beunruhigen wollte. So erfuhr sie von mir auch nie, was Drutmar und Ebermut mir angetan hatten. Doch, dass die beiden für einige Jahre auf der Burg eines befreundeten Ritters unseres Vaters verbringen durften, verdankten sie ganz gewiss ihr. Wie sie es angestellt hatte, wusste ich nicht, allerdings gab es Andeutungen ihrerseits, die ich erst viel später richtig begriff. Eines jedoch erzählte ich ihr, nämlich, dass ich von einem Tag auf den anderen kein Metall mehr berühren konnte, ohne mich daran zu verbrennen. Sie sah mich für einen Augenblick erschrocken an, was ich als ganz normale Reaktion auffasste. Erst nachdem ich erfuhr, wer ich wirklich war, kam mir in den Sinn, dass sie schon damals gewusst hatte, dass mein Erbe sich auf diese Weise zeigen würde. Stattdessen hatte sie mich mit einer Geschichte von einem Ahnen, dem es ähnlich ergangen war, beruhigt. Angeblich hatte es bei ihm vier oder fünf Jahre angehalten, bevor es ebenso verschwand wie es gekommen war. Ich gab mich damit zufrieden und wartete auf den Tag, an dem es auch bei mir so sein würde. Meinen Wunsch, die Burg für immer zu verlassen, teilte ich ihr nie mit, da sie stets davon sprach, dass sie zurückkommen und mich holen würde, wenn der richtige Zeitpunkt käme. Auf was sie genau wartete, verriet sie mir nicht. Sie wich mir stets aus und meinte, dass es wichtig sei, dass ich es noch eine Zeit lang hier aushielte.

So war ich dann auch nicht erstaunt, als meine Mutter sich wieder einmal im Traum meldete. Diesmal allerdings schien es ihr mehr als gut zu gehen. Nachdem ich festgestellt hatte, wer sich bei ihr befand, war ich entsetzt darüber.

Voller Sorge berichtete ich meinen Oheimen mitten in der Nacht von diesem verwirrenden und mir unmöglich erscheinenden Traumgebilde. Ich war schreiend und weinend aufgewacht. Dass mein Gemütszustand sie herbeirufen würde, hätte ich indessen nicht für möglich gehalten.

Kurz nacheinander traten sie in mein, noch immer mit dem Balken vor der Tür gesichertes, Gemach ein. Für sie stellte dieses Holzstück kein Hindernis dar. Sie beseitigten die Sperre einfach mit Magie, so wie sie diese auch anbrachten, wenn sie dafür sorgten, dass ich einschlief, bevor sie den Raum verlassen hatten.

„Was erschüttert dich so, Fanai?", wollte Sir Rabanus besorgt wissen und stellte eine Laterne auf dem Boden neben meinem Bett ab.

Er benötigte diese Lichtquelle nicht, daher nahm ich an, er hätte sie wegen mir mitgebracht. Die Bienenwachskerze gab ein beruhigendes Licht ab und verbreitete zudem auch noch einen angenehmen Duft. Beides zusammen stellte für mich einen Ruhepunkt dar, auf den ich meine Augen richten konnte.

Ich saß bei seinem Eintreffen völlig aufgelöst auf der Bettkante, sodass er sich sogleich neben mir niederließ, einen Arm um meine Schultern legte und mich an sich drückte. Meine Tränen wischte er sanft von meinen Wangen. Dabei strahlte er mit seinem ganzen Körper Wellen der Beruhigung aus. Beim Eintreffen meines zweiten Oheims war ich schließlich soweit ihnen erzählen zu können, was mich so erschüttert und aufgeregt hatte:

Meine Mutter Karelina – nein, eigentlich heißt sie ja Shira Leora – steht in einem Kreis aus Feuer. Ich weiß, dass es sie nicht verbrennen kann, aber das ist auch nicht die Absicht der Flammen. Sie dienen nur als Gefängnis. Es ist ein magisches Feuer, wird mir bewusst. Kein brennbares Material liegt aufgeschichtet auf dem Steinboden und trotzdem sind die einzelnen Zungen höher als die Gestalt der Frau.

„Fanai, mein Sohn", höre ich meine Mutter sagen, „du darfst nicht

auf ihn hören! Beende deine Aufgabe! Es ist wichtig, dass du auch Adalar wieder an seinen angestammten Platz setzt. Egal, was Feular dir auch anbieten mag, gehe nicht darauf ein! Der Gott des Feuers ist ein Lügner und Betrüger."

„Genug jetzt, Hure des Dekert von Karelien!", fährt die Stimme des Feuergottes sie an. „Hätte ich damals gewusst, dass ausgerechnet du den Wanderer gebären würdest, hätte ich dafür gesorgt, dass du nicht empfangen konntest. Jetzt hetzt du auch noch deinen Sohn gegen mich auf. Habe ich dir nicht gesagt, dass du ihn dazu bringen sollst, seine Mission aufzugeben? Aber die Brut des Rell-Peras hat noch nie das getan, was gut für sie war."

„Jetzt hast du selbst meinem Sohn gesagt, was du ihm verheimlichen wolltest, Feular, denn ich habe dafür gesorgt, dass er dich hören kann. Auch ein so verschlagener Gott wie du ist nicht listig genug für mich. Glaubst du, ich hätte solange überlebt, wenn ich nicht die Tricks und Kniffe unseres Standes angewendet hätte? Nein, Feular, Fanai wird seiner Bestimmung folgen und auch den Gott des Windes wieder an seine Aufgabe erinnern. Du wirst ihn mit nichts davon abhalten können."

„Und was würde dein Sohn dazu sagen, wenn ich ihm ein Tauschgeschäft vorschlage? Deine Freiheit dafür, dass er die Reise mit Adalar nicht antritt. Wer, glaubst du ist ihm wichtiger? Wer steht ihm näher? Denkst du etwa, der Junge könnte sich gegen die eigene Mutter entscheiden? Wenn ihn dein jetziger Zustand noch nicht überzeugt, könnte ich ihn für dich ja noch etwas unerträglicher machen", meldet sich Feular aus dem Nebel, der das Feuer umgibt.

„Fanai wird niemals auf deine Forderungen eingehen. Zuviel steht auf dem Spiel, wenn er dem Gott des Windes nicht hilft. – Höre nicht auf Feular, mein Sohn! Egal, was er dir zeigen wird, es wird nicht der Wahrheit entsprechen. Denk immer daran: Feular ist ein Lügner und Betrüger! Ich weiß mich gegen ihn zu schützen." Die Stimme meiner Mutter ist sehr eindringlich und fest.

Für einen kurzen Moment verschwimmt das Bild vor meinen Augen. Dann sehe ich meine Mutter in ihrem hellblauen Kleid auf einem großen Bett liegen. Ihre Haare sind offen und umgeben ihr

Haupt wie Sonnenstrahlen. Sie scheint zu schlafen oder ist bewusstlos. Genau kann ich das nicht erkennen. Auf der Kante ihres Lagers sitzt der Gott des Feuers und streicht ihr mit einer Hand eine blonde Haarsträhne aus dem Gesicht. Es liegt eine Zärtlichkeit in seiner Geste, die ich ihm nicht zugetraut hätte.

Ein Lächeln schleicht sich auf das Antlitz der Frau und ihre Rechte umfasst diejenige Feulars, drückt sie an ihre Lippen. Noch immer sind ihre Augen geschlossen, aber ihre Miene drückt Vergnügen aus. Während sie jeden einzelnen seiner Finger zärtlich liebkost, wandert die Hand des Gottes mit dem nackten, muskulösen Rücken zum Saum ihres Kleides. Langsam schiebt er den Stoff, der ihr bis zu den Fesseln reicht, nach oben bis zu den Knien. Dann wendet er mir den Kopf zu. Sein Gesicht strahlt Lüsternheit aus, was mich augenblicklich an Drutmar denken lässt.

Ich frage mich: „Wieso scheint dieser Frau zu gefallen, was Feular da gerade mit ihr treibt? Eben noch war sie seine Gefangene und jetzt lässt sie sich auf diese Weise mit ihm ein."

Mittlerweile hat seine Hand den Rock noch höher geschoben. Ihr Oberschenkel ist halb entblößt. Jetzt beugt er sich über sie, befreit seine Hand aus der ihren und küsst sie leidenschaftlich. Sie erwidert seine Zärtlichkeit ungestüm.

Ich schreie auf: „Mutter, was tust du da?"

„Sie genießt meine Gesellschaft, Fanai. Und ich kann mir vorstellen, mit ihr ein weiteres Kind zu zeugen. Diesmal allerdings wird es bei mir aufwachsen, damit es weiß, wem es Loyalität schuldet.- Ich gebe dir eine Woche Zeit, um dich zu entscheiden, was du tun willst. Solange werde ich mich mit meiner Nachwuchsplanung zurückhalten. Solltest du allerdings auf der Reise beharren, wirst du bald ein Geschwisterchen bekommen. Wie du siehst, kann deine Mutter es gar nicht erwarten, sich mit mir zu vereinigen. Wir werden kräftig üben, während du darüber nachdenkst, was das Beste für dich und sie ist, mein Sohn. In einer Woche sehen wir uns wieder." Feular lacht laut und dreckig auf, schiebt seine Hand weiter unter ihren Rock. Das Bild verschwimmt.

„Ich bin schreiend und tränenüberströmt aufgewacht", beendete ich meine Erzählung. „Wie kann sie sich nur mit Feular auf diese Weise einlassen? Und bin ich wirklich sein Sohn, wie er behauptet? Wenn das wahr ist, wie kann ich …Habe ich deshalb einen roten Haarschopf? Ich wusste ja schon immer, dass ich ein Bastard bin, aber dass nicht Baron Dekert, sondern ausgerechnet der Feuergott mein Vater ist, macht mich zu einem Ungeheuer. Es ist mir ganz recht geschehen, dass mich Drutmar und Ebermut all die Jahre gequält haben." Ich riss mich von dem dunkelhäutigen Mann los und sprang auf. Im Stehen wollte ich die Nestel der Bruche lösen, aber meine nervösen Finger schafften es einfach nicht. Aus der Schleife wurde ein weiterer Knoten, den sie nun überhaupt nicht mehr öffnen konnten. „Ihr solltet mich beide jetzt und hier genauso hart und brutal nehmen, wie meine angeblichen Halbbrüder es getan haben. Wenn ich schon nicht verhindern kann, dass der Gott des Feuers und meine Mutter es miteinander treiben, so solltet ihr ihn dadurch demütigen, dass Ihr mich …"

„NEIN, Fanai!", schrie mich mein schwarzhaariger Oheim an. Er schlug mir derart fest mit der flachen Hand ins Gesicht, dass mein Haupt zur Seite gerissen wurde. Ich war so mit dem doppelten Knoten in der Nestel meiner Bruche beschäftigt gewesen, dass ich nicht mitbekommen hatte, wie er sich blitzschnell erhoben hatte.

Vor Schmerz schrie ich auf. Die Ohrfeige war so heftig gewesen, dass meine Wange brannte. Gleichzeitig brachte mich der Schmerz aber wieder zu Verstand. Jedenfalls soweit, dass ich aufhörte, mich mit der Schnur meiner weißen Leinenhose zu beschäftigen. Stattdessen starrte ich Sir Rabanus entsetzt an.

„Setz dich hin, Fanai und höre uns zu!", befahl dieser und gab mir einen Stoß, der mich rücklings auf mein Nachtlager beförderte. Zwar raffte ich mich sogleich wieder auf, aber nicht schnell genug, um zu verhindern, dass er neben mir seinen Platz wieder einnahm und erneut den Arm um meine Schultern legte. Diesmal war der Druck so stark, dass ich ihm nicht so leicht entweichen konnte. Außerdem rollte die Welle der Beruhigung von ihm wieder zu mir herüber und überschwemmte meinen Verstand.

Meine Tränen hörten auf zu fließen und das kaum begonnene Schluchzen erstarb sogleich wieder. Ich rieb mir mit der Hand über die brennende Wange, um den Schmerz zu mildern. Ansehen konnte ich weder meinen dunkel- noch meinen hellhäutigen Oheim. Letzterer hatte sich den Stuhl herangezogen. Er stellte ihn so dicht mir gegenüber auf, dass sich nachdem er sich gesetzt hatte, unsere Knie berührten.

„Fanai, wir verstehen, dass du außer dir bist, nach solch einem Traum", versicherte Sir Marzellus mir und nahm meine Linke zwischen seine Hände. Auch von ihm übertrug sich eine Welle der Ruhe auf mich. „Aber du glaubst doch nicht wirklich, dass deine Mutter, unsere Schwester Shira Leora, sich freiwillig auf diesen Schuft Feular eingelassen hat. Es war ein Trugbild, was er dir gezeigt hat. Wie oft hat deine Mutter dich vor ihm gewarnt? Außerdem hat sie dir versichert, dass sie sich gegen ihn zu schützen weiß. Also sei beruhigt, Fanai. Weder hat deine Mutter sich ihm hingegeben und noch viel weniger würde sie es genießen, sich mit ihm einzulassen. Was du gesehen zu haben glaubst, war eine große Lüge. Und er wird auch keine Gelegenheit haben, Shira Leora in dieser Woche, die er dir Bedenkzeit gegeben hat, auch nur im geringsten unsittlich zu berühren. Das können wir dir versichern. So stark ist der Gott des Feuers nicht. Jetzt, da sein Einfluss über seine Geschwister mit jedem Gott, den du wieder an seine Aufgabe erinnerst und somit zurück an seinen Platz setzt, schwindet, greift er nach jedem Strohhalm."

„Ist das wirklich so?", wagte ich mit leiser Stimme zu fragen und sah ihn, mit noch immer geneigtem Haupt, von unten an.

Sir Rabanus Hand drückte meinen Oberarm in einer freundschaftlichen Geste und bestätigte: „Du kannst Marzellus glauben. Sollte unsere Schwester auch nur in der geringsten Gefahr schweben, würde unser Vater alles daran setzen, sie zu retten. Und mindestens einer von uns würde diesem Mistkerl einen für ihn äußerst unangenehmen Besuch abstatten. Da weder unser Vater, noch einer von uns sich genötigt sieht, einzuschreiten, kannst du ganz beruhigt sein."

Ich atmete ein paar Mal tief durch, um einen nach dem anderen noch etwas zweifelnd anzusehen. So ganz überzeugt war ich noch immer nicht. „Aber, was ist mit seiner Behauptung, dass ich sein Sohn wäre? Lügt er da auch?"

„Weißt du, Fanai, dafür muss ich etwas ausholen", begann mein mittelblonder Oheim und drehte meine Handfläche nach oben. „Wir Magierkinder werden nicht auf die gleiche Weise wie ein Menschenkind vom Mann gezeugt und von einer Frau geboren. Es ist etwas komplizierter. Normalerweise entschließt sich ein Magier nur sehr selten, ein Kind zu erschaffen. Wenn er das tut, hat er gewichtige Gründe und bespricht sich vorher meist auch noch mit einem Gleichrangigem. Erst nachdem beide der Ansicht sind, dass die Gründe stichhaltig genug sind, tut er diesen folgenschweren Schritt. Zunächst einmal muss bei dem Menschen, den er zu seinem Kind machen will, eine wichtige Tatsache vorliegen. – Ach, am einfach erkläre ich es dir an meinem Beispiel: Ich war etwas jünger als du jetzt, hatte kaum sechzehn Sommer erlebt und wurde schwer krank. Dort, wo ich lebte, glaubten alle, ich wäre von einem Dämon besessen, weshalb sie meine Eltern vor die Wahl stellten, mich entweder tief im Wald auszusetzen oder die ganze Familie in unserem Haus zu verbrennen. Schon wollten meine Eltern das Dorf verlassen, da kam spät abends ein Fremder in unseren kleinen Weiler. Er bat um Obdach, welches ihm niemand gewähren wollte. Einzig meine Eltern ließen ihn ein, erzählten ihm aber von mir und dem Dämon. Der Mann schien keine Angst vor der Bedrohung durch einen Besessenen zu haben, im Gegenteil. Noch bevor mein Vater es verhindern konnte, setzte der Fremde sich zu mir ans Bett. Er nahm meine heiße, feuchte Hand in die Seine und betrachtete mich lange. So jedenfalls hat er es mir später erzählt, denn ich war damals mehr tot als lebendig. Er fragte nach, was meine Eltern schon alles unternommen hätten, um mir zu helfen und wie die anderen Dorfbewohner auf mein Leiden reagierten.

Nachdem mein Vater unsere Lage geschildert hatte, machte der Mann ihm einen Vorschlag, der sowohl meiner Familie, als auch dem Fremden zum Vorteil gereichte. Der schwarzhaarige, muskulöse

Mann mit dem platten Gesicht und dem seltsamen Haarschnitt bot meinen Eltern an, für ihn ein großes Gut zu bewirtschaften. Sie würden alle Unterstützung erhalten, die sie benötigten und mein Vater sollte dort Vogt werden. Er sei ein grundehrlicher Mann, meinte der Fremde zu ihm und verdiene es, seine Talente einzusetzen. Es gab zwar noch einige Probleme, die meine Eltern mit ihm besprechen mussten, wozu auch gehörte, dass beide weder lesen noch schreiben konnten. Aber auch dafür und alle weiteren Einwände, welche sie aufzählten, hatte ihr Gast eine Lösung. Schon waren sie sich soweit einig, als meine Mutter nach der Gegenleistung fragte.

„Überlasst Uns euren sterbenden Sohn. Wir haben die Möglichkeit, seinen Körper weiterleben zu lassen, wenn auch sein Geist beschlossen hat, ihn zu verlassen", forderte der Fremde und blickte meine Eltern mitleidig an.

„Ihr seid ein Magier", stellte meine Mutter fest, woraufhin der Mann nickte.

„Das hast du richtig erkannt, gutes Weib", bestätigte er und lächelte sie an. „Aber Wir versichern dir, dass Wir deinen Sohn nicht für irgendwelche magischen Unterfangen missbrauchen werden. Du weißt selbst, dass er im Sterben liegt. Und da ihr bereits alles unternommen habt, was möglich ist, kann euch keiner einen Vorwurf machen. Nun bieten Wir ihm die Möglichkeit, weiter zu leben. Allerdings wird er sich verändern. Seine Gestalt wird die eures Sohnes sein, aber sein Geist ein Teil des meinen."

„Wie könnt ...", wollte mein Vater aufbrausen, als meine Mutter ihre Hand auf seinen Arm legte und sagte: „Beleidige unseren Gast nicht! Du weißt, dass er die Wahrheit über unseren Sohn sagt. Unser Kind liegt im Sterben. Warum sollen wir ihm nicht die Möglichkeit geben, auf andere Art sein Leben fortzuführen?" Dann wandte sie sich an den Fremden: „Rettet unseren Jungen, wenn Ihr das vermögt. Mir ist bewusst, dass ich das Kind auf jeden Fall verliere. Aber ich weiß ihn bei Euch in guten Händen. Ihr werdet ihm ein ebenso guter Vater sein, wie es sein leiblicher bisher war. Beantwortet mir aber zuvor noch eine Frage: Wird er sich an uns erinnern oder ...?"Ihr standen die Tränen in den Augen, dennoch blickte sie den Magier voller Zuversicht an.

„Er wird noch wissen, wer ihr seid, gutes Weib. Seine leiblichen Eltern wird er nicht vergessen, allerdings wird er euch nur selten besuchen können, denn er wird an Unserer Seite durch das Großkönigreich Glendalach ziehen und Uns als seinen Vater bezeichnen. Ja, er wird sich verändern. Wenn er auch weiterhin wie der Knabe aussehen wird, den du geboren hast, gutes Weib, so wird sein Geist ein ganz anderer sein, wie Wir bereits sagten. Sicherlich möchtest du auch wissen, warum Wir euch diesen Vorschlag unterbreiten. Es wäre doch schade, wenn dieser hübsche Körper und seine guten Anlagen durch die Krankheit für immer verloren gingen. Er wird eine gute Ausbildung als Unser persönlicher Schreiber erhalten. Außerdem wird er ein unübertrefflicher Kämpfer werden. Wir geben ihm die Chance, in den *Orden der Ritter von den Elementen* aufgenommen zu werden. Seid ihr als seine Eltern nun damit einverstanden, dass Wir ihn mit Uns nehmen und zu Unserem Sohn machen?" Seine lange Erklärung überzeugte nicht nur meine Mutter in dem, was sie bereits vermutet hatte, sondern auch meinen leiblichen Vater. Beide stimmten zu und so brach der Magier am nächsten Morgen in aller Frühe mit meinem sterbenden Leib in den Armen auf. Nur meine Familie sah uns davonreiten. Sie alle packten ihre bewegliche Habe noch am gleichen Tag zusammen. Bereits am nächsten Morgen trafen zwei Wagen ein, auf die sie alles verluden. Diesem Weiler sagten sie für immer Lebewohl. Eine gute Woche später erreichten sie das Gut, dessen Vogt mein leiblicher Vater wurde.

Ich möchte dir die Details meiner körperlichen Heilung ersparen. Nur soviel: Die Seele, welche die ganzen Jahre in diesem Leib gewohnt hatte, verband sich am späten Morgen mit einem Teil derjenigen meines neuen Vaters. Es war zunächst für mich etwas schwierig, zwischen ihm und mir zu unterscheiden, denn die ersten Monde waren wir noch sehr stark miteinander verbunden. Nach und nach aber bildete ich meine eigene Persönlichkeit aus. Trotzdem wird eine starke Verbindung für immer bestehen bleiben. – Ich hoffe, dass ich dir damit einen kleinen Einblick geben konnte, wie ein Magierkind erschaffen wird. Bei einem Gott wie Feular würde es jedenfalls ähnlich ablaufen. Was im Umkehrschluss bedeutet, dass es zwar möglich ist, dass du sein Sohn bist, aber auch eine weitere Lüge von ihm sein kann."

Die Erzählung meines Oheims hatte mich auf ein zweites Problem aufmerksam gemacht. „Das bedeutet also, dass Ihr es auch nicht wisst", stellte ich fest. „Aber Ihr habt gesagt, dass es so gut wie unmöglich ist, dass ein Magierkind wie Ihr oder meine Mutter, selbst ein Kind zeugen oder empfangen kann. Wie aber erklärt Ihr Euch, dass es mich gibt?"

„Ehrlich gesagt: Ja, ich weiß es nicht. Auch unser Vater hatte keine Erklärung dafür. Er wollte sich mit anderen Magiern austauschen. Vielleicht erfährt er ja etwas, das ihm bisher noch nicht bekannt war. Wir sollten abwarten, bevor wir herumraten, Fanai. Ich weiß, wie schwer es sein kann, wenn man mit der Ungewissheit leben muss. Allerdings ist es besser sich nicht in etwas zu verrennen und sich darüber aufzuregen, um dann festzustellen, dass alles ganz anders war", versuchte er mich zu beruhigen.

Ich nickte nachdenklich.

„Was gedenkst du nun zu tun, Fanai? Wirst du die Prophezeiung erfüllen und Adalar helfen, sich daran zu erinnern, dass er der Gott des Windes ist oder hast du andere Pläne?", mischte sich nun Sir Rabanus ein. Gespannt blickten mich ein schwarzes und ein graugrünes Augenpaar an.

Zunächst zuckte ich mit den Schultern, atmete ein paar Mal tief durch und erklärte: „Ich glaube Euch, dass Ihr Eure Schwester nicht im Stich lassen würdet und auch Großvater schätze ich so ein. Auch meine Mutter hat mir ja bestätigt, dass sie nicht in Gefahr schwebt. Hätte sie dem Gott des Feuers sonst so bestimmt sagen können, dass ich meine Mission erfüllen werde? Sobald Melar mich auf die Reise schickt, werde ich bereit sein." Zur Bekräftigung drückte ich Sir Marzellus Hand. Er erwiderte die Geste.

Mein dunkelhäutiger Oheim drückte mich kurz fest an sich. „Ich habe nichts anderes von dir erwartet, Schwestersohn", stellte er fest.

Im Licht der Laterne glaubte ich, die Augen beider Männern erfreut aufblitzen zu sehen.

„Sind damit deine wichtigsten Fragen beantwortet, Fanai? Glaubst du, wieder einschlafen zu können?", wollte Sir Marzellus wissen und gähnte mich an.

„Ja. Aber ich weiß nicht, ob ich wieder Schlaf finden kann. Vielleicht lese ich noch etwas, um mich abzulenken." Meine Antworten stießen auf wenig Verständnis.

„Was hältst du von einem angenehmen Traum? Wünsch dir etwas und ich schicke dich genau dorthin, Fanai", forderte Sir Rabanus mich auf, während er dafür sorgte, dass ich mich wieder hinlegte. Fürsorglich deckte er mich mit dem Laken zu. „Morgen früh bei Sonnenaufgang solltest du ausgeschlafen sein. Wenn du jetzt noch liest, darf ich mich wieder mit einem Anfänger herumärgern, der ein Schwert nicht von einem Knüppel unterscheiden kann. Nein, nichts da! Jetzt wird geschlafen! Keine Widerrede!"

„Ich beuge mich der Gewalt", feixte ich und äußerte den Wunsch, in seiner Begleitung das ursprüngliche Tangalan aufsuchen zu dürfen.

„Welche Gestalt bevorzugt der junge Herr?", ging er auf mich ein und grinste ahnungsvoll.

„Wenn Ihr mich so fragt. – Wie wäre es, wenn ich noch einmal Eure Braut sein dürfte. Obwohl ich nicht weiß, ob ein Kleid bei unserem Ausflug hinderlich sein könnte."

„Das kommt immer auf die Gegend an", meinte er nur. „Du sollst deinen Willen haben. Eine Reise nach Tangalan für meine Braut und mich. – Du weißt, wie es geht, Fanai. Ich bin bereit." Er beugte sich über mich, was mich nicht mehr in Panik versetzte.

„Danke, Oheim!", sagte ich noch, dann stürzte ich mich im trüben Schein der Laterne in die tiefschwarzen Moorseen.

Ich sitze quer vor dem Sattel auf dem feurigen Rappen meines Bräutigams. Er hat einen Arm um meine Taille gelegt und presst mich damit an seinen Leib. Für meinen Geschmack übertreibt er es etwas, dennoch beschwere ich mich nicht. Es gefällt mir, so eng mit ihm verbunden zu sein, weshalb ich mich an ihn schmiege.

Er lacht leise und flüstert mir ins Ohr: „Du kleine Katze, was geht wieder einmal in deinem süßen Köpfchen vor?"

„Das würdet Ihr zu gerne wissen, mein Panther. Aber das überlasse ich Eurer Fantasie. Doch allzu weit werden unsere Vorstellungen nicht auseinanderliegen, oder?", schmeichle ich und lege bewusst meine schmale Hand auf seine Zügel führende.

Seine Finger lassen die Lederriemen sogleich los, woraufhin der Hengst augenblicklich stehen bleibt. Eine leichte Drehbewegung seinerseits sorgt dafür, dass unser Handflächen sich berühren, bevor er meine Hand an seine Lippen führt und einen zarten Kuss darauf haucht. Dann hebe ich mein Haupt und blicke ihm direkt in die Augen.

„Jetzt nicht, geliebte Braut. Du wolltest, dass ich dir Tangalan zeige. Und nun änderst du dein Begehren so plötzlich? Was soll ich von deinem unsteten Wesen nur halten? Vielleicht müsste ich dir einmal deinen hübschen unteren Rücken versohlen, damit du weißt, wer dein Herr und Gebieter ist und wie sich ein verheiratetes Weib zu benehmen hat." Seine leisen Worte und seine Berührung jagen Schauder des Entzückens durch meinen Leib.

Schmollend antworte ich ihm: „Seid Ihr sicher, dass eine andere Art der Bestrafung nicht weit angebrachter wäre, damit ich lerne, was Eure Wünsche sind?"

„Ich werde mir etwas ganz Besonderes ausdenken, wenn du das gerne hättest. Doch noch musst du dich gedulden. Verschieben wir die Ahndung deiner Missetaten auf den Abend, einverstanden?" Seine strahlenden Augen scheinen mich verschlingen zu wollen. Dennoch wendet er sich ab, lässt meine Hand los und greift wieder nach seinen Zügeln.

Der Rappe setzte sich erneut in Bewegung, wechselt, von einem schnellen Schritt in einen angenehmen Tölt. Seltsam, dass dieses Reitpferd die Gangart eines Ponys beherrscht.

Ich betrachte die Landschaft um uns herum. Wir überqueren eine kleine, grasbewachsene Lichtung, um kurz darauf unter das hohe Blätterdach eines Urwaldes zu schlüpfen. Dort folgen wir einem schmalen Pfad, der von sämtlichem Unterholz befreit ist. Rechts und links jedoch sind die Büsche und jungen Bäume so dicht ineinander verwoben, dass ich dahinter nichts erkennen kann. Doch schon nach wenigen Momenten – der Hengst ist in langsamen Schritt zurückgefallen, da der Weg keine schnellere Gangart erlaubt – wird das Unterholz spärlicher und das Laubdach durchscheinender. Sonnenstrahlen erreichen hier und da den mit Kräutern und Ranken bedeckten Waldboden. Zwischen den hohen Kronen blitzt stellenweise der blaue Himmel hindurch.

Vögel in allen Farben kreuzen unseren Pfad oder fliegen ein Stück mit uns. Andere singen mit wunderschönen Stimmen die süßesten Choräle. Insekten summen, belästigen aber weder uns noch das Pferd. Ein Eichhörnchen huscht ein Stück den Stamm eines mannsdicken Baumes herunter, bleibt plötzlich wie an die Rinde geklebt hängen und betrachtet uns neugierig. Wir reiten so dicht an ihm vorbei, dass ich nur die Hand ausstrecken müsste, um seinen seidigen Pelz mit dem buschigen Schwanz zu berühren.

„Wenn du diesen Wunsch verspürst, solltest du das Tierchen um Erlaubnis bitten, geliebte Braut. So manches Geschöpf genießt es, von so zarten Fingern gestreichelt zu werden. Sollen wir zurückreiten und es fragen?" Hat mein Bräutigam mal wieder meinen Gedanken gelauscht oder habe ich unabsichtlich eine entsprechende Geste gemacht? Ich weiß es nicht.

„Oh, das brauchen wir nicht, denn das Pelzchen ist uns gefolgt und hat uns sogar überholt. Seht Ihr?" Ich deute auf den Baum vor uns, wo das Hörnchen auf einem Ast sitzt, der auf Höhe des Pferdkopfes liegt, und uns mit seinen Knopfaugen mustert.

Mein Bräutigam verhält sein Pferd genau neben dem Tierchen und ich frage es: „Dürfte ich mit meinem Finger einmal über dein Fell streichen?"

Statt einer Antwort huscht der rote Wirbelwind auf meinen Schoß und lässt sich von mir nicht nur streicheln, sondern auch kraulen. Sein unruhiges Schwänzchen kitzelt mich an der Hand, bis ich es mit zwei Fingern vom Ansatz zur Spitze ein paar Mal glatt gestrichen habe. Dann hat es aber schon genug von den Zärtlichkeiten und huscht davon. Wahrscheinlich hat es noch eine Menge zu tun oder einfach nur Hunger.

Uns begegnen noch viele andere Wildtiere, die keine Angst vor uns haben, denn sie nähern sich uns zutraulich und lassen sich berühren, wenn ich sie darum bitte.

Ich genieße den herrlichen Ritt mit meinem Bräutigam durch diesen Mischwald, bis wir einen kleinen Bach überqueren und auf der anderen Seite auf eine weite Ebene stoßen.

„Was hältst du von einem Galopp, meine Braut? Das Pferd möchte seine Beine einmal richtig strecken", fragt mich mein Bräutigam, fügt dann aber besorgt hinzu: „Oder hast du Bedenken, herunterzustürzen?"

„Wie könnte ich Angst haben, wenn mich Eure starken Arme halten, Geliebter? Gönnen wir dem Rappen seinen Auslauf."

Sogleich gibt er dem Hengst die Zügel frei. Aus dem Stand galoppiert er an.

Gemeinsam jauchzen wir vor Vergnügen, so frei über die endlos scheinende Weite zu fliegen. Es gibt nur Weniges, was schöner sein kann, als an den Leib eines geliebten Menschen gedrückt auf dem Rücken eines so schnellen und prächtigen Pferdes sitzend das Gras unter den Hufen nur so hinter sich wegspritzen zu sehen.

Erst, nachdem wir alle erschöpft an einem kleinen See anhalten und uns dort erfrischen, bemerke ich, dass meine roten Haare zu Zöpfen geflochten und um mein Haupt geschlungen sind. Während ich mich im Wasser wie in einem Spiegel betrachte, fällt mir auf, dass ich diesmal ein dunkelgrünes Samtkleid trage. Es ist mit den tangalanischen Schriftzeichen in Silber bestickt. Die zierlichen nackten Füße stecken in passenden Samtschuhen aus dem gleichen Stoff und sind ebenso verziert. Auf der linken Fußbekleidung erkenne ich die Zeichen für Treue und Liebe, auf der rechten Pflicht und Gehorsam. Sogleich sehe ich an mir herunter und entdecke die gleichen Symbole auch auf meinem Gewand. Aber es gibt noch viele mehr: Mut, Neugierde, Freude, Hoffnung, Talent, Wissen, Verstand kam ich lesen. Da ist allerdings eines, welches genau über meinem Herzen sitzt, das gehört nicht zum Schriftsatz von Tangalan. Auch keine weitere Sprache im Großkönigreich benutzt dieses Zeichen.

„Würdet Ihr mir dieses Symbol erklären, mein Bräutigam? Alle anderen sind mir geläufig. Dieses aber kann ich keiner Sprache zuordnen", wende ich mich an den Mann, der aus den Satteltaschen unser Mittagsmahl hervorholt. Er verteilt alles auf einer Decke, die er im Gras ausgebreitet hat. Ob der herrlichen Speisen macht sich mein Magen laut bemerkbar.

„Setz dich schon einmal hin und nimm dir etwas, bevor du noch über mich herfällst oder unser Reittier anknabberst. Ich bin gleich soweit. Ich muss nur noch den Krug mit Wasser aus dem See füllen, damit wir uns die Hände waschen können", meint er und geht mit dem Gefäß zum Ufer.

Inzwischen lasse ich mich auf der Decke nieder und nehme mir eine verlockend aussehende Frucht, die ich noch nie gesehen habe. Sie gleicht einer grünen Traube, ist allerdings nur halb so groß und hat gelbe Punkte. Ihr Geschmack erinnert mich an Walderdbeeren gewürzt mit Zimt. Ehe ich mich versehe, habe ich eine nach der anderen in den Mund gesteckt und bin ganz erstaunt, die Schale schon geleert zu haben.

„Du kleines Schleckermäulchen!", schimpft mein Bräutigam mit erhobenem Zeigefinger lächelnd und setzt sich neben mich. Den Krug stellt er zur Seite. „Eigentlich hatte ich diese Leckerei als Nachtisch vorgesehen. Zu gerne hätte ich dich mit den Sommerbeeren gefüttert. Nun muss ich mir wohl etwas anderes überlegen. Aber die Hauptsache ist doch, dass sie dir geschmeckt haben, meine Geliebte."

„Sie waren auch zu verführerisch", entschuldige ich mich und flattere mit den Augenlidern, wie ich das bei einigen Frauen schon beobachtet habe. „Würdet Ihr mir jetzt das Zeichen hier erklären?" Ich zeige mit einem Finger auf meine Herzgegend.

„Es ist eine Verbindung von zwei Symbolen, die ganz selten genutzt wird. Es steht für ein Wesen, dass weder ganz Mann noch ganz Frau ist. Damit ist nicht nur die körperliche Erscheinung gemeint, sondern auch die geistige. Du bist ein solches Wesen, meine Braut. Hier bist du weiblich und auf der Burg männlich. Ich fand es passend. Wer

sonst sollte es tragen?", erklärt er und schiebt mir ein Stück Käse in den Mund.

Ich umfange seine Finger einen Augenblick länger als nötig mit den Lippen, bevor ich sie loslasse und genüsslich den Happen zerkleinere. Kurz denke ich über das nach, was er soeben über mich gesagt hat, bevor ich nicke. „Das ist wohl richtig. Es fühlt sich auch gut an, hier Eure weibliche Braut und dort Euer männlicher Verwandter zu sein. Wobei es mir auch gefallen hat, Eure männliche Braut zu sein. – Sagt mal, hättet Ihr mit mir irgendwann einmal das Lager geteilt, wenn sich nicht herausgestellt hätte, dass ich Euer Schwestersohn bin?"

Nachdenklich sieht Sir Rabanus mich an. „Normalerweise teile ich mein Lager weder mit Männer noch mit Weibern. Wir Magier brauchen diese Form der Nähe nicht. Es ging mir auch gar nicht so sehr um das, was ihr Menschen körperliche Vereinigung nennt. Ich habe getan, was für dich als Fanai wichtig war. Der Junge, der du auf der Burg bist, hat Schlimmes erlebt und seinen Leib als etwas angesehen, das nur dafür da ist, in jedweder Form misshandelt zu werden. Marzellus und mir war es wichtig, dass sich das ändert. Als wir erkannten, dass du Zärtlichkeit von Männern annehmen kannst, haben wir uns entschlossen, dich fühlen zu lassen, wozu dein Leib noch fähig ist. Aber wenn ich es mir so recht überlege, nein, weiter als ich bisher gegangen bin, möchte ich mit Fanai nicht gehen. Wenn ihm wirklich etwas daran liegt, mit einem Mann das Lager zu teilen, der ihn mit allen Raffinessen und ganz uneigennützig in diese Art der Zärtlichkeiten einführt, könnte ich ihm jemanden vorstellen. Allerdings müsste mein Schwestersohn sich noch etwas gedulden, bis er seine Aufgabe erledigt hat. Danach könnten wir diesen Meister der Verführung aufsuchen. – Aber nun sollten wir unser Beisammensein hier genießen. Lass uns diese köstlichen Speisen probieren und uns an diesem herrlichen Land erfreuen."

„Das heißt, dass Ihr auch nicht willens seid, mit Eurer weiblichen Braut das Lager zu teilen?", lasse ich nicht locker. Für mich ist wichtig, was er darauf antwortet.

„Ich hätte mir denken können, dass du mich das fragst. Aber auch

hier muss ich dich leider enttäuschen. Wenn du auch in einem weiblichen Körper neben mir sitzt, kann ich doch nicht vergessen, wer du wirklich bist. Also lautet auch hier meine Antwort: Wir werden uns auch auf dieser Ebene nicht körperlich vereinigen. Es tut mir leid, für dich, aber ich bin nicht gewillt weiter zu gehen als bisher. Ich habe erreicht, was mein Bruder und ich uns zum Ziel gesetzt haben und damit endet für mich diese Form der Zärtlichkeit."
Seine Antwort ist ehrlich, wenn er auch etwas gedankenversunken wirkt, während er spricht. Nun sieht er mich mit einem Lächeln an. „Das soll aber nicht heißen, dass ich dich gar nicht mehr anfassen werde. Unsere Berührungen werden sich jetzt auf einer anderen Ebene bewegen. Wenn ich dich zukünftig in den Arm nehme, dann wie es ein Oheim mit seinem Schwestersohn eben tut. Oder falls du Hilfe beim An- oder Auskleiden benötigst, brauchst du nicht damit zu rechnen, dass ich mehr als das tun werde."
„Was ist mit der Beziehung zwischen Fanai und seinem Bräutigam? Werdet Ihr auch das Spiel in der Öffentlichkeit sogleich beenden? Sagt mir, worauf er sich einstellen muss!" Ich erwische mich dabei, dass ich meinen männlichen Anteil als eigenständige Person sehe. „Fange ich jetzt schon an mich zu sehr an meine zwei Erscheinungsformen zu gewöhnen? Spalte ich meine Persönlichkeit etwa auf?", frage ich mich verwirrt und auch etwas entsetzt.
„Bis zur Abreise mit Adalar müssen Fanai und ich noch den Schein wahren. Aber das dürfte doch für ihn kein Problem sein, oder? Mir jedenfalls macht es Spaß zu beobachten, wie die einzelnen Menschen reagieren. Außerdem ist es wichtig, um Fanai vor Übergriffen zu schützen. Solange das Gesinde glaubt, dass der Ritter und der uneheliche Sohn des Barons das Lager miteinander teilen und sich in der Öffentlichkeit so verliebt geben, wird niemand es wagen, sich an ihm zu vergehen. Andernfalls könnte der ein oder andere glauben, jetzt, da Drutmar nicht mehr lebt, würde er seinen Platz einnehmen können. Du brauchst also für Fanai nicht zu fürchten, dass er in den nächsten Tagen auch nur einmal ungeküsst bleiben wird." Wieder einmal zeigt er mir diese lüsterne Miene, von der ich mir noch immer nicht sicher bin, ob er hinter dieser Maske nicht doch heimliches

Vergnügen verbirgt.

„Ich danke Euch für Eure Ehrlichkeit, Sir Rabanus. Und ja, es wird Fanai gefallen, von Euch wenigstens in der Öffentlichkeit weiterhin geküsst und zärtlich berührt zu werden. – Lasst uns diesem köstlichen Mahl zusprechen, denn das Reden hat mich hungrig gemacht.“

Wir lassen es uns noch eine Weile schmecken, bevor wir zusammenpacken und zurück zu der Mauer reiten, an der er mich vom Pferd hebt. Bevor ich durch die sich vor mir öffnende Tür gehe, höre ich, wie er zu mir sagt: „Wir können uns weiterhin hier als Brautpaar treffen, wenn du das möchtest.“

„Es wäre mir eine Ehre“, entgegne ich mit einem Lächeln und trete durch die Pforte, welche sich hinter mir von selbst schließt.

*

In den nächsten Nächten besuchte mich Melar des Öfteren und zeigte mir auf seiner Landkarte den Weg, den Adalar und ich zurücklegen würden. Diesmal sollte die Reise länger, als nur ein paar Tage dauern.

Diese Vorankündigungen steigerten mein Übungspensum im Schwertkampf immens. Sir Rabanus unterrichtete mich nicht nur zu den bisherigen Zeiten kurz nach Sonnenaufgang und nach meiner Wache am Nachmittag, sondern auch am späten Vormittag. Da ich dank des Geschenks meines Großvaters keine Schwierigkeiten mehr mit dem Lesen und Schreiben hatte, benötigte ich darin keine Unterweisungen mehr. Dafür verlegte sich Sir Marzellus darauf, mir mehr über andere Dinge beizubringen. Er zeigte mir, wie ich die verhärteten und nach einem Kampf verkrampften Muskeln massierte. Erst führte er die Griffe an mir durch, bevor ich sie an seinem Leib praktisch anwenden durfte. Dann erklärte er mir auch einige, die mir aufgrund des Studiums der Bücher unklar erschienen. Außerdem musste ich die Regeln des *Ordens der Ritter von den Elementen* auswendig lernen. Immer wieder fragte er einzelne Passagen ab, ließ sich aber auch von mir auseinanderlegen, wie ich sie auffasste.

Manchmal sprang er auch für seinen Bruder Rabanus ein, wenn diesen andere Aufgaben daran hinderten, mit mir am Vormittag einen zweiten Waffengang durchzuführen.

Am schönsten allerdings fand ich weiterhin die Zeit meiner Wache, die mehr ein symbolischer Akt war, seit Adalar von Drutmar keine Gefahr mehr drohte. Wenn das Herbstwetter es zuließ, verbrachten Baronin Bianca, ihre Kinder und Adalar diese im Garten, bewacht von Hilarius oder Meinrad. Ich war mittlerweile zum begehrten Vorleser meiner Halbgeschwister aufgestiegen. Sir Marzellus sorgte stets dafür, dass mir entsprechende Geschichten nicht ausgingen, indem er mir passende Bücher überreichte. Woher er sie hatte, fragte ich schon nicht mehr, seit ich durch meine Oheime erfahren hatte, dass sie Magier waren.

Drei oder vier Tage nach meinem seltsamen Traum mit Feular und meiner Mutter eröffneten mir meine Oheime, dass ihr Vater sich mit einem weiteren großen Magier besprochen hatte. Dieser meinte, dass Feular nur indirekt mein Vater sein könnte. Seine Erklärung hörte sich für mich allerdings stimmig an.

Dass der Gott des Feuers sich zumindest geistig in den Leib eines Menschen einschleichen kann, hatte ich bereits selbst erfahren. So könnte es möglich sein, dass er sich Baron Dekerts bedient hatte, um dafür zu sorgen, dass meine als unfruchtbar geltende Mutter mithilfe der Magie empfangen hatte. Im Umkehrschluss hieß dies allerdings, dass trotzdem Dekert von Karelien mein leiblicher Vater war, da sein Samen mich gezeugt hatte. Anderenfalls hätte Feular einen Seelenanteil in genau dem Moment an das Kind meiner Mutter übertragen müssen, als dessen Seele seinen Körper verließ. Dies würde allerdings nicht erklären, wieso es möglich war, dass die Tochter eines Magiers überhaupt empfangen konnte. Hatte er hingegen einzig dafür gesorgt, dass es diese Möglichkeit überhaupt gab, war er nicht mein Vater, da ich keinen Seelenanteil von ihm in mir trug.

Nachdem Sir Marzellus mir dies auseinandergelegt hatte, war ich im ersten Augenblick ziemlich verwirrt, begriff bei seinem zweiten Erklärungsversuch dann aber, was er meinte.

„Wir gehen die ganze Zeit davon aus, dass Feular von meiner frühen Kindheit gesprochen hat. Was wäre aber, wenn er damit meinen fünfzehnten Geburtstag gemeint hätte. Sollte er damals eine, wie auch immer geartete Verbindung mit meiner Seele eingegangen sein, würde es auch erklären, was es mit meinem Unvermögen, Metall gefahrlos berühren zu können, auf sich hätte. Es könnte sich um eine ungewollte Nebenwirkung seines Eingriffs handeln", erläuterte ich meine Gedanken. Seit Sir Marzellus mir erklärt hatte, wie ein Magierkind erschaffen wurde, spukte diese Möglichkeit in meinem Haupt herum.

„Hast du denn das Gefühl, dass du dich in irgendeiner Weise an deinem fünfzehnten Geburtstag verändert hast? Gab es ein Ereignis, dass dafür gesorgt haben könnte, dass deine Seele deinen Leib verlassen musste? Erinnerst du dich nur verschwommen an die Jahre vor diesem Geburtstag?", versuchte er, Klarheit ins Dunkel meiner Vermutung zu bringen.

„Wären dies alles Anzeichen dafür, dass ich recht haben könnte? Oder stochert Ihr jetzt nur einfach so in diesem verwirrenden Chaos herum?" Langsam wurde ich mir unsicher, ob ich nicht übers Ziel hinausgeschossen war, um eine Erklärung für etwas zu finden, was wirklich nur eine einfache Lüge des Feuergottes darstellte.

„Mir ist es so ergangen", stellte er klar, wie er auf seine Fragen kam. „Und, Fanai, trifft auch nur eine meiner Fragen ins Schwarze?" Ihm war anzumerken, dass es ihm nicht gleichgültig war, wie meine Antwort ausfiel.

„Würde sich an unserem Verhältnis etwas ändern, wenn ich dies bejahen würde?", kam prompt meine Gegenfrage. „Hieße das, dass wir plötzlich auf zwei verschiedenen Seiten stehen würden? Immerhin bliebe ich weiterhin das Kind von Shira Leora und damit Euer Schwestersohn."

„Du würdest, sollte sich deine Kopfgeburt als wahr erweisen, ein unkalkulierbares Risiko für uns bedeuten. Wir wüssten ja nicht, ob du dich nicht im letzten Augenblick gegen uns und für deinen Vater entscheiden würdest", mischte sich nun mein dunkelhäutiger Oheim ein. Sein musternder Blick vermittelte mir eine Ahnung, dass er der

Erste wäre, der dafür sorgen würde, dass eben das nicht geschah.

Dies war wieder ein solcher Moment, in dem mir klar wurde, wie gefährlich dieser Mann für jemanden sein konnte, den er als Gegner betrachtete. Die mir gegenüber gezeigte Zuneigung konnte, also ebenso schnell ins Gegenteil umschlagen. Ich musste vorsichtig mit dem sein, was ich jetzt sagte, aber auch mit dem, was ich dachte. Seine Fähigkeit, Gedanken lesen zu können, nicht außer Acht zu lassen, war noch viel wichtiger. Wie schnell könnte ich dadurch eine Kettenreaktion auslösen, die sich nicht mehr stoppen ließ.

„Zu Eurer Beruhigung, Sir Rabanus, Sir Marzellus: Nein, außer, dass ich seit meinem fünfzehnten Geburtstag kein Metall mehr anfassen kann, ohne mich zu verbrennen, habe ich mich nicht verändert. Und es gab weder einen Unfall noch eine Krankheit, die dazu geführt haben könnten, dass meine Seele meinen Leib verlassen haben könnte. An die Jahre meiner Kindheit erinnere ich mich deutlich. Vor allem an die Zeit um meinen zehnten Sommer, in der Drutmar anfing, mich als Opfer seiner körperlichen Absonderlichkeiten zu missbrauchen."

Deutlich hörte ich meinen mittelblonden Oheim aufatmen. Den Schwarzhaarigen hingegen konnte ich nicht so einfach überzeugen, nachdem ich selbst den Zweifel gesät hatte. So nahm ich mir vor ihn, sobald ich allein mit ihm war, genauer im Auge zu behalten. Nicht, dass ich, falls er etwas im Schilde führte, auch nur die Chance gehabt hätte, dies abzuwenden. Aber es gab mir das Gefühl wenigstens nicht blind ins offene Messer zu laufen. Daher sprach ich meinen Verdacht auch jetzt, im Beisein seines Bruders offen an.

„Ihr glaubt mir nicht, Sir Rabanus. Was also gedenkt Ihr zu tun, um Euch davon zu überzeugen, dass ich nicht mit dem Feind paktiere? Ich weiß, dass ich keine Möglichkeit habe, Euch vom Gegenteil zu überzeugen. Selbst, wenn ich anführe, dass ich es ja selbst war, der die Zweifel geäußert hat, würdet Ihr nur feststellen, dass dies ein gutes Ablenkungsmanöver meinerseits gewesen wäre. Haltet Ihr mich wirklich für so verschlagen? Mittlerweile müsstet gerade Ihr mich besser kennen. Sagt: Habt Ihr nun vor an die Stelle meines Halbbruders Drutmar zu treten und mich, wenn auch nicht mit der gleichen Absicht wie er, zu misshandeln? Ich weiß, dass Ihr die Möglichkeiten allein durch Eure Magie habt, mir geistig so einiges angedeihen zu lassen, vor dem ich mich in keinster Weise schützen kann. Aber selbst wenn Ihr auf die Anwendung jedweder Magie verzichten würdet, wäret Ihr noch immer ein mir weit überlegener Gegner. Bevor Ihr allerdings auf meine Frage antwortet, gewährt mir eine Bitte." Ich machte eine Pause, um ihm die Möglichkeit einer Erwiderung zu geben. Was er wirklich dachte, ließ er sich nicht anmerken, weshalb ich auch nicht einschätzen konnte, ob ich mit meiner Vermutung richtig lag.

„Und die wäre?", fragte er lauernd und sah mich dabei durchdringend an.

Sein Bruder wirkte etwas nervös auf mich, obwohl ich mich da auch täuschen konnte. Trotzdem hatte ich den Eindruck, Sir Marzellus besser einschätzen zu können.

„Besprecht meine Vermutung bezüglich meiner Abstammung und auch das, was ich gerade zu Euch gesagt habe, mit Eurem Vater, ehe Ihr handelt. Ich laufe Euch weder weg, noch habe ich die Möglichkeit Euch in irgendeiner Weise zu schaden. Natürlich würde ich die Angelegenheit gerne selbst meinem Großvater vortragen, aber ich möchte ihn nicht ausschließlich deswegen hierherbemühen. Euch stehen da ganz andere Wege offen mit ihm Kontakt aufzunehmen, wie ich mir vorstellen kann. – Sir Rabanus, ich möchte nicht der Grund dafür sein, weshalb Ihr Euch mit Eurem Vater überwerft. Vielleicht könnt Ihr mir wenigstens glauben, dass ich weiß, was es bedeutet, wenn man zwar mit seinem Vater zusammenlebt, er einen aber immer wie Unflat behandelt. Aber das ist nur ein Vorschlag, was Ihr daraus macht, bleibt Euch überlassen." Ich bewegte mich auf dünnem Eis, wie ich anhand einer Handbewegung meines mittelblonden Oheims zu erkennen glaubte. Wenn ich mich nicht täuschte, hatte er dafür gesorgt, dass sein Bruder sich nicht wütend auf mich stürzte.

„Rabanus!", warnte er ihn dann auch sogleich. „Die Bitte und die Anmerkungen unseres Schwestersohns klingen für mich stimmig. Wir sollten mit Vater darüber reden. Falls du Bedenken hast, dass

Feular seinem vermeintlichen Spross in irgendeiner Weise zu Hilfe kommen könnte, um ihn vor uns zu schützen oder zu verbergen, schlage ich vor Dilar, Catandra und Melar darum zu bitten, ihn abzuschirmen. Was hältst du von der Idee?"

Meine Ahnung hatte mich also nicht getrogen. Sir Marzellus blieb bei der Sache und machte seinen Einfluss geltend.

Gemeinsam warteten wir auf eine Entscheidung des bronzehäutigen Mannes, dessen Gedanken mir noch immer verborgen waren.

„Gut, reden wir erst mit Vater. Trotzdem möchte ich deinen Vorschlag bezüglich der Götter aufgreifen, ganz gleich, was sich auch immer herausstellen wird. Sollte mein Verdacht begründet sein, kann Fanai nicht einfach verschwinden. Wenn nicht, wäre er so vor Angriffen vonseiten Feulars geschützt", gab er nach, bevor er sich nochmals an mich wandte. „Fanai, du hast nicht ganz unrecht damit, wenn du mir vorhältst, dass ich dich wohl am besten kennen müsste, nachdem, was wir zusammen erlebt haben. Allerdings bin ich vorsichtig mit dem, was offensichtlich scheint und dem, was sich dahinter verbergen könnte. Und da du selbst Zweifel hegst, verstehst du, weshalb ich misstrauisch bin."

Ich nickte und sah ihn dabei verstehend an. „Was gedenkt Ihr in der Zwischenzeit, bis Ihr Euch besprochen und zu einem Entschluss gekommen seid, mit mir zu tun? Wollt Ihr mich im Verlies an eine Wand ketten und zusätzlich noch mit einem magischen Bann belegen? Oder darf ich hier in meinem Gemach bleiben, während Ihr den Raum sichert. Mir wäre es schon recht, wenn ich in Eurer Abwesenheit nicht auf den Gott des Feuers treffen müsste. Außerdem kann ich verstehen, dass Ihr gleichzeitig damit auch dafür Sorge tragen wollt, dass ich nicht auf die Idee komme zu flüchten. Ich wüsste zwar nicht, wo und wie ich mich vor Euch verbergen könnte, aber natürlich bestände diese Möglichkeit." Mein Blick in seine Augen sollte ihm zeigen, dass ich offen und ehrlich mit ihm sprach. Falls er vorhatte, mich mit einem Bann zu belegen, bot ich mich ihm geradezu an.

„Es wird nicht notwendig sein, dass du den Turm verlässt, Fanai", entgegnete mir Sir Marzellus statt seines Bruders und trat zwischen uns. Er unterbrach damit nicht nur den direkten Blickkontakt, sondern stellte gleichzeitig dergleichen mit ihm selbst her. „Wir werden den Raum genauso sichern, wie wir es jeden Abend tun. Zusätzlich bitten wir die drei dir wohlgesonnenen Götter, auf dich aufzupassen. Einen Bann über dich zu legen, halte ich für völlig überzogen. – Und nun wird es Zeit, dass du dein Lager aufsuchst, Fanai. Es ist bereits spät geworden. Falls du möchtest, helfe ich dir heute Abend beim Einschlafen. Ich kann mir vorstellen, dass du ganz schön durcheinander bist und es dir schwerfallen wird, zur Ruhe zu kommen."

Ich atmete erleichtert auf. „Gerne nehme ich Euer Angebot an, Sir Marzellus." Er lag mit seiner Einschätzung genau richtig, weshalb ich dankbar zustimmte. Andererseits wollte ich auch meinen guten Willen beweisen. So warf ich Sir Rabanus nur kurz einen Blick zu, bevor ich mich auskleidete und unter das leichte Laken schlüpfte. Mit dem Eindruck, dass mein dunkelhäutiger Oheim sich nur ungern der Meinung seines Bruders anschloss, legte ich mich bequem hin. Sobald Sir Marzellus sich etwas über mich beugte, sah ich ihm fest in die Augen und sprang kopfüber in die Waldseen. Ganz egal, was auch immer er sich für mich ausgedacht hatte, ich vertraute ihm.

Innerhalb von nur einem Augenblick war ich fest eingeschlafen und fand mich in einem wunderschönen Garten wieder, den ich erst mit meinem Aufwachen bei Sonnenaufgang wieder verließ.

17. Kapitel: Der Stein des Wanderers

Bei meinem Aufwachen sah ich Sir Rabanus genau in die schwarzen Augen. Ich bekam einen gehörigen Schrecken und wollte aufschreien, als seine Lippen sich fest auf meine pressten und mir so den Mund verschlossen. Gleichzeitig stellte ich fest, dass er mit einer Hand meine über dem Haupt überkreuzten Handgelenke ins Kissen drückte. Seine zweite Hand lag an meiner Kehle. Mein Körper reagierte panisch. Das Herz galoppierte, der Atem floh, Schauder jagten mir über den Rücken und meine Handflächen wurden feucht.

„Was tut Ihr da?", schickte ich ihm die gedanklich geschriene Frage. Ich war unfähig, mich aus dem Bann, mit dem seine Augen mich anstarrten zu lösen. Selbst wenn er meine Handgelenke nicht fixiert hätte, wäre ich nicht fähig gewesen, mich zu bewegen. Allein der Schrecken hätte dafür ausgereicht.

Aber es sollte noch schlimmer kommen. Nein, er hatte nicht vor, mich zu nehmen, wie mir das Laken, welches meinen Unterkörper bedeckte, bewies. Stattdessen schob er mir, wie ich es nach unserer Verbindung durch Sir Marzellus erlebt hatte, einen glatten Gegenstand mit seiner Zunge in meinen Mund. Er war etwa so groß wie das oberste Daumenglied und hatte auch dessen Form. Doch es kam anders, als es damals bei seinem Bruder gewesen war. Sir Marzellus hatte sich sofort nach dieser Übergabe zurückgezogen. So konnte ich das Schmuckstück aus dem Mund nehmen und betrachten. Mit der Hand, die an meiner Kehle lag, sorgte Sir Rabanus hingegen dafür, dass ich mehrfach hintereinander schluckte, während seine Zunge es mir in den Rachen schob. Ich begann zu würgen und mein Leib wand sich und versuchte, sich aufzubäumen. Mein Überlebenstrieb begann über die Starre zu siegen. Genau in diesem Augenblick glitt seine Hand noch einmal fest an meinem Hals herab. Schon glaubte ich an dem festen Gegenstand zu ersticken, als er endlich hinunterrutschte. Trotzdem blieb der Würgereflex bestehen. Und noch immer verschlossen seine Lippen meinen Mund, wenn er seine Zunge auch bereits zurückgezogen hatte.

Ganz plötzlich erstarb meine Gegenwehr und ich stellte überrascht fest, dass seine Hand meine Kehle verlassen hatte und nun mit gespreizten Fingern auf meiner Brust lag. Seine Berührung war fest und es strömte eine starke Welle der Beruhigung von dort in meinen Leib. Gleichzeitig floss dieses Gefühl auch aus seiner anderen Hand, welche noch immer meine Handgelenke umklammert hielt, über meine Arme in mich hinein. Beide Wogen trafen sich in dem Moment, als er meine Lippen von dem Übergriff der seinen befreite. Sie prallten nicht einfach aufeinander, sondern vereinigten sich ganz sanft. Dann rieselte die leichte Strömung durch meinen ganzen Körper. Ich genoss dies, obwohl mich die schwarzen Augen noch immer zu durchbohren schienen.

Die Panik war von der Welle hinweggespült worden und hatte auch alle ihre Auswirkungen wie das Herzrasen, die Atemnot und die Schauder mit sich genommen. Stattdessen empfand ich nichts als Ruhe. In mir kam der Wunsch auf, mich einfach in die Moorseen fallen zu lassen. Alle Bedenken waren davongeschwemmt worden und die Sehnsucht wuchs. Sobald er mir die Erlaubnis geben würde, würde ich springen.

„RABANUS!", schrie da plötzlich Sir Marzellus von der Tür her und riss mich so zurück in die Wirklichkeit.

Sein dunkelhäutiger Bruder wandte ihm kurz das Antlitz zu, beließ seine Hände aber auf meinem Leib. „Hilf mir!", war alles, was er sagte, ehe er mich wieder mit seinen nachtschwarzen Augen fixierte.

Sir Marzellus stürzte auf uns zu, blieb aber auf der anderen Seite meines Bettes stehen, als hätte er erst jetzt begriffen, was soeben hier geschehen war. „Du hast es wirklich getan!", stellte er erstaunt fest und legte seine gebräunte Hand neben die bronzefarbene seines Bruders auf meine Brust. Ich merkte, wie er suchend über meine Haut strich, mehrfach die Lage seiner Hand veränderte und schließlich zufrieden nickend die Finger spreizte. Dann spürte ich eine Wärme von seiner Hand ausgehen. Sie verbreitete sich und drang tief in meine Brust ein. Nun ließ auch Sir Rabanus seine Hand über die Haut meiner Brust gleiten. Erst nachdem seine Finger die seines Bruders berührten, hielt er inne. Dann wandte er seine Augen von meinen ab. Gemeinsam mit seinem Bruder starrte er auf meine Brust.

Von der Fixierung befreit betrachtete ich mit Erstaunen, dass sich unter der Hand meines mittelblonden Oheims ein rosiges Leuchten zeigte. Ich war völlig fasziniert von diesem warmen Licht. Gleichzeitig durchfluteten die beruhigenden Wellen mich, sodass ich gar nicht auf die Idee kam, mich zu wehren.

„Jetzt übernimm den Rhodonit!", bat Sir Marzellus seinen Bruder und verstärkte kurz den Druck auf die leuchtende Stelle.

Für mich fühlte es sich an, als würde etwas von dort innerhalb meines Leibes unter Sir Rabanus Hand springen. Sogleich sah ich, wie das Licht mitsamt der Wärme für einen Augenblick erlosch, um sich noch strahlender und heißer unterhalb der Hand meines dunkelhäutigen Oheims zurückzumelden.

„Wir werden den Edelstein jetzt an seinem Platz befestigen, Fanai. Du wirst kurz einen Schmerz verspüren, wenn er sich mit dir verbindet. Leider können wir ihn nicht mindern, da wir unsere ganze Kraft dafür einsetzen müssen, ihn zu fixieren und gleichzeitig deinen Leib und deinen Geist ruhig zu halten. Wenn der Stein nicht an der richtigen Stelle verankert wird, könnte er durch deinen Körper wandern. Aus Erfahrung kann Rabanus dir sagen, dass dies nicht gerade angenehm ist." Die Worte meines Oheims stellten für mich ein Rätsel dar, lenkten aber meine Gedanken auch ab.

„Wieso müssen sie einen Edelstein befestigen? Ist der Gegenstand, den mich Sir Rabanus gezwungen hatte zu schlucken eben jener Rhodonit? Warum tun sie das? Hat es etwas mit unserem Gespräch von gestern Abend zu tun? Haben sie schon mit Großvater gesprochen? Tun sie nur, was er angeordnet hat oder entspringt die Durchführung dieses Rituals ihrem Entschluss etwas zu ihrer oder meiner Sicherheit zu tun?"

Ich war so auf meine Gedanken fixiert, dass ich gar nicht mitbekommen hatte, wie Sir Marzellus seine Hand auf die seines Bruders gelegt hatte. Die andere verschloss nun meinen Mund. Und noch ehe ich mich dagegen wehren konnte, verstärkte sich das Leuchten unterhalb ihrer Hände mehrfach. Die Hitze wurde nahezu unerträglich. Ich wollte aufschreien vor Schmerz. Daran hinderte mich allerdings die fest auf meinen Mund gepresste Hand. Mein Leib bäumte sich auf, als wir alle in diese rosa Strahlen und die Glut eingeschlossen wurden. Es war, als würde der Raum sich in eine blassrot leuchtende Wüste verwandeln, die von der Sonne in meinem Innern verbrannt wurde.

Mein Gemach löst sich auf. Wir befinden uns im Innern des Tempels, in dem meine Verbindung mit Sir Rabanus stattgefunden hat. Ich liege vor dem Drachen auf dem Marmorboden der kleinen Empore. Meine beiden Oheime knien rechts und links neben mir und pressen noch immer jeweils eine Hand auf die Mitte zwischen Kehle und Magen. Auch an den Positionen ihrer anderen Hände hat sich nichts geändert. Allein die Hitze ist durch den eiskalten Marmor unterhalb meines Rückens erträglicher geworden. Ich höre auf mich zu wehren und versuche auch nicht mehr zu schreien, da der Schmerz verschwunden ist.

Die rosa Blase, die uns nun umgibt, schließt auch die Drachenfigur und die Elementezeichen darüber ein. Nun habe ich Zeit, um mir die angestrengten Gesichter der beiden Männer zu betrachten. Was immer sie auch tun, es scheint sehr viel Kraft von ihnen zu fordern. Kurze Zeit später spüre ich, wie der Druck auf meiner Brust nachlässt, bevor sie ihre Hände dort fortnehmen. Dann verschwindet auch diejenige, welche mir den Mund verschloss und die, welche meine gekreuzten Handgelenke über dem Kopf festhielt.

Rechts neben mir bricht Sir Marzellus zusammen und regt sich nicht mehr. Dann stürzt auch Sir Rabanus links von mir zu Boden und bleibt dort unbeweglich liegen. Sogleich sehe ich, wie mein Großvater erst zu seinem mittelblonden Sohn tritt, ihn auf die Arme nimmt und mit ihm im Dunkel des Tempelinnern verschwindet. Das gleiche macht er auch mit seinem schwarzhaarigen Kind.

Kaum sind sie aus meinem Gesichtsfeld verschwunden, erwacht der Drache zum Leben. Nun eigentlich nicht der ganze Drache, sondern nur sein Haupt. Er senkt es etwas und speit eiskaltes Feuer. Der Strahl trifft genau die Stelle auf meiner Brust, von der noch immer das Leuchten ausgeht. Ich habe das Gefühl, als würde er die Hitze in meinem Innern vollständig zum Erlöschen bringen. Gleich darauf bricht das kalte Feuer ab, der Drachenschädel hebt sich wieder an und erstarrt wie zuvor. Das rosa Leuchten zieht sich immer mehr zusammen und strömt in meine Brust zurück, bis es ganz verschwunden ist. Um mich herum ist es mit einem Mal stockdunkel.

Ich atme mehrfach tief durch, um mich zu beruhigen, denn sicherlich wird mein Großvater mich nicht vergessen haben. Und richtig, sogleich entzünden sich einige Kerzen im Raum und ich sehe ihn aus dem Dunkel auf mich zukommen. Gerne würde ich mich erheben, um ihn zu begrüßen, aber ich fühle mich viel zu schwach, um auch nur einen Finger zu bewegen. Seltsam, dass ich es überhaupt geschafft habe, mein Haupt in seine Richtung zu drehen.

„Es ist ganz normal, dass du dich schwach fühlst, Fanai", stellt er sogleich fest, hockt sich neben mich und hebt nun auch mich auf seine Arme. „Wir bringen dich in den Raum des Wissens. Dort haben Wir für dich ein Lager bereitet, auf dem du dich ausruhen kannst. Mach dir keine Sorgen um deine Oheime. Diese magische Handlung ist sehr anstrengend für sie gewesen. Eigentlich wird sie nur von Vollmagiern ausgeführt, aber die beiden haben Uns darum gebeten, sie gemeinsam durchführen zu dürfen. Wir verraten dir jetzt etwas, was Unsere Söhne so leicht nicht zugeben würden: Sie haben dich ins Herz geschlossen. Was sie da für dich getan haben, soll dich in Zukunft vor dem Eindringen Feulars beschützen. Der Rhodonit, der nun in deiner Brust fest verankert ist, hält den Gott des Feuers von dir fern. Dieser Edelstein wird auch „Stein des Wanderers" genannt. Er gibt dir die Kraft, um Veränderungen besser zu überstehen. Außerdem schenkt er Freude und Zuversicht für deinen kommenden Lebensweg. Hinzu kommt, dass er seinem Träger zu mehr Offenheit, Selbstverwirklichung und Herzenswärme verhilft. Wichtig ist, dass er dich bei deiner Aufgabe unterstützen wird, die vor dir liegende Prüfung leichter zu bewältigen. Aber dieser Stein kann noch mehr. Wir haben ihn eigens für dich ausgewählt, weil er ein Gefühl der Klarheit und Ausgewogenheit in deine Seele bringt. Du wirst sehen, deine Versagensängste und dein mangelndes Selbstvertrauen werden

sich mit der Zeit verringern und schließlich ganz verflüchtigen. "

Gerade treffen wir im Raum des Wissens ein, der sich nur insoweit verändert hat, dass in seiner Mitte ein Deckenlager auf dem Boden für mich bereitet worden ist. Dort legt mein Großvater mich auf die bunten Kissen und Laken. Er breitet eine besonders schön gewebte Decke in Regenbogenfarben über meinen Leib aus.

„Bitte sagt mir, ob Ihr nach dem Gespräch mit Euren Söhnen auch an meine Version der Ereignisse glaubt. Meint Ihr, dass ich kein Metall berühren kann, ohne mich daran zu verbrennen, hätte doch etwas mit meiner Verwandtschaft zum Feuergott zu tun? Wolltet Ihr daher, dass dieser Edelstein ... ", will ich wissen.

Mein Großvater ist im Begriff sich aus der Hocke wieder zu erheben. Nun stutzt er und bleibt neben mir in seiner Position. „Ganz auszuschließen ist das nicht. Allerdings glauben Wir nicht, dass Feular dir einen Seelenanteil von sich eingepflanzt hat. Wir haben Uns mit den Göttern des Wassers, des Metalls und der Erde beraten. Sie sind zusammen mit Uns der Ansicht, dass er es auf eine Uns noch nicht bekannte Weise ermöglicht hat, dass Unsere Tochter Shira Leora ein Kind von einem Menschen empfangen konnte. Vielleicht hat sich Feular des Barons Dekert von Karelien auch bemächtigt, wie er es bei dir auch schon getan hat. Andererseits war der Baron schon immer dafür bekannt, dass er jede Magd und so manches Weib aus den Weilern und Dörfern auf sein Lager befahl. Allerdings ... ", entgegnet der Mann, der vom Alter her, eher mein Vater als mein Großvater sein könnte. Dann zuckt er mit den Schultern. „Deine Mutter ist nicht das Weib, welches sich einfach zu etwas zwingen lässt. Doch Wir sprechen über Vermutungen. Klarheit kann uns nur Feular selbst oder deine Mutter verschaffen. – Nun solltest du aber etwas schlafen. Bitte sei deinen beiden Oheimen nicht böse, dass sie dich so überfallen haben. Gerade Unser dunkelhäutiger Sohn neigt zu sehr spontanen und manchmal auch übertrieben harten Handlungen. Er war davon überzeugt, dass du nicht einwilligen würdest, wenn sie dir erst erklären würden, was sie vorhätten. Unser blonder Sohn hingegen hätte natürlich den umgekehrten Weg gewählt, wie du dir denken kannst. Also bring sie nicht gleich um,

sobald sie dir unter die Augen treten. – Und nun versuch zu schlafen,
Fanai!"

Er lächelt mich verschmitzt an und knipst mir mit einem Auge
verschwörerisch zu. Dann erhebt er sich ohne Anstrengung, verlässt
rasch den Raum und schließt die Tür hinter sich.

Ich atme ein paar Mal tief durch, genieße den Anblick des vielen
Wissens um mich herum und beschließe mir noch einige der Bücher
von Sir Marzellus besorgen zu lassen. Über diesem Gedanken merke
ich gar nicht, wie ich einschlafe.

„Heute meint Dilar es aber besonders gut mit seinem Element",
beschwerte ich mich bei Sir Rabanus und betrat hinter ihm die
warme, trockene Schmiede.

„Es ist immerhin schon Gilbhart[7], Fanai. Was willst du? Gestern
noch beschwertest du dich über den Nebel, der dir die Sicht nahm.
Heute über das bisschen Wasser. Wenn morgen die Sonne scheint,
wirst du dann auch daran herumnörgeln? Ich frage mich, was du erst
zu Schnee und Eis sagen wirst?" Mein Oheim lächelte mich an,
obwohl er selbst total durchgeweicht war von dem „bisschen"
Wasser, das alles in kurzer Zeit in einen Morast verwandelt hatte. Als
wir mit den Waffenübungen begonnen hatten, war es nur am Nieseln
gewesen. Aber nach einiger Zeit hatte sich der Regen immer mehr
gesteigert, um sich schließlich in Sturzbächen vom Himmel zu
ergießen. Daraufhin war mein Lehrer so gnädig gewesen, den
Übungskampf abzubrechen. Bis wir allerdings die Schmiede im
Burghof erreicht hatten, waren wir so nass, dass man uns hätte
auswringen können. Wir tropften beim Betreten des Unterstandes so
stark, dass Bodart, der Schmied, uns schon anbot, gleich den Bottich
von seinen Gehilfen holen zu lassen.

„Wenn Ihr und Eure Braut in Eurer Gewandung hineinsteigt und
wir Euch noch etwas heißes Wasser hineinschütten, dürfte es für ein
Bad ausreichen. Allein mit dem Nass, welches in Euren Kleidern und
Haaren steckt, füllt Ihr schon die Hälfte. Was haltet Ihr von meinem
Vorschlag, Sir Rabanus? – Natürlich würde ich Euch auch mit Eurer

---

[7] Gilbhart = Oktober

Braut hier allein lassen, damit Ihr ungestört seid." Mit einem vielsagenden Grinsen, zusätzlichem Zuknipsen eines Auges und einer Kopfbewegung in meine Richtung deutete er mehr an, als er sich auszusprechen getraute.

„Die Idee ist gar nicht mal so schlecht, Bodart. Wie du siehst, ist die Laune meiner vor Kälte zitternden Braut nicht gerade als angenehm zu bezeichnen. Wenn ich sie jetzt auch noch lange auf ein Bad warten lasse, wird sie womöglich noch zänkisch. Und, da du selbst ein Weib hast, weißt du, was uns dann hier erwartet. Es wäre also ausgesprochen freundlich von dir, wenn du deinen Vorschlag in die Tat umsetzten könntest", erwärmte sich der dunkelhäutige Ritter für die Idee des Schmieds.

„Nachdem Ihr angekündigt habt, dass Ihr Euch mit Eurer Braut in der Schmiede umzukleiden gedachtet, habe ich den Bottich in meiner Stube aufstellen lassen. Mein Weib hat auch schon für heißes Wasser gesorgt. Wenn Ihr Euch also hineinbegeben wollt, Sir Rabanus … Es ist bereits alles vorbereitet. Wir dachten uns schon, als es immer stärker regnete, dass Ihr froh wäret über dieses Angebot." Nun öffnete er uns die Verbindungstür von der Schmiede zu seiner Stube. Dort fanden wir alles bereit, um uns von den völlig verdreckten und durchgeweichten Gewändern zu befreien und unbekleidet in das warme Wasser des Badebottichs zu steigen.

Die Familie des Schmieds hatte sich rücksichtsvoll entfernt. Die beiden Gehilfen schütteten gerade noch den Inhalt ihrer Eimer in das gut gefüllte Gefäß. Anzüglich grinsend verließen sie auf einen Wink ihres Meisters die Stube durch die Tür zur Schmiede. Er selbst verabschiedete sich mit den Worten: „Der Balken liegt schon vor der Eingangstür und die Fensterläden haben wir auch zugeklappt, damit Euch niemand behelligt, Sir Rabanus. Meine Frau und die Kinder habe ich in die Burgküche geschickt. Sie werden erst zurückkehren, wenn ich sie rufen lasse. Meine Gehilfen und ich haben noch zu arbeiten. Hoffentlich stört Euch das laute Gehämmer nicht bei der Reinigung Eurer Körper. Leider lässt sich die Zwischentür nicht mit einem Balken verschließen. Aber ich werde dafür sorgen, dass dort kein ungebetener Gast eintritt. Falls Ihr noch etwas wünscht …"

Auch über sein Antlitz huschte ein wissendes Lächeln, während er darauf wartete, was der dunkle Ritter ihm noch auftragen würde. „Bodart, du hast an alles gedacht. Wir danken dir für deine Weitsicht. Und nun lass dich nicht länger von deiner wichtigen Arbeit abhalten", räumte Sir Rabanus mit einem spitzbübischen Lächeln ein und scheuchte ihn mit einer Handbewegung aus dem Raum.

Erst nachdem der Schmied die Tür von außen geschlossen hatte, begann Sir Rabanus damit sich mithilfe seiner Magie von Schmutz und Nässe zu befreien. Innerhalb weniger Augenblicke erinnerte nichts mehr an ihm daran, dass er soeben aus dem strömenden Regen, bedeckt mit dem Matsch des Turnierplatzes, hier eingetreten war.

„Worauf wartest du, Fanai? Willst du dich nicht ausziehen? Die Holzwanne gehört zwar dir allein, trotzdem würde ich vorschlagen, dass du dich deiner vor Dreck starrenden und durchgeweichten Gewänder entledigst, bevor du das heiße Wasser genießt."

Die zuvor durchgeführte Reinigung und seine Rücksicht erleichterten es mir zwar, seinen Vorschlag anzunehmen, allerdings hätte ich auch zu gern diesen magischen Spruch gekannt, den er angewendet hatte. So begann ich zwar damit, meinen Gürtel aufzuknoten, fragte ihn aber gleichzeitig: „Könnt Ihr mich nicht auf magische Weise reinigen? Es ginge doch viel schneller, als waschen?"

„Du hast wohl Angst in dieser Pfütze zu ertrinken, Fanai, dabei hat dir Dilar doch versprochen, dass Wasser dir in keiner Form etwas antun wird. Außerdem wird zumindest von dir erwartet, dass du den Schmutz von deinem Leib in diesem Zuber hinterlässt. Also stell dich nicht so an, sonst wird das Wasser kalt. Sei dankbar, dass du diese Annehmlichkeit genießen kannst", flüsterte er mir mit einem Blick in Richtung der Verbindungstür zu. Zwar schlug dort draußen im Anbau jemand auf Metall ein, aber ob nur einer arbeitete oder alle drei, konnte ich nicht ausmachen. Mein Oheim jedenfalls ging wohl nicht davon aus, dass alle sich mit dem Schmieden beschäftigen.

„Sollen Wir dir behilflich sein, geliebte Braut?", fragte er laut und stellte sich so, dass er mit dem Rücken meinen Leib verdeckte. Durch die Ritzen der Verbindungstür zumindest konnte mich nun keiner mehr sehen.

„Danke, mein Bräutigam, aber es reicht, wenn ich mir allein die Finger schmutzig mache", entgegnete ich und schaffte es endlich, den Knoten in dem aufgeweichten Lederstück zu öffnen. Mit einem Wink gab Sir Rabanus mir zu verstehen, den Gürtel einfach zu Boden fallen zu lassen. Dann befreite ich mich von Hemd und Hose, welche beide an mir festzukleben schienen. Zuletzt folgte auch noch die Bruche den anderen Wäschestücken auf die Dielen.

Nun stieg ich schnell in das heiße Wasser und setzte mich hinein. Es machte mir nicht mehr so viel aus, mich vor meinem Oheim zu entblößen, seit ich wusste, dass er kein Verlangen nach meinem Leib hatte.

„Lasst Uns dir die Haare waschen, geliebte Braut", flötete der bronzehäutige Mann. Sogleich nahm er die Seife, welche zusammen mit einem Tuch und einer Bürste auf einem Hocker lagen, der neben dem Zuber stand. Er ging hinter mich, tauchte mich kurzerhand einmal ganz unter Wasser und begann dann selenruhig meine Haare einzuschäumen.

Kaum, dass ich es wieder an die Wasseroberfläche geschafft hatte, spuckte ich die Dreckbrühe aus, die mir in den Mund geraten war. „Seid Ihr verrückt geworden!", schrie ich ihn mehr erschrocken als wütend an.

„Nun hab dich mal nicht so, geliebte Braut", tat er meinen Aufschrei ab. „Erst muss der Dreck runter. Außerdem merken Wir doch, wie du Unsere Kopfmassage genießt."

Ganz sicher war ich mir nicht, aber zwischendurch glaubte ich, trotz des lauten Hämmerns Gekicher hinter der Tür zur Schmiede zu vernehmen. Wenn mich nicht alles täuschte, hatte es begonnen, bevor er mich untertauchte. Vorher vermeinte ich, enttäuschte Laute gehört zu haben. Wahrscheinlich hätten sie allzu gern zugesehen, wie ich mich entkleidete und in den Bottich stieg. Bei dem Gedanken musste ich grinsen. Das geschah den geilen Gaffern recht!

Zum Abspülen der Seife benutze mein Oheim eine Kanne, die auf dem Tisch gestanden hatte. Ja, es tat gut, sich von ihm die Haare waschen zu lassen, noch mehr aber genoss ich es, als er, kaum damit fertig, mir den Rücken einseifte und dabei meine verspannten Muskeln lockerte.

Ich begleitete diese Behandlung mit vielen angenehmen Lauten und rekelte mich genüsslich in dem warmen Wasser. Das gefiel wohl auch eindeutig unseren Voyeuren vor der Tür, denn dort wurde getuschelt.

„Lass uns ihnen etwas bieten, Fanai!", flüsterte mir Sir Rabanus ins Ohr, als er mir den Rücken abspülte.

„Was soll ich tun?", raunte ich ihm zu, ohne die Lippen zu bewegen.

„Einfach nur recht laut genießen, dass ich dich fast ganz wasche", kam die nur für mich hörbare Antwort. „Ist dir doch recht, oder?"

„Ihr könnt ein rechter Mistkerl sein, Oheim. Aber ich mache mit!"

So kam es, dass mein Bräutigam mich nicht einfach nur wusch, sondern dabei auch die Muskeln im gesamten Leib lockerte. Einen Bereich sparte er jedoch aus, was allerdings durch die Türritzen nicht zu erkennen war. Ich quiekte, jauchzte und kicherte lauthals vor Vergnügen. Hin und wieder stieß ich auch kleine Seufzer aus oder spritzte mit dem Wasser herum. Jedenfalls tat ich alles, um die Männer draußen davon zu überzeugen, dass sie zu sehen und hören bekamen, was sie sich vorgestellt hatten. Dabei schaffte mein Oheim es sich immer wieder ausgerechnet in den Augenblicken, in denen in der Vorstellung unserer Zuschauer etwas Entscheidendes zu sehen gewesen wäre, so zu hinzustellen, dass die heimlichen Gaffer nichts erkennen konnten. Wir beide genossen es den Männern vorzuspielen, was wir eben nicht taten.

Schließlich meinte mein Bräutigam: „Geliebte Braut, es wird Zeit, dass du dich aus dem Bade erhebst, sonst wirst du noch runzelig. Deine zarte Haut ist nun wieder sauber und rosig. Lasst Uns dir helfen, das Wasser abzustreifen."

Wieder stellte er sich so, dass die enttäuschten Männer eben nichts zu sehen bekamen, nur vermeintlich hörten, was sich in etwa abspielen könnte.

„Da bin ich kitzelig, mein Bräutigam", rief ich aus und ließ einen spitzen Schrei des Wohlgefühls folgen.

„Aber das wissen Wir doch, geliebte Braut, deshalb verwöhnen Wir dich doch auch dort besonders", gurrte der dunkelhäutige Mann lauthals lachend.

Ich glaube, wenn er sich damit nicht von dem Druck der Belustigung befreit hätte, wäre er noch geplatzt, so amüsierte ihn unsere Vorstellung. Ich hatte es wesentlich leichter, da ich so viel herumalbern konnte, wie ich wollte. Schließlich gehörten diese Lautäußerungen ja zu meiner Rolle. Trotzdem war ich froh, als mein Leib abgetrocknet war und ich endlich in die frischen Gewänder schlüpfen konnte, die Sir Rabanus vorsorglich für mich hatte bereitlegen lassen. Es tat gut, durchgewärmt, von sämtlichen Verspannungen befreit in trockenen und frischen Kleidungsstücken in einem beheizten Raum zu stehen. Einzig meine Haare waren noch etwas feucht, da half auch kein noch so kräftiges Rubbeln mit dem bereits recht nassen Tuch. Sie mussten wohl während des Frühmahls trocknen.

Bevor mich mein Bräutigam in einen Umhang hüllte und mir die Kapuze über das Haupt zog, nahm er meinen Gürtel vom Boden auf. Für noch eventuelle Zuschauer unsichtbar, reinigte und trocknete er den Lederstreifen magisch. Dann genoss er es, ihn mir umzulegen und zuzuknoten. Dies, sowie das Umlegen des gegen den Regen schützenden Überwurfs, begleitete er mit einem genüsslichen Grinsen und den lauten Worten: „Lasst Uns dir ein letztes Mal behilflich sein, geliebte Braut."

Beendet wurde diese Farce, indem er mich fest umarmte und mir im Schutz der Kapuze einen vermeintlich leidenschaftlichen Kuss aufzwang. In Wirklichkeit näherten sich unsere Antlitze nur soweit, dass der Anschein gewahrt wurde. Dabei grinsten wir uns unverhohlen an. Als wir es für angebracht hielten, lösten wir uns wieder voneinander. Sir Rabanus warf sich nun auch seinen Umhang um, legte den Balken, der die Vordertür verschlossen hatte, zur Seite, öffnete sie und verließ, mich fest an sich drückend, mit mir das Haus des Schmiedes.

Dilar meinte es noch immer viel zu gut mit der Wassermenge, die er vom Himmel stürzen ließ. Doch dank der gewalkten Überwürfe und der sauberen Pflastersteinen im Burghof erreichten wir die Tür, welche sich in den Seiteneingang öffnete, sauber und ohne darunter nass zu werden. Drinnen schüttelten wir die Umhänge sofort aus und übergaben sie einer Magd, die gerade an uns vorbeilaufen wollte. Sie würde sich darum kümmern, dass sie uns trocken wieder übergeben wurden.

*

„Hat sich Feular eigentlich bei dir noch mal gemeldet, Fanai?", wollte mein mittelblonder Oheim wissen.

Es war mehr als eine Woche her, seit sich meine Mutter im Traum gezeigt und der Gott des Feuers damit gedroht hatte, ein weiteres Kind mit ihr zu erschaffen. Mittlerweile waren sich Großvater und meine Oheime sowie die drei Götter Catandra, Dilar und Melar sicher, dass ich kein Sohn Feulars war. Einzig, dass er seinen Einfluss bei meiner Zeugung geltend gemacht hatte, damit meine Mutter überhaupt ein Kind empfangen konnte stand noch im Raum. Allerdings bedeutete das nur, dass er sich in den Geist von Baron Dekert von Karelien eingeschlichen hatte, um seinen Samen in einer noch unbekannten Weise zu beeinflussen. Solange ich keinen Seelenanteil Feulars in mir trug, war ich kein Götterkind. Auch meine Vermutung, dass er mich an meinem fünfzehnten Geburtstag dazu gemacht hatte, bestätigte sich nicht.

„Nein, Sir Marzellus, ich habe weder von ihm noch von meiner Mutter eine Botschaft erhalten. Bedeutet dies, dass er mir auch nicht mehr im Traum erscheinen kann? Schützt der Rhodonit mich auch im Schlaf? Andererseits, wenn dem so ist, dringt dann weder meine Mutter noch einer der anderen Götter zu mir mehr durch?" Ich war zwar ganz froh, dass mich der Gott des Feuers in Ruhe ließ, aber dafür auch sämtliche anderen Verbindungen nicht mehr auf diese einfach Art aufrechterhalten zu können, tat mir doch leid.

„Der Edelstein tut also seine Wirkung", bestätigte er mir meine

Vermutung zum Teil. „Aber du musst dir keine Gedanken darüber machen, dass unsere Schwester dadurch zu beeinflussen wäre. Auch alle dir wohlgesonnenen Götter schirmt der Rhodonit nicht von dir ab. Sollte sich noch jemand mit einer Verbindung zur Magie finden, der dich zu beeinflussen versuchen will, wird er sich an deinem wirksamen Schutzschild ganz schön die Zähne ausbeißen. – Doch nun zu etwas anderem. Wie hast du dich entschieden, Fanai? Wirst du dich mit Adalar auf den Weg machen, wenn Melar dir den genauen Abreisetag nennt?"

Meine Oheime hatten sich wieder einmal abends bei mir im Gemach eingefunden, nachdem wir gemeinsam mit der ganzen Familie und dem Grafensohn, der ja eigentlich der Gott des Windes war, des Abendmahl genossen hatten. Sir Rabanus saß im hegranischen Sitz auf meinem Lager, während Sir Marzellus sich den Stuhl herangezogen hatte. Ich selbst lag rücklings auf meinem Bett und starrte die Decke an. Dass ich so entspannt zwischen den beiden liegen konnte, ohne eine Panikattacke befürchten zu müssen, hatte ich auch dem Edelstein zu verdanken. Im Übrigen hatte ich ihnen den Überfall bereits verziehen, als sie mich zum Mittagsmahl in meinem Turmgemach weckten. Eingeschlafen war ich im Raum des Wissen, falls ich das nicht geträumt hatte.

„Ja, ich werde reisen. Eigentlich stand das schon fest, bevor mich Feulars Drohung erreichte. Und Mutter hat mich ja auch noch darin bestärkt, nicht von meiner Bestimmung abzuweichen. Wisst Ihr, Sir Marzellus, vielleicht hat Mutter ja auch dazu beigetragen, dass ich ihr Kind werden konnte. Bitte seht mich nicht so seltsam an! Ich weiß, dass meine Vermutungen Euch immer wieder aus Eurer Ruhe reißen, aber es hat mir doch zu denken gegeben, was ich alles über Magier und ihre Kinder erfahren habe. Dabei ist mir der Gedanke gekommen, dass Eure Schwester vielleicht mehr über diese Prophezeiung wusste, als es die ausgeschmückten Geschichten berichten oder das Gedicht preisgibt. Was wäre, wenn sie mit mir dafür gesorgt hätte, dass sich die Überlieferung eigentlich erst erfüllen konnte?" Nacheinander blickte ich beide Männer an, blieb ich ansonsten gelassen liegen.

144

„Du willst also behaupten, dass du so etwas wie das Kind der Prophezeiung bist? – Nun ja, Shira Leora war von uns schon immer diejenige, die allem Geheimnisvollen nachgehen musste. Warum also sollte sie vor achtzehn Sommern nicht auf einen Hinweis gestoßen sein, der sie dies vermuten ließ", dachte mein dunkelhäutiger Oheim laut nach.

„Jetzt bestärkst du ihn auch noch darin, Rabanus!", seufzte Sir Marzellus und schüttelte den Kopf. „Ich bin froh, dass wir den Verdacht, dass Fanai das Kind des Feuergottes sein könnte endlich ausräumen konnten, da kommt er gleich mit einer neuen Idee, die du auch noch unterstützt. Was bin ich froh, wenn Adalar endlich wieder weiß, wer er ist. Ich hoffe, dass dann die ganzen Vermutungen und immer wieder neuen Möglichkeiten endlich nicht mehr wichtig sein werden. Am besten wäre natürlich, wenn wir Shira Leora darüber befragen könnten. Aber ich fürchte, solange sie unauffindbar ist und sich nicht meldet, wird Fanai uns noch etliche Varianten seiner Überlegungen erzählen."

„Aber versteht doch, dass ich nach einer Erklärung suche, warum ich kein Metall mehr berühren kann. Irgendetwas muss doch geschehen sein, das dieses seltsame Ereignis hervorgerufen hat. – Glaubt Ihr eigentlich an Flüche?" Ich wechselte scheinbar das Thema, da Sir Marzellus schon mit den Augen rollte.

„Ja, die gibt es. Einen solchen zu lösen kann ganz schön schwierig sein. Es ist nicht schwer, einen Menschen zu verfluchen, wenn man die richtigen Worte kennt. Auch Magierkinder sind nicht gefeit davor. Allerdings haben wir Möglichkeiten, uns davor zu schützen. – Aber halt! Fanai, du willst doch nicht etwa behaupten, jemand könnte dich an deinem fünfzehnten Geburtstag verflucht haben? Wer sollte sich die Mühe machen, den unehelich geborenen Sohn eines Adligen mit einem derart unsinnigen Fluch zu belegen? Wenn du ein Königssohn wärst, würde das noch einen Sinn ergeben. Ein Prinz, der niemals ein Schwert oder einen Becher aus Metall an die Lippen führen oder eine Krone tragen könnte, wäre schon ein ganz anderes Ziel. Aber wieso einen – entschuldige, dass ich das sage – einen Niemand wie dich? Nein, Fanai damit brauchst du mir erst gar nicht zu kommen!" So langsam beanspruchte ich die Langmut meines Oheims doch etwas zu sehr, wie ich nicht nur an den Worten selbst, sondern auch daran, wie er sie aussprach, erkennen konnte.

„Entschuldigt, wenn ich Euch damit reize, Sir Marzellus, aber je mehr ich lese ..."

Er ließ mich gar nicht ausreden, sondern sprang auf und wollte sich auf mich stürzen. Im letzten Moment wusste sein Bruder dies zu verhindern, indem er über mich hechtete und zwischen meinem Angreifer und mir zum Stehen kam. Mit beiden Händen umfasste Sir Rabanus die Oberarme des mittelblonden Mannes und schüttelte ihn.

„Komm zu dir, Marzellus! Unser Schwestersohn kann nichts dafür, dass du dich hier langweilst", fuhr er ihn an und sah ihm fest in die Augen. „Ich finde auch, dass es langsam an der Zeit ist, dass wir von hier fortkommen. Melar könnte sich endlich einmal entschließen, Fanai und Adalar auf die Reise zu schicken. Ich finde es ja rücksichtsvoll von ihm, wenn er unserem Schwestersohn zwischen den Reisen etwas Erholung gönnt. Aber nun denke ich, hat er genug neue Kräfte gesammelt. Was meinst du, Marzellus?"

Mein mittelblonder Oheim hatte sich recht schnell wieder im Griff, sodass sein Bruder ihn wieder loslassen konnte. Er setzte sich auch sogleich zerknirscht wieder hin.

Ich hatte mich, nachdem Sir Rabanus so elegant über mich gesprungen war, erschrocken über die Handlungsweise meines sonst so ruhigen und ausgeglichenen Oheims aufgesetzt. Mit offenem Mund starrte ich die beiden Brüder an. *„Was ist da gerade passiert?"*, dachte ich.

„Entschuldige, Fanai! Ich wollte mich nicht so heftig aufführen, aber Rabanus hat recht. Ich beginne, mich zu langweilen. Dein Unterricht und die wenigen Verwaltungsaufgaben, welche für die Baronie zu erledigen sind, füllen mich nicht aus. Weißt du, dass ich sogar begonnen habe, der Baronin zu erklären, wie sie den Schriftverkehr erledigen, Urkunden aufsetzen und Listen führen muss? Sie ist ein kluges Weib und wird bei deiner Rückkehr sicherlich so weit sein, dass sie meine Hilfe für die Verwaltung der Baronie nicht mehr benötigen wird. Seit unser Vater dir die Gabe geschenkt hat, alle im Großkönigreich Glendalach jemals gesprochenen oder geschriebenen Sprachen und Dialekte lesen und schreiben zu können, unterrichte ich die älteren Kinder. Mir geht es darum den adligen und auch denen des Gesindes lesen und schreiben beizubringen. Es füllt wenigstens einen Teil des Tages."

Er hatte zwar nicht auf die Frage seines Bruders geantwortet, allerdings eine Erklärung für sein Verhalten geliefert. Sir Marzellus war es anscheinend gewohnt, von Sonnenaufgang bis Sonnenuntergang beschäftigt zu sein. Und jetzt saß er auf dieser abgelegenen Burg fest, die ihm wenig Abwechslung und noch viel weniger Arbeit bot.

Mittlerweile hatte ich meinen Mund wieder geschlossen und mich von meinem Schrecken erholt. So konnte ich ihm auch meine Hand reichen. „Vergessen wir, was zum Glück nicht geschehen ist, Oheim", bot ich ihm an, als Sir Rabanus sich neben mich auf die Bettkante gesetzt hatte. Seinen Arm legte er wie zufällig um meine Schultern, drückte mich aber, meinen Entschluss bestätigend kurz an sich.

Sein Bruder nahm die dargebotene Hand sogleich an und sah mir mit einem entschuldigenden Lächeln in die Augen. „Ich danke dir, Fanai!", war alles, was er sagte, aber in den wenigen Worten lag soviel wie in einer langen Rede.

Um von der Sache abzulenken, stellte ich eine Frage, die mich schon hinlänglich beschäftigte: „Sir Rabanus, ich frage mich schon lange, wie Ihr wohl Euer Gemach eingerichtet habt. Bestraft Ihr mich, wenn ich Euch darum bitte mir einen Blick hinein zu gewähren?" Mit einem scheuen Blick sah ich ihn von der Seite her an.

Erstaunt ob meines Anliegens, schüttelte er sein Haupt. Bei ihm kam es selten vor, dass er seine Gefühle so offen zeigte. Meist war sein Gesichtsausdruck undurchschaubar.

Da ich seine Entgegnung als ein Nein deutete, fügte ich schnell an: „Nichts lag mir ferner, als Euch zu bedrängen, das müsst Ihr mir glauben. Wenn Ihr Euer Geheimnis für Euch behalten wollt, so anerkenne ich das natürlich. – Ihr seid mir doch nicht böse, dass mich meine Neugier übermannt hat?" Ich zog die Lippen vor Verlegenheit in den Mund und wandte den Blick meinen sich ineinander verschränkenden Fingern auf meinem Schoß zu.

„Mein Kopfschütteln war keinesfalls als Absage gedacht, Fanai. Aber ich staune darüber, was der Rhodonit innerhalb der kurzen Zeit bei dir bewirkt hat. Vor seiner Einsetzung hättest du dich niemals getraut, mir eine solche Frage zu stellen. Ich freue mich, dass du auch Anteil an meiner Art der Einrichtung nehmen willst. Falls du möchtest, können wir sofort hinaufgehen." Mein bronzehäutiger Oheim war hellauf begeistert. Sogleich stand er auf und zog mich mit sich auf die Füße.

„Wollt Ihr uns auch begleiten, Sir Marzellus?", fragte ich, während ich mir meine Schuhe anzog. „Mir wäre wohler, wenn Ihr mich nicht mit diesem geheimnisvollen Mann allein lassen würdet. Wer kann schon wissen, welche Lasterhöhle dort oben auf mich wartet."

Wir lachten alle drei ob meines Scherzes.

„Da siehst du einmal, Rabanus, wie leicht du in Verruf geraten kannst", frotzelte mein mittelblonder Oheim und erhob sich seinerseits. „Mit deiner geheimnisvollen Art erwirbst du dir selbst in der engsten Verwandtschaft noch einen zweifelhaften Ruf." Dann wandte er sich an mich, der ich mittlerweile beschuht zwischen den beiden Rittern stand. „Gerne begleite ich dich, Fanai. Einer muss dich ja retten, bevor du in seiner Opiumhöhle verschwindest und nie mehr gesehen wirst."

„Du hast wohl lange keine Abreibung mehr bekommen, Bruderherz? Falls dir danach ist, mach nur weiter so!", drohte Sir Rabanus ihm lachend und schritt voran.

Ich folgte ihm gemeinsam mit seinem Bruder aus meinem Gemach hinaus. Dieser schloss die Tür hinter uns, bevor er hinter mir die Steintreppe hinaufstieg.

Vor der Pforte des Raumes im nächsten Geschoss wartete der schwarzhaarige Mann auf uns beide. Erst nachdem auch Sir Marzellus den Absatz erreicht hatte, öffnete er die Tür mit einer Handbewegung. Ich nahm an, dass er einen Schutzzauber entfernte, der dafür sorgte, dass niemand außer ihm den Raum betreten konnte.

Anstatt selbst hineinzugehen, trat er einen Schritt zur Seite, packte mich am Oberarm und schubste mich mit den Worten: „Sei mein Gast in der Drogenhöhle!", in das Gemach.

Im ersten Moment bekam ich doch einen gehörigen Schrecken ob dieser Behandlung und seinen Worten. Als ich aber fast über meine Füße stolpernd einige unbeholfene Schritte hineingemacht hatte, verstand ich den Scherz. Nichts in diesem Raum erinnerte nur im Entferntesten an ein verräuchertes, dunkles Zimmer. Dort, wo sich in meinem Gemach mein Bett befand, bedeckte eine dünne Matte den Steinboden. Eine schwarze Decke mit vielen tangalanischen Symbolen lag ordentlich gefaltet darauf. Vor dem Fenster stand ein flaches Tischchen, welches dem in Sir Marzellus Raum glich. Ein Sitzkissen, welches aus dem gleichen Stoff wie seine Zudecke zu bestehen schien, lag daneben. Ansonsten befand sich nichts – keine Kleidertruhe, kein Ziergegenstand oder wenigstens eine Teekanne mitsamt Gläsern, wie sie sein Bruder besaß – in seinem Gemach.

„Ich bin ehrlich gesagt enttäuscht, Oheim", gestand ich ihm sofort ein und sah ihn entsprechend an.

Beide Männer hatten hinter mir den Raum betreten und die Tür geschlossen. Nun standen sie, lässig an die Wand gelehnt, rechts und links daneben und musterten mich spitzbübisch grinsend.

„Was hast du denn erwartet, werter Schwestersohn?", wollte der Besitzer dieser spärlichen Einrichtung von mir wissen.

„Ein ähnliches Gemach, wie es Euer Bruder im Nordturm bewohnt", antwortete ich ihm etwas unwillig. „Gerade weil Ihr Euch so geheimnisvoll gebt, glaubte ich, dass Ihr Euch im hegranischen oder tangalanischen Stil eingerichtet hättet. Aber das hier ist … enttäuschend."

„Jetzt hast du Fanai aber genug an der Nase herumgeführt, Rabanus!", stellte sein Bruder fest.

„Das heißt, dass Ihr gar nicht so spartanisch lebt? Aber wie ist das möglich, dass ich nur diese wenigen Dinge wahrnehme?" Irritiert schaute ich von einem zum anderen.

„Es gibt sogenannte Verbergezauber. Sie lassen Dinge vor den Augen von Nichtmagiern unsichtbar werden", erklärte mir Sir

Marzellus. „Wir aber können sie sehen."

„Wenn ich jetzt aber gegen irgendetwas, was sich in diesem Gemach befindet und für mich unsichtbar ist, stoße, merkte ich das oder ist es für mich auch unfühlbar?" Mein Wissensdurst war geweckt, aber einfach auszuprobieren, was ich wissen wollte, traute ich mich dann doch nicht. Es wäre wohl unhöflich gewesen weiter in den Raum hineinzugehen, ohne dazu aufgefordert zu werden, fand ich.

„Probier es aus, Fanai!", gab mir mein dunkelhäutiger Oheim amüsiert lächelnd die Erlaubnis. Auch sein Bruder nickte und zeigte auffordernd in das Zimmer hinein.

Vorsichtig, als würde ich mich in völliger Dunkelheit bewegen, machte ich kleine Schritte, streckte aber auch gleichzeitig die Arme aus, um nicht gegen etwas zu laufen, was sich womöglich genau vor mir befand. Doch ich fühlte nirgends einen Widerstand. Langsam und sorgfältig suchte ich das ganze Gemach auf diese Weise ab, ohne anzuecken. Enttäuscht baute ich mich vor den Männern auf.

„Ihr habt mich hereingelegt. Hier ist nicht mehr vorhanden, als ich sehen kann", stellte ich beleidigt fest.

„Glaubst du das wirklich, Schwestersohn?", schmunzelte Sir Rabanus und machte eine winzige Geste mit zwei Fingern. „Und nun dreh dich um und staune!"

Ich tat, was er vorschlug und hätte mich fast auf den Hosenboden gesetzt. Vor mir erstreckte sich eine ganze Welt.

Wo sich eben nur ein einfach eingerichtetes Turmzimmer befunden hatte, war ein Garten. Rechts von mir erstreckte sich ein Rosenbeet, welches zum Weg hin mit duftendem Lavendel abgegrenzt wurde. Hinter den süßlich riechenden roten und rosa Blumen schlossen sich Büsche an, deren Namen ich nicht kannte. Dahinter wuchsen Bäume, die wohl aus allen Teilen des Großkönigreiches stammen mochten. Ihre Blätter und Nadeln bildeten einen dichten Sichtschutz.

Links von mir befand sich eine Frühlingswiese mit knöchelhohem Gras und weißen und gelben Blümchen übersät, die es kaum überragten. Diese Fläche schien sich endlos hinzustrecken.

Zu meinen Füßen führte ein mit kleinen weißen Kieseln bedeckter

Weg weiter in den Garten hinein. Nur wenige Schritte von mir entfernt stand auf dem Pfad ein prächtiger Pfauenhahn mit seinem noch zusammengefalteten Schwanzgefieder. Er spähte neugierig ins Rosenbeet, ohne auch nur die geringste Notiz von mir zu nehmen.

Jetzt erst bemerkte ich, dass es neben und um mich herum summte und brummte. Versteckte Vögel zwitscherten aus den Bäumen und Sträuchern. Die Sonne schien von einem wolkenlosen blauen Himmel, wärmte meine Haut, verbreitete aber keine unangenehme Hitze.

Doch schon war mein Blick wieder zurück auf das gewandert, was vor mir lag. Dort, wo das Rosenbeet endete, standen einige weiße Arkaden, welche von gelben, blassrosa und lilafarbenen Kletterrosen umrankt wurden. Dahinter erstreckte sich eine Wiese mit den verschiedensten Obstbäumen, nur begrenzt von einem dichten Wald.

Völlig berauscht von diesen Eindrücken drehte ich mich zu meinen Oheimen um, die noch immer an der Wand neben der Tür lehnten. Erleichtert, dass sie noch da waren, atmete ich ein paar Mal kräftig durch, wobei ich den herrlichen Duft des Gartens in mich einsog.

„Darf ich die Blüten berühren oder sind sie nur Trugbilder?", erkundigte ich mich, bevor ich es wagte, auf das Beet zuzugehen.

„Probiere es!", erlaubte der schwarzhaarige Mann mir meine Erkundung jetzt auch greifbar fortzusetzen. Beide fanden es wohl amüsant, wie ich auf diese Pracht reagierte, die es hier oben im Turmzimmer eigentlich gar nicht geben dürfte.

Sogleich drehte ich mich wieder um und schritt zum Rand des Beetes. Vorsichtig streckte ich eine Hand aus und berührte mit den Fingerspitzen die zarten Blütenblätter der Rosen. Sie fühlten sich echt an. Etwas kühner geworden, beugte ich mich über eine der nur halb geöffneten roten Knospen und steckte meine Nase fast in sie hinein. Sie roch lieblich. Nun versuchte ich das Gleiche auch bei den rosafarbenen und wurde mit einem zwar anderen, aber nicht minder süßen Aroma belohnt. Auch der Lavendel, über dessen Blütenstände meine Finger strichen, verbreitete seinen typischen Geruch.

„Aber, … das kann es doch … alles nicht geben!", stellte ich überwältigt fest und wandte mich erneut den Männern hinter mir zu.

„Warum nicht?", fragte mich Sir Rabanus lächelnd und machte wieder eine Bewegung mit den Fingern. „Sieh dich um, Fanai!"

Wieder tat ich ihm den Gefallen und stellte enttäuscht fest, dass der Garten verschwunden war. Statt seiner erblickte ich eine Sandwüste mit riesigen Dünen vor mir. Der heiße Wind wehte mir winzige Staubkörnchen ins Gesicht. Ich musste die Augen zu Schlitzen verengen, um keines dieser spitzen Steinchen hineinzubekommen. Von einem Moment zum anderen klebte meine Kleidung an der Haut und der Schweiß rann mir über den Leib. Die Sonne brannte auf meinen Wangen und den unbedeckten Händen.

„Wie macht Ihr das?", wollte ich wissen, während ich mich wieder zu meinen Oheimen umdrehte.

„Magie ist nicht so leicht zu erklären und noch viel schwieriger anzuwenden. Was so einfach nach einer kleinen Bewegung meiner Finger aussieht, bedarf sehr langer Übung. Dir das jetzt zu erläutern, wäre wohl noch etwas verfrüht, Fanai", entgegnete der bronzehäutige Mann und grinste hinterhältig.

„Sobald du deine Aufgabe bewältigt hast, wirst du mehr Zeit haben, den Raum des Wissens zu ergründen. Dort steht auch ein Buch über die Theorie der Magie. Vielleicht findest du ja Gefallen daran, es zu lesen und mit mir darüber zu reden", schaltete sich Sir Marzellus ins Gespräch. „Falls du jetzt davon träumst, einmal selbst ein Magier zu werden, empfehle ich dir, dich zu gedulden, bis du dieses Schriftwerk durchgearbeitet hast. Außerdem wird die Gabe nicht immer vererbt. Du solltest dich nicht grämen, wenn du feststellst, dass unsere Schwester Shira Leora dir dieses Talent nicht in die Wiege gelegt hat. Allein, was du bereits auf dich genommen hast, um zwei der drei Götter wieder einzusetzen, macht dich schon zu etwas ganz Besonderem. Also lass dein Haupt nicht hängen, Fanai. Das Leben hat dir noch so viel zu bieten, da musst du nicht auch noch ein Magier werden."

Ich blickte ihn dennoch etwas traurig an, denn für mich sah meine Zukunft nach einem dunklen Loch aus. Immer redeten sie davon, was sein könnte, wenn ich Adalar dazu verholfen hatte, wieder zum Gott des Windes zu werden. *„Was aber ist, wenn ich diesmal von* *meinem Gegner besiegt werde? Vielleicht gibt es ja kein Danach für mich. Natürlich müssen sie in mir die Hoffnung darauf schüren, damit ich weitermache. Aber es könnte doch sein, dass ich es zwar schaffe Adalar wieder in einen Gott zu verwandeln, aber es keine Möglichkeit gibt, mein Leben zu retten.* "

Bevor ich mich weiter in meinen Gedanken verstrickte, rissen mich die Magier unsanft wieder heraus. Unbemerkt von mir hatten sie hinter meinem Rücken eine für mich beängstigende Umgebung geschaffen. Warum ich mich während meiner Grübeleien umdrehte, weiß ich nicht mehr, jedenfalls schrie ich vor Schreck auf, als mir bewusst wurde, was ich da sah.

Mein Herz begann zu galoppieren, der Atem raste, Schweiß brach mir am ganzen Leib aus und eine Starre befiel mich. Mein Denken setzte aus und die Panik, die ich doch überwunden glaubte, hatte mich wieder fest im Griff. Ich zitterte vor Anspannung und Angst.

Vor mir befand sich jener Raum in den Tiefen der Burg, den ich durch meinen Halbbruder Drutmar viel zu oft besuchen hatte müssen. Es handelte sich um die Folterkammer. Hierher hatten er und Ebermut mich gerade in der ersten Zeit, in der Drutmar seine perverse Natur entdeckt hatte, verschleppt. Was ich bereits als Zehnjähriger dort erlebt hatte, drohte wieder an die Oberfläche zu kriechen. Wie oft hatten meine Halbbrüder mich unbekleidet auf die Streckbank gefesselt, bevor sie beide ihre dreckigen Spielchen mit mir getrieben hatten? Unzählige Male hatten sie mich auch einfach nur nackt an die Wand gekettet und kerzenstrichelang dort in der Kälte, Dunkelheit und Feuchtigkeit stehen lassen. Aus lauter Angst, dass sie es wiederholen könnten oder mich einfach dort unten vergaßen, hatte ich, nachdem sie zurückkehrten, alles über mich ergehen lassen, was sie mir antaten. Schlimm war auch, wenn sie mich an den Handgelenken aufhängten, und zwar so knapp über dem Boden, dass nur eine Handbreit fehlte, um auf den Zehenspitzen stehen zu können. Ich hatte sie angefleht, mich herunterzuholen und versprochen alles zu tun, was immer sie verlangen würden, damit der Schmerz aufhörte.

Mit einem Mal spürte ich, wie der Edelstein in meiner Brust sich erwärmte und zu pulsieren begann. Welle um Welle der Beruhigung strömte von dort durch meinen Leib. Gleichzeitig breitete sich ein Licht in meinem Innern aus und überschwemmte mich. Beides zusammen sorgte dafür, dass sich Atem und Herzschlag beruhigten und sämtliche anderen Begleiterscheinungen der Panik hinwegschwemmten. Ich atmete ein paar Mal tief durch und mein Denken setzte wieder ein.

„Nie wieder soll das mit mir geschehen!", sagte ich laut und mit fester Stimme.

Im selben Moment löste sich die Folterkammer vor mir auf. Es erschien ein Gemach, das ähnlich wie das von Sir Marzellus eingerichtet war. Die Unterschiede bestanden hauptsächlich darin, dass die Wände mit sehr realistisch scheinenden Wandteppichen behangen waren. Dazwischen gewahrte ich die verschiedensten Waffen aus allen Winkeln des Großkönigreichs Glendalach. Außerdem war das Deckenlager nur mit gut der Hälfte an Kissen ausgestattet. Der den gesamten Boden bedeckende Teppich war in schwarz und weinrot gehalten und mit in Silber bestickten tangalanischen Symbolen verziert. Keines glich dem anderen, soweit ich von meinem Standort aus feststellen konnte. Auf dem Bett erkannte ich die schwarze Decke, die mir bereits beim Betreten des Gemachs aufgefallen war. Sie war das Einzige, das sich nicht verändert hatte. Selbst das niedrige Tischchen war nun über und über mit Schnitzereien geschmückt und das Sitzkissen wirkte mit einem Mal edler. Nun befand sich auch eine Gewandtruhe im Raum und auf ihr standen Teekanne und Gläser.

„So habe ich mir mir Euer Gemach vorgestellt, Oheim!", rief ich aus, bevor ich zusammenzuckte. Gleichzeitig legten sich zwei Arme um meine Schultern. Irritiert blickte ich zwischen den beiden unterschiedlichen Männern, die an meine Seiten getreten waren, hin und her. Sie lächelten mich erleichtert an.

„Jetzt hast du dich endlich wirklich von deiner Vergangenheit befreit, Fanai", stellte Sir Rabanus fest.

„Damit hätte sich auch geklärt, dass der Rhodonit seine Wirkung nicht verloren hat, wie ich schon befürchtet hatte. Er wird dir auch in

Zukunft eine große Hilfe sein, Schwestersohn", sprach mein mittelblonder Oheim erleichtert aus.

Anschließend machten wir es uns um das Tischchen mit einem Glas eines herrlich schmeckenden Tees gemütlich, der weder müde noch schwindelig machte. Sir Rabanus hatte kurzerhand für seinen Bruder und mich noch zwei Sitzkissen der gleichen Art, wie seines entstehen lassen. Erst spät verabschiedeten Sir Marzellus und ich uns von Sir Rabanus. Diesmal war sein Bruder es, der mich in mein Gemach geleitete, nachdem er sich zuerst davon überzeugt hatte, dass mir dort keine Gefahr drohte.

Mit den Worten: „Denke daran den Balken vorzulegen, Fanai. Obwohl der Rhodonit dich vor magischen Angriffen schützt, könnte dir noch immer jemand aus der Burg Übles wollen. So mancher Mann könnte eine leichte Beute für Feular werden und durch ihn getrieben bei dir eindringen wollen. Ich denke da nur an den Stallknecht oder die Gehilfen des Schmieds. Nach dem, was mir Rabanus erzählt hat, kämen sie infrage. Denke immer daran, solange Adalar noch hier weilt, könnte der Gott des Feuers jederzeit einen Angriff auf dich verüben, damit du eingeschüchtert wirst. Will er nicht auch noch den Rest seiner unrechtmäßig beanspruchten Macht verlieren, muss er versuchen, dich von deinem Entschluss abzubringen. Also denke daran, dich mit diesem einfachen Mittel zu schützen! Und nun schlaf gut. Morgen bei Sonnenaufgang erwartet dich Rabanus ausgeruht zum Waffengang", verließ er mein Gemach.

Kaum hatte er die Tür hinter sich geschlossen, tat ich, was er mir geraten hatte. Dann zog ich mich aus und kroch ins Bett. Begleitet vom Rauschen eines sanften Landregens schlief ich ziemlich schnell ein.

*

Zwei Nächte später erhielt ich von Melar den Auftrag, mich auf die Reise zu begeben. Für die letzten Vorbereitungen blieb meinen Oheimen nur ein Tag. Da sie schon ungeduldig darauf gewartet hatten, dass der Gott der Metalle sich endlich melden würde, reichte dieser ihnen völlig aus.

Am Morgen unseres Abreisetages hatte ich nichts weiter zu tun, als mich anzukleiden und meine von den beiden anderen Gottheiten geschenkten Schwert- und Dolchscheiden an meinem Gürtel zu befestigen. Diesen speziellen Waffengurt hatten mir Sir Rabanus und Sir Marzellus geschenkt. Sie waren der Meinung gewesen, dass der Dolch vom Gott des Wassers und das Schwert der Göttin der Erde es verdienten, an einem ebenso reich verzierten Lederstreifen getragen zu werden. Auf dem Gürtel waren die tangalanischen Symbole für Mut, Sieg, Durchhaltevermögen und Selbstvertrauen eingebrannt. Zusätzlich gab es noch zwei Schutzzeichen, die ich nicht kannte, da sie magischen Ursprungs waren. Mehr wollten meine Oheime mir dazu nicht sagen.

Im warmen Stall wartete Adalar mit einem gesattelten Pony am Zügel. Er sah noch recht verschlafen aus, obwohl er für das von Sir Marzellus versprochene Abenteuer bereit wäre, wie er ihm versichert hatte. Auch mein Reittier Alda war schon gesattelt und aufgezäumt. Dafür hatte Sir Marzellus gesorgt. Außer mir gab es nur sehr wenige Personen, die sie überhaupt anfassen konnten. Auf einen Ausritt vorbereiten ließ sie sich allerdings nur von mir und meinen Oheimen.

„Ich wünsche Euch einen guten Morgen, Graf Adalar und auch Euch Sir Marzellus", flüsterte ich, kaum, dass ich durch die Stalltür hineingeschlüpft war. Hier drinnen empfingen mich die Gerüche von Pferden, Leder, Heu, Stroh und Mist. Die Ponys und die drei Reitpferde, die den Grafenkindern gehört hatten, verbreiteten eine angenehme Wärme, während es draußen in dieser Frühe recht kühl war. Daher war ich froh um meinen Umhang, den ich auf den letzten Reisen aufgrund der unangenehm warmen Sommernächte nicht gebraucht hatte. Doch heute merkte ich zum ersten Mal, dass der Herbst ins Land zog.

„Dir auch einen guten Morgen, Fanai", entgegnete mir mein mittelblonder Oheim und zwinkerte mir im Dämmerlicht einer Laterne lächelnd zu. „Es ist schon recht frisch draußen. Ich hoffe, dass Melar dies bei der Planung eurer nächtlichen Rastplätze berücksichtigt hat. Sicherheitshalber habe ich euch jeweils zwei dicke Decken hinter die Sättel geschnallt. Den Proviant habe ich hälftig auf eure Satteltaschen verteilt. Da du mir gesagt hast, dass ihr auch durch feuchte Gebiete reiten werdet, habe ich ihn wasserdicht eingepackt. Nicht, dass das Essen verdirbt und ihr hungern müsst. Außerdem dachte ich mir, könntet ihr Tücher gebrauchen, die ihr euch bei Bedarf vors Gesicht binden könnt." Während seiner letzten Worte überreichte er jedem von uns ein Stück Stoff.

„Auch ich wünsche dir einen guten Morgen, Fanai", meldete sich jetzt auch Adalar und versuchte ein Lächeln, das aufgrund seiner Müdigkeit recht mager ausfiel. „Bitte nenne mich einfach Adalar und lass dieses Unsinnige „Ihr" und „Euch" einfach weg. Auf dieser Reise sind wir zwei gleichgestellte Knaben und nicht der Grafensohn und der uneheliche Spross eines Barons." Zur Bekräftigung reichte er mir die Hand, die ich gerne annahm, was ich auch mit einem dankbaren Lächeln auszudrücken beabsichtigte.

„Ob adlig oder nicht, es wird Zeit, dass ihr aufbrecht", stellte Sir Marzellus fest und drückte mir Aldas Zügel in die Hand. Anschließend überraschte er mich, indem er mich fest an sich drückte und mir ins Ohr flüsterte: „Gib gut auf dich acht, Schwestersohn. Und wende an, was ich dich gelehrt habe. Wir sehen uns wieder, sobald du deine Mission erfüllt hast."

„Danke, Oheim", raunte ich ihm zu, wobei mir die Tränen in die Augen traten und sich ein Kloß in meinem Hals bildete, der es mir unmöglich machte, mehr zu sagen. Aber ich war mir sicher, dass er genau verstand, was ich ihm mitteilen wollte, zumal er mich nicht sofort freigab. Zwar entließ er mich aus seiner Umarmung, legte aber kurz noch seine Hände auf meine Schultern und sah mich mit einem warmherzigen Lächeln und einem leichten Nicken an. Auch der Grafensohn wurde von ihm zum Abschied in die Arme geschlossen, wobei ich Sir Marzellus leise sagen hörte: „Passt mir gut auf Fanai auf, Graf Adalar! Und unternehmt nichts, was Euch gefährden könnte!"

Nachdem er ihn losgelassen hatte, löschte er die Laterne, öffnete die Stalltür, überzeugte sich davon, dass sich niemand im Innenhof aufhielt, und winkte uns dann, ihm mit den Ponys hinaus zu folgen.

Da er so umsichtig gewesen war, die Hufe der Tiere mit Lappen zu umwickeln, damit sie auf dem Pflaster keinen Lärm machten, erreichten wir die kleine Ausfallpforte, ohne dass uns jemand bemerkte. Alda und der Schecke, den Adalar reiten würde, schnaubten nicht ein einziges Mal, als wüssten sie, dass sie sich möglichst leise bewegen mussten.

An der kleinen Tür erwartete uns Sir Rabanus. Er hatte sie bereits geöffnet, damit wir schnell hinausschlüpfen konnten, falls sich doch ein Nachtschwärmer so früh einfinden sollte. Den Finger auf die Lippen gelegt, trat die dunkel gekleidete Gestalt meines geheimnisvollen Oheims aus den Schatten. Zunächst umarmte er Adalar kurz und raunte ihm etwas ins Ohr, bevor er ihn bat, das Pony schon einmal durch die Pforte hinauszuführen. Während mein zukünftiger Reisebegleiter dieser Aufforderung nachkam, riss Sir Rabanus mich fast von den Beinen, als seine Arme mich umklammerten und fest an sich drückten. Er presste mir die Luft aus den Lungen, sodass ich erst ein paar Mal tief durchatmen musste, nachdem er die Umklammerung gelöst hatte. Trotzdem entließ er mich nicht sofort, sondern umfasste meine Oberarme mit seinen kräftigen Händen und musterte mich dabei.

„Denk daran, was ich dir beigebracht habe, Fanai! Wenn du die Gelegenheit hast, übe so oft du kannst, damit du nichts verlernst und biegsam bleibst. Adalar ist ein passabler Schwertkämpfer, der für deine Zwecke ausreichen wird. Und pass gut auf ihn und dich auf! Versprich mir, dass du vorsichtig bist! Wir sehen uns bald wieder, meine Braut!" Dem letzten Satz folgte etwas, was ich aufgrund seiner Anrede schon halb geahnt hatte. Er zog mich nochmals an seine Brust und küsste mich dermaßen leidenschaftlich, dass mir schwindelig wurde. Als er mich recht abrupt losließ und in die Schatten zurücktrat, schnappte ich nicht nur nach Luft, sondern musste mich auch kurz an die Schulter meines Ponys lehnen, um wieder festen Stand zu erlangen.

„Es wird Zeit, dass du die Burg verlässt", flüsterte hinter mir Sir Marzellus und schob mich in Richtung der offenstehenden Pforte.

Wie in Trance setzte ich Schritt vor Schritt. Dennoch glaubte ich ein spöttisches Grinsen im Antlitz von Sir Rabanus auszumachen, als ich an ihm vorbeiging. Eigentlich war es zu dunkel dafür, zumal er mit den Schatten zu verschmelzen schien, wahrscheinlich hatte ich es mir auch nur eingebildet, weil ich es erwartet hatte.

Draußen saß Adalar bereits auf dem Schecken und war bereit für unser Abenteuer. Noch immer fassungslos von der Handlungsweise meines bronzehäutigen Oheims stieg ich in den Sattel. Unwillkürlich warf ich noch einen Blick hinauf zum Waffengang. Dort standen Hilarius und Meinrad und winkten uns zum Abschied zu. Adalar und ich erwiderten ihren Gruß, bevor wir anritten.

Schnell drehte ich mich noch einmal im Sattel um. Ich sah meine Oheime neben der Ausfallpforte stehen und jeweils einen Arm heben. Dann schlüpften sie durch die kleine Tür zurück ins Burginnere. Erst, nachdem sie sich hinter ihnen geschlossen hatte, drehte ich mich im Sattel nach vorn. Alda antreibend, um nicht nur zu Adalar aufzuschließen, sondern neben ihn zu gelangen, wurde mir bewusst, dass wir von nun an für längere Zeit auf uns selbst gestellt sein würden.

Ein scharfer Schmerz fuhr mir durch den Leib. Mir war, als würde ich von dieser Reise nicht mehr hierher zurückkehren. *„Ist das eine Vorahnung, dass ich zwar die Prophezeiung erfülle, dafür aber mit meinem Leben bezahle?"*, dachte ich in dem Augenblick, in welchem ich das Pony neben dem zukünftigen Gott des Windes zum Schritt durchparierte.

18. Kapitel: Adalar und Lung[8]

„Du bist wirklich sicher, dass wir auf dem richtigen Weg sind, Fanai?" Zum gefühlt hundertsten Mal seit unserem Aufbruch vor zwei Wochen stellte mir Adalar diese Frage. Und wie stets antwortete ich: „Es gibt nur diesen Weg, den ich geführt werde. Erst wenn wir am Ziel sind, wissen wir, ob wir schneller hätten ankommen können."

Ich konnte es dem jungen Grafensohn nicht verdenken, dass seine Zweifel mit jedem Schritt, den unsere Ponys tiefer in dieses unwirtliche Gebirge eindrangen, größer wurden. Hier gab es nichts als kahle Felsen und Asche. Vulkanausbrüche hatten diese Landschaft geformt und taten es auch heute noch. Der ein oder andere Berg, an dem wir vorbei ritten, zeigte uns durch eine Rauchwolke an, dass er jederzeit wieder ausbrechen konnte. Hin und wieder bebte die Erde leicht, was unsere Reittiere nervös machte. Aber das war nicht das einzige, was bei unserer Reise an den Nerven zerrte.

Viele Täler enthielten heiße Quellen. Wenn wir zum wiederholten Mal einen Pass überquert hatten und es lag dichter weißer Nebel vor uns, konnten wir davon ausgehen, dass wir erneut ziemlich feucht auf der anderen Seite ankommen würden. Die aufsteigende Flüssigkeit setzte sich auf sämtlichen Oberflächen ab. Sie machte weder Halt vor uns und den Bergponys, noch unserer Ausrüstung. Was für uns aber am fatalsten war, das Wasser machte unseren Proviant ungenießbar, wenn es ihn durchweichte. Ich musste stets darauf achten, dass ich die Reste unserer Mahlzeiten wasserdicht einpackte. Sollte mir dabei ein Fehler unterlaufen, würden wir bald ohne etwas Essbares dastehen. In dieser Einöde würden wir weder jagen können, noch eine menschliche Siedlung finden. Entweder reichten unsere mitgenommenen Vorräte oder wir würden hungern müssen.

Der Traum hatte mir gezeigt, wie viele und welche Nahrungsmittel

---

[8] Lung = Wind

ich einpacken sollte. Sogar die Ausrüstungsgegenstände und Kleidung, die wir benötigten, wurde mir darin offenbart. Somit hatten meine Oheime zumindest in dieser Hinsicht gut vorsorgen können.

Wenngleich Melar mir auch die Route und das Ziel unserer Reise auf der lebenden Karte gezeigt hatte, Kunde über das, was sich dort ereignen würde hatte er mir auch diesmal nicht übermittelt. Der vor uns liegende Weg wurde mir in allen Einzelheiten in der Nacht vorher in genau der Etappe gezeigt, die wir an dem folgenden Tag zurücklegen würden. Selbst, wenn uns das Wetter und auch sonstige Umstände hold waren, bevor die Dämmerung oder die Erschöpfung uns oder die Ponys zum Rasten zwang, hätten wir nicht weiter reiten können. Schon bald stellte ich fest, dass dieser Fall ohnehin nicht eintreffen würde. Die Wegstrecken waren so bemessen, das wir sie gut bewältigen konnten, mehr aber ganz gewiss auch nicht zurücklegen wollten.

„Ich kann mir nicht vorstellen, dass in dieser lebensfeindlichen Umgebung überhaupt etwas bestehen kann. Wer wollte hier schon leben?" Adalars Zweifel waren berechtigt. Seit die Landschaft so vulkanisch geworden war, hatten wir weder eine Pflanze, noch ein Tier mehr zu Gesicht bekommen. Selbst die allgegenwärtigen Flechten suchten wir hier vergebens.

„Du solltest dir wieder dein Tuch vors Gesicht binden, Adalar. Das nächste Tal, welches wir durchqueren müssen, ist von gelbem Brodem erfüllt", machte ich ihn von der Passhöhe darauf aufmerksam, was vor uns lag.

Die schwefelhaltigen Dämpfe roch man bis hierher. Obwohl ich mir sicher war, dass dieses Tal weit weniger Erdspalten enthalten würde als so manch anderes, das hinter uns lag, konnten wir bedingt durch den Nebel davon nichts erkennen. Wenn mich meine Erinnerung an den Traum von letzter Nacht nicht trog, würden wir verhältnismäßig zügig hindurchschreiten können. Auch der Aufstieg auf der anderen Seite müsste leicht zu bewältigen sein. Dort oben sollte es ein kleines Plateau mit einer alten Bärenhöhle geben, die seit konaschi[9] nicht mehr benutzt worden war. Auch ich fragte mich: *„Welches Raubtier möchte hier schon leben?"*

Noch während ich mir das mit Wasser aus meinem Beutel angefeuchtete Tuch vor Nasen und Mund band, überlegte ich, welche magische Kreatur uns wohl erwarten mochte. Es musste sich um ein Geschöpf handeln, das sich in dieser Einöde und ihren lebensfeindlichen Bedingungen wohlfühlen würde. Aber beim besten Willen konnte ich mir keines vorstellen, was auch nur annähernd hierher gepasst hätte.

„Wir können losreiten, Fanai. Ich wäre soweit", stellte der Junge fest.

Ich drehte mich im Sattel zu ihm um, um mich davon zu überzeugen, dass er sein Tuch auch wirklich richtig hochgezogen hatte. Beim ersten Mal war es ihm während des Rittes durch ein Schwefeltal von der Nase gerutscht. Eine solche Angst, er könnte vor lauter Husten ersticken, habe ich noch nie ausgestanden. Ehrlich gesagt, wollte ich das nicht noch einmal erleben. Mittlerweile hatte er dazugelernt, trotzdem wollte ich sicher gehen, dass er nicht noch einmal den gleichen Fehler machte.

Gerne hätte ich auch den Ponys feuchte Tücher über die Nüstern gelegt, aber sie duldeten es nicht. Selbst Alda, die mir stets vertraute, wäre mir fast davongaloppiert, als ich es versucht hatte. Da ich diese Erfahrung kein zweites Mal machen wollte, hatte ich es nicht noch einmal probiert. So mussten sie halt den Schwefelgestank aushalten.

„Reiten wir. Es ist nicht mehr weit bis zu unserem nächsten Lagerplatz." Ob ich ihn oder mich damit aufmuntern wollte, wusste ich selbst nicht.

Die Wegstrecke war genau so wie in meinem Traum und innerhalb kurzer Zeit bewältigt. Trotzdem waren nicht nur Adalar und ich froh, als wir es uns in der Höhle auf dem Plateau gemütlich machen konnten. Auch den Ponys sagte ein Ritt unter solchen Bedingungen nicht zu. Oft schnaubten sie unwillig und wehrten sich gegen die Zügel.

Es dämmerte bereits, sodass wir uns dafür entschieden, uns

---

[9] konaschi = Jahrzehnte

schnellstmöglich für die Nacht einzurichten. Den Ausblick, welchen unser erhöhter Lagerplatz uns bescherte, würden wir ohnehin erst bei Tageslicht genießen können. Jetzt waren wir müde und hungrig.

Da die heutige Etappe nach meinem Empfinden die wohl längste unserer bisherigen Reise gewesen war, wunderte es mich nicht, dass Adalar an diesem Abend nicht darauf bestand, dass ich etwas kochte. Er war damit zufrieden, einen heißen Tee, eine Scheibe Brot und ein Stück Trockenfleisch zu sich zu nehmen. Fast wäre er schon beim Kauen eingeschlafen. Auch mir war nicht nach einem üppigen Mahl. Genau wie die lustlos auf ihrem Heu herumkauenden Ponys wollte ich mich möglichst schnell in den Schlaf verabschieden. Eine Wache hatten wir schon seit einer Woche nicht mehr aufgestellt. Seit dieser Zeit hatte es in meinen Träumen keinerlei Hinweise auf eine solche Notwendigkeit mehr gegeben.

Am nächsten Morgen wurde ich durch den Duft von frisch aufgebrühtem Tee und angebranntem Brei geweckt. Leider mussten wir, in Ermangelung von allzu üppigem Proviant, dieses verunglückte Frühmahl auch noch verzehren. Zum ersten Mal beneidete ich die Ponys um ihr Heu und die rohen Rüben. Weder das eine noch das andere musste gekocht werden. Somit konnte es auch nicht anbrennen.

„Adalar, es war zwar nett gemeint, aber vielleicht wäre es besser, wenn du mir das Kochen überlassen würdest", versuchte ich ihm schonend beizubringen, dass ich nicht ein zweites Mal gewillt war, mein ohnehin karges und eintöniges Essen auch noch herunterwürgen zu müssen.

„Das tue ich gern, Fanai. Ich hoffe nur, dass wir nicht mehr allzu oft Brei verspeisen müssen." Der Knabe packte unsere Sachen zusammen. Spülen würden wir die Schalen und Löffel, sobald wir wieder auf eine der heißen Quellen stoßen würden. Bei dem Überangebot in dieser Gegend würde dies wohl nicht mehr allzu lange dauern.

„Warst du heute Morgen schon vor der Höhle? Die Aussicht über die Berge ist überwältigend", schwärmte Adalar, um ein anderes

Thema bemüht.

„Ja, du hast Recht. Ich hätte nicht für möglich gehalten, dass wir so früh am Morgen eine solche Sicht haben würden. Wenn auch die Täler noch unter Wolken versteckt liegen, kann man anhand der herausragenden Bergspritzen dennoch das Ausmaß des Gebirges erahnen." Wie sollte nicht auch ich bei diesem grandiosen Anblick ins Schwärmen geraten. Wenngleich ich auch noch nicht viel von der Welt gesehen hatte, solche Aussichten waren bestimmt nur den wenigsten Menschen vergönnt. „Schade, dass wir nicht warten können, bis sich die Wolken aufgelöst haben und wir auch in die nächstliegenden Täler hinabblicken können. Aber laut dem, was ich heute Nacht geträumt habe, liegt der letzte Abschnitt unserer Reise vor uns. Gegen Mittag werden wir den Ort erreichen, an dem sich dein Schicksal erfüllt."

Der Knabe sah von seiner Arbeit auf. „Und welches Wesen wird mich dort erwarten?"

„Das kann ich dir nicht sagen. Der Traum brach genau an der Stelle ab, als wir einen steilen Pfad zu Fuß erklommen hatten. Ich kann dir nur sagen, dass sich dort ein Plateau befand, das etwa drei- bis viermal so groß wie dieses hier war. Auf der anderen Seite habe ich noch den Eingang zu einer sehr hohen Höhle gesehen. Dann wurde ich wach und hatte den herrlichen Duft deines leckeren Frühmahls in der Nase."

„Was für ein Glück, dass es wohl unser letztes gemeinsames war, sonst würdest du mir meine Ungeschicklichkeit noch länger vorwerfen." Seinen mit einem Lächeln begonnenen Satz, beendete er mit einem nachdenklichen Gesichtsausdruck.

„Dem wird wohl so sein, Adalar." Ich seufzte. „Aber allmählich denke ich, ist es an der Zeit, dass wir unser Ziel erreichen. Ich habe dir versprochen, dass du ebenso glücklich wie deine Geschwister sein wirst, wenn du auf das Wesen triffst, das auf dich wartet. Mehr kann und darf ich dir nicht verraten." Nach diesen Worten überprüfte ich nochmals, ob wir nichts auf dem Lagerplatz zurückgelassen hatten und führte Alda hinaus aus der Höhle.

Adalar folgte mir mit seinem kräftigen Schecken, den er den

Drachenbezwinger getauft hatte. Wir hatten uns dafür entschieden, die Tiere das erste Stück des steil abfallenden Pfades zu führen. Weiter unten könnten wir es dann wagen, uns wieder in die Sättel zu schwingen. Den restlichen Weg würden wir reiten können. Bis auf den kleinen Anstieg, der uns die letzten Schritte vor unserem Ziel erwartete.

Ich ließ es mir zwar nicht anmerken und hoffte, der Knabe würde es wohl auf die Aufmerksamkeit, die mir der hinabführende Steig abverlangte, schieben, aber so langsam machte ich mir Gedanken. *„Welche Prüfung liegt vor mir? Mit was für einem magischen Wesen muss ich diesmal rechnen? Würde es wieder darauf hinauslaufen, dass ich fast starb, damit Adalar wütend würde und sich dadurch zurück in den Gott des Windes verwandelte? Gegen welchen Halbbruder würde ich antreten müssen? Eigentlich gibt es keinen mehr, dem ich die Schicksale von Ebermut und Drutmar wünsche. Was wäre, wenn Adalars Verwandlung nur möglich wäre, wenn er mich in ein Tier verzaubern müsste? Wir lange mein Leben dann noch dauern würde, hinge natürlich von der Art ab. Sicherlich würde es aber auch nicht viel länger wären, als das meiner Halbbrüder. Oder würde es diesmal den ältesten Sohn von Baronin Bianca treffen? Falls ja, würde ich bereit sein, mein Leben für Romualds einzutauschen? Der Fünfzehnjährige hatte mich nie schlecht behandelt. Für ihn bin ich eben nur ein weiteres Kind seines Vaters. Ich hoffe inständig, dass es nicht dazu kommt und ich diese Entscheidung niemals treffen muss.*

Als ich Dilar auf die Flussinsel gebracht hatte, waren wir dort Kastehelmi begegnet. Die Regenbogenschlange hatte mich zuerst fast ertränkt, mir aber schließlich mithilfe ihres Gifts ein Leben in Schmerzen erspart. Diese ungewöhnliche Heilbehandlung war nur durch den hinterhältigen Angriff Ebermuts notwendig gewesen, bei dem er mir seinen Dolch in den Nacken gestoßen hatte. In seinem Zorn hatte Dilar sich seiner wahren Identität als Gott des Wassers erinnert und meinen Halbbruder in ein Wildschwein verwandelt.

Bei Catandras Begegnung mit ihrem Einhorn war uns Drutmar gefolgt. Sein Angriff hatte bewirkt, dass ich von der ungestümen

Kirtan aufgespießt worden war. Drutmar war infolge des Wutausbruchs Catandras in einen Truthahn verwandelt worden. Gleichzeitig hatte sie sich dadurch daran erinnert, dass sie die Göttin der Erde war. Mein unfreiwilliges Opfer und ihr Zorn hatten bei ihr den Bann des Feuergottes gelöst.

Aber vielleicht wird uns diesmal mein Vater folgen. Sollte er plötzlich auftauchen, gäbe es die Möglichkeit, dass er dem Fluch verfiele. Andererseits habe ich ihn so, wie er sich jetzt gibt eigentlich schon ins Herz geschlossen. Es wäre schade um ihn. Ja, den Mann, wie ich ihn früher gekannt hatte, würde ich mit Freuden in sein Verderben rennen lassen. Was nur hat ihn so verwandelt? Liegt es an seinen beiden Leibwächtern? Sind sie der Grund, weshalb aus dem unerträglichen Baron Dekert von Karelien ein treusorgender Familienvater und ein gerechter Herr geworden ist? Vielleicht hat die Magie, derer sie sich bedienen, dazu beigetragen."

Ich zuckte mit den Schultern.*"Falls ich diesmal für Adalars Rückverwandlung die Gestalt wechseln muss, werde ich wohl nie erfahren, was sich wirklich ereignet hat. Dann werde ich vieler Sorgen ledig sein und auch das wird mich nicht mehr bewegen. In wieweit ich mich als ein Tier überhaupt an mein Leben als Mensch erinnern werde, würde ich ohnehin erst feststellen können, wenn es kein Zurück mehr gäbe. Aber, wer weiß schon was sein Schicksal ihm bereit hält? Ich werde annehmen müssen, was es mir bietet."*

„Glaubst du, dass mich auch ein magisches Geschöpf erwartet?"

Adalars Frage brachte mich zurück in die Gegenwart. Inzwischen hatten wir den Talboden erreicht, der mit niedrigem Gras bewachsen war. Ich war so in meine Gedanken versunken, dass ich nicht bemerkt hatte welches Kleinod dieses Tal war. Nach einer guten Woche, in der wir nur karges vulkanisches Gelände durchquert hatten, tat die grüne Farbe den Augen gut.

„Ja, das glaube ich. Aber ich kann dir nicht sagen, um was es sich handelt, auch wenn du mich bis zu unserem Ziel mit deiner Fragerei löcherst. Der Traum hat es mir ganz einfach nicht offenbart. Ich werde genauso überrascht wie du sein. Auch bei Catandra und Dilar wusste ich es erst, als ich ihnen gegenüber stand. – Aber nun zu etwas anderem. Wir sollten die Ponys grasen lassen. Nicht, dass ich schon eine Pause benötige, aber wer weiß ob das nicht die letzte Gelegenheit ist. Sie freuen sich bestimmt nach soviel Heu über das frische Futter." Wie zur Bestätigung zog Alda am Zügel und neigte, kaum, dass ich ihn losgelassen hatte, das Haupt zum Grasen. Der Schecke war da etwas bestimmender. Er zog dem Jungen den Lederriemen mit einem Ruck aus der Hand. Schwer war ihm das nicht gefallen, denn Adalar hatte nun mal die Angewohnheit, nicht sehr fest zuzupacken.

„He, du hättest dich auch einen Moment gedulden können, Drachenbezwinger! Ich gönne dir ja deine saftige Mahlzeit." Dann wandte er sich mir zu. „Gegen etwas Frisches, wie Obst – ich rede hier nicht von den schrumpeligen Äpfeln, die du mir gestern angeboten hast – hätte ich auch nichts einzuwenden." Suchend drehte er sich um, aber im ganzen Tal gab es nichts anderes als Gras. Und einen schmalen Bachlauf, der für dieses üppige Grün gesorgt hatte.

„Während die Ponys grasen, sollten wir die Gelegenheit nutzen, um unsere Wasserbeutel wieder aufzufüllen und das Geschirr von heute Morgen zu säubern", schlug ich vor. Ohne auf eine Reaktion meines jungen Mitreisenden zu warten, nahm ich die aufgezählten Dinge aus der Satteltasche und wandte mich dem Rinnsal zu.

Bevor ich mich ans Säubern der Schüsseln und Löffeln machte und um den Wasservorrat kümmerte, legte ich mich an den Rand des kristallklaren Nasses. Nach einer ganzen Woche, in der wir beim Abfüllen unseres Wassers aus den heißen Quellen sehr vorsichtig sein mussten, um uns nicht zu verbrühen, kam es mir wie ein Wunder vor, dass ich dieses eiskalte genießen konnte.

Adalar schien es ähnlich zu gehen. Im Gegensatz zu mir ließ er es nicht einfach dabei bewenden, sich in das kühle Grün zu legen und sich die vorbeiströmende Flüssigkeit in den Mund laufen zu lassen. Er zog Stiefel und Strümpfe aus und watete durch einen flachen Tümpel, der mir noch gar nicht aufgefallen war. Schließlich spritzte er mit den Füßen kleine Fontänen in die Luft. Ihm schien es nichts auszumachen, dass er dabei nass wurde. Mir dünkte, dass er, wie es bei Kindern üblich war, nicht an die Folgen dachte.

Nachdem ich meinen Durst gestillt hatte, kümmerte ich mich um den Wasserbeutel, indem ich das abgestandene Wasser ausschüttete, ihn mehrfach ausschwenkte und mit dem kalten Quellwasser auffüllte. Dann kamen auch die Schüsseln und Löffel zu ihrem Recht. Da ich unseren Reittieren eine längere Rast gönnen wollte, legte ich die Teile in die Sonne, damit sie trockneten. Ich selbst streckte mich auf dem Rücken liegend im Gras aus und genoss die Morgensonne.

Allzu lange durften wir uns allerdings nicht aufhalten, denn laut meinem Traum war es wichtig, dass wir gegen Mittag auf dem Plateau ankamen. Auch gab es seit unserem Aufbruch in mir ein inneres Drängen, welches dafür sorgte, dass wir stets weitergetrieben wurden. Ich wusste zwar nicht, wie es Adalar ging, aber irgendwie hatte ich auch bei ihm das Gefühl, dass er mit jedem Tag unruhiger wurde. Es war, als hätte auch er eine Ahnung, dass sein Treffen mit diesem unbekannten magischen Wesen nicht alles wäre. Da ich ihm weder von Catandras, noch von Dilars Rückverwandlung erzählen durfte, wusste ich nicht, mit was er rechnete.

Es hätte für mich so vieles erleichtert, wenn ich ihm sagen hätte können, dass Catandra nicht seine leibliche Schwester gewesen war, sondern die Göttin der Erde. Und auch von Dilars Bann, der nun aufgehoben war. Den Gott des Wassers in seiner ursprünglichen Gestalt zu erleben, war schon überwältigend gewesen. Nichts anderes erwartete ich vom Gott des Windes.

Wahrscheinlich wäre ich erneut ins Grübeln verfallen, wenn mich nicht dieses eindringliche Gefühl zum Aufbruch gedrängt hätte. Mittlerweile standen die Ponys vollgefressen am Ufer des Bachlaufs und tranken. Adalar hatte sich ins Gras gesetzt und beobachtete ein Insekt.

„Zieh dir deine Strümpfe und Stiefel wieder an! Wir müssen weiter", war alles, was ich sagte, bevor ich die getrockneten Schüsseln und Löffel von der Wiese aufklaubte und sie zusammen mit dem Wasserschlauch zurück in die Satteltasche steckte. Dann saß ich auf und ritt, gefolgt von meinem Begleiter, der sich ausnahmsweise einmal beeilt hatte, auf den nicht weit entfernten

Talausgang zu.

Da wir nur dem Bachlauf folgen mussten, konnte ich meinen Gedanken freien Lauf lassen. Fragen und Bildern tauchten vor meinem inneren Auge auf. Alle drehten sich um die Begegnung mit der für Adalar bestimmten Kreatur. Um dieses Gedankenkarussell in meinem Kopf zu stoppen, entschloss ich mich, das anzuwenden, was Marzellus mich gelehrt hatte. Wenn seine Anweisungen auch eigentlich darauf abzielten, mir die Aufregung vor einer Übungseinheit mit Rabanus zu nehmen, fand ich, dass sie in dieser Situation genauso einsetzbar waren. Bisher hatte ich noch nie darüber nachgedacht, dass eine Meditation oder das im Geist stetige Wiederholen eines ermutigenden Satzes immer und überall eingesetzt werden konnte. Ich entschloss mich gegen eine totale Versenkung und wandte stattdessen die zweite Technik an.

„Ich bin nachgiebig wie ein junger Baum im Sturm. Mein Geist ist wach und aufnahmebereit." Diese beiden Sätze spukten plötzlich in meinen Gedanken herum. Zunächst tat ich sie als völligen Blödsinn ab. Was brachte es mir in meiner jetzigen Lage nachgiebig wie ein junger Baum zu sein? Beim Kampf, ja da war diese Taktik angebracht. Aber hier und jetzt? Ich erinnerte mich daran, dass mir Sir Rabanus diese Worte bereits an dem Tag, als er mir den ersten Unterricht gab, ans Herz gelegt hatte. Aber auch jetzt schien dieser Ausspruch wichtig für mich zu sein. Sobald ich nachgab und mir keine Sorgen mehr um das machte, was auf mich zukam, wurde ich ruhig.

Der zweite Denkspruch stammte von Marzellus. In einem Waffengang war es einschneidend – im wahrsten Wortsinn – stets aufmerksam zu sein. Es war nicht nur wichtig den Gegner jederzeit im Auge zu behalten, sondern auch die Umgebung nicht zu vernachlässigen. Leicht konnte es sonst geschehen, dass man von Umständen überrascht wurde, die sich für den Kontrahenten als Chance erweisen würden. Es konnte nicht schaden, sich schon jetzt auf die Begegnung am Mittag vorzubereiten, damit ich nicht so leicht aus der Fassung geraten würde, wenn mir das magische Geschöpf gegenüberstand. Eine gute Einschätzung der Fähigkeiten und

Absichten der Kreatur könnte mir einige Vorteile verschaffen.

Als ich mir über die Bedeutung der beiden Sätze endlich klar geworden war, hatten wir den Talausgang erreicht. Der kaum erkennbare Pfad zwängte sich neben dem Rinnsal durch eine Felsöffnung, die in ein weiteres Tal mit dem hinter uns liegenden verband. Dieses war jedoch mit einzelnen kleinen Büschen bestanden. Das schien allerdings auch schon fast der einzige Unterschied zu dem vorhergehenden zu sein. Der zweite war, dass sich hier und da von den kahlen Bergwänden kleine Wasserfälle hinab stürzten und mit ihrem eisigen Gletschernass das Rinnsal speisten. Nicht nur seine doppelte Ausdehnung, sondern auch die unregelmäßig verteilten Sträucher würden unsere Wegstrecke fast verdreifachen. Hinzu kam, dass wir an einigen Ästen essbare Früchte entdeckten, die uns zu einer jeweils kurzen Rast verleiteten. Es tat gut, endlich einmal etwas Frisches genießen zu können, das noch dazu so herrlich süß schmeckte.

Adalar wäre am liebsten von Busch zu Busch gelaufen und hätte alles gepflückt, was nur annähernd reif und nicht giftig war. Auch ich hätte nichts dagegen gehabt, mich in diesem Schlaraffenland durch das Fruchtangebot zu essen. Leider saß uns die Zeit im Nacken. Der Drang, unser Ziel zu erreichen wurde mit jedem Schritt, den Aldar machte, größer. So musste ich den enttäuscht dreinblickenden Jungen für seine Begriffe zu schnell wieder in den Sattel scheuchen. Ich konnte ja verstehen, das Adalar regelrecht ausgehungert nach der so verlockenden Frische um uns herum war, aber unsere Mission hatte Vorrang.

Ehrlich gesagt war ich froh, dass wir am Ende des Bergeinschnittes einen schmalen Pfad erklimmen mussten. Zwar war er nicht so steil, dass wir gezwungen waren, abzusteigen, dennoch forderte er die Aufmerksamkeit von uns als Reiter. Während ich mich mehr auf Aldas als meine eigenen Fähigkeiten verlassen konnte, verlangte es dem Jungen schon viel Achtsamkeit ab, seinem Pony nicht im Weg zu sein. Im Gegensatz zu mir war er es nicht gewohnt, mit einem Reittier im Gebirge herumzuklettern. Dementsprechend erschöpft war er dann auch, als wir kurz vor der Mittagszeit eine Rast einlegten.

Mit dem Versprechen, ihn einen Kerzenstrich lang schlafen zu lassen, überredete ich ihn dazu, etwas zu essen. So sehr sich auch der innere Trieb verstärkt hatte, Adalar benötigte dringend eine Pause. Da ich nicht wusste, was noch auf uns zukam, fand ich es besser, sie ihm jetzt zu gönnen. Solange er seine wahre Gestalt noch nicht besaß war er nur ein Knabe mit all seinen menschlichen Bedürfnissen.

Ich selbst versenkte mich in meine beiden Mantra-Sätze. Es konnte nicht schaden wach und aufmerksam zu sein, wenn man auf ein magisches Wesen traf.

Als ich Adalar weckte, war er bei Weitem nicht ausgeschlafen, aber immerhin wieder so ausgeruht, dass wir das letzte Stück unseres Weges zurücklegen konnten. Er murrte zwar, nachdem ich ihm eröffnet hatte, dass wir die Ponys stehen lassen mussten. Der vor uns liegende Ziegenpfad war selbst für die erfahrenen Kletterer zu steil.

Das Gelände verlangte schon einiges ab von meinem Begleiter. Während ich selbst den Steig noch als gut gangbar einstufte, schimpfte der Knabe ständig vor sich hin, dass er keine Bergziege sei und ein Mensch für ein solches Gelände nicht geschaffen war. So waren wir beide froh, dass wir nach einem anstrengenden Kerzenstrich Aufstieg das Plateau erreichten, welches ich in meinem Traum in der letzten Nacht gesehen hatte.

„Das soll unser Ziel sein?" Adalar schien enttäuscht zu sein.

Zwar wuchs hier oben das Gras knöchelhoch, war aber aufgrund des schon hereingebrochenen Herbstes bereits gelb. Hier und da stand ein kleiner Busch, dessen Blätter scheinbar in Flammen standen. Derart viele Rot- und Gelbtöne hatte ich noch nie an einem Gehölz gesehen. Der strahlend blaue Himmel, an dem sich kein einziges Wölkchen zeigte, trug dazu bei, dass die Farben besonders voll zur Geltung kamen.

Das Plateau war an drei Seiten von den Felsen des Berges begrenzt. In der links von uns liegenden Wand gähnte die dunkle Öffnung einer Höhle. Sollte die hier lebende Kreatur auch nur halb so groß wie der Eingang sein, würden wir einer imposanten Gestalt entgegentreten müssen. Die vierte Seite der Hochebene öffnete sich zu einer Abbruchkante hin. Wenn ich die pflanzenfreie Fläche richtig deutete, schien das Geschöpf sich von dort in die Tiefe zu stürzen. Wir würden es also mit einem flugfähigen Was-auch-immer zu tun bekommen. Was wäre passender für den Gott des Windes?

„Das soll unser Ziel sein?" Da ich nicht geantwortet hatte, wiederholte der Junge seine Frage.

„Ja. Das ist der Ort, den ich im Traum gesehen habe. Und bevor du mich jetzt noch mit der Frage nach unserem Gastgeber löcherst: ICH WEISS NICHT WIE ER AUSSIEHT!"

„Ist ja schon gut." Der Junge ließ sich ins Gras fallen und wollte es sich schon gemütlich machen.

„Wenn mich meine Augen nicht täuschen, tut sich etwas an der Höhlenöffnung." Meine so leichthin gesprochenen Worte rissen ihn sogleich wieder in die Höhe. Diesmal war er es, der als erster mit ausgestrecktem Arm auf die scheinbar so kleine Gestalt zeigte.

Das strahlend weiße Geschöpf war zwar im Vergleich zu der Felsöffnung recht winzig, entpuppte sich beim Näher kommen aber als ein Drache von der Höhe zweier ausgewachsener Männer.

Fasziniert sahen wir zu, wie das magische Wesen bedächtig näher kam. Bei jedem seiner Schritte zitterte der Boden. Kurz kam mir der Gedanke, dass ein vergleichbar großes Pferd keine Erschütterungen ausgelöst hätte. Seine Masse musste wohl viel gewichtiger sein, als es den Anschein hatte.

Sah man von seiner Größe ab, hätte man die Kreatur als niedlich beschreiben können. Auf vier krallenbewährten Pfoten und für seinen Körper recht kurzen stämmigen Beinen, saß ein schlanker, schuppenbewehrter Leib. In Höhe seiner Vorderbeine traten fledermausähnliche Flügel aus den Schultern. Anstelle des Fingers der kleinen Flugtiere ragte ein kurzer Dorn aus der Schwinge heraus. Ansonsten schien diese aus einer lederartigen Haut zu bestehen. Das hintere Ende des Drachen verjüngte sich zu einem seiner Körperlänge entsprechenden beschuppten Schwanz. Der lange schlanke Hals trug ein pferdeähnliches Haupt, dessen Schnauze indes wesentlich länger war. Von seiner Stirn ausgehend bis über den Rücken und den Schwanz erhoben sich dornenartige Erhebungen.

Aus dem Maul ragten zu beiden Seiten jeweils zwei dreieckige Zähne aus dem Ober- und jeweils einer aus dem Unterkiefer über die Leftzen hinaus. Seine türkisfarbenen Augen hatten die Form von Herzen.

Schlagartig wurde mir bewusst: Da hielt ein muskelbepacktes Wesen auf uns zu, das uns allein mit dem Schlag einer Pfote schon töten könnte. Aber auch auf die Entfernung konnte es uns gefährlich werden. Ein kurzer Feuerstrahl aus seinem Maul würde uns innerhalb von Augenblicken zu Asche verbrennen.

Als hätte es meine Gedanken gelesen, blieb es auf halbem Wege stehen, neigte den Kopf in einer niedlichen Geste zur Seite und schloss kurz ein Auge. Dieses Zublinzeln sollte wohl zur Beschwichtigung dienen. Jedenfalls schien sie bei Adalar so angekommen zu sein. Ohne auf eine mögliche Gefahr zu achten, stürmte er sogleich auf den Drachen zu.

Obwohl ich es bereits zweimal erlebt hatte, dass die Götter in ihrer Kindergestalt so ungestüm handelten, konnte ich mir meinen warnenden Ausruf nicht verkneifen. „Warte, Adalar! Er könnte dich angreifen."

Diesmal beging ich allerdings nicht den Fehler, dem Jungen hinterher zu laufen und mich zwischen ihn und die Kreatur zu werfen. Aus meinem Erlebnis mit dem scheinbar so friedlichen Einhorn Kirtan hatte ich eine Lehre gezogen. Außerdem wollte ich mich keinesfalls näher an das Geschöpf heranwagen, als unbedingt notwendig. Das hatte sich bei meiner Begegnung mit Dilars magischem Wesen der Meerjungfrau-Regenbogenschlange Kastehelmi gezeigt. Diesmal bestand zwar weder die Gefahr, von einem Horn aufgespießt, noch von einem geschmeidigen Leib umschlungen und dabei gleichzeitig zerquetscht und ertränkt zu werden, dennoch war ich vorsichtig. Ein so übermächtiges Wesen, wie ein Drache besaß mehrere Möglichkeiten mich Winzling zu verletzen, selbst, wenn dies unbeabsichtigt geschehen sollte.

Noch während ich darüber nachdachte, hatte Adalar die Kreatur erreicht. Unbeeindruckt von seiner Gefährlichkeit strich er ihr über die Nase. Dem Flugtier schien das zu gefallen. Es reckte ihm den

Kopf entgegen und schloss für eine Weile die Augen. Ein Geräusch, das mich stark an das Schnurren einer Katze erinnerte, drang dabei aus seinem geschlossenen Maul. Sogar die Flügel breitete es entspannt aus. Hätte sich an seiner Stelle eine Hauskatze befunden, hätte ich das Schwanzzucken für ein Zeichen höchster Extasse gehalten. Bei seiner Größe allerdings wirkte es eher bedrohlich, zumal die Schwingungen des Bodens bis zu mir spürbar waren.

Nachdem ich den beiden einige Augenblicke der Zweisamkeit gegönnt hatte, fand ich es an der Zeit, meine Aufgabe zu Ende zu bringen. Aufgrund meiner Erlebnisse mit den anderen magischen Wesen war mir zwar nicht wohl dabei, dennoch wollte ich es so schnell wie möglich hinter mich bringen. Mit einem bis in den Hals hinauf klopfendem Herzen, schweißnassen Händen, die ich ständig an meinen Hosenbeinen abzuwischen versuchte und einem Zittern, dass durch meinen Leib lief, fasste ich mir ein Herz. Noch einmal noch tief durchatmend stellte ich in Gedanken die Frage: *„Wie kann ich Adalar helfen, sich zurück in den Gott des Windes zu verwandeln?"* Diesmal gab es weder einen Drutmar, der den Zorn der Göttin der Erde heraufbeschwören konnte, noch einen Ebermut, der mir seinen Dolch in den Nacken stoßen würde. Das hatte Dilar so wütend gemacht, dass er sich in den Gott des Wassers verwandelt hatte.

Eine ähnliche Begegnung, wie ich sie mit meinen Halbbrüdern erlebt hatte, traute ich den wenigsten Menschen zu. Bis vor kurzem wäre mir nur der Name eines einzigen Erwachsenen aus meiner adligen Verwandtschaft eingefallen: Dekert von Karelien. Allerdings hatte er sich, seit ich mit den Kindern auf die Burg zurückgekehrt war, dermaßen im Wesen verändert, dass ich ihm das Schicksal der beiden nicht mehr wünschte. Doch, wenn er es nicht sein sollte, der in der Prophezeiung genannt wurde, wer war dann gemeint? Hieß es in dem Gedicht über die Götterintrigen nicht, dass ein Menschenkind den Tribut zahlen würde? Ein Kind? War das wörtlich gemeint? Sollte es etwa einen meiner Halbbrüder aus der Verbindung mit Baronin Bianca treffen?

Ich war dermaßen in meine Befürchtungen verstrickt, dass ich zusammenfuhr, als mir die jugendliche Stimme des Drachen in Gedanken antwortete: *„Ihr Menschen habt es immer so eilig. Dabei habe ich gehört, dass ihr so auf Höflichkeit bedacht seid. Stellt ihr euch nicht einander vor, wenn ihr euch zum ersten Mal begegnet? Mein Name ist Lung. Er bedeutet Wind. Der Gott des Windes wird von einem Drachen erwartet, der selbst Wind heißt."* Das magische Wesen kicherte. Allerdings war seine Stimme in meinem Kopf dermaßen laut, dass ich schon befürchtete, er würde mir platzen.

„Mein Name ist Fanai, was Wanderer bedeutet", entgegnete ich ihm auf die gleiche Weise, nur nicht so laut. *„Den Jungen kennst du bereits als den Gott des Windes. Als Mensch nennt er sich Adalar. Und da du von Höflichkeit sprichst, möchte ich dich bitten etwas leiser zu denken. Das Haupt eines Menschen ist nicht dafür ausgelegt, von den Gedanken eines Drachen gesprengt zu werden."*

„Oh, das war nicht meine Absicht", äußerte er sich schon wesentlich leiser. *„Ist es so besser?"*

„Besser schon, aber kannst du vielleicht noch etwas leiser denken? Für mich hört es sich so an, als würdest du dicht vor mir stehen und mir ins Ohr schreien." Demonstrativ steckte ich mir die Finger in die Ohren, um das unangenehme Klingeln loszuwerden.

„Ihr seid ja so empfindlich!" Sein Stöhnen erfolgte in einem volltönenden, aber erträglichen Ton.

„Auf diese Lautstärke können wir uns einigen, Lung, obgleich deine Stimme noch immer in meinen Ohren dröhnt. Aber lassen wir das jetzt. Sag mir lieber, was ich tun kann, damit Adalar wieder zum Gott des Windes wird. Du bist doch sicherlich gekommen, um dazu beizutragen, den Bann des Feuergottes zu lösen?" Diese Gedankenverbindung war für mich anstrengend, vor allem, wenn ich dem Wesen etwas mitzuteilen hatte. Das Empfangen seiner Worte fiel mir hingegen leicht.

„Ich weiß es nicht. – Aber du brauchst dich nicht so anzustrengen, wenn du mir etwas gedanklich übermitteln willst. Denke es einfach, als würdest du mit mir laut reden. Du musst allerdings noch lernen deine Gedanken abzuschirmen, die du für dich behalten möchtest. Momentan kann ich alles hören, wenn du überlegst."

„Das heißt, ... "

„Du bist verzweifelt, weil ich dir die Lösung für die Erlösung – tolles Wortspiel, findest du nicht auch? – nicht nennen kann. Du hast Angst vor mir, weil ich so groß bin und ein Prankenhieb dich schwer verletzen oder gar töten könnte. Außerdem könnte ich dich mit meinem Feuer verbrennen. Reicht dir das als Beispiel aus? "

„Ich habe verstanden. Keiner meiner Gedanken ist vor dir sicher. Und dir liegt verständlicherweise im Augenblick auch nichts daran, dass sich dies ändert. "

„Du hast es erfasst. Gar nicht so dumm für einen Menschen. Aber ich verspreche dir, dass dir die Gabe zuteil wird, deine Gedanken abzuschirmen, ohne, dass du es aufwendig lernen musst. "

„Daraus schließe ich, dass du nicht vor hast mir irgendetwas zu tun. "

„Sollte ich? – Oh, natürlich! Bisher hast du nicht nur gute Erinnerungen an die Begegnungen mit den magischen Geschöpfen, welche die Götter erwartet haben. Von einem Einhorn aufgespießt zu werden, auch wenn es ein Versehen war, stelle ich mir nicht gerade lustig vor. Und auch die Umarmung der Regenbogenschlange Kastehelmi war bestimmt schmerzhaft. Aber ich glaube, dass deine Opfer nötig waren, um die Göttin der Erde und den Gott des Wassers daran zu erinnern, wer sie wirklich sind. Dafür war das Eingreifen deiner Halbbrüder notwendig. Jetzt allerdings bist du ratlos, weil du keinen Bruder mehr besitzt, dem du ein Schicksal wie das von Drutmar und Ebermut gönnst. Laut der Prophezeiung müsste es aber noch jemanden aus deiner Familie geben, den ein ähnliches Schicksal ereilt. "

„Da ich vor dir ohnehin nichts geheim halten kann, gebe ich zu, dass ich schon an meinen Vater Dekert von Karelien gedacht habe. Ihm hätte ich es noch bis vor kurzem gegönnt. Nun aber ... "

„Der Mann hat sich sehr verändert und ist zu dem geworden, wie du dir einen Vater immer vorgestellt hast. Deshalb wünschst du ihm jetzt kein so grausames Ende. Aber, was, wenn es der einzige Weg wäre aus Adalar wieder den Gott des Windes werden zu lassen? "

Der Knabe war mittlerweile auf Lungs Rücken geklettert.

176

Irgendwie musste er es geschafft haben, sich zwischen die spitzen Dornfortsätze zu setzen. Es war schon ein beeindruckendes Bild.

Für einen Moment war ich abgelenkt und stellte mir vor, wie es wäre an seiner Stelle zu sein und auf dem Rücken des Drachen über die Berge zu fliegen.

„Du schweifst ab", Fanai.

„Es tut mir leid. – Und du schreist wieder, Lung."

„Entschuldige, aber leise zu denken finde ich anstrengend. Sag mir, würdest du es zulassen, dass der Mann, der sich Dekert von Karelien nennt, seine Gestalt verändert, um die Prophezeiung zu erfüllen?"

„Ich habe also Recht. Er ist das dritte Opfer aus meiner Familie. – Und wenn ich ..."

„Das habe ich so nicht gesagt."

„Aber ..."

„Baron Dekert!", rief in diesem Moment Adalar aus und zeigte hinter mich.

Erschrocken drehte ich mich um, konnte aber niemanden sehen. Schon wollte ich mich wieder dem Drachen zuwenden, als mein Vater um die letzte Wegkehre kam und das Plateau erreichte.

Der Knabe hatte ihn von seinem erhöhten Sitz aus viel eher erblickt. Leider beging er in seiner Begeisterung, den Mann wieder zu sehen einen folgenschweren Fehler. Adalar sprang von Lungs Rücken und lief an mir vorbei auf den Baron zu.

„Nicht, Adalar! Er meint es nicht ehrlich", warnte ich und versuchte ihn am Gewand zu erwischen, griff aber ins Leere. Fast hätte mein eigener Schwung dafür gesorgt, dass ich auf dem steinigen Boden stürzte. Dank der vielfältigen Übungen mit meinen Oheimen konnte ich mich im letzten Augenblick aber noch abfangen. Inzwischen lag der Knabe bereits in den ihn umschließenden Armen meines Vaters.

„Wir freuen uns auch, Euch so wohlbehalten anzutreffen, Adalar", sagte dieser mit einem seltsamen Unterton in der Stimme. Bereits kurze Zeit später wusste ich, dass meine Warnung ihre Berechtigung gehabt hatte.

Unfähig, etwas dagegen zu unternehmen, musste ich mitansehen, wie der Baron Adalar zunächst loszulassen schien. Doch noch bevor der Knabe begriff, was er mit ihm vorhatte, drehte er ihn mit dem Gesicht in meine Richtung. Einen Arm legte er um Adalars Brust und presste ihn gegen sich. Mit der freien Hand zog er seinen Dolch aus der Scheide und setzte ihm die Klinge an den Hals. Aus dem sich eben noch über die Ankunft seines Gönners freudig zappelnden Jungen wurde ein erstarrtes, verängstigtes Kind. Hilfe suchend sah es mich an.

Hinter mir schnaubte der Drache erbost, blieb aber zum Glück, wo er war. Weder er, noch ich konnten etwas zur Rettung Adalars tun, ohne diesen zu gefährden. Im gleichen Augenblick wurde mir klar, dass Dekert von Karelien mich die letzten Wochen derart eingewickelt hatte mit seiner Freundlichkeit den Kindern und mir gegenüber, dass ich schon bereit gewesen wäre mich an seiner Stelle zu opfern. Seine jetzige Handlung hatte mich auch nur deshalb so überrumpeln können, weil ich aufrichtig an seine Wandlung geglaubt hatte. Wie hatte ich nur so dumm sein können!

Meine Gedanken rasten, während mir der Schweiß ausbrach, das Herz schien aus der Brust zu springen und mein Atemrhythmus vervielfachte sich. Wenn dem Knaben auch nur das Geringste geschähe, würde Lung toben. Ich hatte zwar keine Ahnung, zu was ein wütender Drache fähig war, allerdings wollte ich es auch nicht erleben. In meiner jetzigen Lage käme mir die Ruhe und Ausgeglichenheit, die mir Marzellus und Rabanus beizubringen versucht hatten, gelegen. Leider fand ich sie nicht so schnell. Mein Kopf war leer.

„Tu etwas, Fanai!", hörte ich da die besorgte Gedankenstimme Lungs. *„Wenn Adalar sich nicht in den Gott des Windes zurückverwandeln kann, hat der Gott des Feuers gewonnen."*

„Ich … würde … ja gerne", begann ich mühsam die Worte zusammenzusuchen. Plötzlich fiel es mir wie Schuppen von den Augen: Mein Vater stand unter dem Bann des Feuergottes. Natürlich! Warum wollte er ausgerechnet die Kinder des Grafen von Matricaria auf seine Burg holen? Er wusste, wer sie in Wirklichkeit waren. Es hatte sich ja alles so schön angelassen. Ich hatte ihm die

Geschwister zugeführt, wodurch er sie in Vertretung des Feuergottes in seine Gewalt bekam. Dann aber hatte ich seinen Plan durchkreuzt, indem ich Catandra und Dilar erlöste. Doch noch hatte er den Gott des Windes in seiner Obhut. Dadurch schuf er sich die Möglichkeit einen größeren Herrschaftsbereich als die restlichen Götter zu behalten. Nachdem ich mit Adalar heimlich aufgebrochen war, musste er befürchten, dass ich es auch noch schaffen würde aus dem Jungen wieder den Windgott zu machen. Da ich an den Feuergott nicht herankam und auch gar nicht vorhatte mich mit diesem zu messen, musste ich versuchen, die Gefühle meines Vaters für mich zu gewinnen. Es würde sich jetzt zeigen, ob ich ihn all die Jahre richtig eingeschätzt hatte. Erst dann hätte der Knabe die Chance, zu Lung zu fliehen und war somit vorläufig in Sicherheit. Ich aber würde mein Leben riskieren, falls mein Plan aufging.

„Vater", rief ich ihm zu und straffte meine Gestalt. Ich wusste, dass er es hasste, wenn ich ihn so ansprach, zumal, wenn wir nicht allein waren. Und noch etwas ließ ihn wütend werden: Ein Untergebener, der ihm ins Gesicht sah. Genau das tat ich. Es fiel mir schwer den Blickkontakt zu halten, aber es musste sein. Auch hierfür hatten mir Sir Marzellus und Sir Rabanus einige Tipps gegeben, als hätten sie geahnt, dass ich diese Ratschläge bald gebrauchen könnte. Ich solle zwar genau in seine Richtung sehen und dabei den Anschein erwecken, ihm in die Augen zu blicken. In Wirklichkeit fixierte ich einen Punkt hinter ihm.

„Wie kannst du es wagen, Bastard, Uns vor dem Knaben so anzureden? Und was starrst du Uns an? Senke gefälligst den Blick, wie es sich für Gesinde wie dich gehört!" Seine Augen verengten sich zu Schlitzen und die Anspannung in seinem Leib war deutlich erkennbar.

Ich hatte den Grundstein zu seiner Verärgerung gelegt. Jetzt musste ich weitermachen. Wenn ich ihn soweit brachte, dass er seine Aufmerksamkeit ganz auf mich richtete und ihm Adalar gleichgültig war, würde er ihn bald als lästig von sich weg schieben. Allerdings musste ich darauf gefasst sein, dass er dann auf mich losgehen würde. Aber noch hatte ich ihn nicht so weit.

„Aber es entspricht doch der Wahrheit, dass Ihr, der Baron Dekert von Karelien, mein leiblicher Vater seid. Wann endlich erkennt Ihr mich an? Gerade jetzt, nachdem Eure ältesten Söhne auf so unrühmliche Art das Feld geräumt haben, wäre es da nicht an der Zeit, es zu tun? Wer kann wissen, was Romuald noch zustößt, bevor Ihr ihn als Euren Erben einsetzen könnt? Ich wäre bereit, zu lernen, was immer ich für meine neue Stellung wissen muss. Ihr habt zwei großartige Männer als Eure Leibwächter eingestellt. Sir Marzellus ist bewandert in allen schriftlichen Belangen, die für die Verwaltung Eurer Besitzungen notwendig sind. Sir Rabanus ist ein meisterlicher Kämpfer, der zu Recht die Stellung Eures Waffenmeisters bekleidet. Ich bin mir sicher, dass er aus mir innerhalb kürzester Zeit einen brauchbaren Kämpen machen würde."

„Was fällt dir ein, du kleines Miststück!", schrie Dekert von Karelien mich an. In seiner Rage nahm er den Dolch von Adalars Hals, ließ den Jungen los und gab ihm sogar noch einen Schubs.

Adalar stolperte zwar, konnte sich allerdings noch rechtzeitig fangen und ergriff die Gelegenheit, zu dem Drachen zu fliehen. Obwohl der Jüngling noch recht verstört schien, als er an mir vorbei lief, glaubte ich kurz, ein dankbares Lächeln in seinem Gesicht aufblitzen zu sehen.

Dadurch abgelenkt, hatte ich nicht mehr auf meinen Vater geachtet. Der hatte indessen die Chance genutzt und sein Schwert gezückt. Zu meiner Erleichterung hatte er seinen Dolch wieder in die Scheide gesteckt. Noch fühlte ich mich nicht erfahren genug, um mich einem Gegner zu stellen, der mit zwei Waffen gleichzeitig kämpfte. Trotzdem erschrak ich, nachdem ich feststellen musste dass er in den wenigen Augenblicken bis auf Kampfweite auf mich zugekommen war. Zu meinem Glück hatte er noch genug Ehre im Leib, sich nicht sofort auf mich zu stürzen. Sichtlich erregt blieb er stehen und musterte mich von oben bis unten.

„Nun, Sohn", spuckte er die Worte förmlich aus, „willst du dich vor dem Kampf drücken, den du mit Absicht heraufbeschworen hast? Zeig Uns, wie gut Unser von dir so gerühmter Waffenmeister dich ausgebildet hat! Oder waren deine Worte nichts als heißer Dampf?

Beweise Uns, dass du das Zeug zu Unserem Erben hast!"

„Nicht reizen lassen!", sagte ich mir in Gedanken immer wieder. Meine aufsteigende Panik bekämpfte ich mit den mir von Sir Marzellus gezeigten Atemübungen sowie den Muskelan- und - entspannungen. Dabei vermied ich es weiterhin, meinem Vater ins puterrote Gesicht zu blicken.

Für ihn musste es eine enorme Anstrengung bedeuten sich zurückzunehmen, seine ganze Gestalt wirkte auf mich verkrampft. Sein Atem ging schnell und die Finger seiner unbewaffneten Hand bewegten sich scheinbar ohne sein Zutun. Vor sichtlicher Ungeduld wechselte er schließlich die Schwerthand.

Erst jetzt kam mir in den Sinn, dass ich ihn seit Drutmars Verwandlung in den Puter nicht ein einziges Mal bei einem Übungskampf gesehen hatte. Insgeheim hoffte ich, dass dem wirklich so war. Für mich hätte es zumindest den Vorteil, dass er nicht so geschmeidig sein würde. Andererseits konnte ich so auch seine Fähigkeiten und Kampftechniken nicht beurteilen. Für einen solchen Fall hatte Sir Rabanus mir geraten, den Kampf langsam zu beginnen und meinen Gegner handeln zu lassen. Die Beobachtungen, die ich dabei machte, konnte ich zu meinem Vorteil nutzen. Aber er hatte ja auch gut reden. Zum einen war er ein Ritter und damit von Jugend an mit dem Schwert vertraut und zum zweiten übte er jeden Tag mit einem ihm ebenbürtigen Gefährten. Zusätzlich bildete er die Wachmannschaft aus.

Ich hingegen hatte erst seit wenigen Wochen Unterricht erhalten. Wenn ich auch recht schnell lernte, so konnte ich ganz gewiss die lebenslange Erfahrung meines Vaters nicht wettmachen. Dieser Kampf stand unter keinem guten Stern. Dennoch musste ich mich ihm stellen. Schließlich hatte ich ihn heraufbeschworen.

„Hast du es dir anders überlegt, Feigling? Sind dir Bedenken gekommen, jetzt, wo es ernst wird? Hat dich der Mut verlassen? War alles nur leeres Geschwätz?" Der Baron sah mich mit einem überheblichen Grinsen an, das ich nur aus dem Augenwinkel wahrnahm.

„Nein, Vater!", entgegnete ich mit ruhiger Stimme und zog nun meinerseits die Waffe.

„Das soll ein Schwert sein?" Ein hämisches Lachen schüttelte mein Gegenüber, während seine freie Hand darauf zeigte.

Ich ging gar nicht darauf ein. Warum sollte ich ihm erklären, dass das Geschenk der Erdgöttin weit besser als eine Hegranerklinge war?

„Wollen wir uns über unsere Waffen austauschen oder …?"

Er ließ mich nicht ausreden, sondern griff unvermittelt an. Reflexartig parierte ich seinen Hieb, der auf mein Handgelenk abzielte. Es folgte Schlag auf Schlag. Mir blieb keine Zeit, seinen Kampfstil zu erforschen. Ich war vollends damit beschäftigt, mich zu verteidigen. Mit seinen hageldichten Angriffen ließ er mir keine Möglichkeit, mir eine Taktik einfallen zu lassen, wie ich die Führung an mich reißen konnte. Seine Art der Gefechtsführung beruhte darauf, mich möglichst schnell zu ermüden. Wahrscheinlich rechnete er damit, dass mein Arm von der Wucht der Hiebe ziemlich zeitnah erlahmen würde. Dann würde schon ein gezielter Stoß von ihm unsere Auseinandersetzung beenden.

Schon nach nur wenigen harten Schlägen seinerseits schmerzte mein Schwertarm. Die vielen kleinen blutenden Schnitte seiner Treffer machten mir zusätzlich zu schaffen. Trotzdem biss ich die Zähne zusammen. Einmal musste seine durch Wut angestachelte Kampfweise auch ihn erschöpfen. Diese Chance musste ich nutzen, um ihm eine Wunde beizubringen, die ihn kampfunfähig machte. Auf die Idee, meinen Vater zu töten, kam ich gar nicht. Ich war einzig und allein damit beschäftig nicht ernsthaft verletzt zu werden.

Er war eindeutig der bessere Kämpfer. Seiner jahrzehntelangen Erfahrung im Umgang mit dem Schwert konnte ich nur wenig entgegensetzen. Die wenigen Wochen, welche mir zur Verfügung gestanden hatten, um mir die Grundkenntnisse des Schwertkampfes anzueignen reichten bei Weitem nicht aus, ihn zu besiegen. Außerdem kam auch die unebene Beschaffenheit unseres Kampfplatzes als erschwerender Faktor hinzu. Zum größten Teil bestand der Boden aus einem weichen Gras- und Kräuterteppich. Dazwischen ragten aber auch mehr oder weniger große Steine hervor, die mich des Öfteren straucheln ließen. Sie waren eine weitere Ursache für die Schnittverletzungen, die mein Vater mir zufügte.

Irgendwann spürte ich meinen Schwertarm fast nicht mehr. Die unzähligen kleinen blutenden Wunden schwächten mich. Dies war wohl auch der Grund, warum ich unaufmerksam wurde. Zwar konnte ich dem nächsten, auf meine Brust gezielten Schwerthieb ausweichen, übersah dabei aber einen hinter mir aus dem Boden ragenden Stein. Vielleicht hätte ich das Kommende noch hinauszögern können, wenn in meinem Rücken nicht noch ein großer Felsbrocken aufgeragt hätte. So allerdings stolperte ich über den Stein und prallte zunächst mit dem Rücken, gefolgt vom Hinterkopf gegen den Felsbrocken. Der Aufschlag reichte aus, um mir das Schwert aus der Hand zu prellen und sämtliche Luft aus meinen Lungen zu pressen. Der Schmerz allein war schon überwältigend und betäubte mich. Kurz darauf verlor ich die Besinnung.

Als ich wieder zu mir kam, glaubte ich, mein Schädel müsse jeden Augenblick platzen. Kaum hatte ich die Augen geöffnet, schloss ich sie, begleitet von einem gequälten Aufstöhnen, auch schon wieder. Das grelle Licht, verbunden mit dem Gefühl einen fassgroßen Kopf auf den Schultern zu tragen, war schon schlimm genug. Aber auch mein restlicher Körper schien ein einziger Schmerz zu sein. Allzu gerne hätte ich mich wieder in die dunkle Umarmung des Vergessens begeben. Dort tat mir wenigstens nichts weh, mich blendete keine Sonne und ich musste auch nicht dem Tod ins Auge sehen. Wahrscheinlich hätte ich dem Verlangen auch nachgegeben, wenn in diesem Moment nicht Adalars Stimme erklungen wäre.

„Baron Dekert, sofort lasst Ihr Fanai los!"

Die Worte hallten in meinem Inneren schmerzhaft wider, ohne, dass ich recht begriff was er damit meinte. Doch irgendetwas sagte mir, dass es wichtig war die Augen zu öffnen. Allein diese kleine Bewegung kostete mich enorm viel Überwindung.

Obwohl ich nur durch einen winzigen Spalt blickte, war mir das grelle Licht bereits zuviel. Außerdem nahm ich meine Umgebung nur verschwommen war. Auch meine Erinnerung an den vergangenen Kampf drang nur tröpfchenweise in mein Bewusstsein.

Erst die Stimme meines Vaters dicht an meinem Ohr machte mir mit einem Schlag klar, dass hier etwas ganz und gar nicht stimmte.

„Na, du großer Kämpfer, es ist wohl doch nicht so weit her mit deinen Fähigkeiten?"

„Wieso steht er so dicht hinter mir?"

Kaum hatte ich diese Frage geformt, sah ich ein Bild vor mir, das nicht aus meinem Blickwinkel stammen konnte. Dies begriff ich aber erst nach und nach.

Ich sah mich von vorn. Dicht hinter mir stand mein Vater. Er hatte einen Arm um meinen Brustkorb gelegt und drückte mich mit dem Rücken gegen den seinigen. Aufgrund meiner lockeren Haltung schloss ich, dass er mir mit dieser Geste wohl die nötige Standfestigkeit verlieh. Mit dieser Erkenntnis hätte ich zufrieden sein können. Allerdings zeigte mir der Blick durch die fremden Augen noch zwei wichtige Einzelheiten. Meine Arme befanden sich nicht vor dem stützenden Arm des Barons, sondern wurden durch ihn an meinen Leib gepresst. Was mir aber die Gefährlichkeit meiner Lage vollends bewusst machte, war der Umstand, dass mein Vater MEIN Schwert in der anderen Hand hielt. Die Klinge lag quer vor meinem Hals. Die kleinste Regung konnte dazu führen, dass ich mir an den äußerst scharfen Windungen des Horns die Kehle aufschlitzte.

„Verloren! *Es ist vorbei!"* Aus dieser Lage gab es kein Entkommen. Ich gab mich auf. Sollte er doch diese kleine Bewegung durchführen und damit meinem Leben ein Ende setzen! Dass er es noch nicht getan hatte, während ich bewusstlos war, sah meinem Vater ähnlich. Nicht, dass es ihm etwas ausgemacht hätte, einen Wehrlosen zu töten. Vielmehr genoss er es, die Macht auszukosten, dass er entscheiden konnte wie und wann seine Hand den Tod brachte.

„Fanai, hör mir zu!" Die Stimme in meinem Kopf drang laut durch das Pochen des Schmerzes hindurch. Ich konnte sie gar nicht ausklammern. *„Denk daran, was Catandra dir über magische Waffen gesagt hat."*

Warum sollte ich mich mit solchen Nebensächlichkeiten belasten, wenn doch im nächsten Augenblick ohnehin nichts mehr zählte?

Lung musste wohl die richtigen Schlüsse aus meiner Handlungslosigkeit gezogen haben, denn noch einmal meldete er sich gedanklich. *„Die Waffe an deinem Hals ist deine eigene."*

„Lass mich in Ruhe! Ich kann nicht mehr!" Es bedeutete für mich eine ungeheure Anstrengung, ihm diese Antwort zu senden.

„Was bist du so schwer von Begriff! Mit diesem Schwert kann er dich nicht verletzen. – Und jetzt bequeme dich endlich zu handeln! Du hast noch eine Aufgabe zu erfüllen, bevor du in Selbstmitleid versinkst."

Sein Geschrei dröhnte dermaßen unangenehm in meinem Schädel, dass es mehr schmerzte, als die körperliche Verletzung. Andererseits durchströmte mich wieder ein Gefühl der Hoffnung. Wenn auch mein Denken durch das Pochen in meinem Hinterkopf stark eingeschränkt war, so bildete sich doch ein Plan.

„Und was gedenkst du nun zu tun, selbsternannter Erbe des Hauses von Karelien?" Die Stimme meines Vaters triefte nur so vor Hohn. Er suhlte sich regelrecht in seiner Macht.

Es wäre reine Kraftverschwendung gewesen, ihm zu antworten. Stattdessen trat ich beherzt mit dem Stiefelabsatz auf seine Zehen. Im selben Moment spannte ich den gesamten Körper an. Eine Schmerzwelle überflutete mich. Der Nebel einer Bewusstlosigkeit wollte sich in meinem Kopf breitmachen. Aufschreiend kämpfte ich dagegen an. Dann ging alles ganz schnell. Plötzlich ließ mein Vater nicht nur mein Schwert fallen, sondern er gab mich frei. Meines Halts beraubt, torkelte ich einige Schritte nach vorn, bevor ich mich mühsam wieder fing. Ein brusthoher Felsbrocken diente mir als Stütze.

Ich fühlte mich, als hätte ich zuviel getrunken und wäre anschließend in eine Schlägerei geraten. Meine Muskeln rebellierten schmerzhaft gegen jede Bewegung. Immer wieder kehrte der dichte Nebel in mein Haupt zurück. Allein dieser Kampf kostete mich schon fast meine ganzen Kraftreserven. Doch da war ja immer noch die Gefahr, welche von meinem Vater ausging, der sich hinter mir befand. Und Adalar hatte sich noch immer nicht in den Gott des Windes verwandelt.

„Wünsch dir dein Schwert zurück, Fanai!", meldete sich Lung wieder drängend in meinen Gedanken.

„Oh, ja! Er hat Recht!" Ich hatte gar nicht mehr an die besondere Fähigkeit dieser Waffe gedacht. Dieses Hornschwert ließ sich von mir in meine Hand wünschen. Ich hatte diese Eigentümlichkeit durch Zufall herausgefunden, als Rabanus mich nicht nur entwaffnet, sondern auch noch einen Fuß auf mein Schwert gestellt hatte. Unbewusst hatte ich gedacht, wie überrascht er wohl sein würde, wenn die Waffe sich plötzlich durch die Luft zu mir bewegen würde. Fast im selben Augenblick wurde mein Wunsch war. Wir beide sahen uns daraufhin ziemlich verblüfft an. Danach hatte ich diese Eigenschaft noch viele Male erprobt.

Jetzt konnte sich diese Fähigkeit als Rettung erweisen. Noch bevor ich richtig darüber nachgedacht hatte, hielt ich meine Waffe in der Faust.

Fast im gleichen Augenblick erklang Adalars Warnruf: „Vorsicht, Fanai!"

Ich drehte mich mit erhobener Waffe so schnell um, wie es mein geschundener Leib zuließ. Keinen Moment zu früh. Noch ehe ich begriff, dass der aufs äußerste gereizte Dekert von Karelien mit gezücktem Schwert vor mir stand, prallte es auch schon auf das meine. Ein Schmerz jagte durch meinen Arm bis zur Schulter hinauf. Fast hätte ich die Faust geöffnet und mich damit selbst entwaffnet. Mit einem Aufschrei quittierte ich diese Überlastung meiner Muskeln. Die Wut gab mir die Kraft, meine Waffe von der seinen zu lösen. Allerdings besaß ich nicht mehr die Schnelligkeit, auf seinen nächsten Hieb genauso rasch zu kontern. Schon sah ich die im Sonnenlicht reflektierende Stahlklinge auf mich zusausen.

„N-E-I-N!" Der Schrei erklang aus Adalars Mund.

Gleichzeitig spürte ich einen eisigen Wind, der mich packte und zu Boden warf. Keinen Augenblick zu früh, denn schon im nächsten Moment hätte sich die Schwertspitze in meine Brust gebohrt. So prallte das Metall Funken schlagend gegen den Felsbrocken, vor dem ich zuvor gestanden hatte.

Mein Vater schien genauso verblüfft wie ich zu sein. Er starrte erst auf seine Waffe, dann sah er auf mich hinunter. Ich vermutete, dass er annahm, ich hätte dieses Wunder vollbracht. Leider dauerte seine Verwirrung nur wenige Atemzüge lang. Dann ging ihm wohl auf, dass ich bewegungsunfähig zwischen ihm und dem Felsbrocken in Gras lag. Eine bessere Gelegenheit, mich endgültig ins Jenseits zu befördern, würde sich ihm nicht mehr bieten.

Der neuerliche Aufprall hatte dafür gesorgt, dass ich mich nicht mehr rühren konnte. Das Schwert war mir aus der Hand gefallen. Obwohl es nur wenige Fingerbreit neben mir lag, spürte ich, dass ich nicht mehr fähig sein würde, die Faust darum zu schließen. Ich fühlte außer meinem heftig schmerzenden Kopf nichts mehr. Mein Leib schien nicht mehr vorhanden zu sein. Jedenfalls hatte ich keine Gewalt mehr über ihn. Alles was sich unterhalb meines Halses befand gehörte nicht mehr zu mir. Ich bestand nur noch aus einem höllisch pochenden Haupt.

„Macht ein Ende, Vater! Ich werde nie mehr kämpfen können. Meine Zeit ist gekommen. Ich spüre meinen Leib schon nicht mehr. Es war vermessen, zu glauben, ich hätte Adalar dazu verhelfen können, wieder zum Gott des Windes zu werden. Ich habe versagt. Richtet ihm aus, dass es mir leid tut!"

„*Du hast nicht versagt, Fanai.*" Lungs jubilierende Stimme in meinem Geist tat so gut.

Erleichtert, meinen Schwur gehalten zu haben, bevor ich starb, atmete ich tief durch. „Das ist gut. Dann ist Adalar zum Gott des Windes geworden. Die Prophezeiung ist erfüllt. Ich werde nicht mehr gebraucht." Ich hatte die Worte laut ausgesprochen, dabei auf das zum Stoß erhobene Schwert des über mich gebeugten Barons Dekert von Karelien geschaut und mich gewundert, warum er es mir nicht in die Brust stieß.

„Die Prophezeiung mag ja erfüllt sein, aber auch deinen Schwur solltest du halten", erinnerte mich eine wohlbekannte Stimme an den Tag, als ich mit den Kindern auf die Burg meines Vaters zurückgekehrt war.

Zunächst glaubte ich, dass der Windgott mit mir gesprochen hatte, allerdings hätten die Worte dann hinter mir erklingen müssen. Sie kamen aber eindeutig aus dem Mund des Mannes, den ich bis zu diesem Augenblick noch als meinen Vater bezeichnet hätte. Überrascht durfte ich mit ansehen, wie er sein Schwert nicht nur senkte, sondern auch zurück in die Scheide gleiten ließ. Irritiert blickte ich ihn an.

Schon glaubte ich, dass jetzt auch meine Augen versagen würden, denn sein Gesicht verschwamm kurz bevor ich in das eines viel jünger aussehenden Mannes blickte. Meiner Ansicht nach konnte er kaum fünfunddreißig Sommer erlebt haben, während mein Vater bereits deren fünfzig hinter sich hatte. Die seltsam helle Iris, von der ich stets geglaubt hatte, dass sie bis auf den Grund meiner Seele schauen konnte, wurde von einem Augenblick zum anderen so dunkel wie Kohle. Auch die gewellten, schwarzen, bis über die Schultern reichenden Haare hatten nichts mit den stets kurz geschorenen ergrauten gemein, die ich mein Leben lang an ihm gekannt hatte. Und noch etwas war an dieser Frisur seltsam: Die das Gesicht zu beiden Seiten einrahmenden Strähnen schienen aus lauter Dreiecken zu bestehen. Die aneinander gereihten Spitzen zeigten in Richtung seines Antlitzes. Ich sagte mir, dass ich träumte, anders konnte ich mir diese Erscheinung nicht erklären. Vielleicht starb ich gerade und wünschte mir ein bekanntes Gesicht herbei.

„Ich denke, dass du mich nun genug angestarrt hast, Fanai", äußerte sich mein Großvater und hockte sich mit einem Lächeln im Gesicht neben mich. „Es wird Zeit, dass ich mich vorstelle. Mein Name ist Rell-Peras und ich bin …"

„… der Großmeister der Elementeritter", beendete ich seinen Satz verblüfft. Sofort verwandelte sich auch seine Kleidung. Aus dem einfachen braunen Hemd und der ebenso gefärbten Hose wurde die Uniform der Elementeritter.

„Dem ist nichts hinzuzufügen. – Allerdings sollten wir uns jetzt erst einmal um deine Verletzungen kümmern. Später haben wir genügend Zeit, um einige Dinge klar zu stellen", ergriff der Magier das Wort und nahm mich auf seine starken Arme. „Lung, ich wäre dir sehr verbunden, wenn du uns zu dieser warmen Heilquelle fliegen könntest." Der schlanke, aber muskulöse Mann sprach die Worte laut aus.

„Es ist mir eine Ehre dem Wanderer meine Dankbarkeit auf diese Weise zeigen zu können", entgegnete das geflügelte Tier in meinen Gedanken.

„Aber, Ihr seid doch auch ein Heiler, wieso ...", wollte ich wissen, während er mit mir zu dem Drachen ging.

„Weil ich nicht die umfassenden Heilkräfte besitzt, um solch schwere Verletzungen wie die deinen zu behandeln. Der Hochkönig Jolar tu-Jas-Joklas wäre dazu in der Lage. Mir ist diese Gabe leider nicht in vollem Umfang gegeben. Die Schwere deiner Verletzungen erfordert einen naomh, also einen magischen Heiler. Deine kleineren Wunden, wie die von dem Schwert verursachten Schnitte, könnte ich heilen. Da du dir bei deinen Stürzen aber mehrere Brüche zugezogen hast, fühle ich mich außerstande, diese zu richten. Allerdings hast du Glück, dass eine heiße Heilquelle in der Nähe liegt." Die Erklärungen Rell-Peras` waren sehr aufschlussreich. Bisher war ich wirklich davon ausgegangen, dass jeder Magier auch gleichzeitig ein Heiler war. Schließlich hatte er ja schon einmal meine Wunden behandelt.

Mittlerweile hatten wir Lung erreicht. Auf seinem Rücken saß ein junger Mann, der eine ältere Ausgabe Adalars darstellte. Doch nicht nur seine Gestalt hatte sich verändert. Auch seine Kleidung bestand nicht mehr aus der erdbraunen Hose und dem nur wenig helleren Hemd. An ihrer Stelle trug er ein Gewand, das aus unzähligen pastellfarbigen Streifen zu bestehen schien. Der nebelartige Stoff bewegte sich in einem Luftzug um seinen Körper, der für mich nicht spürbar war. Trotzdem war er weder durchsichtig, noch konnte ich irgendwo einen Blick auf nackte Haut erhaschen. Seine ehemals cremefarben Stiefel hatten die Farbe eines dichten Novembernebels angenommen. Im Großen und Ganzen wirkte seine Erscheinung geheimnisvoll und ehrfurchtsgebietend.

Ich musste ihn wohl auch entsprechend angestarrt haben, denn er meinte: „Wenn du mich auch jetzt in meiner wahren Gestalt siehst, bleibe ich für dich dennoch Adalar. Und da ich dir viel zu verdanken habe, ist es wohl auch meine Aufgabe, dich zu der Heilquelle zu bringen. Sobald du genesen bist, werden Lung und ich dich hierher zurückbringen." Seine in meine Richtung ausgestreckten Arme unterstrichen seine Worte. „Du hast doch nichts dagegen, Rell?"

„Wie könnte ich? Obwohl ich den Ritt auf einem Drachen gerne noch einmal genossen hätte. Leider hatte ich in letzter Zeit nicht mehr die Gelegenheit zu einem derartigen Flug. Schade, dass mir für meine Reisen kein solch eindrucksvolles Fortbewegungsmittel zur Verfügung steht. Es würde den Mythos um mich noch mehren."

Als hätte ich für ihn kein Gewicht, reichte er mich an den Gott des Windes weiter. Adalar nahm meinen gefühllosen Körper genauso mühelos entgegen. Er setze ihn vor sich auf eine Stelle, an der sich keiner der spitzen Hornfortsätze befand. Dann schlang er beide Arme um meinen Oberkörper, wodurch er meinen Leib mit dem Rücken an seine Brust presste. Mein Kopf kam an seiner Schulter zu liegen. An meiner Wange spürte ich das weiche Gewand, dessen Struktur dem von Seide entsprach. Obwohl dieser Stoff auf so einer abgelegenen Burg, wie der, auf der ich aufgewachsen war, recht selten getragen wurde, hatte ich einmal ein solches Gewand berührt. Wenn ich mich recht erinnerte lag dieses Ereignis schon mehrere sekels zurück und war dem Umstand geschuldet, dass ich einer hochgestellten Dame vom Pferd geholfen hatte.

„Wir können starten, Lung!", gab der Gott des Windes das Kommando zum Abflug.

Der Drache setzte sich auch sogleich in Bewegung. Auf seinen kurzen Beinen rannte er immer schneller auf die Abbruchkante zu.

„Du brauchst keine Angst zu haben, Fanai, so sehr Lung uns jetzt auch durchschüttelt, wenn wir erst einmal in der Luft sind, wirst du feststellen, welch herrliches Erlebnis das Fliegen ist. Dann wirst du verstehen, warum Rell-Peras etwas enttäuscht war, dass er nicht mit dir aufbrechen durfte."

In diesem Moment erreichten wir das Ende des Plateaus. Der Drache breitete seine riesigen lederartigen Flügel aus und machte einen Satz in Richtung des Abgrunds. Zunächst sackten wir ein Stück ab und ich schrie erschrocken auf. Aber schon im nächsten Augenblick bewegten sich die Schwingen in kräftigen Schlägen und trugen uns in die Höhe.

„Fanai, vertraust du mir?", fragte Adalar unvermittelt.

Da ich den Kopf nicht bewegen konnte, war es mir unmöglich, in sein Gesicht zu schauen. So, wie er sein Haupt hielt, war sein Blick in die Ferne gerichtet.

„Was kann ich anderes tun? Da ich keine Gewalt mehr über meinen Leib habe, bin ich auf Gedeih und Verderb Eurem Wohlwollen ausgeliefert." Meine Gedanken rasten ob der Möglichkeiten, die er vorhaben könnte. Außerdem wurde mir kalt. Die Luft hier oben war nicht so warm wie auf dem Boden. Zusätzlich spürte ich eine leichte Übelkeit im Mund. Menschen waren nun einmal nicht dazu geschaffen, zu fliegen.

„Ich fühle, dass du in deinem jetzigen Zustand keinen Gefallen an unserem Flug hast. Das wird sich hoffentlich ändern, wenn dein Leib wieder geheilt ist. Deshalb habe ich mir überlegt, dass ich dich etwas schlafen lasse, bis wir an der Quelle gelandet sind."

Da auch mein Kopf noch immer schmerzte, kam mir sein Angebot sehr gelegen. „Ihr habt Recht. Was muss ich dafür tun?" Ich hoffte nur, dass er mich rechtzeitig weckte, bevor er mich im Wasser dieser Heilquelle womöglich noch ersäufte.

„Du brauchst nichts zu tun, als deinen Geist zu öffnen, als würdest du mit mir in Gedanken reden wollen. Das Gefühl der Müdigkeit wird sich dann einstellen und du wirst einschlafen."

„Gut", stimmte ich zu und versuchte das zu tun, was ich mit Lungs Hilfe bereits erfolgreich bewältigt hatte. Kaum hatte ich mich darauf eingestellt, glitt ich auch schon in einen tiefen, erholsamen Schlaf.

Viel zu schnell wurde ich von dem Gott des Windes wieder geweckt. Er hatte damit gewartet bis er mich vom Rücken des Drachen heruntergehoben und an den Rand der warmen Quelle getragen hatte. Diese entsprang aus einem Felsen und sammelte ihr Wasser erst einmal in einem Bassin von der Größe zweier hölzerner Badebottiche.

Da das warme Nass in der wesentlich kühleren Luft aufstieg, sah ich aus meiner Position heraus nichts von dem Tal.

„Ich werde mit dir in das Wasser steigen und dich hineinlegen. Du brauchst keine Angst zu haben, dass du darin ertrinkst. Zum einen ist das Becken nicht einmal knietief, zum anderen werde ich bei dir bleiben, bis du dich wieder allein erheben kannst. Ich weiß, dass du mit Catandra eine ganz andere Erfahrung gemacht hast. Allerdings war der Teich ja auch mit kaltem Wasser gefüllt. Das ist selbst für einen von uns Göttern keine angenehme Temperatur, solange wir einen menschlichen Leib tragen. Außerdem hat dir Dilar ja auch versprochen, dass dir Wasser nichts anhaben kann." Er drehte den Kopf so, dass ich sein Lächeln erkennen konnte. „Bist du bereit?"

„Das bin ich." Obwohl mir aufgrund meiner Erfahrung mit den Göttern sein Versprechen nicht die endgültige Sicherheit gab, blieb mir wohl keine Wahl.

Bevor wir in der vor uns aufsteigenden Nebelwand verschwanden, sah ich noch, dass sein einer Arm sich in meinen Kniekehlen befand. Der andere stützte meine Schultern und drückte mein Haupt an seine Brust. Abgesehen davon, dass ich ja schon festgestellt hatte, welche Kraft in seinen Gliedmaßen liegen musste, ging er mit mir wesentlich vorsichtiger um, als die Göttin der Erde. Vielleicht hatte er schon mehr Erfahrung mit der Zerbrechlichkeit von Menschen gesammelt als seine Schwester.

Kaum schlossen uns die Vorhänge aus Wassertropfen von allen Seiten ein, merkte ich, wie der Gott sich bückte. Dann ließ er mich sanft in die angenehm warme Flüssigkeit gleiten. Allerdings blieb eine seiner Hände stützend an meinem Kopf.

„Und, habe ich dir etwas versprochen, was ich nicht gehalten habe?" Seine Stimme klang belustigt.

„Bisher nicht", musste ich zugeben. Allein die Berührung mit dem Wasser vertrieb die pochenden Schmerzen in meinem Hinterkopf. Obgleich mir das Atmen schwer fiel, vertraute ich darauf, dass die Quelle – wenn ich nur lange genug durchhielt – auch meine anderen Verletzungen heilen würde.

„Mein Großvater hat davon gesprochen, dass ich einige Knochenbrüche erlitten habe. Hoffentlich heilen sie auch so schnell, damit ich mich wieder selbstständig bewegen kann. Es ist ja schön

und gut, wenn sich ein Gott und ein Magier meiner annehmen und mich herumtragen, aber es geht doch nichts darüber, sich eigenständig zu bewegen. Ich habe nicht vor, mein Leben wie eine der Stoffpuppen meiner Schwestern zu verbringen. Schon der Gedanke, nie mehr auf eigenen Beinen stehen zu können, sondern nur noch getragen zu werden, ist unerträglich. Aber erleben zu müssen, dass ich wie ein lästiger Gegenstand irgendwo abgelegt werde und von der Barmherzigkeit meiner Umgebung abzuhängen, das würde mich verrückt machen. Hätte mein Leben dann überhaupt noch einen Sinn? Wäre es in einem solchen Fall nicht besser es schnell zu beenden? Allerdings haben mir beide Männer versprochen, dass ich mithilfe der Quelle wieder geheilt würde. Warum sollen sie mir Hoffnungen machen, wenn sich alles als Lug und Trug erwiese?"

Während ich noch grübelte, begann das Wasser meinen Leib zu erwärmen. Zunächst schenkte ich dem keine Beachtung. Als der Gott des Windes allerdings seine Hand mit der Begründung: „Jetzt kannst du ihn selbst halten.", von meinem Haupt nahm, spürte ich, wie das Leben in meinen Körper zurückkehrte. Ungläubig probierte ich aus, ob ich den Kopf wirklich selbstständig drehen konnte. Dann wackelte ich mit den Fingern und Zehen.

„Ich kann meinen Leib wieder fühlen!", rief ich jubelnd aus. Am liebsten wäre ich aufgesprungen, aber Adalar hielt mich davon ab.

„Langsam, Fanai! Bleib noch etwas liegen, bis ich sehen kann, dass auch die kleinsten Verletzungen völlig abgeheilt sind. Der menschliche Körper ist ein kompliziertes Gebilde. Nur weil du wieder Gefühl in deinem Leib verspürst, heißt dass noch lange nicht, dass er völlig gesundet ist. Gedulde dich noch etwas und genieße das warme Wasser. Außerdem kannst du dir schon einmal darüber Gedanken machen, ob du unseren Rückflug im Schlaf oder bei wachem Verstand erleben möchtest." Um seine Worte zu unterstützen, hatte er eine Hand auf meine Brust gelegt. Die Geste war sowohl beruhigend, als auch mit genügend Nachdruck verbunden. Ohne seinen Willen würde ich mich nicht erheben können.

„Wenn Ihr meint", war alles, was ich etwas enttäuscht hervorbrachte.

„Es ist nur zu deinem Besten, Fanai. Du hast mir durch dein Opfer einen großen Dienst erwiesen, den wahrscheinlich größten, den ein Mensch imstande ist zu leisten. Soll mein Dank etwa unvollständig sein, indem ich zulasse, dass du mit einem Gebrechen dein zukünftiges Leben durchstehen musst." Es war zu schade, dass ich sein Gesicht in dieser dichten Nebelsuppe nicht erkennen konnte, allerdings fühlte ich, dass seine Worte aus tiefstem Herzen kamen. „Außerdem würde mir Rell-Peras nie verzeihen, dass ich leichtsinnig mit dir umgegangen bin."

„Ihr scheint ja ganz schön Respekt vor dem Großmeister der Elementeritter zu haben. Wie kann ein Gott sich darüber Gedanken machen?" Ich war ehrlich verwundert über seinen Nachsatz.

„Manche Dinge scheinen anderes, als sie sind." Diese kryptische Antwort musste mir wohl genügen, denn sogleich schnitt er ein anderes Thema an. „Ich würde es vorziehen, wenn du bei unserem Rückflug wach bleiben könntest. Ein solches Erlebnis wird einem Menschen nicht oft geboten. Und ich bin mir sicher, dass dein Unwohlsein eben daher rührte, weil dein Haupt ziemlich angeschlagen war. Aber ich kann dir versichern: Fliegen ist etwas Wundervolles. – Warum glaubst du wohl, dass Rell-Peras so versessen darauf war?"

Ich dachte kurz über seine Worte nach. „Aber glaubt Ihr nicht, dass es etwas anderes ist, ob ein Magier oder ein Mensch sich in die Luft erhebt. Ein Mensch ist nun einmal nicht zum Fliegen geschaffen."

Meine Bedenken wischte er kurzerhand weg. „Ein Magier auch nicht, sonst hätte er ja Flügel, meinst du nicht?" Ein Kichern begleitete seine Worte. „Weißt du, was ich mir gerade vorgestellt habe? – Rell-Peras mit Schwingen. Ein gar zu lustiger Anblick!"

„Aber diesen Vorschlag werdet Ihr ihm wohl nicht unterbreiten, oder?" Ich fiel mit einem herzhaften Lachen ein, als auch ich mir ausmalte, wie der Großmeister wohl mit Flügeln wirkte.

Jetzt musste auch der Gott laut losprusten.

Nachdem wir uns wieder beruhigt hatten, meinte er dann endlich:

„Jetzt kannst du dich langsam erheben. Soweit ich erkennen kann, ist dein Leib wieder völlig genesen. Trotzdem solltest du dich in den nächsten Tagen noch schonen. Aber ich denke, dass Rell-Peras ohnehin dafür sorgen wird, dass du dich in deinem jugendlichen Leichtsinn nicht überanstrengst. Da du sicherlich eine Menge Fragen an ihn haben wirst, werdet ihr euch wohl auch Zeit mit der Rückkehr zur Burg lassen. Wahrscheinlich werdet ihr ebenso lange für den Rückweg, wie wir für die Reise zum Plateau brauchen. Doch nun sollten wir aufbrechen."

Noch während er sprach, war ich mit seiner Hilfe aufgestanden. Ganz wackelig auf den Beinen hatte ich auch etwas Schwierigkeiten mit der Orientierung. Für kurze Zeit drehte sich die Nebelwand in meinem Haupt. Nur gut, dass der Gott den Arm um meine Schultern geschlungen hatte und mich festhielt. So traten wir gemeinsam aus dem Becken und durch einen Vorhang aus Wassertröpfchen hinaus in den Sonnenschein.

„Du solltest ihn trocknen, sonst erkältet er sich noch bei unserem Flug! Die Luft dort oben ist recht kalt." Lungs Worte erklangen laut, aber gerade noch erträglich in meinem Geist. Der Drache kam gerade aus einem kleinen Thermalsee getappt, der sich mitten im Tal gebildet hatte. Da auch dieser unter einer Nebeldecke versteckt lag, konnte ich nicht sehen wie tief er war und welche Ausmaße er hatte. Dass sich aber reichlich Wasser dort befinden musste, erkannte ich daran, dass Lung nicht nur einfach nass war, sondern regelrecht triefte.

„Mir gute Ratschläge geben wollen, aber selber so nass wie ein Putzlappen sein", hielt ihm der Gott des Windes entgegen. „Du glaubst doch nicht etwa, dass wir uns auf deinen Rücken setzen, solange du durchnässt bist?"

„Habe ich auch nicht behauptet." Dieses geflügelte Wesen war recht keck. *„Da du ohnehin Fanai trocknen musst, dachte ich mir, kannst du gleich bei mir weitermachen."*

„Ach so! Und warum pustest du dich nicht selbst ..."

„Wir müssen Rücksicht auf die zarte Natur unseres Gastes nehmen. Ich möchte ihn nicht mit einem kleinen Wind durch die Luft

schleudern und ihm dabei womöglich die gerade geheilten Knochen noch einmal brechen. Du kannst das viel dosierter mit einem sachten Frühlingslüftchen erledigen."

„Ihm die Knochen brechen?"

„*Adalar!"* Der vorwurfsvoll ausgesprochene Name reichte aus, um den Gott mit den Augen rollen zu lassen. Dann machte er eine komplizierte Handbewegung. Sogleich entstand um mich herum ein angenehm warmer Wind, der dafür sorgte, dass mein Gewand mitsamt meiner Stiefel trocknete. Als ein kleiner Wirbel sich auch meiner Haare angenommen hatte, verzog er sich zu Lung, um auch ihn vom Wasser zu befreien.

Kaum war der Drache zufriedengestellt, kletterten wir auf seinen Rücken und traten den Rückflug zum Plateau an.

Der Flug war wirklich ein überwältigendes Erlebnis, obwohl der Wind sehr an mir gezerrt und die Temperatur sich wohl nahe am Gefrierpunkt befand. Andererseits saß ich bequem auf Lungs Rücken, vor mir der Gott des Windes. Meine Arme lagen um seine Taille. Mit den Beinen klammerte ich mich an der schuppigen Drachenhaut fest.

Unter uns sah ich Berge und Täler. Manchmal flogen wir knapp über die aufsteigenden Dämpfe, die einmal aus Wasser, ein anderes Mal aus Schwefel bestanden. In der Ferne konnte ich sogar einen aktiven Vulkan erkennen, der Feuer spuckte und mit mächtigen Lavaströmen ganze Landschaften unter sich begrub. So faszinierend dieses Naturschauspiel auch war, aus der Nähe hätte ich es mir dennoch nicht ansehen wollen. Da waren mir die teils schneebedeckten Berggipfel oder die mit Gras oder Büschen bestandenen Täler schon lieber.

Wie klein alles von oben wirkte! Selbst vereinzelte uralte Bäume, die sicherlich eine enorme Größe erreicht hatten, sahen winzig aus.

Obwohl mir diesmal nicht schlecht wurde, war ich dennoch froh, als wir endlich wieder auf dem Plateau landeten. Lung hatte schon eine Weile vorher die Flughöhe gesenkt, damit er, wie er mir erklärte, sich nicht genau über seinem Landeplatz hinunterschrauben musste. So setzten wir kurz hinter der Abbruchkante auf, damit der Drache genug Raum hatte, um mit seinen Beinen in Richtung der Höhle zu laufen. Dieses Manöver diente dazu, den letzten Schwung abzubremsen. Als er schließlich zum Stehen kam, drehte er um und watschelte zu der Stelle, an der mein Kampf mit meinem Vater stattgefunden hatte.

Schon von oben hatte ich Ausschau nach dem Großmeister gehalten, ihn allerdings nirgends entdecken können. Auch jetzt sah ich keine Spur von ihm.

„Rell-Peras erwartet dich unten im Tal. Er fand, dass unser Abschied voneinander keines Zuschauers bedarf", erklärte der Gott des Windes mir seine Abwesenheit, noch ehe wir vom Rücken des Drachen kletterten.

„Da es nicht mehr allzu lange bis zur Abenddämmerung ist und der erste Teil deines Abstiegs nicht leicht sein wird, werde ich mich kurz fassen. Fanai, was ich dir verdanke, kann ich dir nicht vergelten. Auf dem Flug hierher habe ich darüber nachgedacht, was ich dir schenken könnte, um wenigstens einen Teil meiner Schuld dir gegenüber abzutragen. Nachdem dir Catandra ein einmaliges Schwert geschenkt hat und du von Dilar einen Dolch bekommen hast, der seines Gleichen sucht, solltest du auch von mir eine Waffe erhalten. Was aber fehlt einem Ritter der Elemente? Und soeben ist mir der Gedanke gekommen, dass wohl ein Bogen mit den dazu passenden Pfeilen das richtige Geschenk wäre. Genau wie die beiden anderen Waffen, sind sie mit Magie belegt. Mit dem Bogen wirst du nie wieder einen Fehlschuss tun. Außerdem brauchst du dir keine Gedanken um die Beschaffung von Materialien zur Herstellung verlorener oder unbrauchbarer Pfeile zu machen. Stets wird dein Köcher gefüllt sein. Allerdings unterliegt auch diese Waffe den gleichen Einschränkungen, wie auch deine anderen. Keiner der Pfeile kann dich verletzen. Und du wirst sie niemals einsetzen können, wenn du im Unrecht bist."

Nach seiner langen Rede griff er in einen neben ihm entstandenen Luftwirbel. Daraus zog er einen wunderschön geschnitzten Reiterbogen und einen reich bestickten Köcher mit Pfeilen hervor.

Als er mir beides überreichte, stellte ich fest, dass auch die Pfeile verziert waren. Magische Zeichen waren auf ihre Schäfte aufgemalt. Eines war jedoch allen drei Teilen meines Geschenkes gemein: Es befand sich kein Metall an ihnen.

„Ich danke Euch, Gott des Windes! Was hätte besser gepasst, als eine Waffe, die vom Wind abhängig ist?" Nachdem ich den Köcher mit dem dafür gedachten Gurt auf dem Rücken befestigt und den Bogen umgehängt hatte, sank ich vor ihm in eine diesmal elegante Kniebeuge. Zusätzlich senke ich auch mein Haupt bis auf die Brust. Ich hoffte, dass diese Geste bei ihm genauso ankam, wie sie gemeint war.

Mein Gegenüber legte mir beide Hände auf die Schultern. „Fanai, hiermit bestätige auch ich deine Zugehörigkeit zu den Elementerittern. Keiner deiner Mitbrüder ist wohl mehr ein Ritter der Elemente als du. Nachdem dir schon Catandra und Dilar ihre Hilfe zugesichert haben und du weder von der Erde, noch vom Wasser jemals einen Schaden erleiden wirst, schließe ich mich nun an. Niemals wird dir der Wind, gleich in welcher Gestalt, etwas anhaben. Selbst der heftigste Sturm wird dir kein Hindernis sein. Solltest du irgendwann einmal meine Unterstützung benötigen, so rufe mich herbei. Ich werde sofort zur Stelle sein und dir helfen. – Und jetzt sieh mich an, Fanai!" Während er den letzten Satz sagte, wechselten seine Hände von meinen Schultern zu den Oberarmen. Fest und dennoch sanft wie ein Windhauch umschlossen seine Finger diese und zogen mich auf die Füße.

Bedächtig hob ich den Kopf. Nun stand ich dem Gott des Windes Auge in Auge gegenüber.

„Für dich werde ich weiterhin Adalar bleiben. Wenn dir die Gestalt des Knaben lieber ist, kann ich dir auch in dieser erscheinen, aber tu mir den Gefallen und lass dieses Getue mit dem Kniefall. Lass uns auf der Ebene von Freunden miteinander umgehen. Es gibt nur wenige, die ich so bezeichne, aber du gehörst eindeutig dazu." Das warme Lächeln ließ sein Antlitz erstrahlen.

Ich fragte mich, wie einsam dieser Gott doch sein musste, dass er ausgerechnet mir, dem Bastard eines Barons diese Gunst gewährte.

„Ja, meine Position macht mich einsam, Fanai. Aber dir erging es bisher auch nicht anders. Wer könnte besser wissen, wie ich mich fühle. – Doch nun wird es wirklich Zeit, dass du dich an den Abstieg machst, sonst wird es zu dunkel. Lebe wohl und denke hin und wieder an mich. Du kannst mich übrigens auch rufen, wenn du einen Freund zum Reden brauchst."

Seine Hände lösten sich, um mich sogleich in eine herzliche Umarmung zu schließen. „Ich werde dich vermissen", flüsterte er mir dabei ins Ohr. Dann trat er zurück, lächelte mich auffordernd an, drehte sich um und ging in Richtung der Höhle davon.

„Du wirst mir auch fehlen", sagte die Stimme Lungs in meinen Gedanken; wie immer lauter als nötig. Der Drache blies ein für seine Verhältnisse sanftes, kühles Lüftchen aus seinen Nüstern. Fast hätte er mich dabei noch umgepustet. *„Entschuldige, aber ihr Menschen seid ja so zerbrechlich."* Nach diesen Worten drehte er sich um und folgte dem Gott des Windes.

„Ich werde euch beide auch vermissen", schickte ich ihm in Gedanken hinterher, sah den beiden noch eine Weile nach und machte mich dann an den Abstieg.

Mit dem letzten Abendlicht erreichte ich den Ort, an dem die Ponys zurückgeblieben waren. Ich würde die Nacht auf diesem schmalen Streifen verbringen müssen, denn in der Dunkelheit wollte ich es selbst auf Alda nicht wagen, den steilen Pfad hinabzureiten.

Nachdem ich mir ein Nachtlager eingerichtet hatte, bereitete ich aus dem letzten Schrot und etwas warmem abgestanden schmeckendem Wasser einen Brei. Einen der schrumpeligen Äpfel schnippelte ich klein und gab ihn so in meine Schale. Zusammen mit dem Haferbrei würde er mein mageres Abendessen sein. Obwohl diese Mahlzeit nicht gerade als üppig bezeichnet werden konnte, füllte sie den Magen. Nach den aufregenden Ereignissen des vergangenen Tages brauchte ich etwas Bodenständiges, das auch satt machte. Zum Frühstück würde es die beiden letzten Äpfel geben. Hoffentlich hatte der Großmeister noch etwas Mundvorrat dabei, der meine Obstmahlzeit bereichern konnte. Aber darüber würde ich mir erst morgen Gedanken machen.

Mir ging ohnehin genug durch den Kopf. Angefangen von der falschen Identität, die Sir Rell-Peras angenommen hatte, bis zu dem entscheidenden Kampf am Nachmittag. „Ist *es wirklich nötig gewesen, dass ich so schwere Verletzungen davon getragen habe? Oder sind diese Folgen nicht beabsichtigt gewesen? Weiß jemand in der Burg, wer anstelle Dekerts von Karelien die Geschicke lenkt? Was ist mit dem leibhaftigen Baron geschehen? Lebt er überhaupt noch? Wer sind meine beiden Oheime wirklich, die sich als Leibwächter meines Vaters ausgegeben haben? Ist auch Sir Rabanus ein Elementeritter? Warum hat mein Großvater mich gezwungen diesen seltsamen Schwur zu leisten? Was soll nun aus mir werden, nachdem ich die Prophezeiung erfüllt habe? War es eigentlich vorgesehen, dass ich überlebe? Zwar haben die Verse nicht von Tod gesprochen, aber laut den Auslegungen bin ich davon ausgegangen, dass die drei ältesten Söhne ihr Leben verlieren würden. Bei Drutmar und Ebermut war das ja auch der Fall gewesen. Da ich bis zu Adalars Verwandlung davon ausgegangen bin, dass mit dem dritten Sohn ich selbst gemeint war, lag die Vermutung nahe, dass auch ich mich in Tierform wiederfinden würde. Ist es der Einmischung Sir Rell-Peras` zu verdanken, dass dem nicht so ist? Kann eine Prophezeiung überhaupt verändert werden?"*

Während ich noch darüber grübelte, was ich in den letzten Wochen erlebt hatte, merkte ich, wie mir immer öfter die Augen zufielen. Mein Körper forderte sein Recht auf Schlaf ein. Ich kratzte schnell noch die Reste Brei aus der Schale. Anschließend säuberte ich die Schüssel, den Löffel und den Topf mit etwas Wasser und verstaute alles wieder in den Satteltaschen.

Das Feuer war bereits soweit heruntergebrannt, dass ich es unbesorgt sich selbst überlassen konnte. Es würde nicht mehr lange dauern, bis es auf dem felsigen Untergrund von alleine ausging. Die Pferde würden wachen. Außerdem glaubte ich, mich in der Nähe des Drachens und eines Gottes in Sicherheit zu befinden. So machte ich es mir auf meinem Deckenlager bequem und schlief, kaum, dass ich lag, auch schon ein.

19. Kapitel: Zeit der Fragen

Da mein Frühmahl ohnehin nur noch aus den restlichen zwei Äpfeln meines Mundvorrates bestand, entschloss ich mich mich nicht lange mit Teekochen aufzuhalten. Ich trank einige Schlucke Wasser aus meinem Beutel, schnitt einen der Äpfel auseinander und reichte jedem der Ponys eine Hälfte, während ich mich an dem zweiten gütlich tat. Außerdem fütterte ich die Reittiere mit den restlichen Möhren und sattelte sie. Da sie ihr Heu bis auf den letzten Halm aufgefressen hatten, stieg ich auf Alda, nahm den Zügel des Schecken auf und ritt den Pfad schon im ersten Morgengrauen hinunter.

Ich war schon mächtig aufgeregt. Jetzt, da ich wusste, dass mein Großvater auch Sir Rell-Peras, der Großmeister der Elementeritter war, ergriff eine neue Art der Unsicherheit von mir Besitz. Während ich mich völlig auf mein Pony verließ, dachte ich darüber nach, wie ich diesen mächtigen Mann wohl begrüßen musste.

„Bisher bin ich davon ausgegangen, dass er zwar zu den großen Magiern gehört, andererseits ist er aber auch mein Großvater. Allein diese Gegensätze machen den Umgang mit ihm nicht gerade leicht. Die neue Erkenntnis, dass er auch noch der Gründer und Großmeister des Ordens der Ritter von den Elementen *ist, wirft nochmals ein ganz anderes Licht auf unsere Beziehung. Er ist nach dem Großkönig Jolar tu-Jas-Joklas der mächtigste Mann im Großkönigreich Glendalach. Bedeutet das für mich, dass ich ihn genauso wie den Großkönig mit einem Kniefall zu begrüßen habe? Oder verlangt es ihn nach einer anderen Form? Was habe ich in den Regeln des Ordens darüber gelesen? Allerdings geht es darin ja um die Beziehungen innerhalb dieser Einrichtung. Kann oder besser gesagt, muss ich sie auch auf den Umgang zwischen ihm und mir anwenden? Könnte ich doch jetzt mit Sir Marzellus darüber sprechen! Er hätte bestimmt die richtige Antwort parat, ist er doch selbst ein Sohn dieses Mannes. Aber vielleicht gilt seine verwandtschaftliche Nähe ja mehr als die meine und daher wäre mein Verhältnis nicht mit dem seinen vergleichbar. Oh, warum muss*

meine Stellung so kompliziert sein? Ist es nicht genug, dass ich als Bastard des Barons Dekert von Karelien weder zu den Adligen, noch zum einfachen Gesinde gehöre? Nein, jetzt muss sich auch noch herausstellen, dass mein Großvater eine so hohe Stellung im Großkönigreich innehat. Bin ich jetzt eigentlich im doppelten Sinne ein Bastard? Zum einen derjenige des Barons, zum anderen durch meine Mutter ein unehelich geborener Magierenkel? Ich wünsche mir die Zeit zurück, in der alles noch so einfach war und ich mich noch nicht mit verwandtschaftlichen Beziehungen auseinandersetzen musste.

Im Zusammenhang mit der gesellschaftlichen Stellung meines Großvaters, aber auch seines Sohnes Sir Marzellus, stellt sich mir die Frage, ob auch von mir erwartet wird, dass ich in den Orden eintrete. Werde ich gezwungen sein dies zu tun oder habe ich die Wahl? Was ist eigentlich mit Sir Rabanus? Gehört er auch dem Orden an? Meine Mutter jedenfalls hat sich für ein anderes Leben entschieden. Vielleicht ist dies ein Vorrecht einer Magiertochter. Natürlich konnte es auch sein, dass sie keinerlei Anlagen für die Aufgaben innerhalb dieser Gemeinschaft mitbrachte. Da muss ich mich wohl auch fragen, ob ich überhaupt für ein solches Leben geeignet bin. Einerseits würde es mir ja gefallen, mehr zu lernen, als mir meine Oheime bereits beigebracht haben, andererseits kann ich mir gar nicht vorstellen, wie ich in den Orden passen soll. Wieder einmal wäre meine Stellung nicht eindeutig. Kann ich es aushalten, erneut zwischen allen Rängen zu stehen?"

Ich atmete ein paar Mal tief durch und sah mich erstaunt um. Alda war stehen geblieben und hatte mich aus meinen Gedanken gerissen. Wir waren im Tal angekommen. Somit hatten die beiden Ponys beschlossen, erst einmal ausgiebig zu grasen.

„Ich wünsche dir einen herrlichen guten Morgen, Tochtersohn", begrüßte mich eine bekannte Stimme.

Ich zuckte erschrocken zusammen. Sofort fuhr meine Hand zum Dolchheft. Erst in diesem Augenblick begriff ich, wer mich angesprochen hatte, weshalb ich die Bewegung nicht zu Ende führte. Verwirrt sah ich meinen Großvater an und schüttelte das Haupt. Er stand neben mir und machte Anstalten, mich aus dem Sattel zu heben.

„Auch Euch einen guten Morgen, Sir Rell-Peras", entgegnete ich schnell und sprang vom Ponyrücken. Noch etwas benommen und überrascht wollte ich ihm sofort mit einem Kniefall meine Referenz erweisen. Dazu kam es indes nicht mehr, da er mich sogleich in seine Arme schloss, kaum, dass ich beide Füße auf den Boden gesetzt hatte.

„Ich freue mich, dass es dir gut geht, Fanai. Und ich weiß auch, dass du beladen mit einer Fragenlast hierher gekommen bist. Aber zunächst sollten wir uns darum kümmern, dass du ein anständiges Frühmahl erhältst. Danach können wir reden." Er drückte mich fast zärtlich an seine Brust.

Ich genoss seine Umarmung und bemerkte zum ersten Mal, dass auch er einen einzigartigen Duft verströmte. Er roch nach Curry. Seltsam, dass mir dies bisher noch nie aufgefallen war, aber vielleicht hatte er den Geruch auch irgendwie unterdrückt.

„Jeder Magier riecht anders", erklärte er mir, als er mich aus seinen Armen entließ, dafür aber beide Hände um meine Oberarme schloss und mich musterte. „Daran kannst du uns unterscheiden, selbst, wenn du uns nicht siehst. Aber nicht jeder kann diesen Duft riechen. Da du zur Familie gehörst und folglich auch eine geringe Menge Magie in dir trägst, ist dir das aufgefallen. Bisher habe ich dafür gesorgt, dass du davon nichts bemerkt hast. – Eigentlich wollte ich etwas ganz anderes mit dir klären, bevor wir uns zu unserem Lager begeben. Mir war bewusst, dass du mir eben deine Referenz erweisen wolltest, nachdem du aus dem Sattel gestiegen bist. Du hast den Weg vom Berg herunter genutzt darüber nachzudenken. – Nun sieh mich nicht so erstaunt an, Fanai! Ich bin nicht nur ein Magier, sondern auch dein Großvater. Außerdem musst du noch lernen, deine Gedanken abzuschirmen, so dass nicht jeder Magiebegabte sie lesen kann. Auch darüber werden wir noch reden. – Aber zurück zu unserer Begrüßung. Solange wir unter uns sind, reicht es völlig aus, wenn du das Haupt ein wenig neigst. Und nun lass uns nachsehen, was ich deinem knurrenden Wanst anbieten kann."

Mein Magen hatte sich gerade lautstark darüber beschwert, dass der Apfel wohl nicht ausreichte. Verlegen senkte ich den Kopf und legte eine Hand auf den rebellischen Gesellen.

„Entschuldigt, aber zunächst muss ich mich um die Ponys kümmern. Geht voraus, sobald ich sie abgesattelt und abgezäumt habe, werde ich Euch folgen", wandte ich ein, ehe er mich mit sich zu seinem Lagerplatz führen konnte.

„Darum kann sich einer meiner Söhne kümmern, Fanai. Du staunst? Deine Oheime haben es sich nicht nehmen lassen, mich zu begleiten. Ich habe dir doch bereits gesagt, dass sie dich ins Herz geschlossen haben. Du kannst dir gar nicht vorstellen, was ich gestern Abend von ihnen zu hören bekommen habe, was den Kampf angeht. Angefangen davon, dass ich zu hart auf dich eingeschlagen hätte, bis zu dem Vorwurf, dich fast umgebracht zu haben, war alles dabei. Ich fürchte, dass dieses Streitgespräch noch nicht beendet ist. Aber zunächst sollten wir nicht reden, sondern uns den Köstlichkeiten widmen, die vor dir ausgebreitet auf der Decke liegen."

Mittlerweile hatte er einen Arm um meine Schultern gelegt und war mit mir zusammen zu einer im Gras ausgelegten Decke geschritten. Dort erwarteten mich Schalen mit Käse, Fleisch, Butter, Brot, Früchten und Krüge mit Milch, verschiedenen Säften und sogar eine dampfende Schale mit einem Brei aus Haferflocken. Er war verfeinert mit einigen Gewürzen und Obststücken. Allein der hervorstechende Duft von Zimt bewirkte, dass sich mein Magen erneut meldete.

„Setzt dich und iss, Fanai, wonach immer es dich gelüstet! Ich werde dir Gesellschaft leisten, obgleich ich bereits zusammen mit meinen Söhnen das Frühmahl genossen habe. Falls du etwas vermisst, traue dich ruhig, es mir zu sagen und du wirst es bekommen. Ich möchte nicht, dass der Sohn meiner Tochter Shira Leora sich beschwert, er würde von mir nicht angemessen verköstigt." Nach seinen letzten Worten lachte er schallend und genoss es mein Antlitz zu mustern.

Ich beeilte mich indessen, ihm zu versichern, dass er mehr, als ich verspeisen konnte, vor mir ausgebreitet hatte. Dann setzte ich mich ins Gras vor die Schüssel mit dem Brei, nahm einen der geschnitzten Holzlöffel und begann sie mit Genuss zu leeren. Zwischendurch schenkte ich mir von der Milch ein und trank von der noch warmen Flüssigkeit gleich zwei Becher leer. Anschließend langte ich nach einer Scheibe des ofenfrischen Brots, schmierte mir mit meinem von Dilar geschenkten Dolch dick Butter darauf und belegte sie mit einer Scheibe des saftigen Rinderbratens. Dazu trank ich aus einem anderen Becher Apfelsaft. Mit einem lauten Rülpser beendete ich meine Mahlzeit.

„Es hat dir also geschmeckt, Fanai, wie ich unschwer hören konnte. Dabei hast du dich mit so wenig begnügt", stellte mein Großvater schmunzelnd fest und reichte mir eine Schale mit Wasser und ein Tuch.

Fast hätte ich meine fetttriefenden Finger doch an meiner ohnehin dreckigen Hose abgewischt. Gut, dass zumindest einer daran gedacht hatte, dass es auch anders ging. Ich wusste von den Mahlzeiten mit der Familie meines Vaters wie man Wasser und Tuch benutzte.

„Ich danke Euch für dieses großzügige Mahl, Sir. Schade nur für die reichliche Menge, die noch übrig ist", sagte ich und wollte mich schon erheben.

„Bitte bleib noch einen Moment sitzen, Tochtersohn. Wir sollten etwas klären, was dich gerade beschäftigt. Du weißt nicht so recht, wie du mich ansprechen sollst. Wie wäre es mit Großvater? Außerdem solltest du dich langsam daran gewöhnen, mich mit „Du" anzureden. Jedenfalls finde ich diese Anrede, solange wir allein sind, wesentlich passender. In der Öffentlichkeit allerdings solltest du schon bei der gewohnten Form bleiben", schlug der Mann vor, der vom Aussehen eher mein Vater hätte sein können.

„Aber ich kann doch nicht einfach eine so hochgestellte Person wie Euch so vertraulich anreden. Es kommt einem Bastard wie mir nicht zu …" Den Satz konnte ich nicht beenden, denn eine Hand legte sich von hinten auf meinen Mund. Gleichzeitig umfing mich ein muskulöser bronzefarbener Arm, der meine Arme an meinen Leib presste und mich, als hätte ich kein Gewicht, auf die Beine zog.

Schon fand ich mich mit dem Rücken an die kräftige unbekleidete Brust eines nach Minze riechenden Mannes gedrückt wieder. Meine Gegenwehr blieb aufgrund des vertrauten Duftes völlig aus.

„Gut, dass mein Bruder dieses verhasste Wort nicht gehört hat, sonst würde dir jetzt mindestens eine Wange schmerzen, Schwestersohn", flüsterte mir eine wohlbekannte Stimme ins Ohr. „Außerdem mag unser Vater es ebenfalls nicht, wenn du dich so bezeichnest. Du solltest es ganz aus deinem Wortschatz streichen, Fanai!"

„Wenn du die Güte hättest, den Jungen wieder loszulassen, könnte ich dich ihm richtig vorstellen, mein Sohn", amüsierte sich mein Großvater.

„Wie Ihr wünscht, Sir", frotzelte der schwarzhaarige Ritter, der wie schon so oft aus dem Nichts erschienen war. Er nahm zunächst die Hand von meinem Mund. Dann öffnete er die Umklammerung. Im nächsten Moment drehte er mich mit Schwung zu sich herum. Sogleich umfassten seine Fäuste meine Oberarme. Sicherlich hatte er geahnt, dass ich diesen Halt noch brauchen würde.

Als wir uns gegenüberstanden, erkannte ich, dass er eine schwarze Leinenhose trug. Auch seinen Waffengurt vermisste ich. Dafür überraschte er mich mit der Gestalt, in der er mir als mein Bräutigam während unserer geistigen Ausflüge erschienen war. Seine schwarzen Haare waren lang und gewellt und auf der linken Wange befand sich die lebende Efeuranke, welche sich den Hals hinunter fortsetzte. Bis zu dieser Stelle kannte ich die seltsame Zierde ja bereits. Da ich ihn in dieser Gestalt nie ohne Oberteil gesehen hatte, war mir neu, was sich darunter verbarg. Am Halsansatz teilte die Ranke sich, um einen Ast über den linken Arm bis zum Handrücken zu schicken. Dort endete dieser vor dem Übergang zu den Fingern. Der andere Zweig wuchs, versehen mit kurzen Ästen über die rechte Brust und verschwand im Hosenbund. Eigentlich verhielt es sich ja genau anders herum, denn das, was ich von der Ranke sah, spross wohl eher von unten nach oben.

„Das hast du nicht erwartet, Fanai", stellte er grinsend fest. „Mittlerweile kenne ich dich gut genug, um zu wissen, wann und womit ich dich noch überraschen kann. Gut, dass ich dich stütze, sonst hättest du dich noch auf deinen Hosenboden gesetzt, so wie du mich musterst."

„Meinen Sohn kennst du ja bereits, allerdings nicht unter seinem richtigen Namen", mischte sich sein Vater nun wieder ins Gespräch. „Er heißt nicht Rabanus, sondern Luciano Da'Simh. Besser bekannt ist er allerdings unter dem Namen Master Da'Simh."

„Ihr seid ..." Verwirrt sah ich von einem der Männer zum anderen. „Er ist ...", mehr brachte ich nicht heraus, sondern starrte zuletzt den bronzehäutigen Ritter nur an. In mir purzelten die Gedanken nur so durcheinander. Alles, was ich jemals über diesen gefürchteten Elementeritter gehört hatte, vermischte sich zu einem heillosen Chaos. Obgleich der dunkelhäutige Magiersohn mir seine wahre Identität bereits einmal in kurzen Szenen offenbart hatte, wollte ich es damals einfach nicht glauben.

„Ja, das bin ich, Fanai!", stimmte er zu. Wieder einmal hatte er meine vielen wirren Erinnerungsfetzen gelesen und daraus geschlossen, was ich über ihn dachte. „Schade, dass du es erst jetzt offiziell erfahren durftest. Es hätte gerne gewusst, ob du dich, wenn du es früher gewusst hättest, auch in mich verliebt hättest. Wahrscheinlich eher nicht, denn auch so hast du dich schon sehr schwer getan. Eigentlich ging ich davon aus, dass dich die Bilder, welche ich dir übermittelt hatte, damit du dich entliebst, überzeugt hätten. Aber lassen wir das. – Und deine Frage, die du mir jetzt garantiert nicht mehr stellen wirst, möchte ich dir auch beantworten. Die Efeuranke wurzelt an einem Ort, den du nur als meine Braut zu sehen bekommen hättest. Allerdings kann ich dir verraten, dass auch ein Ast an meinem linken Bein herunter wächst und auf dem Fußrücken endet. Bist du nun zufrieden, Schwestersohn?"

Mein Haupt führte eine langsame nickende Bewegung aus. Antworten konnte ich ihm nicht, dafür war ich noch immer viel zu geschockt über die Erkenntnis, dass ich mich in diesen Mann hatte verlieben können. Ja, er hatte recht. Wenn er mir früher eröffnet hätte, wer er tatsächlich war, wäre ich nie auf die Idee gekommen, ihn so nahe an mich heranzulassen. Aber ich hatte ihn auf eine ganz andere Art kennengelernt. Für mich war er trotz seiner manchmal recht stürmischen und undurchsichtigen Natur zu einem verständnisvollen Liebhaber geworden. Schließlich hatte ich es bedauert, erfahren zu müssen, dass wir so nahe verwandt waren, bevor wir das Lager miteinander geteilt hatten. Noch immer konnte ich in meiner Vorstellung seine Hände und seine Lippen auf meinem Leib spüren. War das der gleiche Mann, vor dem sich alle Welt fürchtete?

„Das meiste, was über mich erzählt wird, entspricht der Wahrheit, Fanai", las er weiter meine Gedanken. „Du hast eine Seite von mir kennengelernt, die ich normalerweise nicht zeige. Und du kannst mir glauben, dass es mir anfangs auch schwergefallen ist, so auf dich einzugehen. Aber mein Bruder und mein Vater haben mich davon überzeugt, dass es wichtig für dich sei, wenn ich über meinen eigenen Schatten springe. Ich bereue nichts! Trotzdem bin ich froh, dass du der Sohn meiner Schwester bist und nicht meine Braut. Es wäre mit meinem Ruf nicht gut vereinbar. Du verstehst, was ich meine!" Zum Schluss wurde er doch etwas verlegen und kratzte sich mit der Hand am Hinterkopf. Was ein Glück, dass ich mittlerweile etwas fester stand und es ausreichte, mich nur mit einer Hand vor dem Fallen zu bewahren.

Dann sah ich, wie er seinem Vater das Antlitz zuwandte. Scheinbar führten sie ein gedankliches Zwiegespräch, das damit endete, dass mein Oheim spitzbübisch grinste. *„Was mag er jetzt schon wieder im Schilde führen?"*, dachte ich noch, ehe er mich plötzlich fest an sich drückte und mich leidenschaftlich auf den Mund küsste. Dass er es vor den Augen seines Vaters wagte, überraschte mich zu sehr, um mich zu wehren. Außerdem löste er mit seinem Überfall bei mir das Gefühl des Schwebens aus, wobei mein ganzer Leib kribbelte und mich ein Glücksgefühl durchströmte, das mich sicherlich von den Beinen gerissen hätte. Allein seine Arme hielten mich aufrecht, während ich seinen Kuss erwiderte.

„Luciano, bitte lass Fanai einmal Luft holen, sonst verliert er noch das Bewusstsein", schaltete sich mein Großvater nach kurzer Zeit lachend ein.

So unerwartet, wie er mich umarmt hatte, ließ er auch wieder von mir ab. Ich war enttäuscht, mich von der weichen Haut seiner Brust und den mich haltenden festen Muskeln lösen zu müssen. Obwohl ich völlig außer Atem war, verlangte mein Körper mehr. Doch der dunkelhäutige Mann schob mich rückwärts in die Arme seines Vaters, der mich zu sich umdrehte. Auf Armeslänge hielt er mich fest und musterte mich.

„Du bist noch immer in Luciano verliebt, Fanai. Das müssen wir ändern, damit du nicht unglücklich wirst. Abgesehen davon, dass dein Oheim nun mal viel zu nah mit dir verwandt ist, hat diese Liebe keine Zukunft. Er ist kein Mann, der deine Wünsche erfüllen kann. Ganz bestimmt wird sich jemand finden, mit dem du eine richtige Beziehung eingehen kannst. Vorher allerdings solltest du jemanden kennenlernen, der weiß, wie man deinen Leib in Flammen versetzt. Dieser Mann ist zwar auch ein Magier, aber dennoch wohl der beste Lehrer, den du finden kannst. Bei ihm kannst du sicher sein, dass er nicht weiter geht, als du es wirklich willst. Andererseits wäre er auch fähig deine schlechten Erfahrungen, die du bisher mit Männern gemacht hast aus deiner Erinnerung zu löschen und durch gute zu ersetzen. Wenn du es möchtest, werde ich mit ihm reden und einen Tag und Ort ausmachen, an dem ihr euch treffen könnt. Dieser Magier ist ein guter Freund von mir. Ihm kann ich dich guten Gewissens anvertrauen, Tochtersohn", erklärte mein Großvater mir und sah mich mit einem Lächeln an.

„Soll das heißen, dass dies mein letzter Kuss von Sir Ra … Luciano war?", wollte ich enttäuscht wissen. „Habt ihr euch deswegen beraten, weil ihr herausfinden wolltet, wie ich zu meinem Oheim stehe?"

„Das war einer der Gründe", entgegnete mir der Magier. „Luciano hat Gefallen daran gefunden dich zu ärgern, das ist wohl der Zweite. Aber er mag dich wirklich. – Nicht wahr, mein Sohn?" Bei seiner Frage sah er an mir vorbei.

„Fanai, unsere Beziehung hätte auch dann keine Zukunft gehabt, wenn du nicht mit mir verwandt wärst, denn wie wir dir bereits erklärt haben, liegt uns Magiern nichts an körperlicher Liebe. Aber da ich dich wirklich ins Herz geschlossen habe, können wir dieses Ritual weiter beibehalten, wenn wir alleine sind und dir soviel daran liegt. In der Öffentlichkeit allerdings sollten wir miteinander umgehen, wie es sich für Oheim und Schwestersohn gehört. Wir können uns fest umarmen, aber nicht mehr. Es freut mich für dich, dass mein Vater sein Einverständnis gegeben hat, damit du dich mit dem Magier treffen kannst, von dem auch ich dir bereits erzählt habe. Du wirst erfahren, dass dein Leib soviel Zärtlichkeit empfinden kann, dass es schon wieder schmerzt. Er ist der beste Liebhaber, den du dir wünschen kannst. – Ach, und noch etwas möchte ich klarstellen: Du solltest aufhören, mich mit Sir anzureden. Für dich bin ich Luciano oder dein Oheim. Innerhalb der Familie sprechen wir uns alle mit „Du" an. Als Sohn unserer Schwester sollst auch du dieses Vorrecht erhalten. – Jetzt wird es Zeit, dass wir uns langsam auf den Rückweg machen. Baronin Bianca wartet auf uns."

Es traf mich schon hart, was Luciano da über unseren künftigen Umgang miteinander gesagt hatte, denn ich glaubte, dass es nicht allzu viele Gelegenheiten geben würde, miteinander allein zu sein. Andererseits hatte er mich mit seinem Angebot, ihn nur mit seinem Vornamen anzusprechen und der sehr persönlichen Anrede, endgültig in die Familie aufgenommen. Wenn ich auch kein Magier war, so bedeutete es doch schon einen großen Schritt auf dem Weg zu meinem Platz. Wo dieser genau sein würde, musste sich noch herausstellen. Zunächst allerdings tat es gut, eine Familie zu haben, auf die ich mich verlassen konnte. Diese drei Männer würden mich garantiert nicht enttäuschen. Sie alle liebten mich als ihren Verwandten. Außerdem bot ihre Gemeinschaft mir Schutz. Was konnte ich mehr erwarten?

„Ich kümmere mich um die Pferde", meinte mein Oheim und verschwand in Richtung des Weideplatzes der Ponys.

„Fanai, ich weiß, dass momentan viel auf dich einströmt. Du hast eine Menge Fragen und dir schwirrt das Haupt. Aber wir haben zwei Wochen Zeit darüber zu reden, denn wir werden den gleichen Weg, den du hierher genommen hast, zurückreiten. Natürlich könnten wir die Strecke auch in der Hälfte der Zeit hinter uns bringen. Allerdings möchte ich dir die Möglichkeit geben, uns besser kennenzulernen und dich allmählich daran zu gewöhnen, dass du nun zu uns gehörst. Ich gehe davon aus, dass dir deine Mutter die eine oder andere Fähigkeit verliehen hat. Es wird mir eine Freude sein, dir zu helfen, sie zu entdecken. Auch dafür bietet sich unser Ritt an. Wir werden menschenleere Gegenden durchstreifen und können in aller Ruhe ausprobieren, was du alles kannst. Sobald wir wieder in den Alltag eintauchen, werden wir nicht mehr viel Zeit miteinander verbringen können, deshalb solltest du das Angebot nutzen, so gut du kannst. Und nun werde ich dir deinen zweiten Oheim mit seinem richtigen Namen vorstellen."

Rell-Peras drehte mich herum und ließ mich los. Unvermittelt stand ich dem Mann gegenüber, den ich unter dem Namen Sir Marzellus als meinen Lehrer fürs Schreiben- und Lesenlernen, aber auch als Vertrauten kennengelernt hatte. Auch sein Aussehen hatte sich verändert. Anstelle des Kurzhaarschnittes trug er seine mittelblonden Haare etwa kinnlang. Teilweise lockten sie sich, teils standen sie einfach nur ab. Ich fand es für jemanden, der Magie beherrschte seltsam, dass er sie nicht zähmen konnte. Oder war er nur nicht gekämmt?

„Guten Morgen, Fanai!", begrüßte er mich und zog mich sogleich in seine Arme. Sein Druck war fest, wobei er mir aber genug Raum zum Atmen ließ. Bei ihm fiel es mir leicht ihn zu umarmen.

„Auch Euch einen guten Morgen, Sir Marzellus!", wünschte ich ihm und zwinkerte ihm mit einem Auge zu, als er mich entließ.

„Darf ich dir meinen Sohn Cameron vorstellen, Fanai?" Mein Großvater legte mir von hinten eine Hand auf die Schulter und drückte kurz zu. „Er ist sozusagen meine rechte Hand für alles, was mit Verwaltung und Schriftwerk zu tun hat."

„Doch, ich habe bereits mit dem Kamm versucht Ordnung auf meinem Haupt zu schaffen, aber ständig magisch nachzuhelfen, dass die Haare anliegen, möchte ich nicht. Außerdem liebe ich es, dass wenigstens etwas an mir unordentlich ist. Vater hält mich sonst noch für einen Fanatiker, Fanai. Aber auch ich kann mit einem so außergewöhnlichen Körperschmuck wie Luc glänzen. Da er aber nicht ganz so offensichtlich wie bei ihm zutage tritt, hat mich meine Veränderung auch nicht soviel Kraft gekostet wie ihn. Ich hoffe trotzdem, dass ich dir auch mit meiner richtigen Haarpracht und meiner Geißblattranke am Leib noch gefalle", ging er auf meine Gedanken ein und lächelte mich an.

Er drehte sich um und hielt seine Haare im Nacken mit einer Hand hoch. Von dort wand sich ein mit Blättern, Blüten und Knospen besetzter Hauptstrang den Rücken hinunter. Auf Höhe der Schulterblätter zweigte nach jeder Seite ein jeweils dünnerer ab, welcher sich um den Arm bis zum Handgelenk schlängelte. Dort endete er.

„Ebenso verhält es sich mit dem Hauptstrang, der sich oberhalb meines Gesäßes, verdeckt von der Hose, teilt. Um jedes meiner Beine wächst eine halb so dicke Ranke hinab, die beiderseits an den Fußgelenken in einem jungen Blatttrieb endet. Auch dort verteilen sich grüne Blätter und blassgelbe Knospen oder Blüten gleichmäßig wie an den momentan sichtbaren Stängeln", merkte er zusätzlich an.

„Warum sollte ich Euch jetzt, da ich dies weiß, weniger ansehnlich finden, Sir Mar... Sir Cameron?", bestätigte ich, wobei ich mich gleich wieder versprach. In der nächsten Zeit sollte ich wohl vor den Namen meiner Oheime erst einmal eine Pause einlegen, bis ich mich an sie gewöhnt hatte.

„Für dich nur Cameron, Schwestersohn. Warum sollte ich darauf bestehen, ausgerechnet von dir mit einem Titel angesprochen zu werden? Und bitte lass diese schreckliche Anrede. Was für Luc gilt, gilt auch für mich: Wir bleiben untereinander beim „Du". – Und nun sollte ich dafür sorgen, dass das Frühmahl verpackt wird. Luciano wird die Ponys inzwischen alle gesattelt und aufgezäumt haben. Wenn er sie hierher bringt, wird er aufbrechen wollen."

Kaum hatte er das letzte Wort gesagt, wandte er sich auch schon der Decke zu und begann alles gut zu verpacken. Ich wollte ihm meine Hilfe anbieten, aber mein Großvater legte mir einen Arm um die Schultern und führte mich ein Stück von ihm weg.

„Nein, Fanai, heute solltest du dich keinesfalls mit solchen Nichtigkeiten beschäftigen. Meine Söhne erledigen diese Arbeiten gerne. Hin und wieder bestehen sie darauf, um mir zu beweisen, dass sie sich für nichts zu schade sind. Wie du bemerkt haben wirst, haben sie keinen Standesdünkel. Im Übrigen wirst du auch feststellen, dass sie mit ihren Kameraden vom *Orden der Ritter von den Elementen* genauso umgehen, wie diese untereinander. Natürlich genießen sie ein gewisses Ansehen, das sie sich aber auch verdient haben. Nur weil sie meine Söhne sind, möchte ich nicht, dass sie von den anderen umschmeichelt werden. Das haben die beiden nicht nötig. Falls du dich fragst, ob Cameron und Luciano meine einzigen Söhne sind, muss ich dir mitteilen, dass ich noch einen Spross erschaffen habe, der leider etwas weit aus der Art geschlagen ist: Eivin. Mein Freund, der Großkönig meint, dass ich wohl entweder betrunken oder sehr niedergeschlagen gewesen sein muss, als ich diesen Jungen ausgesucht habe. Eivin ist weder so korrekt und gesittet wie Cameron, noch so geheimnisvoll und verantwortungsbewusst wie Luciano. Mein jüngster Sohn ist ein Wildfang und leider unberechenbar. Ich frage mich manchmal, welchen Teil meines Wesens ich ihm wohl übertragen habe, dass er so geworden ist. Vielleicht ergibt es sich, dass du ihn einmal kennenlernst, Tochtersohn. Wo er sich momentan wieder einmal herumtreibt, werde ich wohl erfahren, wenn wir die erste Ordensbesitzung erreichen. Er sorgt immer wieder für Ärger. Aber ich liebe dieses Kind nun mal, und da ich ihn erschaffen habe, bin ich auch für ihn verantwortlich. Aber lassen wir dieses Thema." Mein Großvater atmete ein paar Mal tief durch. Ja, dieser Sohn musste ihm wirklich schon viele schlaflose Nächte bereitet haben, wenn er sich schon so äußerte. „Viel erfreulicher ist, dass du noch einige Tanten hast, die alle recht gut geraten sind. Bei Gelegenheit werde ich sie dir vorstellen. Nun sollten wir aber wirklich aufbrechen, denn meine Söhne warten bereits auf uns."

Wir waren ein Stück gegangen, während wir uns unterhalten hatten. Als wir uns umdrehten, standen meine Oheime mit den zum Aufbruch bereiten Reittieren an den Zügel dort, wo eben noch mein Frühmahl gestanden hatte. Nun kamen sie uns entgegen, reichten jedem von uns die Lederriemen unseres Ponys und stiegen dann selbst in die Sättel.

Mir fiel auf, dass Luciano die schwarze Stute ritt, die er *Misneach*, also Mut getauft hatte. Cameron saß auf dem Fuchs, den er schon bei unserer ersten Begegnung am Tag meiner Heimkehr mit den vermeintlichen Grafenkindern geritten hatte. Mein Großvater bevorzugte einen braunen Wallach, den früher mein Vater Baron Dekert von Karelien favorisiert hatte. Der Schecke, den Adalar *Drachenbezwinger* genannt hatte, und eine Falbstute dienten als Packtiere.

Sobald wir alle in den Sätteln saßen, ritten Großvater und ich, unsere Reittiere auf gleicher Höhe haltend, an. Hinter uns folgten meine Oheime, die jeweils eines der reiterlosen Ponys am langen Zügel führten.

„Wir werden die meiste Zeit im Schritt reiten, damit wir uns unterhalten können und die Tiere schonen. Da du die Strecke ja kennst, weißt du, dass es einige steile Abschnitte gibt, die den Ponys einiges abverlangen. Wenn du Fragen hast, solltest du sie jetzt stellen. Noch ist die Luft rein und klar." Rell-Peras spielte mit seinem letzten Satz auf die schwefelhaltigen Täler an.

„Zuerst wüsste ich gerne, was mit meinem Vater geschehen ist, nachdem er mich aus der Burg geworfen hat. Denn als ich mit den Kindern zurückkam, wart Ihr … äh warst du bereits in seine Rolle geschlüpft", wagte ich mich gleich an das Kernstück meiner Neugierde heran. Dieser Stein, den meine Oheime mir eingepflanzt hatten, erleichterte es mir ungemein meine Hemmungen abzulegen.

Die beiden Männer hinter uns kicherten. Scheinbar hatte ich genau das gefragt, von dem sie vermutet hatten, dass ich es als erstes wissen wollte.

„Sie haben mir vorgeschlagen, dir diese Geschichte zu erzählen, falls du zu schüchtern sein solltest, mich etwas zu fragen, deshalb kichern diese Kindsköpfe", erklärte ihr Vater und drehte sich mit einem Grinsen kopfschüttelnd zu ihnen um. „Und ich habe euch gesagt, dass der Rhodonit dafür sorgen wird, dass Fanai seine Scheu ablegt."

Sich mir wieder zuwendend begann er zu erzählen, was am Tag

nach meinem Rauswurf aus der Burg passiert war. Zunächst begann er damit, warum mein Vater mich vertrieben hatte.

Baron Dekert von Karelien hatte sich mit seinem Ältesten nach dem Abendmahl gestritten. Es ging um das leidige Thema, was diesen Bastard Fortan betraf. Drutmar wollte, dass sein Vater Befehl gab, ihn wieder einzufangen, was dieser zunächst aber nicht einsehen wollte.

„Wenn dir so an einer Hure gelegen ist, Sohn, nimm dir eine von den Mägden. Wir können ohnehin nicht verstehen, was du daran findest, das Lager mit einem Knaben zu teilen", hatte Baron Dekert sich dazu geäußert. „Wir sind froh, diesen Nichtsnutz nicht mehr sehen zu müssen."

„Aber, Vater, Ihr selbst habt noch vor zwei Tagen Gefallen daran gefunden, den jungen Hengst selbst einmal reiten zu dürfen", warf ihm Ebermut vor, bevor Drutmar ihn davon abhalten konnte.

„Wie kannst du es wagen Uns einer derartigen Abscheulichkeit zu bezichtigen?", fuhr sein Vater ihn an und bestrafte Ebermut sogleich mit einer schallenden Ohrfeige.

Der also Gezüchtigte hielt sich die Wange und sah verständnislos von seinem wütenden Vater zu seinem älteren Bruder. Letzterer zog ihn beiseite und flüsterte ihm zu: „Wieso musst du ihn daran erinnern? Vater war sturzbetrunken und wusste nicht mehr, was er tat."

„Hört nicht auf ihn, Sir!", versuchte der schmächtige Drutmar den Baron zu beschwichtigen. „Wenn Ihr erlaubt, werden Ebermut und ich uns morgen früh auf die Suche nach dem Bastard machen. Was Ebermut sagen wollte, ist: Es kann nicht angehen, dass dieses Aas womöglich eben jene Behauptung aufstellt und damit Euren Ruf zerstört, Vater. Glaubt mir, dass es besser ist, wenn ich Euren Bastard hier unter Aufsicht behalte …"

„… damit du deinen Spaß mit ihm haben kannst, Drutmar", unterbrach Dekert von Karelien seinen Sohn. „Nun gut, tu, was du nicht lassen kannst! Deine Ausschweifungen werden ohnehin bald ein Ende haben. Sobald du verheiratet bist und auf die Burg deiner

Braut ziehst, wirst du hoffentlich wissen, wohinein du deinen Schwanz stecken sollst. Sorge dafür, dass der Name derer von Karelien fortbesteht und dein Weib dir einen Stall voll Bälger wirft. Und wenn dir das nicht reicht, gibt es auch auf dieser Burg sicherlich genug Mägde und im Umkreis einige Dörfer, in denen du herumhuren kannst. Wir dachten, dass du damals, als Wir dich und deinen Bruder zur Ausbildung zu Unserem guten Freund geschickt haben, gelernt hättest, mit wem du es treiben sollst. Warum nur muss Unser Erbe eine solche Veranlagung haben?" Mit einer Handbewegung entließ er seine Söhne.

Drutmar verstand sofort, dass es besser war, den Raum schnellstmöglich zu verlassen, während Ebermut dies nicht mitbekommen hatte. So schob der zierliche, junge Mann seinen Bär von einem Bruder in Richtung Tür und flüsterte ihm zu: „Mach, dass du raus kommst, ehe unser Vater noch richtig wütend wird."

Nicht lange, nachdem seine Söhne verschwunden waren, schrie Baron Dekert nach einer Magd, die ihm einen Krug Wein bringen sollte. Dass es bei einem nicht blieb, schob er auf die Bemerkung seines etwas begriffsstutzigen zweiten Sohnes. Hoffentlich würde sich für ihn bald ein passendes Weib finden, damit auch er die Burg verlassen musste. Dann endlich würde das Getuschel des Gesindes aufhören, was die Vorlieben seiner beiden ältesten Söhne betraf. Eigentlich handelte es sich ja mehr um die Eigenart Drutmars, der seit seinem fünfzehnten Sommer seinen Bastardbruder Fortan misshandelte und missbrauchte. Ebermut war eher ein Mitläufer, der schon immer alles gut gefunden hatte, was der listige Drutmar tat.

Schon einmal hatte der Baron damit Erfolg gehabt und die Burgbewohner zum Verstummen gebracht, indem er seine ältesten Söhne zur Ausbildung mehrere sekels zu einem befreundeten Adligen geschickt hatte. Leider hatte sich Drutmars Neigung, kaum, dass er zurückgekehrt war, fast zu einem öffentlichen Geheimnis gesteigert. In letzter Zeit trieb sein Ältester es wieder einmal zu toll. Sogar der Heiler Notker hatte ihn aufgesucht und ihm gedroht, falls Drutmar sich nicht zurückhielt, würde er dafür sorgen, dass dieser nie eigene Kinder würde zeugen können. Daraufhin hatte er sich

Drutmar zur Brust genommen und ihm den Vorschlag des Heilers als seinen eigenen präsentiert. Zwar hatte sich sein Ältester daraufhin angeblich weibliche Gespielinnen für sein Lager gesucht, aber so ganz konnte Baron Dekert es nicht glauben. Vor zwei Tagen hatte der Baron durch eine Bemerkung von Ebermut erfahren müssen, dass Drutmar sich wieder einmal an seinen Bastardbruder heranmachen wollte. Wütend darüber, dass sein Ältester so wenig Respekt vor ihm hatte und ihn so hinterging, hatte er sich auf die Suche nach ihm begeben.

Als er ihn schließlich gefunden hatte, saß Drutmar mit einem Krug des auf der Burg gebrauten Biers in seinem Gemach. Ebermut leistete ihm Gesellschaft. Bevor er wie ein Sturm über seinen Sohn herfallen konnte, lud der ihn ein, die neue Zusammensetzung des Gebräus zu kosten. Einzig dafür hätten sie sich hier getroffen. Und Ebermut hätte sich irgendetwas zusammengereimt, was keinesfalls der Wahrheit entsprach.

Nach einigen Krügen Bier, die laut Drutmar alle unterschiedlich in der Zusammensetzung sein sollten, hatten sie den Raum gewechselt. Dekert erinnerte sich noch daran, dass Ebermut ihm geholfen hatte, die Treppe zu einer Kammer im Nordturm hinaufzusteigen. Dort hatten sie ihre Bierverkostung weiter fortgesetzt.

Wie es dazu kam, dass der Bastard Fortan plötzlich unbekleidet auf dem, wie er glaubte, seit langem unbenutzten Nachtlager und unter Drutmar gelegen hatte, konnte der Baron nicht mehr sagen. Auf jeden Fall wollte er zunächst einschreiten, trotz seines benebelten Hauptes. Leider fehlte ihm mittlerweile die Standfestigkeit, sodass er neben seinen beiden Söhnen auf das Bett fiel. Von dort sah er zu, was sein Ältester mit seinem Halbbruder trieb.

Als Drutmar von dem Knaben, der sich weder regte, noch einen Laut von sich gab, abließ hatte ihn die hautnah erlebte Szene so erregt, dass er sein Recht lallend einforderte. Hilfsbereit unterstützten seine ehelichen Söhne ihren Vater dabei. Außerdem sorgten sie auch dafür, dass der aus seiner Betäubung erwachende Junge geknebelt und von ihnen persönlich festgehalten unter ihrem Vater liegen blieb. Ja, sie stachelten den völlig betrunkenen Mann noch an.

Dekert von Karelien konnte sich am nächsten Morgen nicht mehr daran erinnern, was geschehen war. Sein Haupt schmerzte vom allzu üppig genossenen Bier und er erwachte nur unzureichend bekleidet auf dem Bett in eben jenem Gemach, dass er mit seinen Söhnen aufgesucht hatte.

Den ganzen Tag über war er ungenießbar und ließ seine üble Laune an allem und jedem aus. Dass der Heiler Notker ihn mal wieder mit der gleichen Beschwerde bezüglich Drutmars Umgang mit seinem Bastardsohn aufsuchte, sorgte schließlich dafür, dass er Fortan aus der Burg warf. Er wollte ein für alle Mal Ruhe haben.

Zwar ging ihm an diesem Tag jeder, der es irgendwie einrichten konnte, aus dem Weg, aber schon am nächsten Mittag begann Drutmar ihn damit zu belästigen, dass er den Bastard wieder einfangen solle. Nach dem Abendmahl hatte sein Ältester ihn dann soweit.

Um seinen Unmut und seine Wut zu ertränken, wandte er sich dem Wein zu. Bis spät in die Nacht hinein brachte die Magd Dekert auf seinen Befehl hin Kanne um Kanne. Schließlich verlangte er nach seinem Ehegespons. Die Magd lief also zur Baronin, die bereits in ihrer Kemenate tief und fest schlief, und weckte sie.

Bianca von Karelien waren solche nächtlichen Besäufnisse ihre angetrauten Gatten nicht fremd. Sie warf sich schnell einen Umhang um und eilte hinter der Magd her. Dekert kam ihr bereits auf dem Gang entgegen und scheuchte die ältere Frau weg. Stattdessen bestand er darauf, dass sein Weib mit ihm den Weinkeller aufsuchte, um mit ihm noch einen guten Tropfen zum Tagesabschluss zu genießen.

Sosehr die Baronin auch bat mit ihr das gemeinsame Lager aufzusuchen, erreichte sie nur, dass er sie grob am Arm fasste und hinter sich herzog zu der kleinen Pforte, die in den Keller hinunter führte. Die erste Treppe bewältigte der stark schwankende Mann gerade noch. Kaum unten angekommen, stand ihm der Sinn nach der Erfüllung seiner ehelichen Pflichten. Bianca von Karelien konnte seine Absicht noch gerade mit dem Hinweis vereiteln, dass dies wohl kein geeigneter Ort dafür wäre. Außerdem erinnerte sie ihn daran, dass er eigentlich in den Weinkeller gewollt habe.

Daraufhin entschloss sich der völlig Betrunkene, noch ein Geschoss tiefer in die Eingeweide der Burg hinabzuklettern. Sein Ehegespons atmete erleichtert auf, zumal er sich bereits an seinem Gürtel zu schaffen gemacht hatte. Diesmal schien das Verlangen nach dem berauschenden Getränk allerdings stärker gewesen zu sein als das nach der Erfüllung eines anderen Bedürfnisses.

Er wankte auf die Tür zu, welche den Weinkeller verschloss. Da die Magd sie nicht geschlossen hatte, konnte er einfach so auf die Pforte zusteuern. Allein das war in seinem Zustand schon ein für ihn sehr anstrengendes Verfahren. Beim ersten Versuch fluchte er darüber, dass wohl jemand den Durchgang versetzt hätte, denn durch seinen schlingernden Gang rannte er sich das Haupt an der die Tür begrenzenden Mauer. Beim zweiten Mal tastete er sich langsam an dieser entlang bis zu dem weit offen stehenden Durchlass. Gut, dass auch hier, wie auch in dem Keller, den er gerade verlassen wollte, noch eine Fackel an der Wand brannte.

Wüste Beschimpfungen ausstoßend ob des sich ständig bewegenden Gebäudes, torkelte er durch den Türstock. Sich an der Wand abstützend setzte er den Fuß auf die erste Stufe der hinabführenden Treppe. Was ihm mithilfe seines Weibes eben noch mehr schlecht als recht gelungen war, sollte ihm hier, da er jeden Beistand brüllend ablehnte, zum Verhängnis werden.

Die zweite Stiege war nicht nur steiler, sondern auch feucht. Schon auf der dritten Stufe verlor er das Gleichgewicht, rutschte aus und stürzte fluchend die Steinstufen kopfüber hinab. Unten angekommen verstummte er und der verdreht liegende Leib rührte sich nicht mehr.

Baronin Bianca machte sich, als sie ihm hinterhergeblickt hatte, langsam und sich vorsichtig an der Mauer festhaltend an den Abstieg. So zuwider ihr der Gatte auch war, musste sie doch nach ihm sehen. Schon auf den letzen Stufen konnte sie erkennen, dass der Baron wohl nicht mehr am Leben war. Nicht nur seine seltsame Lage, sondern auch die starr blickenden Augen und eine sich rasch ausbreitende Blutlache unterhalb seines Hinterhauptes sagten ihr das. Trotzdem beugte sie sich über ihn, um nach seinem Atem und

Herzschlag zu horchen. Da beides nicht mehr vorhanden war, überlegte sie, was sie tun sollte.

„Notker", kam ihr als Erstes in den Sinn. „Er weiß bestimmt Rat. Ich muss ihn sofort aufsuchen!"

Entschlossen raffte sie ihr Nachtgewand und den Umhang zusammen. Vorsichtig kletterte sie die Stiege wieder hinauf, schloss die Tür hinter sich, durchquerte auch den zweiten Keller und brachte die nächste Treppe, da sie trocken war, leichtfüßig hinter sich. Schnell eilte sie zu der Kammer des Heilers, der noch wach war, wie ihr der Lichtschimmer unterhalb der Tür bewies.

Ohne anzuklopfen stürmte sie in sein Gemach, war aber so geistesgegenwärtig, die Tür hinter sich zu schließen. „Notker, komm schnell! Der Baron ist die Stiege in den Weinkeller hinuntergestürzt und liegt nun tot dort unten. Wenn seine Söhne davon erfahren, werde ich mich ihrer nicht mehr erwehren können", überflutete sie ihn sogleich mit ihren Worten, bevor sie tief Luft holte. Bianca von Karelien war keineswegs eine verzärtelte Dame, dafür hatte ihr Ehegespons schon mit seiner Grobheit und Gewalt im Ehebett und auch sonst, gesorgt. Daher brach sie nicht einfach weinend zusammen, sondern packte den auf einem Hocker am Tisch sitzenden Heiler am Arm und zog ihn auf die Füße.

„Wir müssen ihn verschwinden lassen und uns etwas ausdenken, damit niemand erfährt, dass er sich zu Tode gestürzt hat!", nahm Notker sogleich den Faden auf, ohne sich zu wundern, dass die Baronin so gefasst blieb. Nicht nur ihm fiel ein ganzer Berg an Last von den Schultern, als er die Todeskunde verstand. Kurz kam ihm in den Sinn, was Dekert von Karelien seinem Weib bereits für Verletzungen beigebracht hatte. Auch sein unehelich geborener Sohn hatte stets Prügel von ihm bezogen, sei es, für etwas, was er getan oder eben nicht getan hatte. Wenn Fanai, wie er sich jetzt selbst nannte, sich auch momentan nicht auf der Burg aufhielt, so freute Notker sich dennoch, dass der Knabe wenigstens nicht mehr unter seinem Vater zu leiden haben würde. Auch so manche Magd würde nun sicher vor ihm sein. Was hatte er nicht alles für Wunden behandeln müssen, die der Baron fast jedem Burgbewohner bereits zugefügt hatte.

Noch während ihm das in den Sinn kam, folgte er der Baronin zu der Unglücksstelle. Wie sie ihm bereits mitgeteilt hatte, fand er den Mann am Fuß der Stiege leblos vor. Nach einer kurzen Untersuchung bestätigte er die Ansicht der Herrin, dass Baron Dekert von Karelien nicht mehr lebte.

„Kleidet Euch in etwas Altes. Am besten zieht Ihr euch eine Hose und ein Hemd an, damit Ihr mir besser helfen könnt, den Toten hinaufzubringen. Wir werden ihn aus der Burg schaffen. Ich werde ihn draußen im Wald vergraben. Damit wir Zeit gewinnen und Hilfe herbeiholen können, müssen wir es aber so aussehen lassen, als würde der Baron mit mir zusammen die Burg für ein paar Tage verlassen. Glaubt Ihr, dass Ihr mir dabei behilflich sein könnt, ihn bis in den Stall zu bringen und auf seinem Pony aufrecht zu befestigen. Es muss so aussehen, als lebte er noch."

„Wir werden dir helfen, obwohl es nicht leicht sein wird diesen schweren Leib soweit zwischen uns zu tragen. Aber sag Uns, wen wir um Hilfe bitten können, denn lange werden wir die Lüge nicht aufrechterhalten können. Fällt dir jemand Vertrauenswürdiges ein?", bezweifelte die Frau die Durchführbarkeit seines Plans.

„Beeilt Euch mit dem Umkleiden. Und bringt den Umhang Eures Ehegespons' mit. Wenn wir ihm die Kapuze über das Haupt ziehen, sieht niemand die Kopfwunde. Und er verbirgt so manche andere Verletzung. Obwohl es auch nachts recht warm ist, würde der Baron sicherlich nicht auf dieses Teil seiner Gewandung verzichten, zumal darauf sein Wappen aufgestickt ist. Inzwischen werde ich dafür sorgen, dass man morgen früh keine Spur mehr von diesem Unfall hier sehen wird. Außerdem fällt mir bestimmt jemand ein, den wir benachrichtigen können. Macht Euch keine Sorgen, Baronin. Alles wird sich zum Guten wenden. Aber jetzt dürfen wir keine Zeit mehr verlieren. Nur die Nacht kann uns vor Entdeckung schützen", versuchte der kleine rundliche Mann seine Herrin zu beruhigen.

Während die Frau schnell in ihr Gemach huschte, um sich eine Hose und ein Hemd ihres verstorbenen Gatten anzuziehen, beseitigte der Heiler nicht nur das Blut vom Hinterkopf des Barons, sondern auch auf dem festgestampften Lehmboden. Kaum war er damit fertig, erschien auch Bianca von Karelien wieder wie abgesprochen in Hemd und Hose. Ihre Füße steckten in ein Paar Schuhen, die ihrem verstorbenen Mann gehört hatten. Sie wirkten eindeutig zu groß und klobig.

Es war kein leichtes Unterfangen für die beiden nicht gerade mit Muskeln gesegneten Menschen, den schweren Leib die zwei Treppen hinaufzuhieven. Sie mussten ihn auch noch so zwischen sich packen, dass es aus der Ferne zumindest so aussah, als würden sie den angetrunkenen Burgherrn stützen. Selbst im Stall mussten sie so tun, als lebte er noch, da der Knecht darüber auf dem Heuboden schlief. Zum Glück für die Verschwörer hatte der Mann am Abend etwas zu tief in seinen Becher geschaut, woraufhin er mit seinem Schnarchen einen ganzen Wald abzusägen schien.

Der gewaltigste Kraftakt erforderte das In-den-Sattel-Setzen des Barons, aber auch dies gelang ihnen nach zwei vergeblichen Versuchen. Mithilfe eines abgebrochenen Besenstiels versteckt unter dem Umhang brachten sie seinen Leib in eine aufrechte Position, die im Dunkeln wohl bei den Wachen auf den Mauern als halbwegs aufrechter Sitz durchgehen mochte. Dann zäumte und sattelte Notker auch für sich ein Pony. Gemeinsam führten sie die Reittiere zur kleinen Ausfallpforte. Dort machte der Heiler den verschlafenen Wachen weis, dass der Baron die Burg mit ihm zu verlassen wünschte und wohl einige Tage in dringenden Geschäften unterwegs sei.

Baronin Bianca verabschiedete sich pflichtschuldigst, wie sie es auch sonst immer getan hatte, wenn ihr Ehegespons länger unterwegs war, etwas unterkühlt von ihm. Trotzdem atmete sie ein paar Mal tief durch, als sich hinter dem Heiler die Tür wieder schloss. Eilig kehrte sie in ihr Gemach zurück, überprüfte die Kleidung und Schuhe auf nicht vorhandene Blutflecken und räumte sie zuunterst in die Truhe ihres verhassten Gatten.

Da sie nicht schlafen konnte, sah sie noch einmal kurz nach den Kindern im Nebengelass, bevor sie sich mit Papier, Tinte und einer Kerze an den Tisch setzte und einen Brief an ihren jüngeren Bruder

Eivin schrieb. Ihr war nämlich der Gedanke gekommen, dass zwar nicht unbedingt er selbst, aber vielleicht sein Magiervater, der Großmeister der Elementeritter Sir Rell-Peras, oder zumindest einer seiner vertrauenswürdigen Söhne ihr helfen könnte.

Natürlich war es unverfänglicher, wenn sie ihren Brief an ihren Bruder richtete, obgleich sie davon ausging, dass Eivin die Nachricht niemals erreichen würde. Insgeheim hoffte sie, Sir Cameron würde, da alle Kunde über sein Schreibbord ging, das Schriftstück abfangen. Auf den Beistand von dem als sehr vernünftig geltenden und stets die Übersicht behaltenden Sir Cameron konnte sie rechnen. Ihn schätzte sie als so klug und gewitzt ein, dass er sowohl mit ihren Stiefsöhnen fertig wurde, als auch dafür sorgen konnte, dass sie als Witwe die Burg zugesprochen bekam. Master Da'Simh konnte sie nur schlecht einschätzen, da der junge Mann einen Nimbus des Geheimnisvollen um sich verbreitete. Zwar würden für diesen Sohn des Großmeisters ihre Stiefsöhne nur lästige Fliegen sein, allerdings kannte er sich nicht so gut mit dem Schriftverkehr aus. Sir Cameron hingegen erledigte für den Orden und seinen Vater alles, was der Schriftform bedurfte. Wenn jemand der Baronin zu ihrem Recht verhelfen konnte, dann er.

Den Großmeister selbst wollte sie mit ihren Sorgen nicht behelligen, obwohl er ihr diesen Vorschlag einmal unterbreitet hatte, sich jederzeit an ihn wenden zu können. Nein, Sir Cameron wäre der Richtige, um diese verfahrene Situation zu ihren Gunsten zu wenden.

Ihren leiblichen Bruder Eivin, den sie zuletzt auf ihrer Hochzeitsfeier gesehen hatte, konnte sie hier und jetzt gar nicht gebrauchen. Abgesehen davon, dass er nicht nur unzuverlässig und verlogen war, hätte er sich womöglich eher noch mit Drutmar und Ebermut verbündet, als seiner Schwester beizustehen. Baronin Bianca schüttelte das Haupt, während sie darüber nachdachte, was Sir Rell-Peras wohl in diesem unmöglichen Jungen gesehen hatte, der schon als Kleinkind schwierig gewesen war. Stets hatte er den Ärger nur so angezogen. Das änderte sich leider auch nicht, nachdem ihn der Magier zu seinem dritten Sohn gemacht hatte. Insgeheim hatte sie damals ja die Hoffnung gehegt, dass mit der Übertragung eines Seelenteils von Rell-Peras aus ihm ein anständiger Knabe werden würde. Vielleicht war sie ja nicht die Einzige gewesen, die diese Hoffnung gehegt hatte.

Auf ihrer Hochzeitsfeier hatte sie noch geglaubt, dass Eivin sich erst einmal zurechtfinden müsse. Auch der Großmeister hatte ihr versichert, dass es bis zu einem Sommer dauern konnte, bis Leib und Seele eine Einheit würden. Manche hätten erst dann beides miteinander verbunden und würden sich charakterlich festigen. Bei Eivin hingegen schien das bis heute noch nicht der Fall zu sein. Jedenfalls schloss sie das aus der Kunde, die sie über ihn erhielt. Dies war stets genau das Gegenteil von dem, was man gerade von einem Magiersohn erwarten würde.

In den sechzehn Sommern, die sie bereits mit Dekert von Karelien verbunden war, gab es keinen Mondumlauf, in der sie nicht von zumindest einem Streich ihres Bruders hörte. Meistens war es aber weit schlimmer. Immer wieder war der Magier gezwungen, seinen ungezogen Sohn aus einer misslichen Lage zu befreien. Scheinbar fruchteten bei Eivin weder Strafpredigten noch Züchtigungen. Aber auch Sir Cameron und Master Da'Simh hatten stets ihre liebe Mühe und Not mit dem jüngsten Familienmitglied. Eivin glaubte wohl, sich als Magiersohn noch mehr als bisher herausnehmen zu können. Sein Vater und seine Brüder würden richten, was er verursacht hatte.

„Hoffentlich gerät er nicht einmal an den Falschen", dachte Baronin Bianca noch, bevor sie ihren Hilferuf zu schreiben begann. Notker würde ihn überbringen, so hatten sie es noch im Stall beschlossen. Der Heiler würde dafür Sorge tragen, dass der Brief Sir Cameron erreichte.

Besorgt stellte die Frau fest, dass ihre Kerze schon ein gutes Stück heruntergebrannt war. Es würde nicht mehr lange dauern, bis sich die ersten Anzeichen der Morgendämmerung bemerkbar machen würden. Bis dahin wollte sie ihr Schreiben beendet haben. Denn sobald das Gesinde erwachte und die Kinder nach ihr verlangten, würde sie keine Muße mehr dafür haben. Es war allerdings wichtig, dass Notker, wenn er im Laufe des Morgens allein zurückkehrte, das fertige Schreiben erhielt, um sogleich mit diesem wieder aufbrechen zu können.

Bis zur nächsten Besitzung der Elementeritter würde er mindestens zwei Tage unterwegs sein; zwei weitere musste sie für seine Rückkreise einplanen. Da sie nicht wusste, wo sich der mittelblonde Sohn des Großmeisters gerade aufhielt, blieb ungewiss, wann sie mit seiner Ankunft auf der Burg rechnen konnte. Sie mochte sich gar nicht vorstellen, was alles inzwischen geschehn könnte. Allzu lange würde ihre Lüge keinen Bestand haben, zumal wenn von nirgends Kunde kam, dass der Baron in einem der Dörfer seines Besitztums gesichtet worden war.

Am meisten Angst hatte sie vor diesem hinterhältigen Drutmar. Er hatte schon des Öfteren versucht, sie auf sein Lager zu zerren, wenn sein Vater nicht auf der Burg weilte. Zum Glück hatten sie entweder Notker oder die verfrühte Ankunft ihres Gatten davor gerettet. In den nächsten Tagen konnte sie aber weder auf den einen, noch auf den anderen zählen. Sie musste besonders vorsichtig sein, und dafür sorgen, dass sie ihre Kinder stets um sich scharte. Wer konnte schon wissen, auf welche seltsamen Ideen dieses „Wiesel", wie er heimlich genannt wurde, kam. Besonders ihre älteste Tochter Euphemia hatte seine Aufmerksamkeit erregt. Auch hier hatte Dekert schon mehr als einmal einschreiten müssen, dass er sich nicht an ihr verging. Für Drutmar schien es weder Familienbande noch Grenzen zu geben, wenn ihn die Geilheit übermannte.

„Jetzt haben Wir genug Zeit mit Nachdenken vertan", schalt sich die Baronin in Gedanken und öffnete das Tintenfässchen. Dann nahm sie die Feder in die Hand, tunkte sie in die Schreibflüssigkeit und begann mit ihrem Hilferuf.

Burg derer von Karelien, den 13. Tag des Brachets[10] 1313

Geliebter Bruder,
verzeiht Unsere undeutliche Schrift. Wir sind in Eile, denn jeden
Moment könnte Unsere Zofe Unsere Kemenate betreten oder einer
Unserer Abkömmlinge erwachen. Was Wir Euch mitzuteilen
haben, muss allerdings im Geheimen erfolgen. Das Geschehene ist
zu schrecklich, als dass es an unbefugte Ohren dringen darf oder
von den Augen eines Spions entdeckt wird.
Der Bote, dem Wir dieses Schreiben anvertrauen, ist einer der
Wenigen, der um Unser Geheimnis weiß. Ihm könnt Ihr
bedenkenlos Eure Antwort übermitteln, so Ihr verhindert seid zu
Uns zu eilen, was die Götter verhüten mögen!
Eivin, Ihr seid Unsere letzte Hoffnung! Was Wir Euch nun
berichten, ist so schrecklich, dass Wir es kaum zu Papier bringen
können. Bitte urteilt nicht vorschnell, bevor Ihr auch die letzte
Zeile dieses Briefes gelesen habt!
Wir haben Euch nie darüber im Unklaren gelassen, dass Unsere
Verbindung mit Baron Dekert von Karelien von Uns niemals
gewünscht war. Bisher allerdings haben Wir Uns nicht getraut,
Euch die volle Wahrheit zu schreiben, aus Angst, Unser Gemahl
könnte Unsere Briefe abfangen. Nun brauchen Wir dies nicht
mehr zu befürchten. Momentan wähnen sowohl seine –
entschuldigt, dass Wir Uns zu diesem Ausdruck hinreißen lassen
– verfluchten Söhne aus seiner Verbindung mit seiner
verschiedenen Gemahlin, sowie auch das Gesinde den Baron auf
einem Ritt über seine Baronie. Da er aber niemals länger als eine
Woche der Burg fernbleiben würde, bitten Wir Euch schnell zu
handeln.
Wo Unser Gemahl sich zu diesem Zeitpunkt wirklich befindet, ist
nur dem Boten dieses Schreibens bekannt. Auf die näheren

---

[10] Brachet = Juni

Umstände können und wollen Wir hier nicht eingehen. Wir vertrauen darauf, dass Ihr die Wahrheit von dem Mann erfahren werdet, der Unser einziger männlicher Vertrauter auf der Burg ist. Nachdem Ihr ihn angehört habt, werdet Ihr verstehen, dass Wir uns in einer sehr gefährlichen Lage befinden. Wir möchten auf keinen Fall als Hexe verurteilt und auf dem Scheiterhaufen verbrannt werden.

Wir flehen Euch an, kommt Uns zu Hilfe, Eivin! Wenn Ihr es nicht Unseretwegen tut, so denkt an Eure Schwesterkinder, die gänzlich unschuldig sind. Sicherlich wollt Ihr nicht, dass die Kinder darunter leiden, sollte der Baron durch einen Zufall gefunden werden. Unser Stand gerade gegenüber Drutmar und Ebermut ist schon jetzt mehr als unsicher. Noch wahren sie den Schein. Wie lange Wir und die Kinder vor ihnen sicher sind, können Wir nicht einschätzen.

Eivin, Wir haben Angst, dass ihnen Schlimmeres als Uns passieren könnte. Gerade Drutmar hat Neigungen, die Wir nicht einmal diesem Papier anvertrauen können.

Bitte eilt herbei! Sicherlich wird Euer Vater Euch Urlaub gewähren, wenn Ihr ihm im Vertrauen von Unserer misslichen Lage erzählt.

In banger Erwartung auf Euer Eintreffen verbleiben Wir

Bianca Isabella Lucia Baronin von Karelien

Mit diesem Brief sandte sie Notker, der am späten Morgen zurückkehrte, zur nächsten Niederlassung des *Ordens der Ritter von den Elementen*. Angeblich hatte der Baron ein wichtiges Schriftstück vergessen, dass der Heiler für ihn holen sollte, begründete er seinen recht kurzen Verbleib auf der Burg. Allerdings suchte er kurz vor seinem Aufbruch die beiden ältesten Söhne des Barons in ihren Gemächern auf. Dort übermittelte er ihnen die Weisung ihres Vaters, sich anständig zu benehmen, vor allem ihrer Stiefmutter und ihren Stiefgeschwistern gegenüber. Sollte er nach seiner Rückkehr Gegenteiliges erfahren, würde er diesmal streng durchgreifen und es nicht mit einer Abreibung bewenden lassen.

Inzwischen hatte es sich schon herumgesprochen, dass Dekert von Karelien mitten in der Nacht aufgebrochen war. Es wurde gemunkelt, dass es sich um etwas äußerst Wichtiges und Geheimes handeln musste, da er nur den Heiler mitgenommen hatte. Viele Gerüchte machten die Runde, angefangen von Heiratsplänen für seinen Sohn Ebermut, bis zu einem Bündnis mit einem benachbarten Baron.

Bianca von Karelien bestritt weder, noch bestätigte sie etwas, sondern hielt sich selbst gegenüber ihren Stiefsöhnen vornehm zurück. Die beiden hatten zum Glück auch etwas ganz anderes im Sinn. Zum ersten Mal war die Frau froh darüber, dass Drutmar und Ebermut sich ganz dem unehelichen Sohn ihres Ehegespons' widmeten. Sie brachen nach dem Mittagsmahl mit vier Wachleuten auf, um nach Fortan zu suchen. Dass ihnen weder an diesem, noch an den nächsten vier Tagen ihr Jagdglück hold war, verdross sie zwar, bedeutete aber für die Baronin und ihre leiblichen Kinder Sicherheit. Solange die jungen Männer von mittags bis abends unterwegs waren, kamen sie wenigstens nicht auf die Idee sich an ihr oder den Geschwistern zu vergreifen. Morgens schliefen sie recht lange und stellten somit auch keine Gefahr dar. Einzig an den Abenden musste die Baronin auf der Hut sein, ihnen nicht zu begegnen. Meist aber kehrten sie erst lange nach der Abendmahlzeit zurück, sodass sie sich mit ihren Kindern bereits in ihren Gemächern hinter verriegelten Türen befand.

Notker indessen hatte das Glück, dass er auf der Niederlassung ankam, kurz, nachdem der Großmeister mit seinen beiden älteren Söhnen eingetroffen war. Zufällig lief er im Hof auch noch Sir Cameron über den Weg, der sich über den Besuch des Heilers wunderte. Geradeheraus, wie der ältere Mann nun einmal war, bat er den mittelblonden Magiersohn um ein Gespräch mit ihm und seinem

Vater. Er deutete an, dass seine Herrin in großen Schwierigkeiten steckte und dringend Hilfe benötigte. Da Sir Cameron die Baronin und leibliche Schwester seines Bruders Eivin mehr als diesen schätzte, nahm er Notker kurzerhand mit in die persönlichen Räume seines Vaters. Außerdem verständigte er auch seinen Bruder Luciano Da'Simh gedanklich, sodass er gemeinsam mit ihnen dort eintraf.

Nach einer kurzen Begrüßung überreichte der Heiler Sir Cameron den Brief der Baronin. Der Magiersohn las ihn laut vor, bevor Notker schilderte, was sich in den letzten Tagen und Nächten auf der Burg derer von Karelien ereignet hatte.

„Momentan gibt es keine wichtigen Angelegenheiten des Ordens, die Uns hier binden könnten. Außerdem liegt die Burg nicht weit entfernt, falls doch etwas geschehen sollte, bei dem Unsere Anwesenheit von Nöten wäre", dachte der Großmeister laut nach und machte ein spitzbübisches Gesicht. „Luciano, Cameron, was würdet ihr von einem Aufenthalt auf der Burg derer von Karelien halten? Wir könnten Uns vorstellen, dass Wir Uns als Baron Dekert sehr gerne um dessen älteste Söhne kümmern würden. Nach allem, was du Uns über diesen Saustall berichtet hast, Notker, ist es an der Zeit, dort einmal richtig durchzufegen. Außerdem würde die Anwerbung von zwei Leibwächtern, die auch noch Ritter sind, die längere Abwesenheit und die heimliche Abreise des Barons erklären. Zusätzlich möchten Wir noch vier Männer mitnehmen, die sich unter die einfachen Wächter zu mischen verstehen. Es ist immer gut, auch dort Augen und Ohren zu haben. Was haltet ihr davon?" Sir Rell-Peras sah seine Söhne der Reihe nach an.

„Es könnte sehr amüsant werden, Vater", zeigte sich Sir Cameron gleich einverstanden. Sein Lächeln sagte weit mehr als seine Worte. „Außerdem ist es Unsere ritterliche Pflicht, der Baronin zu Hilfe zu eilen. Den Bedrängten beizustehen haben Wir einst bei der Aufnahme in den Orden geschworen. Und Baronin Bianca von Karelien, sowie ihre leiblichen Nachkommen sind doch wohl das beste Beispiel dafür. Also Wir sind dabei."

„Und was sagt Unser zweiter Sohn dazu?", wandte der Großmeister sich an den bronzehäutigen Master Da'Simh, dessen

Antlitz bisher ausdruckslos geblieben war.

„Ihr wollt also in die Rolle des gewalttätigen Barons schlüpfen, Vater, und wir sollen Eure ritterlichen Leibwächter mimen?", fragte dieser mit einem hinterhältigen Grinsen.

„Es wäre eine ganz aufschlussreich Erfahrung für uns alle, meinst du nicht, Luciano? Außerdem haben Wir nicht vor die Schreckensherrschaft im selben Maße wie der Verstorbene fortzusetzen. Etwas maßvoller gehandhabt, könnten Wir Uns ein paar Monde an der Seite der liebreizenden Baronin Bianca gut vorstellen. Da Wir niemals die Erfahrung gemacht haben wie es ist einer richtigen Familie mit noch sehr jungen Nachkommen vorzustehen und ein Ehegespons an der Seite zu haben, wollen Wir Uns auch ein solches Leben einmal ansehen."

Die Argumente seines Vaters schienen bei seinem Sohn auf fruchtbaren Boden gefallen zu sein, denn er nickte nachdenklich. „Wir verstehen und billigen Eure Gründe, Vater. Es ist Uns eine Ehre, Euch unsere Begleitung anzubedingen. Wir hoffen nur, dass Ihr Uns Freiräume lasst und nicht darauf besteht, ständig um Euch sein zu müssen. Es wäre Uns sehr unangenehm, neben Eurem Nachtlager stehen und Euch bei gewissen ehelichen Handlungen zusehen zu müssen." Sein Grinsen verstärkte sich.

„Luciano!" Mit gespieltem Entsetzen sah er seinen Sohn streng an. „Du wirst doch nicht wirklich glauben, dass Wir mit der Baronin das Lager teilen? Du weißt, dass Wir derartigen menschlichen Bedürfnissen nicht nachgehen. Würde dies nicht auch gegen die Ordensregeln verstoßen? Kein Ritter würde die Not eines Weibes ausnutzen. Aber auch ein anderer Grund zwingt Uns zum Handeln. Bianca von Karelien ist die leibliche Schwester Unseres unmöglichen Sohnes Eivin. Gewisse verwickelte Familienbande lassen Uns eigentlich keine andere Wahl, als dieses Spiel zu wagen. Außerdem gibt es noch einen Anlass, der Uns zur Burg derer von Karelien zieht. Aber darüber reden wir später. Wir freuen Uns jedenfalls, dass Unsere Söhne Uns begleiten." Nun wandte er sich wieder dem Heiler zu, welcher der familiären Beratung mit sichtlichem Wohlgefallen gelauscht hatte. „Wie du gerade selbst festgestellt hast, ist es Uns eine Ehre deiner Herrin zu Hilfe eilen zu dürfen. Wir müssen dich sicher nicht darauf hinweisen, dass du einzig der Baronin gegenüber erwähnen darfst, dass ihr Gemahl nicht wieder dem Grab entstiegen ist. Wir wären dir sehr verbunden, wenn du uns vorausreiten und deiner Herrin mitteilen könntest, wer ihr da in Gestalt des verstorbenen Barons gegenübertreten wird. Wir möchten das Weib nicht in Angst versetzen. Allerdings bitten Wir dich, auch ihr strenges Stillschweigen gegen jedermann aufzuerlegen. Niemand außer uns Neunen darf von unserem Plan erfahren. Auch ihren Abkömmlingen gegenüber muss sie so tun, als wären Wir Dekert von Karelien."

„Baronin Bianca ist ein starkes Weib und keine dieser verzärtelten Damen, aber davon konntet Ihr Euch ja selbst bereits bei der Vermählung vor nunmehr sechszehn Sommern überzeugen. Sie wird erfreut sein, dass Ihr Euch persönlich ihres Hilferufes angenommen habt und zusätzlich auch noch Eure Söhne mitbringt. Sobald Ihr die Zeit aufbringen könnt, würde ich Euch gerne über die Eigenheiten des Barons und alles, was sonst für Euch wichtig ist, berichten, was ich weiß. Sicherlich habt Ihr noch einiges vor Eurer Abreise zu erledigen, daher würde ich mich jetzt gerne zurückziehen und mir etwas zu Essen suchen. Außerdem bedürfen meine alten Knochen einer Möglichkeit, sich auszuruhen. Wenn Ihr also die Güte hättet, mich zu entschuldigen, Sir Rell-Peras?" Notker verneigte sich für seine Verhältnisse recht tief erst vor dem Großmeister und dann auch vor jedem seiner Söhne. Dann wandte er sich der Tür zu.

„Bleib, Notker!", hielt ihn sogleich der Magier auf. „Wir würden uns freuen, wenn du uns bei unserem Abendmahl Gesellschaft leisten würdest. Dabei kannst du uns auch mit den Gepflogenheiten auf der Burg bekannt machen. Anschließend wird dich Cameron für die Nacht in einem unserer Gästegemächer unterbringen. Morgen in aller Frühe werden wir, gestärkt nach einem ausgiebigen Mahl, aufbrechen. Wir hoffen, dir damit genug Ruhe zu gönnen. Falls dir die Rast zu kurz und der schnelle Aufbruch zu plötzlich erscheinen, können wir auch noch etwas länger warten."

„Nein, Sir Rell-Peras", winkte der Heiler sogleich ab. Er hatte sich, erfreut über die Ehre, bereits bei den ersten Worten des Großmeisters zu diesem umgedreht. „Ich bin ein Mann, der sagt, was er denkt und dabei ist es mir ganz egal, ob vor mir ein Bauer oder der Großkönig selbst steht. So sehr meine alten Knochen mich auch schmerzen, auf keinen Fall möchte ich die Baronin länger als nötig der Gefahr aussetzen, die gerade ihre Stiefsöhne für sie darstellen. Ich werde mit Euch so früh, wie Ihr es als richtig erachtet, aufbrechen. Und was Eure Einladung zum Abendmahl betrifft, sage ich nicht Nein. Wann bekomme ich schon einmal die Gelegenheit, mit solch hohen Herren zu speisen? Und damit möchte ich Euch auf keinen Fall schmeicheln. Ihr gefallt mir, alle drei. Genauso habe ich Euch eingeschätzt. Allerdings habt Ihr mich auch damit überrascht, dass Ihr gleich alle mitkommen und diese Scharade aufführen wollt. Aber ich bin Euer Mann."

„Notker, du bist einzigartig!", stellte Sir Cameron fest und lächelte ihn an. „Wir lieben es, wenn man ehrlich zu uns ist und wir nicht erst die Gedanken der Menschen um uns lesen müssen, damit wir wirklich wissen, woran wir mit ihnen sind. Außerdem ist es gut, einen Mitwisser innerhalb des Gesindes zu haben. Als Heiler erfährst du sicherlich so manches, was uns von Nutzen sein kann. Und nun lass uns in das Nebengelass gehen. Dort wartet nämlich das Abendmahl auf uns."

Nun wechselten die vier Männer das Gemach und setzten sich gemeinsam an die reich gedeckte Tafel.

Für Notker kam es einem Festtag gleich, sich von all den fleischlosen Speisen bedienen zu können. Die Vielfalt war so überwältigend, dass er den Vorschlag ausschließlich für ihn noch Wurst oder Schinken bringen zu lassen, dankend ablehnte. Und da der Heiler für die Magier wie ein offenes Buch war, brauchten sie auch nicht zu befürchten, dass er sich nur zierte.

Ihre Unterhaltung dauerte bis weit in die Dämmerung hinein. Schließlich meinte der Großmeister, dass es für den alten Mann Zeit wäre, sich hinzulegen und zu schlafen. Sie könnten sich ja auch noch auf dem Weg zur Burg austauschen. Sir Cameron brachte Notker persönlich in sein Gemach und wünschte ihm eine geruhsame Nacht.

Er war es dann auch, der den Heiler früh am nächsten Morgen weckte und wieder zurück in die Gemächer seines Vaters führte. Dort speisten sie gemeinsam mit vier Rittern des Ordens, die allerdings keine Magier waren. Die Männer stellten sich ihm gleich mit den Namen vor, die sie für ihren Aufenthalt auf der Burg derer von Karelien tragen wollten, um ihn nicht durcheinanderzubringen. Sie würden dafür in die Rollen einfacher Wachen schlüpfen und sich Hilarius, Meinrad, Basilius und Kallistus nennen. Notker fand, dass es eine gute Idee war, auch dort zuverlässige Männer zu haben.

Während sie sich stärkten, klärte Sir Rell-Peras diese Ritter über ihren Plan und deren Aufgaben innerhalb der Wachmannschaft auf. Ihr Verbindungsmann stellte sein Sohn Master Luciano Da'Simh dar, der als neuer Waffenmeister auf der Burg eingeführt werden sollte. Natürlich konnten sie sich auch direkt an Sir Cameron oder Notker wenden, wenn der bronzehäutige Magiersohn verhindert sein sollte.

Sir Cameron würde die Aufgaben eines Schreibers übernehmen und sich somit allem widmen, was Urkunden und Briefe betraf. Sein Vater war davon überzeugt, dass der Baron so manche krumme Sache gedreht hatte, um Vorteile zu erringen. Seinem Sohn traute er zu, Licht ins Dunkel zu bringen und für Ordnung zu sorgen. Sobald Sir Rell-Peras eine Möglichkeit sah, wollte er Bianca von Karelien eine einwandfrei geführte Baronie übergeben. Sie sollte rechtlich abgesichert sein, ohne, dass ihre Stiefsöhne sie von der Burg und den dazugehörigen Ländereien vertreiben konnten. Zwar hatte er noch keinen genauen Plan, aber den würde er sehr schnell entwickeln, sobald seine Söhne und er sich einen Überblick verschafft hatten. Die Männer rechneten damit, dass sie in gut einem Mondumlauf wieder zurück auf den Besitzungen des Ordens wären.

„Dass sich unsere Annahme als falsch herausstellte, war der Tatsache geschuldet, dass wir etwas über dich herausfanden, Fanai, was uns auf die Spur der Prophezeiung führte", erklärte mir Cameron und lenkte sein Pony neben das meine. „Notker erzählte uns natürlich auch, dass du unter deinen Halbbrüdern so einiges zu leiden hattest. Von ihm erfuhren wir, was zu deinem Rauswurf aus der Burg geführt hatte. Er war es ja, der deine Verletzungen behandeln musste. Außerdem hat er seine eigenen Methoden herauszufinden, was sich auf der Burg so tut. Jedenfalls kam damals auch zur Sprache, dass du von einem Tag auf den anderen keinen Gegenstand aus Metall mehr anfassen konntest, ohne dich daran zu verbrennen. Dies in Zusammenhang mit dem Fund des Gedichts und einer weiteren Geschichte, die über die Prophezeiung handelte, brachte mich auf eine Idee. Nachdem ich beide Geschichten beim Aufräumen zwischen den Schriftstücken des Barons gefunden hatte, habe ich Vater darüber berichtet. Er kam zu der gleichen Erkenntnis wie auch ich. Du musstest der Wanderer sein, von dem die Rede war. Es konnte kein Zufall sein, dass du dich auch noch von Fortan in Fanai umbenannt hattest. Um unserer beider Vermutung zu testen, habe ich dir das Gedicht in das Buch übertragen, was ich dir zum Lesenlernen gegeben habe."

„Und als auch Melar dir im Traum erschien, nahm ich zusätzlich mit ihm Kontakt auf", fuhr mein Großvater fort. „Er bestätigte mir, dass du der Wanderer bist."

„Aber Ihr … äh du hattest doch schon bei meiner Ankunft mit den vermeintlichen Grafenkindern dafür gesorgt, dass ich die Prophezeiung überleben musste", wurde mir jetzt klar. „Nicht umsonst habt Ihr … äh hast du diesen Satz >Sobald diese Aufgabe erledigt ist, werde ich meine Fähigkeiten in den Dienst des Mannes stellen, dem ich diesen Schwur leiste!< angefügt. Damals konntest du dir doch noch gar nicht sicher sein, dass ich wirklich der Wanderer war, der in dem Gedicht erwähnt wurde."

„Sagen wir mal, ich war mir so gut wie sicher. Außerdem konnte es nicht schaden dafür zu sorgen, dass du überlebtest, egal, ob ich recht oder unrecht haben sollte. Es gab ja so viele Unwägbarkeiten: angefangen mit den Handlungen deiner Halbbrüder, dem Eingreifen Feulars und die Bewältigung der Aufgaben, damit sich die Götter wieder an ihre Bestimmung erinnerten. Du kannst mir glauben, dass ich dich nicht gerne zu diesem Schwur gezwungen habe. Allerdings musste ich sicher sein, dass du die Burg nicht wieder heimlich verlassen würdest. Notker hat mir versichert, dass du mehr Ehre im

Leib hättest als dein Vater und deine Halbbrüder zusammen. Wenn der Eid auch nicht freiwillig von dir abgelegt worden war, so sahst du dich dennoch an ihn gebunden. Und allein das wollte ich mit dem ersten Teil erreichen. Wie sollten wir dich schützen, wenn du dich im Land herumtreiben würdest? Wie sollten wir dich auf deine schwierige Aufgabe vorbereiten, wenn du die Burg verlassen hättest?" Mein Großvater hatte mir die Hand auf den Arm gelegt und ihn kurz gedrückt, während er mich mitleidig ansah.

„Es war auch so nicht einfach, dir wenigsten die Grundlagen des Schwertkampfes beizubringen", meldete sich nun auch Luciano zu Wort. „Einen solchen Anfänger habe ich noch nie als Schüler gehabt. Du hast meine Geduld auf eine harte Probe gestellt, Schwestersohn. Vor allem, als du anfangs immer wieder darauf bestanden hast, mit dem Stab kämpfen lernen zu wollen. Ich weiß, dass ich manchmal recht streng zu dir war, aber dein Überleben hing davon ab, dass du mit dem Schwert zu kämpfen verstandest."

Da der Weg es erlaubte, ritten wir nun zu viert nebeneinander, sodass ich jeden ansehen konnte, wenn er mit mir sprach.

„Ich danke, dir für deine Ausdauer, Oheim", erwiderte ich ehrlich erfreut und lächelte ihn vielsagend an. „Aber auch für manche andere schöne Erfahrung." Ich seufzte, als mir klar wurde, dass unsere Beziehung nie wieder so innig sein würde.

„Wir sollten eine Rast einlegen und das Mittagsmahl genießen", schob Sir Rell-Peras ein und zeigte auf einen Platz zwischen mehreren Sträuchern, der sich dafür vortrefflich eignete.

Mir war klar, dass weder die Magier noch die Ponys diese Pause benötigten. Einzig wegen mir schlug er diese Rast vor. Hatten meine Därme so laut gerumpelt?

20. Kapitel: Lernen und staunen

Die Rückreise durch die vulkanisch geprägten Täler gestaltete sich wesentlich angenehmer, als die Hinreise. Während Adalar und ich uns mit den vor Nase und Mund gebundenen Tüchern wenigstens etwas gegen den Schwefelgestank schützen konnten, hatten die Ponys ihn ungefiltert einatmen müssen. Natürlich hatte ich versucht sie mit Stoffstreifen über den Nüstern vor dem direkten Einatmen zu bewahren. Leider hatten sie sich mit Kopfschütteln und Abstreifen des Tuches an einem Vorderbein dagegen aufgelehnt. So blieb es nur bei einem Versuch. Jetzt jedoch sorgten meine Verwandten dafür, dass wir mitsamt unseren Ponys von einer Art magischer Frischluftglocke eingeschlossen waren, sobald wir in die mit gelbem Nebel gefüllten Täler hinabritten. Auch gegen die Feuchtigkeit, welche die Bergeinschnitte bedingt durch die heißen Quellen mit hellem Dunst füllten, wandten sie die gleiche Methode der Abschirmung an. Da die Tage allmählich herbstlich kühler wurden, war ich ganz froh mich nicht ständig klamm zu fühlen.

Die Zeit flog nur so dahin, während wir uns, sobald wir im Sattel saßen, über manches unterhielten, was mir durch den Kopf ging. Die Pausen nutzten wir nicht nur dazu eine Mahlzeit einzunehmen und die Ponys grasen zu lassen, sondern auch zu Waffenübungen. Dabei musste ich feststellen, dass mein Großvater ein ausgezeichneter Kämpfer war. Immerhin hatte er weit über hundert Sommer Zeit gehabt, diesen Leib zu stählen. Die Vorstellung, die er mir kurz vor Adalars Verwandlung in den Gott des Windes geliefert hatte, war stümperhaft gegen das, was er wirklich mit dem Schwert zu vollbringen imstande war. Ich bekam vor Staunen den Mund nicht mehr zu, als er Luciano aufforderte, gegen ihn anzutreten. Hatte ich meinen dunkelhäutigen Oheim schon für einen Meister der Schwertkunst gehalten, so musste ich feststellen, dass sein Vater diesen bei Weitem noch übertraf. Für mich drängte sich der Vergleich mit einem Tanz auf, so spielerisch wirkten seine Bewegungen. Das ein oder andere Mal geriet selbst sein sonst so überlegener schwarzhaariger Sohn in Bedrängnis. Was mir aber am meisten beeindruckte, war die Art, wie sie jeden Kampf begannen und abschlossen. Stets verbeugten sie sich voreinander und bedankten sich am Ende sogar mit einer Umarmung. Zwar sagte ich nichts dazu, aber noch hatte ich ja nicht gelernt, meine Gedanken vor ihnen abzuschirmen.

„Bevor wir mit deiner heutigen Lektion beginnen, Fanai, möchte ich, dass du weißt, dass ich es sehr schätze dein Lehrer zu sein", begann Cameron eine Erklärung, ehe er mir eine neue Schlagtechnik zeigte. Dann verneigte er sich genauso elegant und tief vor mir, wie er es sonst auch bei seinem Vater oder seinem Bruder tat.

Ich war so überrascht, dass ich ihn zunächst einmal erstaunt ansah. Wenn mir Luciano gegenübergestanden hätte, hätte ich dies für einen seiner Späße gehalten, die er sich hin und wieder noch mit mir erlaubte. Bei meinem mittelblonden Oheim allerdings war ich einfach nur irritiert.

„Du solltest dich zumindest mit der gleichen Geste erkenntlich zeigen, Fanai", riet mir Luciano, der plötzlich hinter mir stand und mir seine Worte ins Ohr flüsterte. Gleichzeitig legte er mir seine Hände auf beide Schultern und zwang mich so auf die Knie.

Cameron schüttelte nur sein Haupt, während mein Großvater neben uns trat, was seinen bronzehäutigen Sohn veranlasste, mich loszulassen und zur Seite zu treten. Rell-Peras selbst stellte sich nun vor mich, umfasste meine Oberarme und zog mich wieder auf die Füße. Als wir uns von Angesicht zu Angesicht gegenüberstanden – wobei das nicht ganz stimmte, da er einen Kopf größer als ich war – lächelte er mich an.

„Fanai, Camerons Geste ist ehrlich gemeint. Mittlerweile solltest du ihn gut genug kennen, um zu wissen, dass er mit solchen Dingen keine Scherze treibt", versicherte er mir, wandte sich zu seinem anderen Sohn um und fuhr fort: „wie Luciano, der dir so seine Zuneigung zeigen möchte. – Du verunsicherst den Jungen damit allerdings nur."

Nach der Art, wie sie sich weiterhin ansahen, war das bei Weitem nicht alles, was er ihm vorhielt. Schließlich neigte Luciano sein Haupt und ging zu den Ponys. Mein Großvater hingegen sah mich mit einem gewinnenden Lächeln an.

„Ich weiß, dass dir manches noch sehr fremd vorkommt, Tochtersohn, aber ich möchte dir versichern, dass wir in dir nicht den – entschuldige diesen Ausdruck, den Cameron so sehr hasst - Bastard von Shira Leora sehen. Du bist ein vollwertiges Mitglied unserer Familie. Und es wird Zeit, dass du lernst, damit umzugehen. Cameron hat mich gebeten, dir das klar zu machen. Er selbst wollte es auf diese Weise versuchen, indem er dir die Ehre vor und nach dem Kampf erweist, die dir zusteht. Nur weil du keine Magie anwenden kannst, bist du nicht weniger wert, als jeder von uns." Sogleich zog er mich in seine Arme und drückte mich fest an seine Brust.

Ein Gefühl der Liebe und der Zugehörigkeit überschwemmte mich, dass es mich, hätte er mich nicht festgehalten, von den Füßen gerissen hätte. Mir liefen die Tränen die Wangen herunter und ich begann zu schluchzen. Sogleich spürte ich seine Hand, die mir sanft über den Rücken strich.

„Wenn du nicht der Sohn meiner Tochter wärst, Fanai, würde ich dich als den meinen annehmen, auch ganz ohne die Übertragung eines Anteils von mir. Du bist weit mehr eines meiner Kinder, als Eivin es je sein wird. Sei dir gewiss, dass ich dich so liebe wie Cameron und Luciano. Hätte ich dir sonst bereits solche Geschenke gemacht wie das Lesen- und Schreibenkönnen aller jemals in Glendalach bekannten Sprachen und Dialekte? Oder hätte ich es sonst erlaubt, dass deine Oheime dir den Rhodonit einpflanzten zum Schutz und damit du mehr Selbstsicherheit erlangst? Glaube mir, Fanai, dies alles habe ich nicht für die Erfüllung der Prophezeiung allein getan. Du bist mir sehr ans Herz gewachsen und ich wollte sicherstellen, dass du dich weiterentwickelst und nicht einfach nur überlebst", flüsterte er mir dabei ins Ohr. Dies war mehr als vertrauliche Geste für mich gedacht, denn als Geheimnis zwischen uns, da zumindest Cameron so nahe stand, dass er die Worte mitbekommen musste.

Nun ließ er mich wieder los, nickte mir auffordernd zu und trat ein Stück zurück.

„Es tut mir leid, Oheim, dass ich nicht angemessen auf deine Ehrbezeugung geantwortet habe, aber ich war irritiert. Nachdem Großvater mir allerdings erklärt hat, was du damit bezwecken willst, bitte ich dich darum, meine Entschuldigung anzunehmen." Sogleich verneigte ich mich sehr tief vor ihm und blieb auch in dieser Stellung, bis er auf mich zu trat und mich wieder aufrichtete.

Dann drückte er mich an sich und meinte: „Ich vergesse immer wieder, unter welchen Umständen du aufgewachsen bist, Schwestersohn. Mit den sekels entschwinden bei dem Leib, den der Seelenanteil meines Vaters übernommen hat, so einige Erinnerungen, welche die in ihn hineingeborene Seele hatte. Wenn ich auch im Gegensatz zu dir eine behütete Kindheit hatte, so hätte mir doch erinnerlich sein müssen, wie das mit der Unterdrückung der unteren Stände ist. Es ist also an mir, mich dafür zu entschuldigen, dass ich dir nicht gesagt habe, was ich vorhabe. Wir sollten noch einmal von vorn beginnen."

Er ließ mich los, trat einige Schritte zurück und verneigte sich nochmals vor mir. Diesmal war ich darauf gefasst und tat es ihm nach, wobei ich den Oberleib tiefer als er nach unten brachte. Dies glaubte ich ihm schuldig zu sein. Kaum hatten wir uns gemeinsam wieder aufgerichtet, zog er sein Schwert und forderte mich mit einer Geste auf es ihm gleich zu tun.

„Lass uns heute einmal etwas ausprobieren, was du lange nicht mehr geübt hast, Fanai. Dass ich dir überlegen bin, steht außer Frage, weshalb es mir nicht schwer fallen wird, dich zu entwaffnen. Wärst du bereit, mir zu zeigen, was du bei Luciano für diesen Fall gelernt hast? Dein Großvater möchte nämlich wissen, inwieweit du mit diesem Sachverhalt umgehen kannst. Können wir beginnen?" Diesmal erklärte er sicherheitshalber zuerst, was er zu tun gedachte.

„Ja, ich bin bereit. Jetzt verstehe ich auch, weshalb du heute mit mir üben wolltest. Du hattest Bedenken, dass Luciano wieder auf dumme Gedanken kommen könnte", erklärte ich und grinste recht anzüglich.

„Genau das war mein Beweggrund, Fanai", stimmte er zu und griff sofort an.

239

Obwohl ich inzwischen wesentlich geschmeidiger und schneller geworden war, hatte er mir schon nach wenigen Augenblicken das Einhornschwert aus der Hand geprellt. Sogleich zog ich den Dolch und versuchte ihn damit auf Abstand zu halten. Natürlich hatte er es darauf angelegt mir auch diese Waffe abzunehmen. Diesmal ließ er sein Schwert einfach fallen und griff mich mit seinem Dolch an. So gut ich konnte, versuchte ich außerhalb der Reichweite der Waffe zu bleiben, denn ich würde sie ihm nicht abnehmen können. Leider übersah ich, eine Bodenerhebung hinter mir und geriet ins Stolpern. Dies nutzte Cameron sofort aus und brachte mich endgültig zu Fall. Wenn meine Reflexe auch schneller geworden waren, schaffte ich es nicht mehr, mich wegzurollen, bevor er mich mit seinem Leib auf den steinigen Untergrund presste. Nur Augenblicke später hatte ich auch schon die Klinge am Hals.

In diesem Moment wollte die Panik wieder in mir aufsteigen. Mein Schädel war ein leerer Raum, mein Herzschlag und mein Atem rasten, meine Hände wurden feucht. Doch sogleich spürte ich die Wärme des Rhodonits meinen Leib von meiner Brust aus überschwemmen. Die Panik verschwand und wich einem Gefühl der Ruhe. Mein Denken setzte wieder ein und damit wusste ich auch sofort, was ich zu tun hatte.

„Würdest du die Güte haben, dich von mir zu erheben, Cameron?", wollte ich wissen und sah ihm mit einem wissenden Lächeln ins Antlitz. „Du hast bewiesen, was du mir klar machen wolltest. Ich bin noch nicht ganz so weit, dass die Panik nicht mehr auftritt, wenn ich in diese Lage gerate, aber der Stein vertreibt alles, was damit zusammenhängt recht schnell. Wenn wir noch etwas üben, denke ich, wird es nicht mehr lange dauern, dass du mir beibringen kannst, wie ich mich rechtzeitig befreie."

Mittlerweile hatte mein mittelblonder Oheim sich erhoben, seinen Dolch wieder eingesteckt und hielt mir eine Hand hin, um mir aufzuhelfen. Ich ergriff sie gerne und ließ mich mit Schwung auf die Füße ziehen, landete dabei aber direkt in einer Umarmung.

„Was meinst du, Vater, wirkt der Rhodonit nicht recht schnell bei ihm? Nach allem, was mir Luciano erzählt hat, dauerte es bei seinem

Stein wesentlich länger, bis die ersten Anzeichen zu erkennen waren", äußerte sich Cameron zuversichtlich, nachdem er mich mit einem Lächeln losgelassen hatte. Er hob sein Schwert auf und steckte es zurück in die Scheide.

„Ja, Fanai macht gute Fortschritte. Wahrscheinlich macht sich die Wirkung bei jemandem, der keinen direkten Seelenanteil eines Magiers in sich trägt, schneller bemerkbar. Trotzdem solltet ihr es nicht übertreiben. Falls Fanai es möchte, kann er auch nach unserer Rückkehr auf die Ordensbesitzungen bei uns bleiben. Ich würde es sogar begrüßen, Tochtersohn, wenn du dich dafür entscheiden könntest, zumindest vorerst, in meiner Nähe zu bleiben. Niemand wird dich drängen, eine Entscheidung zu treffen, was du für einen Weg einschlagen möchtest. Ich gebe dir die Gelegenheit, in Ruhe darüber nachzudenken, während du die Möglichkeiten nutzt, die sich dir bieten. Du kannst weiterhin den Raum des Wissens nutzen, solltest aber auch die Ausbildung an den verschiedensten Waffen nicht vernachlässigen. Leider kann ich dir nicht garantieren, dass deine Oheime dafür immer Zeit erübrigen können. Ganz sicher werden sie sich so oft es ihre Aufgaben erlauben, um dich kümmern. Ansonsten stelle ich dir fähige Lehrer zur Verfügung. Aber auch ich versichere dir, immer ein offenes Ohr für deine Fragen zu haben. Sicherlich lässt es sich einrichten hin und wieder dein Lehrer im Umgang mit Schwert und Dolch zu sein", erklärte mein Großvater zuversichtlich und winkte Luciano, dass er zu uns kommen sollte.

„Was auch noch wichtig für dich wäre, wir aber bisher vernachlässigt haben, wäre die Heilkunst", machte Cameron mich auf das aufmerksam, mit dem sich meine Mutter viel beschäftigt hatte. Bevor Notker auf die Burg kam, war sie diejenige, welche sich um die Krankheiten und Verletzungen der Bewohner und auch der Menschen in den umliegenden Dörfern kümmerte.

„Ich glaube, da kann ich dich beruhigen, denn ich habe darüber viel bei meiner Mutter und später auch bei Notker gelernt. Wenn ich auch nicht die Fähigkeiten eines magischen Heilers besitze, so weiß ich doch, welche Pflanzen ich wie verarbeiten muss, wann sie geerntet werden müssen und auch welchen Teil ich einsetzen kann. Falls also einmal eines eurer Ordensmitglieder erkranken oder sich verletzen sollte und ihr wollt keine Magie einsetzen, könnte ich mich um ihn kümmern. Dank des Rhondonits werde ich wohl nicht mehr so unüberlegt handeln wie damals, als ich mit den verletzten Knaben unterwegs war. Mir fehlten nicht nur die Zutaten, um die entsprechenden Salben und Tinkturen herstellen zu können, mir lief auch die Zeit davon. Wenn ich jetzt daran zurückdenke, kann ich froh sein, dass ich Adalar und Dilar noch lebend zur Burg gebracht habe. Andererseits nehme ich an, dass sie nicht so leicht sterben konnten, da sie ja trotz ihrer kindlichen Erscheinungsform immer noch Götter waren. Was ich gerne vertiefen möchte, ist die Kunst der Knetkur. Das soll nicht heißen, dass ich mich mit der Heilkunde nicht noch weiter beschäftigen will, zumal ja ganz unterschiedliche Kräuter in den einzelnen Teilen des Großkönigreiches wachsen und somit auch mir unbekannte Gemische eingesetzt werden. Vielleicht findet sich ja sogar über diesen Bereich das eine oder andere Buch im Raum des Wissens", gab ich mit strahlender Miene bekannt.

„Du überraschst mich immer wieder, Fanai", freute sich Rell-Peras. „Mit deiner Ansicht über die Götter hast du recht und daher solltest du dir jetzt keine Gedanken mehr darüber machen, was du damals hättest tun können. Es ist vorbei und lässt sich im Nachhinein nicht mehr ändern. – Natürlich stehen in dem Gemach auch Schriftwerke über die Heilkunst und die Pflanzen des Großkönigreiches. Aber auch über die Massage wirst du dort einige Werke finden, die mit sehr guten Zeichnungen ausgestattet sind. Natürlich kann ich verstehen, dass es etwas ganz anderes ist, die Bilder anzusehen oder von Luciano massiert zu werden. Nicht wahr, mein Sohn?" Bei seiner Frage drehte er sich dem bronzehäutigen Mann zu, der schon eine Weile versetzt hinter mir stand.

Ich würde noch lange brauchen, um jedes Mal zu bemerkten, wann einer meiner Oheime sich mir näherte. Diesmal jedoch hatte ich seinen typischen Minzgeruch wahrgenommen und war vorbereitet. Mein Problem bestand darin, dass ich schon so daran gewöhnt war, dass Luciano nach Minze und Cameron nach Apfel roch, dass ich diese Düfte nicht mehr bewusst mit ihnen verknüpfte. Vielleicht sprach ich auch nicht mehr darauf an, weil ich mir sicher sein konnte, dass sie für mich keine Bedrohung mehr darstellten.

„Ein wahres Wort, Vater!", stimmte Luciano zu. Seine Hände auf meine Schultern gelegt, begann er sogleich die verspannten Bereiche zu kneten. „Wie wäre es mit einer Nutzen bringend Anwendung hier und jetzt, Fanai?" Seine Worte erklangen sehr dicht an meinem Ohr und hatten einen spöttischen Unterton.

„Wenn Ihr Eure vielfältigen Aufgaben zurückstellen könnt, Sir und es Eure Zeit erlaubt, würde es mich sehr erfreuen Eure Hände auf meinem Leib zu spüren", übertrieb ich es und genoss die Berührung seiner Finger auf meiner Haut.

„Aber dehnt eure Behandlung nicht zu lange aus. Bevor es dunkel wird würde ich gerne das Abendmahl verspeist haben", erinnerte Rell-Peras uns schmunzelnd daran, dass wir es nicht auf die Spitze trieben. Dann begab er sich mit Cameron in den vorderen Teil der Höhle, die uns dieses Mal als Nachtlager dienen würde.

„Darf ich dir beim Entkleiden behilflich sein, Schwestersohn? Nicht, dass du dich überanstrengst, nachdem du so dringend der Lockerung der Muskeln bedarfst?" Luciano drehte mich, ohne eine Antwort abzuwarten, zu sich um und begann mit geschickten Fingern die Schleife und den Knoten meiner Hemdnestel zu lösen.

Ich ließ ihn gerne gewähren, denn seine Berührungen taten mir gut. Noch während er mir das Hemd über das Haupt streifte, fühlte sich mein Leib von ihm angezogen, obwohl ich genau wusste, dass wir nie eine körperliche Beziehung haben würden.

„Fanai, dein Spiel mit dem Feuer kannst du dir sparen. Wie du weißt, bist du für mich gleich aus mehreren Gründen tabu. Du solltest etwas ganz anderes üben, während du dich entspannst. Es wird Zeit, dass du lernst, deine Gedanken abzuschotten. Abgesehen davon, dass du ohnehin leicht zu lesen bist, weil jeder Mensch dir vieles im Antlitz ansehen kann, empfinden wir alle drei es als unangenehm, ständig mit dem, was du denkst, belästigt zu werden." Normalerweise überließ er es lieber seinem Bruder, längere Erklärungen abzugeben, zumal, wenn sie die Magie betrafen.

„Du willst mir damit sagen, dass ich lernen muss, eine

gleichgültige Miene aufzusetzen, ganz egal, was ich denke. Das fällt mir sehr schwer, zumal ich bei euch allen festgestellt habe, dass ihr mich deshalb besonders mögt. Andererseits hast du recht, dass es mir schon viel Ärger eingebracht hat, weil ich meinem Gegenüber so offensichtlich gezeigt habe, was ich von ihm oder seinen Ansichten hielt. Aber was du da über meine Gedanken sagst, verstehe ich nicht. Würdest du mir bitte erklären, wie du das mit dem Lesen machst oder es sich für dich anfühlt? Ich möchte verstehen können, wie ich dir, Cameron und Großvater lästig falle." Ich begriff schon zum Teil, was er meinte, aber ohne eine genaue Vorstellung wollte ich mich nicht auf das einlassen, was er mit mir zu üben gedachte.

Mittlerweile hatte ich mich meiner Schuhe und der Hose entledigt, die Luciano neben das ordentlich gefaltete Hemd stellte beziehungsweise legte. Nur noch mit einer kurzen Bruche bekleidet nahm ich auf einem flachen, mit einer dicken Decke belegten Stein Platz, bevor ich es mir, auf dem Bauch liegend, bequem machte.

„Das kann dir Cameron besser erklären als ich", meinte er und schüttete sich aus einer Karaffe eines meiner Lieblingsöle auf die Handfläche. Er hatte sie auf für mich unerklärliche Weise aus der Luft entstehen lassen. Dann begann er damit, mir den völlig verspannten Nacken und die Schultern zu massieren.

„Mein Bruder drückt sich gerne davor, etwas zu beschreiben, das ihm von Anfang an als Sohn eines Magiers müheloser gelungen ist. Mir hingegen hat es große Schwierigkeiten bereitet, die Gedanken von Menschen zu lesen. Es fiel mir viel leichter mich gegen sie zu verschließen", versuchte mir Cameron, den ich vom vorderen Teil der Höhle zu uns kommen gesehen hatte, Lucianos Verhalten zu rechtfertigen.

„Sag doch gleich, dass die Theorie nicht so sein Fall ist. Könnte er es mir vorführen, hätte er kein Problem damit", forderte ich gleich beide heraus, woraufhin der nächste Griff meines Masseurs etwas fester ausfiel, als unbedingt notwendig. Cameron nickte lächelnd, sprach aber nicht aus, was er dachte.

„Autsch! Bist du denn verrückt geworden, Luciano?", fuhr ich ihn an. „Du willst, dass ich die Wahrheit sage. Und es ist richtig, was ich

244

soeben über deine Gründe geäußert habe, oder?" Ich versuchte zu ihm hinaufzuschielen, während er behutsamer weitermachte. Ja, genau das hatte ich mir gedacht. In seinem Antlitz erkannte ich das für ihn so typische spitzbübische Lächeln.

„Du glaubst doch nicht, dass ich vor dir zugebe, dass ich nicht vollkommen bin, Menschenkind?", scherzte er und lockerte genau in diesem Moment eine besonders verhärtete Stelle.

Wieder schrie ich auf. „Hilfe, Cameron, Luciano will, dass ich Lügen über ihn verbreite! Und das versucht er mir damit klar zu machen, indem er ..."

„Du kleines Aas!", unterbrach der bronzehäutige Mann mich und hockte sich grinsend vor mich. „Wenn ich es mir recht überlege, warst du mir unterwürfiger lieber. Ich sollte Vater fragen, ob es eine Möglichkeit gibt, den Rhodonit wieder zu entfernen. Langsam wirst du mir zu aufsässig." Im nächsten Augenblick sprang er auf, packte mich und drehte mich auf den Rücken. „Du musst sofort bestraft werden, Schwestersohn." Noch ehe ich recht begriff, was er vorhatte, beugte er sich über mich, hielt mein Haupt mit den vor Öl triefenden Händen fest und umschloss meine Lippen mit den seinen.

Ich war zu überrascht, um mich zu wehren – außerdem gefiel mir diese Ahndung nur zu gut. Mein ganzer Leib kribbelte und ein herrliches Gefühl durchströmte mich. Leider ließ Luciano mich genau in diesem Augenblick wieder los. Enttäuscht sah ich den mir mit einem sarkastischen Lächeln zuzwinkernden Oheim an, der sich gerade wieder aufrichtete. „Bist du sicher, dass diese Bestrafung ausreicht?", foppte ich ihn und blickte ihn sehnsüchtig an.

„Meiner Ansicht nach war das bereits zu viel", schaltete sich plötzlich mein Großvater ein. Wann genau er dazugekommen war, konnte ich nicht sagen. Er zog seinen dunkelhäutigen Sohn etwas zur Seite, während er zu mir sagte: „Es wird Zeit, dass du den Mann kennenlernst, der deinen Leib wahrhaft in Flammen zu versetzen versteht. Er hat mir mitgeteilt, dass er dich morgen im Tempel des Gottes der Liebe erwartet. Ich bin überzeugt, dass du nach einer Begegnung mit ihm nicht mehr nach dieser Art der Berührung vonseiten deines Oheims verlangst." Was er seinem Sohn mitteilte, bekam ich nicht mit, da sie sich nicht laut unterhielten. Ihre Verständigung fand auf einer anderen Ebene statt, die mir zu betreten verwehrt war.

„Hast du den Wunsch zu erfahren, wie sich deine nicht abgeschirmten Gedanken für uns anfühlen, Fanai?", lenkte Cameron meine Aufmerksamkeit mit einem verstehenden Lächeln auf ihn.

„Erkläre es mir!" Mit einem lauten Seufzer musste ich anerkennen, dass dieser Kuss der letzte war, den ich von Luciano erhalten sollte. Damit ich nicht weiter darüber traurig war und nachgrübelte, nahm ich die Ablenkung meines mittelblonden Oheims gerne an.

„Wenn du möchtest, knete ich dich weiter durch. Bei mir sieht selbst dein Großvater keinen Grund, warum er mich davon abhalten sollte."

„Obwohl du auch sehr zärtlich sein kannst", konnte ich mich nicht zurückhalten, ihm dieses Kompliment zu machen. Ich hoffte, dass er meine Gedanken diesmal richtig las, in denen ich an seine Liebkosungen meiner Lippen dachte.

„Du weißt, dass dieses Bild nicht nur für mich fassbar ist? – Mein Vater weiß, warum ich das getan habe und dass ich niemals weitergegangen wäre. Auch bei Luciano würdest du nie erleben, dass er mehr als diese Küsse zu geben vermag, Schwestersohn. Für ihn ist es ein schönes, neckisches Spiel. Du kannst froh sein, dass er dich mag, ansonsten wird es für sein Gegenüber meist recht unangenehm, wenn er in der richtigen Stimmung ist. Schon so mancher Zeitvertreib hat für andere tödlich geendet. Selbst unser nichtsnutziger Bruder Eivin sah schon einmal recht lädiert aus, nachdem er Luciano etwas zu sehr gereizt hatte."

Cameron hatte, während er sprach, damit begonnen die Muskeln meiner Arme zu lockern. So konnte ich ihm in sein besorgt dreinblickendes Antlitz sehen.

„Diese Geschichte wirst du mir bei einer anderen Gelegenheit erzählen, wolltest du doch sagen?", äußerte ich meine Gedanken laut, woraufhin er mich erstaunt ansah. „Nein, ich habe nicht die Fähigkeit zu lesen, was du denkst, aber ich fand es nachvollziehbar. Ist wahrscheinlich auch so eine Wirkung des Rhodonits."

Mein Oheim schüttelte sein Haupt, ließ aber nicht von seiner Tätigkeit ab. „Dann lass uns über die eigentliche Angelegenheit reden, Fanai. – Zunächst einmal möchte ich, dass du begreifst, wie ein Magier die Gedanken der Menschen um ihn herum empfindet, bevor ich dir erkläre, wie wir uns abschirmen. Mir fällt gerade ein, dass du mit dem Drachen Lung bereits die Erfahrung gemacht hast, wie sehr lautes Denken sich anfühlt. Jetzt stell dir einmal vor, dass du von mehreren Wesen umgeben bist, die alle gleichzeitig verschiedene Erinnerungen oder Ansichten in ihrem Haupt bewegen. Vielleicht ist es auch einfacher für dich, dich an den Krach zu erinnern, der bei den Mahlzeiten in der Burg herrschte, wenn alle Adligen mitsamt den Kindern an der Tafel saßen. Jeder redete mit seinem Nachbarn oder über den Tisch hinweg. Dieses Stimmengewirr ist in etwa das, was uns Magiern von den menschlichen Gedanken her widerfährt, wenn wir uns nicht dagegen abschirmen."

Ich nickte und verzog kurz vor Schmerz das Antlitz, da Cameron nun an einem Muskel des linken Oberschenkels eine Verhärtung löste. Tief durchatmend vertrieb ich das unangenehme Gefühl. „Ich verstehe. Allerdings bin ich im Moment der einzige Mensch weit und breit, der, so glaube ich, nicht so laut wie Lung denkt. Außerdem hast du mir gesagt, dass du als Magier in der Lage bist, dich abzuschirmen. Warum beschwerst du dich dann?" Ich sah ihn wissbegierig an.

„Betrachte es einmal aus deiner Sicht, Fanai. Noch bevor du etwas aussprichst, wissen Vater, Luciano und ich bereits, was du sagen willst. Aber auch alles, was du gerne für dich behalten würdest, liegt offen vor uns, als hättest du es uns mitgeteilt. Vielleicht erinnerst du dich einmal an Gespräche innerhalb der Burg. Es gab so einige Augenblicke, in denen wir dir auf Fragen oder Gedanken geantwortet haben, ohne dass du sie ausgesprochen hast. Du hast uns dann ganz verblüfft gemustert und vermutet, dass wir dir dies angesehen hätten. Andererseits hast du manches Mal geglaubt, dass wir eine dir unbekannte Art, uns zu verständigen hätten. Dem ist, wie du nun weißt, auch so."

247

„Was du mir mit deiner langen Rede sagen willst, ist doch, dass es dir peinlich ist, wenn du alles über mich weißt, ohne dass ich dir die Erlaubnis gebe, mich auszuhorchen. Du willst, dass ich mir bewusst bin, welche Gedanken ich mit dir teilen und welche ich für mich behalten möchte. Stimmt's?", fasste ich seine Worte zusammen, woraufhin er diesmal nickte. „Gut. Das kann ich nachvollziehen. Aber heißt das auch, dass jeder Magier meine Gedanken so einfach lesen kann?"

„Natürlich, Fanai. Diese Gabe hat jeder von uns, wenn sie sich auch bei dem einen Magierkind früher und bei dem anderen später zeigt. Vollmagier, wie mein Vater oder der Großkönig, besitzen sie seit ihrer Erschaffung. – Frag mich bitte nicht, wie alt dein Großvater ist, das weiß ich auch nicht. Aber auf keinen Fall ist er so jung, wie er aussieht, doch das hast du ja bereits herausgefunden, nachdem du das Regelwerk des Ordens gefunden hattest. Glaube mir: Selbst damals war er weit älter, als er jetzt wirkt. Magier altern sehr langsam. Ja, selbst Luciano und ich haben wesentlich mehr naishi[11] gesehen, als man uns ansieht. – Aber wir kommen mal wieder vom eigentlichen Problem ab!" Mittlerweile war er an meinen Füßen angekommen und gönnte mir mit seinen Händen eine Entspannung, die fast so berauschte, wie die Küsse seines Bruders.

„Jetzt habe ich verstanden, warum du möchtest, dass ich mich – wie sagst du gleich? – abschirme. Dann erkläre mir doch einmal, wie ich das machen soll, Cameron", forderte ich ihn auf, obwohl es ausgereicht hätte, dies nur zu denken, wie ich soeben erfahren hatte. Da er sich mit mir aber unterhalten wollte, wie konnte ich da so unhöflich sein und nicht mehr mit ihm sprechen?

„Für einen einfachen Menschen ist das wohl nicht möglich, aber du hast genügend Magierblut in dir, dass es bei dir gelingen müsste", war seine Antwort. „Jetzt schlaf bitte nicht ein, bevor ich dir erklärt habe, was du tun musst!"

Er schien diese Äußerung für angebracht zu halten, da ich ihn angähnte. „Ich werde mir Mühe geben, Oheim."

„Stell dir eine große Blase vor, wie sie manchmal auf der Milch zu

---

[11] naishi = Jahreszeiten (naish = Jahreszeit)

sehen ist, wenn du sie von einem Gefäß in ein anderes umschüttest. Und dann vergrößere sie in Gedanken soweit, dass dein ganzes Haupt hinpasst. Bekommst du das hin?"

„Ja, das kann ich mir vorstellen. Und nun?" Wieder musste ich gähnen.

„Ich glaube, ich sollte mich beeilen, sonst schläfst du mir doch noch ein", stellte der mittelblonde Mann fest und ließ meinen Fuß los. „Jetzt musst du daran glauben, dass die Blase so undurchdringlich ist, dass selbst ein Pfeil ihre Haut nicht durchbohren kann."

„Sie soll aber durchsichtig bleiben oder?", fragte ich zweifelnd. Diesmal riss ich meinen Mund besonders weit auf.

„Richtig. Und nun denke ein einziges Wort, Fanai!" Er sah mich durchdringend an, wohl daran zweifelnd, dass ich seinem Wunsch nachgekommen war.

Bett, dachte ich, weil das für mich naheliegend war und ich mich nicht mehr richtig sammeln konnte.

„Nichts!", jubelte Cameron. „Ich habe kein Wort lesen können! Und auch Vater und Luciano haben … Fanai, schläfst du etwa?"

„Fast", antwortete ich im Halbschlaf. „Es war übrigens das Wort Bett, an das ich gedacht habe. Und nun lass mich in Ruhe."

„So leicht kommst du mir nicht davon, Schwestersohn! Du stehst jetzt auf und isst etwas! Danach kannst du dich auf deine Decken legen und die ganze Nacht durchschlafen." Cameron war unerbittlich. Ohne auf meine gemurmelte Ablehnung einzugehen, half er mir, mich hinzusetzen und zog mich wieder an. Ich ließ alles mit mir geschehen, sogar, dass er mich auf die Füße zog und ich barfuß über den kalten Felsboden mit den spitzen Steinen laufen musste. Allerdings brachte diese Tortur mich wieder dazu, richtig wach zu werden.

„Du hast Talent, Fanai!", lobte mich mein Großvater, als mein Oheim und ich uns zu ihm und Luciano ans Feuer setzten.

Langsam wurde es dunkel. Noch aber tauchte die untergehende Sonne die Bergspitzen und auch unseren Lagerplatz in rotes und orangefarbenes Licht. Leider hatte ich gar keinen Sinn für dieses herrliche Naturschauspiel. Ich wollte so schnell wie möglich auf mein Lager, weshalb ich die mir von Luciano dargereichte mit Butter bestrichene und mit einer dicken Käsescheibe belegte Brotscheibe hastig herunterschlang. Die Ziegenmilch aus meinem Becher kippte ich schnell hinterher, wischte mir den Mund am Ärmel ab und stand wieder auf.

„Gute Nacht!", wünschte ich den Dreien und schlich zu meinen Decken.

„Manieren solltet ihr ihm eigentlich mittlerweile beigebracht haben", hörte ich meinen Großvater sagen, während ich mich hinlegte und zudeckte.

„Ich habe dir ja gesagt, dass du mich viel zu früh zurückgehalten hast, Vater", machte Luciano ihm einen wohl nicht ganz ernst gemeinten Vorwurf. „Allzu gerne hätte ich ihn für seine Unhöflichkeit nochmals bestraft."

„Du meinst wohl eher belohnt, Luciano!", stellte Cameron fest, woraufhin alle drei laut lachten.

Kurz darauf war ich auch schon eingeschlafen.

21. Kapitel: Einführung in die Kunst der Liebe

Am späten Nachmittag des nächsten Tages erreichten wir das Ufer eines großen Sees, in dessen Mitte sich eine Insel befand. Sie war nur schemenhaft zu erkennen, da sie weit entfernt von unserem Standplatz aus lag.

„Ich hoffe, Fanai, dass deine Zappeligkeit sich legen wird, wenn du dem Mann gegenüberstehst, mit dem ich für dich ein Stelldichein vereinbart habe", seufzte mein Großvater genervt.

Seit ich morgens aufgestanden war, hatte ich sowohl ihn als auch Luciano und Cameron mit Fragen über diesen geheimnisvollen Liebhaber gelöchert. Allerdings hatten sie sich strikt geweigert mir auch nur ein Wort über ihn zu verraten. Sie hatten mich zunächst nur vielsagend angegrinst. Später hatten sie mich hingehalten mit Sätzen wie: „Du wirst schon sehen." „Lass dich überraschen!" „Er wird dir erst zeigen, was dein Leib zu empfinden imstande ist."

Gegen Mittag verdrehten sie bereits die Augen, wenn ich sie auf meine zukünftige Begegnung ansprach, und baten mich um Geduld. Wie konnten sie das von mir verlangen? Sie kannten den besten Lehrer, den ich für das Liebesspiel bekommen konnte, ja bereits. Ich aber hatte keine Ahnung, wer er war und was mich erwartete. Warum sollte ich nicht aufgeregt sein?

„Beschreibt mir wenigstens, wie er aussieht!", bat ich sie schließlich, kurz bevor der See in Sichtweite kam. „Ist er jung oder alt? Ist er hellhäutig oder so dunkel wie du, Luciano? Welche Haarfarbe, welche Augenfarbe hat er? Wie ist seine Statur, klein oder groß, kräftig oder schlank, muskulös oder eher schmächtig? Lebt er ständig im Tempel des Liebesgottes? Wie sieht dieser Tempel aus? Wie soll ich ihn anreden? Muss ich ihm in einer bestimmten Weise meine Ehrerbietung zeigen? Was …"

„FANAI!", rief mich mein Großvater schließlich zur Ordnung. „Wenn du nicht gleich den Mund hältst, sorge ich mit Magie dafür. Ich werde dir nur zwei deiner vielen Fragen beantworten, denn sie scheinen mir die einzig vernünftigen. Sobald wir auf ihn treffen, solltest du dich tief vor ihm verneigen. Bitte nimm dich zusammen und starre ihn nicht an! Und wie du ihn anreden sollst, wird er dir am besten selbst mitteilen. – Sieh mal nach vorn! Dort kannst du den See bereits erkennen. Bevor du mich jetzt weiter mit Fragen überschwemmst, sage ich dir, dass wir das Ruderboot, welches dort unten am Steg liegt, nehmen werden. Damit du dich etwas beruhigst, wirst du uns beide hinüber zur Insel rudern. Vielleicht hilft die Anstrengung dir ja, endlich deinen Mund zu schließen."

Im Galopp jagten meine Begleiter mitsamt ihren Handpferden auf das Ufer zu. Alda ließ sich anstecken und setzte ohne mein Zutun hinterher.

Am See angekommen stiegen Großvater und ich in den Kahn. Ich nahm sogleich die Ruder auf und legte mich in die Riemen.

Nachdem ich eine beachtliche Strecke auf den See hinaus gerudert war, hatte mein Großvater Erbarmen mit mir. Wahrscheinlich war er froh, dass ich schon seit einer ganzen Weile aufgrund meiner ermüdenden Tätigkeit nichts mehr gesagt hatte.

„Nimm die Riemen ins Boot, Fanai!", forderte er mich auf und zeigte auf die Ruder. „Ich möchte nicht, dass du dich völlig verausgabst. Da du endlich ruhig bist und das auch hoffentlich bleiben wirst, habe ich mich entschlossen, uns mit Magie den Rest der Strecke bis zur Insel zu bringen."

Ich tat, was er wollte. Sogleich fuhr der Kahn von ganz allein über das Wasser. Auf welche Weise mein Großvater seine Magie eingesetzt hatte, war mir entgangen. Vielleicht brauchte er im Gegensatz zu seinen Söhnen keine Gesten mehr mit den Händen auszuführen.

So schwer es mir auch fiel, weder etwas zu sagen, noch allzu sehr herumzuzappeln, riss ich mich zusammen. Auf keinen Fall wollte ich ganz und gar verschwitzt und am Ende meiner Kräfte vor diesen Fremden treten. Nicht, dass er noch einen völlig falschen Eindruck von mir bekam!

Bald schon hielt das Boot neben einem Anleger am Inselufer an. Die Befestigungsleine schlang sich von selbst um den Pfosten. Dann stiegen wir aus.

Über den Steg erreichten wir einen Sandstrand, der durch Büsche und Bäume vom Inselinnern abgegrenzt wurde. Ein schmaler Fußpfad führte mitten hindurch. Zunächst sah dieser Wald vollkommen wild und urwüchsig aus, doch je weiter wir gingen, desto lichter wurde er. Um uns herum zwitscherte und summte es. Schließlich wichen die Bäume zurück und wir betraten einen herrlichen Garten.

Obgleich es bereits Ende des Gilbhards war, blühten hier die herrlichsten Blumen und Sträucher. Je tiefer wir hineingingen, desto mehr staunte ich. Krokusse standen neben Astern und Rosen knospten zwischen Tulpenbäumen. Es gab Beete, die von Kieswegen durchschnitten wurden. Schmiedeeiserne Bögen, an denen Weinranken mit reifen Trauben hingen, spannten sich über grasbewachsene Pfade. Äpfel leuchteten rot, gelb und grün aus dem frischen Frühlingslaub, während sie gleichzeitig blühten. Ich wusste gar nicht, wo ich zuerst hinsehen sollte. Aber nicht nur die Unmenge an Pflanzen machte mich sprachlos. Zwischen ihnen flogen die buntesten Vögel und die seltsamsten Schmetterlinge. Eine zahllos erscheinende Menge an Insekten summte in diesem Blütenmeer. Auf den Wiesenflächen hoppelten Kaninchen zwischen Schafen und Ziegen. Gänse und Enten schnatterten und zischten auf ihrem Weg von einem Zierteich zum nächsten. Pfauenhähne schlugen Räder und deren unscheinbare Hennen führten ihre Kükenschar herum.

Hie und da lud eine Bank zum Verweilen ein, erfreute ein Wasserspiel oder ein mit Ornamenten verzierter Brunnen. All diese Pracht ließ mich erschaudern vor Freude. Es gab soviel zu entdecken, was ich gar nicht alles aufzählen kann.

Doch das Prächtigste stand in der Mitte des Gartens. Es war der Tempel des Liebesgottes. Das Gebäude war mit bunt bemalten Figuren von Menschen, Tieren und Pflanzen übersät. Für mich sah es wie ein heilloses Chaos aus, da sie alle durcheinander angebracht waren. Mir schwirrte bereits vom Hinsehen das Haupt.

„Dort ist der Mann, mit dem ich dich bekannt machen wollte, Fanai", holte mein Großvater mich in die Wirklichkeit und somit auf den weißen Kiesweg zurück.

Nicht weit entfernt, auf einer reich verzierten Bank saß ein blondgelockter, braungebrannter Engel. Ja, im ersten Moment kam er mir wirklich so vor, da ich nicht glauben konnte, dass ein Mann so gut aussehend sein konnte. Er war muskulös und sah in etwa so alt wie mein Großvater aus. Als wir näher kamen, stellte ich fest, dass er hellblaue Augen hatte und ein Lächeln, das mich sofort für ihn einnahm.

Sein Gewand war aus weißem feinen Leinen und mit Goldfaden bestickt. Ich erkannte sogleich die Symbole Tangalans, die sich auf Hemd und Hose verteilten. Liebe, Gnade, Demut, Vergebung, Frieden, Verständnis standen neben Kampf, Schmerz, Trauer, Tod und unzähligen anderen. Fast hätte ich meinen können, dass sämtliche Begriffe der tangalanischen Sprache dort versammelt waren.

Mittlerweile standen Großvater und ich vor ihm. Wahrscheinlich hätte ich das noch nicht einmal bemerkt, da ich so in das Lesen der Zeichen versunken war. Aber mein Begleiter stieß mich mit dem Ellenbogen an und holte mich so wieder in die Wirklichkeit zurück.

Der schöne Mann stand auf, umarmte meinen Großvater und meinte: „Ich freue mich, dich zu sehen, Rell. Besonders, da du mir eine solche Freude machst und mir deinen Tochtersohn anvertraust."

Beide Männer trennten sich nicht sofort, sondern fassten sich gegenseitig an den Oberarmen und sahen sich eine Zeit lang lächelnd an. Ich war mir sicher, dass sie gedanklich miteinander sprachen. Dann ließen sie wieder voneinander ab, wobei mein Großvater einen Schritt nach hinten tat.

„Darf ich dir Fortan vorstellen, den Sohn meiner Tochter Shira Leora. Er hat sich selbst den Namen Fanai gegeben. Er ist der Wanderer, welcher die Götter erlöst hat", stellte mich mein Großvater vor, nachdem sie sich voneinander gelöst hatten.

Ich verbeugte mich nicht einfach vor ihm, sondern wollte ihm meine Verehrung bekunden, indem ich vor ihm in eine Kniebeuge sank. Die Aura dieses Mannes war so stark, dass er kein gewöhnlicher Freund meiner Familie sein konnte. Er musste ein mächtiger Magier sein. Doch noch hatte ich die Bewegung erst halb ausgeführt, da umfassten seine Hände meine Oberarme und hinderten mich daran. Erstaunt sah ich auf und blickte ihm verwirrt ins Antlitz.

„Hier bin ich nur dein Lehrer, Fanai", stellte er fest und zog mich in eine herzliche Umarmung.

Mit einem tiefen Seufzer anerkannte ich die Liebe, welche mich umfing, und war froh um die kräftigen Arme, die mich hielten. Mein ganzer Leib jubilierte. Es fühlte sich an, als ob Licht in mich strömte und Wärme mich ausfüllte. Leider dauerte dieses Glückserlebnis nur wenige Augenblicke, ehe er mich wieder entließ. Da er bemerkte, dass ich mich schwach fühlte und nicht mehr auf den Beinen halten konnte, nötigte er mich, auf der Bank Platz zu nehmen. Ich war dermaßen verwirrt von all diesen Gefühlen, dass ich gar nicht mitbekam, ob die beiden Männer sich noch laut unterhielten. Erst als Großvater sich vor mich hockte und sich verabschiedete, fand ich in die Wirklichkeit zurück.

„Ich werde dich jetzt bei Jolar zurücklassen, Fanai. Sei anstellig und mach mir keine Schande, Tochtersohn!", war alles, was er sagte. Er umarmte mich kurz und erhob sich dann wieder.

„Ich danke dir, Rell, dass du mir ein solches Geschenk machst. Ich weiß zu würdigen, was es für dich bedeutet. Lebe wohl!", hörte ich den Mann, den Großvater mit Jolar benannt hatte, sagen. Dann umarmten sich die beiden und der Vater meiner Mutter verschwand mit schnellen Schritten wieder im Garten.

Irritiert sah ich ihm nach, bis er aus meinem Blickfeld verschwand. So bemerkte ich erst jetzt, dass sein Freund sich neben mich gesetzt hatte. Zwischen uns hatte er allerdings soviel Platz gelassen, dass noch gut eine weitere Person dorthin gepasst hätte.

„Was wolltet Ihr …", begann ich, ohne ihn anzusehen, wurde aber sogleich unterbrochen.

„Ich habe dir das Du angeboten, Fanai", erinnerte er mich mit seiner einfühlsamen Stimme. „Wirke ich so erhaben auf dich, dass du mich so weit über dich stellen musst?"

„Aber Ihr seid ein mächtiger Mann, da Ihr ein Freund meines Großvaters seid. Dass Ihr ein Magier seid, spüre ich. Mittlerweile habe ich Übung darin, dem zu vertrauen, was ich fühle. Wie könnte ein Bastard wie ich Euch wie einen Gleichgestellten anreden?" Ich hoffte, dass meine Ehrlichkeit bei ihm so gut ankam wie bei meiner Familie. Das Wort Bastard hatte ich bewusst benutzt, um zu erfahren, wie er darauf ansprach.

„Hier bin ich einfach nur Jolar. Solange wir beide auf dieser Insel sind, habe ich keinen Titel und keinen Stand. Aber du hast recht mit dem, was du über mich gesagt hast. In dir steckt mehr vom Erbe deiner Mutter, als dein Großvater mir mitgeteilt hat. Ich denke, dass er durch eure nahe Verwandtschaft nicht ganz unvoreingenommen ist. – Aber lassen wir das! Bitte versuche in mir einfach nur einen Mann zu sehen, der dir helfen will mit dem klarzukommen, was du durch Luciano entdeckt hast." Seine Worte waren einfach und ehrlich.

Der Rhodonit half mir auch zu erkennen, dass dieser Mann sich so gab, wie er wirklich war. Deshalb traute ich mich auch ihm ins lächelnde Antlitz zu schauen und ihn das zu fragen, was ich wissen wollte, bevor er mich unterbrochen hatte. Dabei gab ich mir alle Mühe ihn mit dem vertraulichen Du anzusprechen.

„Du hast da eben etwas zu meinem Großvater gesagt, was mich sehr durcheinandergebracht hat. Soll das etwa heißen, dass er mich loswerden wollte und ich nun Euer … äh dein Eigentum bin?" Anfangs hatte ich versucht sachlich zu bleiben, aber zuletzt war ich doch empört darüber, dass Rell-Peras und seine Söhne mich so hereingelegt haben sollten. Ehrlich gesagt hatte ich Mühe sitzen zu bleiben. Atem und Herzschlag beschleunigten sich. Meine Hände nervös knetend, wandte ich den Blick ab. Sollte er jetzt wütend werden und auf mich losgehen, wollte ich nicht sehen, wie sich seine Miene zu einer Fratze veränderte. Einerlei, ob er mich jetzt schlagen oder von der Bank zerren und auf den Boden stoßen würde, um auf mich einzutreten, ich wollte die Vorzeichen nicht sehen.

„Für was für eine Bestie hältst du mich, Fanai?", fragte er stattdessen und lachte laut. „Ich heiße weder Drutmar noch Ebermut. Und dein Großvater hatte zwar für einige Zeit die Gestalt deines leiblichen Vaters angenommen, aber ich kann dir versichern, dass er damit noch lange nicht dessen Charakter übernommen hat. Du hast da etwas völlig falsch verstanden. Ja, ich habe gesagt, dass ich ihm dafür danke, dass er mir ein solches Geschenk gemacht hat und zu würdigen weiß, was dies bedeutet. Aber das heißt noch lange nicht, dass er dich mir überlassen hat. Rell und ich sind schon so lange befreundet, dass er so etwas wie ein Bruder für mich ist. Niemals hätte ich zu hoffen gewagt, dass er mir einmal ein Kind seiner Familie bringen würde, um dieses anzuleiten sich selbst so anzunehmen, wie es ist. Dieses Geschenk ist wohl das größte, welches er mir machen konnte. Du wolltest doch lernen, was es heißt, das Lager mit einem Mann zu teilen, der dich annimmt und nicht für seine Zwecke missbraucht. Sowohl Rell als auch Luciano haben dir mehrfach gesagt, dass nur ich dafür infrage käme. Glaubst du, dass der Großmeister der Elementeritter und der am meisten gefürchtete Ritter dieses Ordens es nötig hätten, dich anzulügen? Mittlerweile solltest du deinen Gefühlen soweit vertrauen, dass du weißt, wie sehr sie dich ins Herz geschlossen haben. Für alle drei gehörst du zur Familie. Niemals würden sie etwas tun, was dir schaden könnte. Außerdem muss ich dir sagen, dass es für mich nicht ganz einfach war, mich von meinem Amt zurückzuziehen, um mit dir einige Tage verbringen zu können. Wer aber hätte es mehr verdient als der Wanderer, dass ich ihn mit dem belohne, was er sich so sehnlich wünscht? Alles andere kann hinter diesem Anliegen zurückstehen. Was sind Macht und Stand gegen Glück und Heilung?"

Seine angenehme Stimme und die offene Art, wie er mich ansah, überzeugten mich von seiner Lauterkeit. Ja, ich wagte es sogar, ihm in die strahlend hellblauen Augen zu sehen. Und genau das war der Moment, in dem mich ein Gefühl überspülte, dass nur Liebe sein konnte. Es raubte mir den Atem, so überwältigte es mich.

„Fanai, vergiss nicht Luft zu holen!", erinnerte mich Jolar lächelnd daran, dass mein Leib diese benötigte. Ansonsten tat er nichts, was mich beunruhigen könnte. Ruhig lagen seine makellosen Hände auf seinen kräftigen Oberschenkeln. Außerdem wahrte er noch immer den gleichen körperlichen Abstand zu mir.

Ich atmete ein paar Mal tief ein und aus, um mich zu beruhigen. Außerdem senkte ich den Blick, denn, wenn ich ihn weiter angesehen hätte, wäre meine Sammlung dahin gewesen. Schließlich hatte ich mich wieder soweit im Griff, dass ich meine Neugier nicht länger bezwingen konnte. „Was hat Euch … dir mein Großvater über mich mitgeteilt? Ich meine … über meine Wünsche … über das, was ich mit Luciano ausprobiert habe, als er sich noch Rabanus nannte? … Würdet Ihr … äh würdest du … ich meine … was …" Vor Aufregung bekam ich keinen vernünftigen Satz zustanden, trotzdem hoffte ich, dass er verstand, worauf ich hinaus wollte.

„Fanai, bitte nenne mich Jolar", schickte er voraus. Allein seine Stimme jagte mir schon beglückende Schauder über den Leib. Ich konnte gar nicht anders, als meine Augen ihm zuzuwenden. Dabei betrachtete ich seine nackten Füße – seltsam, dass mir dieser Umstand erst jetzt auffiel – und ließ meinen Blick langsam an seinen muskulösen Beinen hinaufwandern. Meine Betrachtung beendete ich erst bei seinen noch immer auf den Oberschenkeln ruhenden kräftigen Händen.

„Rell-Peras hat mir mitgeteilt, dass du in deinem Leben nur Schmerz und Misshandlung kennengelernt hast. Erst nachdem sich Luciano und Cameron deiner angenommen hatten, hast du bemerkt, dass dein Leib auch zu ganz anderen Empfindungen fähig ist. Auch Luciano hat mit mir Verbindung aufgenommen. Er wollte sichergehen, dass ich ganz behutsam mit dir umgehen würde. Ich hoffe, du siehst es nicht als Vertrauensbruch an, dass er mir Bilder von dem übermittelte, was er bereits mit dir ausprobiert hat. Zum ersten Mal, seit ich ihn kenne, hat er es gewagt, mir Vorschriften zu machen, was ich mir bei dir auf keinen Fall erlauben soll. Dabei weiß er, dass ich in meiner Eigenschaft als Lehrer niemals jemanden zu etwas zwingen würde, was er nicht zu tun bereit ist. Aber durch die Mitteilungen von dem, was er über dich weiß und dem, was dein Großvater in Erfahrung bringen konnte, ist mir klar, dass ich mit dir sehr behutsam umgehen muss, Fanai. Du musstest so viel erdulden, dass du nicht glauben kannst, dass ein völlig fremder Mann bereit wäre, auf deine Wünsche einzugehen. Aber genau das möchte ich. Sag mir, was ich tun kann, damit du mir vertraust." Er streckte mir seine geöffnete Handfläche entgegen.

„Das heißt, dass Ihr mit mir eine Art Vereinbarung treffen wollt, dessen Bedingungen ich ganz allein bestimmen kann?", wollte ich wissen und traute mich nun seine Brust zu mustern und langsam mit den Augen an dieser hinauf bis zu seinem offen lächelnden Antlitz zu wandern.

„So ist es, Fanai! Wenn du dafür bereit bist, lege deine Hand auf die meine und übermittle mir in Gedanken, was du von mir erwartest und wie weit du mit mir zu gehen bereit bist. Falls du es dir zwischendurch anders überlegen solltest, werde ich auch das billigen und deinen neuen Wünschen entsprechen. Ich werde dich weder mit Magie, noch auf andere Art zu etwas zu zwingen, wozu du nicht bereit bist."

Ich brauchte einen Moment, ehe ich mich äußern konnte. „Da mein Großvater und meine Oheime dir so sehr vertrauen, sollte ich dem nicht nachstehen." Dann legte ich meine wesentlich kleinere und zartgliedrigere Hand auf die Seine. Entgegen meinen Erwartungen, umschloss er sie nicht, sondern sandte mir nur ein Gefühl der Geborgenheit. Ich stellte mir vor, was Luciano getan hatte, um dieses herrliche Kribbeln in meinen Leib auszulösen.

„Unser Bund sei hiermit geschlossen", sagte er feierlich. „Ich habe deine Bilder empfangen und bin bereit, deine Wünsche zu achten. Solltest du weiter gehen wollen, brauchst du mir nur die entsprechenden Vorstellungen zu senden. – Nein, Fanai, es stört mich gar nicht, dass du noch nicht gelernt hast, deine Gedanken abzuschirmen. Für unser Zusammensein ist es sogar sehr hilfreich, denn ich möchte nicht, dass du dich zu etwas verpflichtet fühlst, nur um mir zu gefallen. Du allein bestimmst, was du erleben möchtest. Ich werde nicht verletzt sein, wenn du Angst oder Bedenken hast. Mir und auch deiner Familie gegenüber bist du an nichts gebunden."

Während er sprach, war mir der Gedanke gekommen, dass es ihn genauso ermüden würde wie meine Familie, dass ich noch nicht gelernt hatte, eben diese vor Magiern richtig zu schützen. Wie froh war ich, dass er sofort darauf einging und mir diese angenehme Mitteilung machte.

„Ich freue mich, dass Ihr ... äh du das so siehst", gab ich erleichtert zu und sah ihm ins Antlitz. „Wie aber hast du dir … ich meine …"

„Nein, wir werden uns nicht hier draußen auf der Wiese vergnügen, Fanai", sicherte er mir lächelnd zu. „Lass uns dafür den Tempel des Gottes der Liebe aufsuchen. Dort gibt es einen Raum, der nur uns gehören wird. Keiner wird uns stören, aber wir werden alles, was wir benötigen, stets zur Verfügung haben."

Er beugte sich über meine Hand und hauchte einen Kuss darauf. Allein die Berührung seiner weichen Lippen jagte einen angenehmen Schauer über meinen Leib. Daher war ich richtig enttäuscht, dass diese Liebesbekundung nicht länger andauerte und er seine Hand unter meiner wegzog.

Ohne noch ein Wort zu sagen, stand er auf und winkte mir, ihm zu folgen. Noch etwas verwirrt brauchte ich einen Augenblick, bis ich begriff, was er von mir verlangte. Dann aber lief ich dem viel zu gut aussehenden Mann hinterher, der mit schnellen Schritten auf die zum Tempel hinaufführende Treppe zusteuerte. Kurz bevor er die erste Stufe betrat, holte ich ihn ein.

„Würdest du die Stiefel ausziehen, Fanai? Der Gott der Liebe schätzt es nicht, wenn sein Heim mit Fußbekleidung betreten wird", bat Jolar mich, womit ich auch eine Erklärung dafür bekam, weshalb er selbst barfuß war.

Ich tat ihm und dem Gott den Gefallen, behielt meine Fußbekleidung aber in der Hand. Mit einem gefälligen Nicken bestätigte mein Lehrer diese Entscheidung.

Nebeneinander, aber ohne uns zu berühren, stiegen wir die sieben dunkelroten mit tangalanischen Schriftzeichen verzierten Marmorstufen hinauf. Da ich mich bemühte die Symbole zu lesen, dauerte es etwas, ehe wir vor der geschlossenen Eingangstür ankamen. Dort blieb Jolar stehen und sah mich mit einem amüsierten Lächeln an. „Rell hat mir gesagt, dass er dir die Gabe des Lesens und Schreibens geschenkt hat. Leider hat sie dir hier nicht die Erkenntnis gebracht, die du gerne gehabt hättest. Nicht wahr, Fanai?"

„Ja, da liegt Ihr … äh da liegst du richtig", musste ich enttäuscht zugeben. „Auf der ersten Stufe steht der Satz >Betrittst du meinen Garten, achte meine Gesetze!<, dann folgt: >Lasse dein Schuhwerk und deine Strümpfe zurück, wenn du mich besuchen möchtest!<. Die Aussage auf der Dritten bedeutet wohl: >Gehst du weiter, erlebst du entweder die größten Wonnen oder den tiefsten Schmerz!<. Die Zeichen der Nächsten lauten: >Überlege genau, ob du weitergehen willst, denn ab der nächsten Stufe gibt es kein Zurück mehr!<. Auf den folgenden drei Stufen stehen keine ganzen Sätze mehr, sondern nur einzelne Wörter. Es ist eine bunte Mischung aus allen möglichen Zeichen."

„Auf den drei Stufen erblickst du das reine Leben. Es ist eine tangalanische Eigenart solcherart darauf aufmerksam zu machen", erklärte der blonde Mann und zuckte mit den Schultern. „Du glaubtest einige Erkenntnisse über das, was dich erwartet oder von dir erwartet wird, dort festgeschrieben zu finden. Eigentlich erfüllen die ersten vier Sätze zumindest einen Teil. Es sind Regeln oder Erfahrungen, welche die Erbauer des Heiligtums gemacht haben. Aber alles wollten sie nicht enthüllen. Jeder muss auf seine persönliche Art lernen. Genau das soll die Flut an Symbolen dir sagen. – Möchtest du von und mit mir lernen, Fanai? Wir stehen vor dem Tor der Entscheidung. Jetzt ist es an dir, entweder gemeinsam mit mir hindurchzugehen und dich auf Unbekanntes einzulassen oder dich umzuwenden und alles hinter dir zu lassen. Sobald wir durch den Türbogen gegangen sind, wird dich eine Atmosphäre empfangen, die dazu gedacht ist, dich mit allen Sinnen in das Abenteuer zu stürzen. Der Liebesgott und seine Diener sind sehr einfallsreich, um dich zu verführen. Berauscht wirst du nicht nur lernen wollen, sondern sogar müssen." Jolar sah mich ernst an.

„Ich möchte lernen, was mich Luciano nicht lehren konnte. Ich will erfahren, wie mein Leib darauf antwortet, wenn er in Flammen steht. Ich möchte spüren, dass ich mehr als Schmerz empfinden kann, sobald ein Mann mit mir das Lager teilt. Ja, ich bin bereit, mit dir den Tempel zu betreten und mich auf dich einzulassen, Jolar. Lehre mich die Wonnen der körperlichen Vereinigung!" Während ich die Worte sorgfältig wählte, sah ich dem Magier tief in die himmelblauen Augen.

„Du bist wahrlich bereit, Fanai. Gib mir deine Hand und lass uns gemeinsam die Tür zum Paradies öffnen!" Jolar reichte mir die Seine und ich legte meine hinein. Kaum hatte er sie zärtlich umschlossen, drückten wir mit den freien Händen gemeinsam gegen die Flügel der Doppeltür. Sogleich schwangen die so schwer und massiv aussehenden Holztore nach innen auf.

Ein herrlicher Duft umfing mich und sog mich regelrecht in den Raum hinein. Es war, als würde ich schweben, so benebelte er meine Sinne. Gleichzeitig schien mein Blick klarer zu werden und ich gewahrte jede Einzelheit um mich herum. Kerzen in den Farben des Regenbogens verbreiteten ein angenehmes Licht. Der Boden bestand aus buntem Mosaik mit verschlungenen Linien. Die Wände schienen aus einem Gewirr von ineinanderwachsenden Pflanzen zu bestehen. Als ich sie jedoch näher betrachtete, stellte ich fest, dass sie nicht lebten, sondern naturgetreu nachempfunden waren. Der Maler musste ein wahrhafter Meister seines Faches gewesen sein. Andererseits konnte natürlich auch Magie sie erschaffen haben. Die gewölbte Kuppeldecke bestand aus winzigen Edelsteinsplittern in Hellblau, die einen Himmel darstellten. Fenster suchte ich vergebens, trotzdem empfand ich den Raum nicht als eng oder dunkel.

„So hast du dir den Tempel des Gottes der Liebe nicht vorgestellt, Fanai!", bestätigte der blonde Mann an meiner Seite meine offensichtliche Enttäuschung und lächelte mich an. „Du dachtest, dass dieses Gebäude zumindest in seinem Inneren voller Abbildungen von nackten Menschen sein müsste, die sich in den verschiedensten Weisen dem Liebesspiel widmeten. Auch die kennzeichnenden Symbole wie einen riesigen Phallus suchst du hier vergeblich. Dieser Ort ist der Anbetung der Liebe geweiht und nicht dem Vergnügen der körperlichen Vereinigung. Allerdings gibt es Nebenräume, die eher deinen Vorstellungen entsprechen. Und einen solchen werden wir nun aufsuchen. Komm, Fanai!"

Die Türen auf der rechten Seite des Hauptraums waren so geschickt eingefügt, dass sie erst sichtbar wurden, als wir unmittelbar vor einer von ihnen standen. Es gab auch keinen Griff oder Knauf, um sie zu öffnen. Doch mit einem Magier an meiner Seite machte ich mir keine Sorgen, dass der Durchgang für uns verschlossen bleiben würde.

„Auch du kannst sie öffnen, Fanai", antwortete Jolar auf meine Gedanken.

Ich sah ihn nur ungläubig an, wobei ich dachte: *„Wie soll ich das machen? Du bist der Magier und außerdem kennst du dich hier aus! Ich sehe nichts, das mir einen Hinweis gäbe, wie die Tür aufgehen könnte."*

„Presse deine Handfläche auf das größte Efeublatt der Ranke vor dir und warte ab, was passier!", gab mein Begleiter mir einen Hinweis, ließ aber meine rechte Hand nicht los.

Ich zuckte mit den Schultern und tat, was er vorgeschlagen hatte. Sogleich schwang die Pforte nach innen in ein völlig dunkles Gelass auf.

„Lass uns eintreten, dann wird sich das Licht von selbst einstellen." Ohne auf mein Zögern einzugehen, ging er voraus und zog mich mit sich. Hinter uns schloss sich die Tür von allein, ohne ein Geräusch zu verursachen. Im gleichen Moment erhellten bunte Lichter ein Gemach, dessen Wände mit den Bildern bemalt oder aus Mosaiken gestaltet waren, die ich im Haupttempel vermisst hatte. Mir klappte der Unterkiefer herunter, als ich feststellte, dass die abgebildeten Personen stets Männer waren. Einzig ihre Gestalt, ihre Hautfarbe, ihre Anzahl, ihr Gewandungszustand oder ihr Alter wichen voneinander ab.

„Betrachte die Kunstwerke in der Reihenfolge auf der linken Wand von der Tür angefangen bis zur Ecke, Fanai. Dort sind Abbildungen von Liebkosungen, die du zum Teil auch schon genossen hast. Die Darstellungen auf der gegenüberliegenden Mauerfläche sind Beispiele, welche Arten der körperlichen Vereinigung möglich sein können. Natürlich heißt das noch lange nicht, dass wir unbedingt alles ausprobieren müssen. Ich habe bemerkt, dass du beim Betrachten einiger Bilder zusammengeschreckt bist und gedacht hast, dass du das Dargestellte niemals tun könntest. Deshalb habe ich dir ja auch versprochen dir nur zu zeigen, was du wirklich willst und auf was du dich einlassen kannst", ging der blonde Mann auf mich ein.

Mein Blick wanderte zu dem an der gegenüberliegenden Wand

stehenden Himmelbett. Seine in den Regenbogenfarben leuchtenden dichten Vorhänge waren nicht einfach nur zurückgezogen. Bunte Seidenschnüre hielten sie an den reich geschnitzten Bettpfosten. Auf dem dunkelroten Laken entdeckte ich verschieden gefärbte und in der Größe unterschiedliche Kissen. Eine zusammengefaltete dünne Decke lag am Fußende. Sie schimmerte in zarten Pastelltönen.

„Und auch das herrliche Bett muss dich nicht in Panik versetzten, Fanai. Beruhige dich und lass mich mit dir ganz langsam und von vorn anfangen. Ich werde keine Magie anwenden, um dich in irgendeiner Form zu beeinflussen. Stell dir einfach vor, was dir gut tut und ich werde mich bemühen, deine Wünsche zu erfüllen."

Ja, er hatte recht. Ich war kurz in Panik geraten ob der sehr detailreichen Mosaiken und Gemälde auf der rechten Seite. Alles, was linkerhand abgebildet war, konnte ich mir in der Fantasie vorstellen mit meinem Lehrer zu erleben. Aber so manches auf der gegenüberliegenden Wand ging mir eindeutig zu weit. Nach seinen Erklärungen beruhigte ich mich langsam wieder; wahrscheinlich trug auch die Kraft des Rhodonits dazu bei. Schließlich entschied ich mich, Jolar um etwas zu bitten, dass ich diesmal laut aussprach.

„Könntest du für mich doch etwas Magie anwenden und die Bilder auf der rechten Mauer hinter einem Nebel verschwinden lassen? Oder ist meine Bitte zu vermessen?", fragte ich schüchtern ohne ihn anzusehen.

„Ich habe eine bessere Idee", dachte er laut und lächelte. „Was hältst du davon, wenn ich dort ein Bild von einem herrlichen Garten entstehen lasse, der sie verdeckt? Wie hat dir derjenige gefallen, den du im Turmgemach von Luciano gesehen hast, als er für dich noch Sir Rabanus war?"

„Ihr wisst, was er mir damals gezeigt hat? – Oh ja! Das würdet Ihr für mich tun?"

„Eine leichte Übung. Da du weißt, dass wir Magier uns untereinander gedanklich verständigen können, habe ich Luciano darum gebeten, mir bei der Suche nach einer für dich beruhigenden Landschaft behilflich zu sein. Wie du jetzt festgestellt hast, spielen für uns auch Entfernungen keine Rolle. Allerdings waren wir uns einig, dass du mich nicht mehr über dich erhebst. Aber ich verstehe, dass es dir nicht leicht fällt, mich als gleichgestellt zu sehen, zumal du etwas anderes fühlst. Ich werde mich gedulden, glaube aber, dass du nicht mehr lange dafür brauchen wirst, wenn ich erst einmal mit dem Unterricht angefangen habe."

Kaum hatte er seinen letzten Satz beendet, verschwanden die einzelnen Bilder auf der rechten Mauer. Stattdessen erblickte ich dort den lebendigen Garten, welchen ich bereits in Sir Rabanus' Turmzimmer auf meiner väterlichen Burg betreten hatte. Alles sah genauso aus.

Auf der rechten Seite gab es ein Rosenbeet, welches zum Weg hin von duftendem Lavendel abgegrenzt wurde. Hinter den süß riechenden roten und rosa Blumen schlossen sich Büsche an, deren Namen ich nicht kannte. Dahinter wuchsen Bäume, die wohl aus allen Teilen des Großkönigreiches stammten. Ihre Blätter und Nadeln bildeten einen dichten Sichtschutz.

Links befand sich eine Frühlingswiese mit knöchelhohem Gras und weißen und gelben Blümchen übersät. Diese Fläche schien sich endlos auszudehnen, denn ihr Ende war für mich nicht zu erkennen.

In der Mitte begann genau da, wo der Dielenboden des Gemachs endete, ein weißer Kiesweg, welcher weiter in den Garten hinein führte. Nur wenige Schritte entfernt stand auf dem Pfad ein prächtiger Pfauenhahn mit seinem noch zusammengefalteten Schwanzgefieder. Er spähte neugierig ins Rosenbeet, ohne auch nur die geringste Notiz von mir zu nehmen.

Jetzt erst bemerkte ich, dass es genau wie damals im gesamten Garten summte und brummte. Versteckte Vögel zwitscherten in den Bäumen und Sträuchern. Die Sonne schien von einem wolkenlosen blauen Himmel, verbreitete aber keine unangenehme Hitze.

Dort, wo das Rosenbeet endete, standen einige weiße Arkaden, welche von gelben, blassrosa und lilafarbenen Kletterrosen umrankt wurden. Dahinter erstreckte sich eine Wiese mit den verschiedensten Obstbäumen, nur begrenzt von einem dichten Wald.

„Danke! Es ist sehr umsichtig von Euch, an mein Wohl zu denken", sagte ich mit einem erleichterten Seufzer.

„Stört dich sonst noch etwas, Fanai? Oder können wir jetzt mit dem Unterricht beginnen?"

Jolar wartete nicht einmal ab, was ich dachte, sondern führte meine Hand mit dem Handrücken an seine Lippen. Der federleichte Kuss jagte einen wohligen Schauer durch meinen ganzen Leib. Trotzdem biss ich die Zähne zusammen und presste auch die Lippen aufeinander. Noch immer saßen meine Erfahrungen mit meinen Halbbrüdern zu tief. Indessen überließ ich Jolar meine Hand, die er nun umdrehte, um einen Kuss auf die Handfläche zu hauchen. Ein neuerlicher Schauer erfasste meinen Körper. Dennoch war ich zu verkrampft, um seine Liebkosungen richtig genießen zu können. Als Nächstes setzte er auf jede meiner Fingerspitzen einen weiteren dieser mich jedes Mal wie einen Blitz treffenden Küsse. Immer wieder aufs Neue erfasste mich dieses Kribbeln. Ich kämpfte dagegen an, keinesfalls laut auszudrücken, welche Wonnen ich empfand. Langsam wurden meine Knie weich und ich drohte den Halt zu verlieren.

„Könnte ich mich jetzt hinsetzen", seufzte ich in Gedanken und wünschte mir, dass die Bettkante nicht so weit entfernt wäre.

Mein Lehrer indessen löste das Problem auf andere Weise. Nein, er nahm mich nicht, wie ich zunächst befürchtet hatte, auf seine Arme und trug mich zu dem mit bunten Kissen übersäten Lager. Stattdessen ließ er neben mir einen Stuhl erscheinen, auf den ich mit einem dankbaren Lächeln niedersank. Gleich darauf presste ich Lippen und Zähnen aufeinander. Ich befürchtete, dass mein Antlitz mehr einer Grimasse glich, da er aber meine Gedanken lesen konnte, war mir dies im Augenblick auch völlig egal.

Nun schob er den Ärmel meines Hemdes bis zum Ellenbogen hoch und setzte eine Kussspur auf die Innenseite meines Unterarms. Ich war hin- und hergerissen zwischen zwei Empfindungen. Zum einen wollte ich ihm meine Hand entziehen. Zum anderen war ich nahe daran, mir das Kleidungsstück vom Leib zu reißen, damit seine Lippen über meinen Oberarm und Hals hinauf bis zu meinem Mund diese Liebkosung fortführen konnten.

„Lass mich die Nestel deines Hemdes lösen und dich von diesem lästigen Stoffstück befreien", bat mich der blonde Mann, ehe er mit geschickten Fingern auch schon damit begann.

Ich sah in sein ebenmäßiges, wunderschönes Antlitz und ließ ihn tun, was er vorgeschlagen hatte. Oh, welch herrliches Gefühl seine zarten Berührungen zu spüren. Er ging sehr behutsam vor, als er wirklich das tat, was ich mir soeben vorgestellt hatte. Er beugte sich leicht über mich und begann auf der Innenseite meines Handgelenks mit Küssen. Hiernach folgte sofort seine Zunge, deren Berührung mich kitzelte. Welle um Welle jagte durch meinen Leib und ich drohte fast vom Stuhl zu fallen. Je weiter Jolars Mund meinen Arm heraufwanderte, desto schwindliger wurde mir und umso mehr verlor ich die Kontrolle über meinen Leib.

Noch bevor er meinen Hals erreichte, stellte ich mir vor, dass er mich auf die Arme nahm und aufs Bett legte, da ich nicht mehr fähig war, mich auf dem Stuhl zu halten. Sofort unterbrach er seine Küsse und das Zungenspiel, lächelte mich vielsagend an und hob mich auf. Als er mich gegen seine Brust drückte, gewahrte ich den Duft von Rosen und Lavendel. Zunächst war ich etwas irritiert, warum ich seinen Eigengeruch nicht früher wahrgenommen hatte, doch von meinem Großvater her wusste ich, dass Magier diesen auch verbergen konnten.

„Es scheint dir angenehm zu sein, was du riechst, Fanai", äußerte er sich dazu. „Außerdem gefällt es dir auch, meinen Leib zu spüren."

Nach wenigen Augenblicken legte er mich ganz sanft auf dem Kissenlager ab, setzte sich neben mich und las in meinen Gedanken, dass ich darauf wartete, von ihm weiter verwöhnt zu werden. Bevor er das Bild umsetzte, das ich ihm übermittelte, nämlich, dass er mit seinen Liebkosungen am Hals weitermachte und sich bis zu meinem Mund vorarbeitete, tat er etwas, dass ich bereits von Sir Marzellus und Sir Rabanus kannte. Er beugte sich leicht über mich und strich mit seiner Daumenspitze über meine Lippen. Dabei sahen wir uns unmittelbar in die Augen. Ich ging darauf ein, indem ich die Lippen öffnete und auch meinem verkrampften Kiefer Entspannung gönnte. Nach einem wohligen Seufzer umschloss ich seinen Daumen, saugte an ihm und umspielte ihn mit meiner Zunge. Die Szene erinnerte mich an eine ähnliche mit Sir Marzellus.

Sogleich vertiefte sich sein Lächeln, um mir Mut zu machen, weiter zu gehen, denn noch immer spürte ich, dass mein Körper verkrampft war.

„Lass deinen Leib tun, wozu er Lust verspürt, Fanai! Lass deine Bedenken fallen! Ich werde nur tun, was du mir erlaubst. Habe Mut und vertraue mir und deinem Körper! Habe keine Angst davor, auch mich zu berühren. Lass deiner Fantasie freien Lauf!" Seine geflüsterten Worte drangen tief in mich ein, schafften es allerdings noch nicht die Blockade meines Verstandes zu durchbrechen.

„Was soll ich tun, um dir zu helfen? Zeig mir, was du möchtest, Fanai!"

Nochmals übermittelte ich ihm die Bilder, wie er mich auf den Hals küsste, wie seine Lippen, die meinen berührten und unser Zungen sich schließlich fanden. Diesmal versuchte ich ihm auch das Gefühl, was ich bei Sir Rabanus verspürt hatte, als wir diese innige Zärtlichkeit ausgetauscht hatten, zu übermitteln.

„Versuchen wir es miteinander. Aber nun bist auch du gefordert, Fanai! Lass deinen Leib tun, was er möchte und wehre dich nicht dagegen! Dies ist kein Kampf, den du gewinnen musst. Was wir tun, soll für dich nur Vergnügen sein", stimmte er nicht nur zu, sondern ermutigte mich auch, weiter zu gehen.

Während er meinen Hals nicht nur mit Küssen hinaufwanderte, sondern auch mit seiner Zunge liebkoste, entzog er mir seinen Daumen. Enttäuscht seufzte ich. Zum ersten Mal bemerkte ich, dass ich diesmal nicht die Lippen und Zähne aufeinander gepresst hatte. Langsam begann mein Leib sich zu entspannen. Aber erst, als seine Lippen die meinen berührten, traute ich mich mit den Händen sein Haupt anzufassen. Ganz sanft forderte seine Zunge Einlass, indem er mit einem leichten Nachzeichnen der Konturen meinen Mund dazu aufforderte, sich zu öffnen. Unsere Zungen fanden sich und mein Leib schien von einem Blitz getroffen zu werden. Voll schmerzlichem Vergnügen bäumte er sich auf, während meine Hände sein Haupt festhielten, um ihn daran zu hindern, sich mir zu entziehen.

Seine Finger wühlten leicht in meiner roten Haarpracht, um sich dann mit der Nestel meiner Hose zu beschäftigen. Dies war keineswegs eine Eigenmächtigkeit seinerseits. In meiner Ekstase hatte ich ihm dieses Bild übermittelt. Kaum waren Schleife und Knoten gelöst, wand ich mich hin und her, um ihm dabei behilflich zu sein, mich meiner Hose zu entledigen.

So leidenschaftlich unsere Küsse auch waren, vermied er es seinen Leib vollständig über meinen zu beugen. Stattdessen kniete er weiterhin neben mir. Schon jetzt erlebte ich ein unbeschreibliches Glücksgefühl, das ich so mit Sir Rabanus nie gespürt hatte. Dabei waren wir noch ganz am Anfang von dem, was dieser Mann mir beibringen konnte.

Leider passierte mir im Rausch der Leidenschaft das Gleiche, was mir auch einmal mit Sir Rabanus schlimme Kopfschmerzen eingebracht hatte. Unsere geistige Verbindung war mit einem Mal so stark, dass ich dagegen ankämpfen musste, nicht fortgerissen zu werden. Es begann mit dem Gefühl zu schweben, ging dann aber recht schnell in einen Sog über. Wie ein Luftwirbel, der über die Hochplateaus tanzt, drehte mein Geist sich immer schneller und versuchte mit dem Jolars zu verschmelzen. Zumindest startete ich den Versuch in ihn einzudringen. Damals bei Sir Rabanus wurde mein Geist plötzlich gepackt und zurück in meinen Leib geschleudert. Als ich wieder zu mir zurückfand, lag ich keuchend und mit schmerzendem Haupt rücklings auf meinem Bett. Diesmal jedoch hatte ich es mit keinem Magierkind, sondern mit einem sehr erfahrenen Meister zu tun.

Noch während ich glaubte, von diesem sich immer schneller drehenden Sturmgebilde hinweggerissen zu werden, unterbrach Jolar die enge Verbindung unserer Zungen und Lippen. Auch seine Hände, denen ich erlaubt hatte, die Haut meiner Brust zu liebkosen, verschwanden von dort. Stattdessen umfassten sie mein Haupt, wie es auch bereits einmal mein Großvater getan hatte, um meine Erinnerungen für einige Zeit zu unterbinden. Damals war Drutmar über mich hergefallen und hatte nicht nur an meinem Leib schwere Verletzungen hinterlassen.

Ich spürte an den Schläfen Schmerzen, als ob ich mich an Nähnadeln gestochen hätte, daher schreckte ich zusammen. Sofort verstärkte sich sein Griff, was mich wiederum unbewusst dagegen ankämpfen ließ.

„Sammle dich, Fanai! Lass mich ein! Öffne die Türen deiner Gedanken wieder für mich!", flüsterte Jolar und sah mir tief in die Augen.

Ich hatte aufgrund der Schmerzen meine gedankliche Verbindung zu ihm ungewollt gekappt. Gleichzeitig hatte ich das angewandt, was mich Cameron gelehrt hatte, um mich abzuschirmen. Der Wirbel aber blieb. Wenn er auch nur geistigen Ursprungs war, so sah ich ihn dennoch zwischen uns immer größer werden. Schließlich dünkte es mir, als würde sein oberes Ende den Magier ganz umschießen, während sein Ursprung noch immer so klein war, dass er von der Mitte meiner Stirn aus zu toben schien.

„Lass deine Mauern fallen, Fanai, sonst bin ich gezwungen sie einzureißen!", befahl Jolar in diesem Moment mit einer festen und entschlossenen Stimme. Obwohl er nicht geschrien hatte, sondern nur laut gesprochen, hallte sie von den Wänden wieder.

Der Rhodonit antwortete mit einer Hitze, die mir die Brust von innen zu versengen schien. Sogleich erlosch nicht nur meine körperliche, sondern auch meine geistige Gegenwehr.

Ich stelle mir vor die kleine Ausfallforte in meiner geistigen Burgmauer Spaltbreit zu öffnen.

„Nein, nicht die Pforte, Fanai! Reiß das Burgtor auf, lass die Zugbrücke herunter und zieh das Fallgatter hoch! Tut es freiwillig oder ich stürme deine Feste!"

Sein Befehl ist eindeutig. Tue ich nicht, was er will, würde er die Mauern überrennen. „Was habe ich nur angerichtet? Das alles will ich doch gar nicht!", denke ich.

„Ich weiß, Fanai", antwortet mir die besänftigende Stimme Jolars. „Tu einfach, was ich sage und es wird aufhören."

Genau darauf habe ich gewartet. Ohne weiter darüber nachzudenken, ermögliche ich ihm, meine Burg über die heruntergelassenen Zugbrücke zu erreichen. Kurz darauf reitet er auf meinem Pony Alda zwischen den weit geöffneten Torflügeln hindurch in den Hof meiner Festung. Erstaunt, wie er an mein Reittier gelangt ist, bekomme ich gar nicht mit, dass er aus dem Sattel springt. Plötzlich sehe ich ihn die Arme heben und sich um sich selbst drehen. Ein helles Licht schießt aus seinen Händen und berührt die Innenmauern. Dann sehe ich den Wirbelwind durch das Burgtor hineinfegen. Alda und der Magier retten sich durch eine offene Tür ins Burginnere, bevor der Wirbel sie erreichen kann. Hinter dem sich drehenden Wind fallen ohne mein Zutun die Torflügel gleichzeitig zu und der Balken legt sich von selbst in seine Halterung. Dann spüre ich, wie der Wind sich in lauter kleine Wirbel teilt und diese in jedes offenstehende Fenster, jede nicht verschlossene Tür hineinstieben. Ein Gefühl der Frische und Leichtigkeit erfüllt mich und ich gebe mich dem ganz hin.

„Fanai, öffne die Augen und sieh mich an!", riss mich Jolars sanfte Stimme in die Wirklichkeit zurück.

Ich hatte gar nicht bemerkt, dass ich die Lider gesenkt hatte. Nachdem ich seiner Aufforderung nachgekommen war, erkannte ich, dass der Wirbel zwischen uns verschwunden war. Ruhig atmend und mit einem Lächeln auf dem Gesicht blickte ich dem Magier ins Antlitz. Er hockte noch immer über mich gebeugt neben mir, entließ jetzt aber mein Haupt aus der Umklammerung seiner Hände. Ein erleichterter Seufzer entrang sich ihm und er lächelte mich an. Ich nahm dies zum Anlass, mich bewusst in die tiefen hellblauen Bergseen seiner Augen zu stürzen.

*

Als ich erwachte, lag ich in der Mitte des Kissenlagers, mit einem dünnen Laken zugedeckt. Zunächst wusste ich gar nicht, wo ich mich befand und blickte mich verwirrt um.

Links von mir gewahrte ich die Bilder und Mosaiken der Verführungsarten an der Wand, rechts befand sich der herrliche

Garten, den ich bereits in Sir Rabanus Turmgemach betreten hatte. Über mir erstreckte sich der Betthimmel in Form eines nachtblauen Stoffes, auf den mit Goldfäden kleine Sterne aufgestickt waren. Selbst eine Mondsichel war im Zentrum zu erkennen.

Geradeaus konnte ich nichts als zwei zugezogene Vorhänge des Himmelbettes erkennen. Die beiden bunten Stoffe überlappten sich in der Mitte, sodass ich nicht hindurchsehen konnte.

Langsam kehrte die Erinnerung zurück. Damit durchfuhr mich aber auch ein Schreck, der zunächst einmal dem Nichtvorhandensein meiner Gewandung galt. Vorsichtig spähte ich unter das Laken, um erleichtert festzustellen, dass ich noch immer meine Bruche trug. Mein Lehrer Jolar hatte die Gelegenheit also nicht ergriffen und sich meines wehrlosen Leibes bemächtigt. Mit ein paar tiefen Atemzügen beruhigte ich mich sofort wieder.

Leider kam mir dann die Erkenntnis, dass ich den Magier wie einst Sir Rabanus mit diesem seltsamen Luftwirbel angegriffen hatte. Wenn ich ihn auch nicht bewusst heraufbeschworen hatte, fühlte ich mich dennoch für ihn verantwortlich.

„Steh endlich auf, Fanai! Ich weiß, dass du wach bist“, erklang Jolars fröhliche Stimme in meinem Kopf. *„Du bist hungrig und solltest mich mit diesen Köstlichkeiten nicht allein hier an der kleinen Tafel sitzen lassen.“*

„Aber ich bin doch gar nicht …“

„Wir sind unter uns, Fanai. Die Bruche sollte dir genügen. Außerdem brauchst du nicht mehr laut mit mir zu sprechen. Das, was du für einen Angriff gehalten hast, war dein Versuch, eine Gabe zu erproben, die dir deine Mutter vererbt hat. Shira Leora hat sie allerdings mit einer Sperre versehen, die du allein nicht beseitigen konntest. Lung hatte recht, als er dir versprach, dass du nicht umständlich lernen müsstest, deine Gedanken abzuschirmen. Dies wird zukünftig ganz einfach geschehen, wenn du es möchtest. Außerdem kannst du dich jetzt auch gedanklich mit jedem unterhalten, der dazu fähig ist. Ohne Anstrengung und so einfach, als würdest du laut reden, werden dich die Worte erreichen und du wirst sie übermitteln können. Ich habe die Verriegelung geöffnet, als du

mich in den Burghof eingelassen hast. Was du als viele kleine Wirbel wahrnahmst, war die Auflösung der Sperre. – Und nun komm endlich aus dem Bett und leiste mir Gesellschaft!"

Noch etwas verwirrt, schlug ich das Laken zur Seite, während sich gleichzeitig, ohne dass ich jemanden bemerkte, die Vorhänge bewegten. Die Erkenntnis, dass Jolar dafür Magie einsetzte, kam mit einem Prickeln, dass ich in der Luft spürte. Es war vergleichbar mit dem, wenn ein Gewitter aufzog. Schon lange war ich empfänglich für Magie gewesen, aber heute war dieses Gefühl sehr heftig.

Genau in dem Moment, als beide Stoffstücke nicht nur den Blick in Richtung Tür freigaben, sondern sich auch noch ohne das geringste Zutun einer Hand an den Bettpfosten mit einer Nestel festbanden, stieg ich aus dem Bett.

„Solange wir beide den Mund freihaben, sollten wir uns allerdings auch laut unterhalten, da diese Form für dich viel angenehmer ist", meinte der Magier und stopfte sich eine Traube in den Mund. Begleitet von einem strahlenden Lächeln machte er eine einladende Geste in Richtung des ihm gegenüberstehenden Stuhls. Die reich gedeckte Tafel, an welcher er saß, ließ meinen Magen knurren.

„Das heißt, Ihr seid ... du bist mir nicht mehr böse, dass ich ...", versuchte ich ein zweites Mal meine Schuldgefühle in Worte zu kleiden.

„Setz dich und genieße, Fanai. Wie ich dir bereits erklärt habe, konntest du nichts dafür. Shira Leora wollte sichergehen, dass nur ein vollwertiger Magier erkennen kann, was sich hinter diesem Luftwirbel wirklich verbirgt. Außerdem solltest du bereit dafür sein, um angemessen mit dieser Gabe umgehen zu können. Deine Mutter hat sehr umsichtig gehandelt und sie wusste schon früh, dass du ein ganz besonderes Kind bist. Aber darüber solltest du dich mit ihr selbst unterhalten. Jetzt wollen wir endlich deinen rumorenden Magen füllen." Noch während er sprach, schmierte sich Jolar ein Brot mit Butter und belegte es mit einer dicken Käsescheibe.

Verblüfft ob seiner Worte hatte ich mich zwar auf dem Stuhl niedergelassen, mir aber noch keinen Überblick über die dargebotenen Speisen verschafft. Bisher hatte ich an seinen Lippen gehangen, froh, dass er mir eine Erklärung bot und ich wirklich keine Schuld an diesem Luftwirbel trug. Nun aber atmete ich erleichtert auf und wandte mich den Speisen und Getränken zu, von denen mir nur wenige bekannt waren. So reichhaltig die Tafel auch gedeckt war, suchte ich vergebens nach dem einfachen Haferbrei, den es normalerweise jeden Morgen auf der Burg meines Vaters gegeben hatte.

Jolar bemerkte mein Zögern und fragte mich besorgt: „Gibt es nichts, was dich zum Essen verführen könnte? Oder hat dir irgendetwas den Appetit verschlagen? Sag mir, was ich tun kann, um dem abzuhelfen!"

„Das müsstest du doch in meinen Gedanken gelesen haben", dachte ich und sah mein Gegenüber verblüfft an.

„Wenn du deine Abschirmung fallen lässt, kann ich das auch, aber solange du das nicht tust, Fanai, ist mir das unmöglich. Du wirst noch etwas üben müssen, um selbst zu erkennen, wann sie offen und wann sie geschlossen ist. Mir scheint, dich belastet ein ähnliches Erschwernis wie Cameron. Er hat dir sicherlich davon erzählt, dass er damit Schwierigkeiten hatte, sich gegen die Gedanken von Menschen zu verschließen", erklärte er mir und sah mich verschmitzt lächelnd an.

„Oh, das habe ich gar nicht bemerkt. Entschuldigt ... entschuldige, Jolar. Ihr ... du hast wohl recht, dass ich noch etwas herumprobieren muss, bevor ich weiß, wann ich mich auf diese Weise mit jemandem verständigen kann. – Um zu dem zu kommen, was ich auf der Tafel vermisse: Es gibt keinen Haferbrei." Ich traute mich nicht, ihn direkt darum zu bitten den Brei herbeizuzaubern.

„Wenn dir so daran gelegen ist, Fanai, sollst du deinen Haferbrei natürlich bekommen. Ich hätte nicht gedacht, dass du im Angesicht solcher Köstlichkeiten so etwas Gewöhnliches wie Haferbrei dem allem vorziehen würdest. – Wie hättest du ihn denn gerne? Jetzt kannst du üben, deine Abschirmung fallen zu lassen und mir ein Bild zu übermitteln." Kopfschüttelnd sah mich der Magier an und steckte sich eine Frucht in den Mund, die Sir Rabanus mir einmal bei einem unserer Traumausritte in Tangalan als Sommerbeere vorgestellt hatte.

Eine Schüssel mit Haferbrei, bestehend aus groben Haferflocken, Ziegenmilch und etwas Honig vor Augen, sah ich Jolar fragend an.

„Ja, das Bild ist bei mir angekommen. Scheinbar fällt es dir leichter, mir Vorstellungen zu übermitteln als Worte. Aber das wirst du schon noch lernen. – Möchtest du noch etwas Obst und Zimt in deinen Brei haben, so wie Luciano ihn dir als Rabanus auf der Heimreise zu deiner väterlichen Burg einmal vorgesetzt hat?"

„Gerne, wenn es Euch … äh, dir nicht zu viel Mühe bereitet", entgegnete ich erfreut. Noch immer konnte ich mich einfach nicht daran gewöhnen, ihn wie einen Gleichgestellten anzureden. Mein Gefühl sagte mir, dass dieser Magier jemand ganz Außergewöhnliches war. Von ihm strahlten Macht und ein unerschütterlicher Wille aus, was mich unsicher im Umgang mit ihm machte. Da half mir selbst der Rhodonit nicht weiter.

Noch ehe ich recht begriff, was geschehen war, stand eine dampfende Schale mit einem Holzlöffel vor mir. Der Haferbrei darin roch genauso, wie derjenige, den mir Sir Rabanus vorgesetzt hatte. Schnell schob ich mir einen Löffel voll in den Mund, um festzustellen, dass er auch ebenso gut schmeckte und den richtigen Wärmegrad hatte. Ohne weiter darüber nachzudenken, stopfte ich das leckere Essen in mich hinein, unterbrochen nur von gelegentlichen Schlucken aus dem Becher mit frischer, noch körperwarmer Ziegenmilch. Erst nachdem ich die Schale bis auf den letzten Rest ausgekratzt hatte, sah ich, einen lauten Rülpser ausstoßend, wieder auf.

Jolar blickte mich amüsiert lächelnd an, während er mal aus der einen, mal aus einer anderen Schüssel etwas Obst oder eine der mir unbekannten Speisen entnahm. Genüsslich steckte er sie in den Mund und forderte mich mit einer Handbewegung auf, es ihm gleichzutun.

„Alles, was du hier siehst, ist auch für einen menschlichen Magen bekömmlich. Nichts ist nur mir allein vorbehalten. Bitte bediene dich, aber überfriss dich nicht, denn wir haben ja noch etwas vor, bei dem du nicht bis zum Platzen gefüllt sein solltest." Mit einem Auge knipste er mir zu.

„Seltsam, dass dieses Antlitz so lange lächeln kann, schoss mir durch mein Haupt. *Wie kann ein Mann nur so anmutig und wunderschön aussehen? Ich könnte ihn ständig betrachten, ohne jemals zu erfassen, was mich an ihm so fasziniert. Aber nicht nur sein Antlitz ist es, was mich bei ihm so einnimmt. Auch seine Gestalt ist so einmalig geformt, athletisch, wäre wohl das richtige Wort. Kein Lot Fett dafür Muskeln, wobei er aber geschmeidig wirkt. Und seine Hände! Oh, sie sind so zärtlich! Die Haut weist keine Hornhaut auf, obwohl ich vermute, dass auch er ein hervorragender Schwertkämpfer ist. Außer Magie formt diesen Leib sicherlich auch die tägliche körperliche Ertüchtigung. "*

„Dazu gehört auch, dass wir tun, wozu du hierhergekommen bist, Fanai", unterbrach Jolar meine Gedanken. „Ich bin erleichtert, dass dir nicht nur meine Gestalt gefällt. Leider hast du mir noch nicht verraten, ob du gerne mehr von mir lernen möchtest. Da du meine Hände schon als zärtlich beschreibst, denke ich mir, dass dir gefallen hat, was sie bisher getan haben. Ich bin mir sicher, dass auch meine Lippen noch in deiner Aufzählung zu finden gewesen wären, wenn ich dich nicht unterbrochen hätte. Jedenfalls hast du mir gestern nicht nur allein mit deinem Leib gezeigt, wie wohl du dich gefühlt hast. Was hältst du davon, wenn wir ausprobieren, was dir sonst noch gefallen könnte? Diesmal jedoch können wir uns abwechseln gedankliche Vorstellungen von dem übermitteln, was wir gerne erproben wollen. Was meinst du dazu, Fanai?"

Ich hatte gar nicht bemerkt, dass ich vergessen hatte, meine Gedanken abzuschirmen. Sogleich fühlte ich, dass mein Antlitz heiß wurde. Garantiert lief ich gerade rot an, so peinlich war es mir, dass ich ihm offenbart hatte, mit welchem Wohlgefallen ich ihn betrachtete. Um ihm nicht sofort antworten zu müssen und mich etwas zu sammeln, trank ich den Inhalt des Bechers mit langsamen Schlucken leer.

Doch Jolar durchschaute meine Verzögerungstaktik. Mit einem verführerischen Lächeln erhob er sich von seinem Stuhl und kam um den Tisch herum zu mir. Sanft nahm er mir den Becher aus der Hand, stellte ihn auf die Platte und führte meine Finger an seine Lippen. Mit der Linken hob er mein Kinn so an, dass ich ihn ansehen musste. Allein die Berührung seiner Hände ließ meinen Leib kribbeln. Das Küssen meiner Fingerspitzen jagte Schauer durch meinen ganzen Körper. Aber sein Blick brachte mich fast um den Verstand. In meinem Haupt entstand eine Leere und mir wurde schwindelig. Mein Atem ging schneller, das Herz begann zu galoppieren und das Blut raste durch meine Adern. Ich war nicht mehr fähig mich zu bewegen. *„Bitte, hört auf! Ich bin ganz durcheinander"*, dachte ich und sah ihn flehend an.

„Wenn dich allein … dieses Vorgeplänkel … schon so lähmt, … erlaubst du mir, … dass ich dich … auf meine Arme nehme … und aufs Lager hinüber trage? … Dort können wir uns … darüber einigen, … was du heute lernen möchtest." In den Pausen setzte er jeweils einen Kuss auf eine meiner Fingerkuppen. Jedes Mal jagte ein Schauer durch meinen ganzen Leib.

Selbst in Gedanken konnte ich ihm nicht mehr antworten, schaffte es gerade noch so zu nicken. Ich wusste genau, dass er keinen Bann über mich gelegt hatte, dennoch fühlte ich mich so. Ganz egal, was er verlangt hätte, ich hätte allem zugestimmt.

Er ließ meine Hand und auch mein Kinn los und hob mich vom Stuhl. Im gleichen Augenblick, da er mich gegen sich drückte, überschwemmte mich sein Duft nach Rosen und Lavendel. Sogleich wurde mein Verstand von einem Nebel eingehüllt und damit völlig ausgeschaltet. Von dem Moment, an dem er mich auf die Laken bettete, überließ ich ihm meinen Leib.

Er setzte sich neben mich, beugte sich leicht über mein Haupt und lächelte mich verführerisch an. Dann sandte er mir Bilder, was er zu tun gedachte.

„Verfügt über mich, Sir! Lehrt mich, Euch zu gefallen!", gab ich ihm in Gedanken zu verstehen. Schon das fiel mir schwer, da ich die Worte regelrecht zusammensuchen musste.

*

Die nächsten Tage verlebte ich wie im Traum. Dieser wurde einzig unterbrochen von den Mahlzeiten, einigen Spaziergänge im Garten, die ich allein unternehmen musste und den wenigen Kerzenstrichen, in welchen ich schlief. Jolar schenke mir das Paradies. Leib und Geist wurden von ihm so verwöhnt, dass beide so entflammt wurden, wie ich es nie zu hoffen gewagt hatte. Meist ging die Anregung zwar von ihm aus, aber auch ich traute mich mehr und mehr ihm nicht nur meine Vorstellungen zu übermitteln, sondern mich auch rege zu beteiligen. Ich war ein sehr gelehriger Schüler, der weiter ging, als selbst Jolar es zu hoffen gewagt hatte.

Schließlich bat ich ihn sogar, die Illusion des Gartens an der Wand zu entfernen. Mit Vergnügen betrachtete ich die Mosaike und Gemälde auf der Mauer, woraufhin mein Liebhaber mir vorschlug, das eine oder andere mit mir auszuprobieren.

22. Kapitel: Das Ritual der Heilung

„Die letzten Tage waren wunderschön, Fanai. Du hast viel über deinen Leib und seine Bedürfnisse gelernt. Ich weiß, dass du diese Zeit nie vergessen wirst. Leider muss ich nun zu meinen Aufgaben zurück. – Sieh mich nicht so traurig an! Ich habe dir von Anfang an gesagt, dass es für mich nicht leicht war, alle meine Pflichten hintenanzustellen. Aber ich habe es gerne für dich getan. Du bist wirklich ein Geschenk, Fanai! Ganze zwei Male habe ich bisher in meinem langen Dasein einen so gelehrigen Schüler wie dich auf meinem Lager gehabt. Doch durch unsere geistige Verbindung war es auch für mich ein außergewöhnliches Vergnügen. Daher möchte ich dir ein Geschenk machen, das du mehr als verdient hast. Eigentlich sind es sogar zwei: Zum einen möchte ich deine Erinnerungen an die Folter und den Missbrauch in deinem Gedächtnis löschen. Nur die schönen Ereignisse mit deinen Oheimen und natürlich unsere unvergleichlichen Tage in diesem Tempel sollen dir in Bezug auf deine körperlichen Erfahrungen mit Männern noch im Gedächtnis bleiben. Alles, was dir deine Halbbrüder und auch dein Vater angetan haben, möchte ich aus deinen Gedanken tilgen. Würdest du mir das erlauben?"

Wir lagen unbekleidet nebeneinander auf dem Lager. Es hätte nur einer einzigen Berührung vonseiten Jolars bedurft, um bei mir sogleich wieder die Lust auf weitere Liebesspiele auszulösen. Stattdessen betrachtete ich fasziniert die Rosenranke, welche ihren Ursprung dort nahm, wo das menschliche Herz in der Brust schlug. Der dornenlose Hauptstrang teilte sich nach einer Fingerlänge gleich in mehrere dünnere auf. Einer wuchs bis zur linken Schulter, um sich dort erneut zu verzeigen. Er strebte am Hals hinauf bis zur Mitte der Wange. Dort endete er in einer roten Knospe. Der zweite Strang wand sich, mit unzähligen kleinen Seitenästen versehen, über den Rücken. Eine weitere Ranke wuchs quer über die Brust bis zur rechten Schulter. Daselbst wickelte sie sich um den Arm hinunter, um wiederum in einer diesmal allerdings rosa Knospe auf dem Handrücken auszulaufen. Gleich zwei Schösse strebten in gleichmäßigem Abstand nach unten, wobei sie den Leib mit vielen Seitentrieben bedeckten. Anschließend wanden sie sich an den Beinen hinab, um auf den Fußrücken in jeweils einer gelben Knospe ihren Abschluss zu finden. Da alle Teile der Rosenranken sowohl mit Blättern, als auch Blüten in den verschiedensten Öffnungsstadien bedeckt waren, wirkte Jolars Leib, als sei er in einen Rosenstrauch gefallen.

Dieses Wunder hatte er mir erst am heutigen Tag zu sehen erlaubt, weil er Bedenken hatte, dass ich bei einer früheren Offenbarung zurückgeschreckt wäre. Da ich seinen ungewöhnlichen Körperschmuck zwar bestaunte, aber nicht als abstoßend empfand, wandte er den ihn verbergenden Zauber nicht wieder an.

„Ich bin der einzige Vollmagier, dem Catandra, die Göttin der Erde, dieses Geschenk gemacht hat. Ansonsten steht diese Auszeichnung nur denjenigen Magierkindern zu, welche helfen, Tangalan wiederzubeleben. Wenn uns einmal mehr Zeit miteinander vergönnt ist, werde ich dir die genauen Umstände wie er zu dieser Ehre gekommen ist, erzählen."

Gleich nach dem Sichtbarwerden hatte er meinen neugierig tastenden Fingern erlaubt sämtliche Pflanzenteile zu berühren und meine Nase in die duftenden Blüten zu versenken. Bei einer anderen Gelegenheit würden wir ausprobieren, ob ich auch trotz dieses Wissens und mit dem sichtbaren Pflanzenbewuchs noch mit ihm das Lager teilen könnte, versprach er mir hinterher.

Kurz waren meine Gedanken zu diesem Augenblick zurückgewandert, ehe ich ihn verführerisch ansah und flüsterte:„Du hast mir den Himmel geschenkt, warum glaubst du mir noch weitere Gaben anbieten zu müssen?"

„Was wir getan haben, war weit mehr, als um was mich dein Großvater und deine Oheime gebeten haben. Allerdings hat es mir soviel Vergnügen bereitet, dass ich mit meinem Geschenk dafür sorgen möchte, dass du mich in der nächsten Zeit öfter einmal besuchst oder, wenn mein Amt es zulässt, ich dich aufsuchen darf. Du siehst also, dass ich nicht ganz uneigennützig handle. Schließlich muss ich doch überprüfen, ob wirklich alle schlechten Erfahrungen aus deinem Geist verschwunden sind. Außerdem möchte ich, dass du noch mehr Lust empfindest, wenn du diese Last abgeworfen hast. Du hast es zwar nicht bemerkt, aber hin und wieder habe ich dafür sorgen müssen, dass deine schmerzhaften Erinnerungen sich nicht zwischen uns schoben. Hätte ich nicht eingegriffen, wärst du nicht dazu fähig gewesen, unsere gemeinsame Zeit zu genießen. Und ganz sicher hättest du dich niemals getraut, mit mir Dinge auszuprobieren, die dir, als du diesen Raum betreten hast noch zuwider waren. Nicht umsonst hast du mich vor ein paar Tagen gebeten, die Bilder der einen Wand hinter einem Garten verschwinden zu lassen. Also, Fanai, nimmst du das Geschenk an?"

„Du hast wirklich eingreifen müssen? Ich habe nichts davon bemerkt, dass sich die Erlebnisse mit meinen verhassten Brüdern zwischen uns drängen wollten. Nie mehr möchte ich das auch nur noch in Gedanken erleben. Ja, Jolar, ich nehme deine Gabe mit Freuden an, zumal, wenn sie mir verheißt, dass ich dich schon recht bald wiedersehen darf. Allerdings kann ich nicht noch eine zweite von dir verlangen." Ich war so geschockt von der Erkenntnis, dass meine – wie ich annehmen musste – verwandelten Halbbrüder noch immer mein Leben bestimmten, dass ich gerne einwilligte. Meine Empörung ging sogar soweit, dass ich mich aufsetzte und am liebsten aus dem Bett gesprungen wäre, um mich zu beruhigen. Dass es nicht soweit kam, verdankte ich einer leichten Berührung des blonden Mannes. Er strich mir mit den Fingerrücken sanft über meinen Arm. Wie ein Blitzschlag zuckte es durch meinen Leib und ich fiel überwältigt zurück auf die Kissen.

„Was tust du mit mir, Jolar?", fragte ich atemlos und unfähig mich zu bewegen und sah dem sich über mich beugenden Magier in die himmelblauen Augen.

„Ich verzaubere dich, so wie du mich in deinen Bann geschlagen hast, Fanai", flüsterte er und musterte mein Antlitz. „Aber nun will ich dir mein erstes Geschenk zukommen lassen. Dafür möchte ich, dass du etwas tust, was dir sehr leicht zu fallen scheint und du bereits mit Luciano, der damals noch dein Bräutigam Rabanus war, getan hast. Du weißt, wie du auf eine andere Ebene reisen kannst, indem du dich einfach fallen lässt, sobald du mit den Augen eines Magiers Verbindung aufgenommen hast. Normalerweise muss ich mich selbst bemühen, um bei meinem Gegenüber einzudringen. Diesmal machen wir es umgekehrt und du springst. Kein Magier lässt das gerne zu, aber dir gewähre ich Einlass. Wenn du soweit bist, dann lass uns beginnen."

„Du lässt mir eine solche Ehre zuteilwerden, Jolar", bedankte ich mich erfreut, da ich bis auf das erste Mal mit Rabanus, immer schöne Erlebnisse mit dieser Art der Verbindung in Zusammenhang bringen konnte. Dann versenkte ich mich in die Bergseen und sprang einfach in das klare Wasser.

Anders als bei Luciano – damals ja noch Sir Rabanus – finde ich mich nicht vor einer bis zum Himmel reichenden Burgmauer wieder, sondern mitten in einem Urwald. Vor mir führen moosbewachsene Stufen in einen aus Bäumen und Rankpflanzen gebildeten Tempel hinauf.

Am Ende der Treppe steht Jolar in seinen weißen Gewändern mit der tangalanischen Goldstickerei. Auch diesmal träg er keine Fußbekleidung.

„Komm hinauf, Fanai! Du wirst nicht glauben, wer alles auf dich wartet", ruft er mir mit einem warmen Lächeln auf den Lippen zu und winkt zusätzlich, dass ich mich beeilen solle.

Während ich mich noch immer darüber wundere, dass ein Heiligtum so lebendig sein kann, beginnt mir in dem feuchtwarmen Wald der Schweiß über den Leib zu rinnen. Sogleich klebt mein durchnässtes Gewand an meiner Haut fest. Erstaunt stelle ich fest, dass ich ein leichtes grünes Leinenkleid trage. Es ist über und über mit dem tangalanischen Symbol für Heilung in Dunkelgrün bestickt. Da es bis zum Boden reicht, muss ich es vorn leicht anheben, um meine nackten Füße auf die weichen Moosstufen setzen zu können.

„Danke, Jolar, dass du mir diese Freude machst", äußere ich mich sogleich laut zu dieser ungewöhnlichen Überraschung. Sicherlich weiß er durch Luciano davon, dass ich mich auf dieser Ebene gerne in einem weiblichen Körper und somit auch in Kleider gehüllt,

aufhalte. Schnell husche ich die Treppe hinauf, um oben mit offenen Armen empfangen zu werden.

Allerdings traue ich mich so verschwitzt nicht, der Aufforderung Folgezuleisten, sondern bleibe schüchtern auf der letzten Stufe stehen. Ich blicke an meinem nunmehr meine zarten weiblichen Formen vollständig abbildenden Gewand herunter.

„Oh, Fanai, wenn es weiter nichts ist, was dich hindert, kann ich es auch trocknen. Im Inneren des Tempels ist es angenehm kühl, sodass du dort garantiert nicht sofort wieder ins Schwitzen kommen wirst. Es sei denn, dass die Überraschung dir das Wasser aus dem Leib treibt", erkennt der braun gebrannte, strohblonde Magier mein Dilemma und schafft sofort Abhilfe. Noch ehe er seinen letzten Satz beendet hat, ist nicht nur mein Kleid getrocknet, auch mein Körper schwitzt nicht mehr. So wage ich es, mich in seine Arme zu stürzen.

Der gut einen Kopf größere Mann hebt mich vom Boden hoch und nimmt meine Lippen in Besitz. Nach einem langen und meinen Leib entflammenden Kuss setzt er mich kurz ab. Dann umfasst er mit beiden Händen meine schmale Taille und dreht sich mit mir zweimal im Kreis. Wir wirken wie ausgelassene Kinder, zumal wir dabei laut lachen, eine solche Freude haben wir dabei.

Als er mich wieder auf die Füße stellt, ist mir ganz schwindelig, was Jolar allerdings gar nicht aufzufallen scheint, den sogleich umfasst er meine Hand und zieht mich auf einen aus zwei uralten Bäumen gebildeten Türbogen zu. In allen Farben blühende Schlingpflanzen schmücken den Eingang und verbreiten einen berauschenden Duft. All diese Umstände zusammen sind wohl der Grund, warum ich strauchele.

Jolar löst das Problem, indem er kurz anhält, mich auf seine Arme nimmt und mit großen Schritten weiter ins Innere eilt. Mir verschlägt es im ersten Augenblick den Atem, seinem wohlgeformten Leib so nahe und ihm gleichzeitig so ausgeliefert zu sein. Schauer der Freude und der Lust laufen über meinen Körper und verstärken das Schwindelgefühl, anstatt mich davon zu befreien.

Mein Haupt mit den langen roten Flechten an seine Brust geschmiegt, erreichen wir nach nur wenigen Schritten einen riesigen freien Platz. Den Boden bedeckt knöchelhohes Gras und in seiner Mitte befindet sich ein kleiner Teich, in dessen Zentrum sich ein, aus in den Farben des Regenbogens leuchtenden Ranken gebildeter, Altar erhebt. Begrenzt wird das Innere des Heiligtums von umeinander gewachsenen uralten Bäumen, welche mehrere Männer mit ausgestreckten Armen kaum zu umfassen vermögen. Als Zierde hängen die gleichen blühenden Rankpflanzen, die ich bereits am Eingang bewundert habe, an den Stämmen herunter. Der Kreis, den die Bäume bilden, wird von einem strahlend blauen Himmel gekrönt.

So herrlich dieses alles ist, nichts übertrifft allerdings meine Freude, als ich die von Jolar angekündigte Überraschung gewahre. In einem Halbkreis um den Teich stehen Wesen, die ich hier ganz und gar nicht vermutet hätte. Da ist der alle überragende Drache Lung, auf seinem Rücken Adalar, der Gott des Windes. Neben ihm liegt, den Leib zum größten Teil zusammengeringelt und nur den Kopf und den ersten Abschnitt des Körpers aufgerichtet, Kastehelmi, in Gestalt der Regenbogenschlange. In ihrer Begleitung befindet sich Dilar, der Gott des Wassers. Aber auch das dritte Paar ist mir wohlbekannt: das gescheckte Einhorn Kirtan, auf dem im Damensitz die Göttin der Erde, Catandra, thront.

Ich bin nicht nur sprachlos, sondern erstarre regelrecht auf Jolars Armen. Die Erregung, welche ich noch bis vor Kurzem verspürt habe, ist mit einem Schlag verschwunden.

„Welche Ehre wird mir zuteil, dass mich die Götter aufsuchen?", frage ich in Gedanken, da mein Mund ganz ausgedörrt scheint.

„Du hast es also geschafft die Sperre, welche deine Mutter verhängt hat, von einem der größten Magier lösen zu lassen, Fanai", spricht mich Adalar auf die gleiche Weise an. „Es freut uns alle ungemein, dass du endlich ohne Anstrengung mit uns auf dieser Ebene reden kannst."

„Fanai", meldet sich nun Catandra gedanklich zu Wort, „ich bin erleichtert, dass du von deiner Familie so gut aufgenommen worden bist. Es ist schön, dich auch einmal unter glücklichen Umständen zu treffen."

„Sicher wunderst du dich, warum wir alle hier sind, aber dein

Lehrer Jolar hat uns gefragt, ob wir ihm nicht bei einem Ritual behilflich sein wollen, das dein zukünftiges Leben sehr viel leichter machen wird. Natürlich könnte er es auch alleine durchführen, aber er fand, dass dieses Ereignis so bedeutend ist, dass wir es zusammen zelebrieren sollten. Wann bekommt schon ein Mensch die Chance einen Teil seiner Erinnerungen für immer zu vergessen?", redet Dilar nun auf die gleiche Weise mit mir.

Da ich noch immer nicht in der Lage bin ihnen angemessen antworten zu können, ergreift Jolar für mich das Wort. „Werte Götter, wie Ihr feststellen könnt, ist Fanai von Eurem Erscheinen dermaßen überwältigt, dass es ihm die Sprache verschlagen hat. In seinem Namen möchte ich Euch daher danken, dass Ihr meinem Ruf gefolgt seid. Aber auch euch, Lung, Kirtan und Kastehelmi möchte ich in das Willkommen einschließen. Ich weiß, wie gewogen auch ihr Fanai seid. Es ist eine Ehre für uns beide, dass ihr alle nicht nur der Zeremonie beiwohnen, sondern euch sogar rege daran beteiligen wollt. – Wenn ihr alle bereit seid, möchte ich jetzt gerne anfangen, denn wie euch bekannt ist, rufen mich meine Aufgaben an den Platz zurück, den ich allein für Fanais Initiation in die Kunst der körperlichen Liebe verlassen habe."

Nachdem die Götter und ihre Begleiter mit einem Nicken ihr Einverständnis bezeugt haben, stellt mein Lehrer mich neben sich auf den Boden. Sicherheitshalber hält er mich noch fest. Einer seiner Arme liegt stützend um meine Taille.

„Seltsam", denke ich. „Warum erregt mich diese Berührung jetzt gar nicht?"

„Weil du noch zu überwältigt von unseren Besuchern bist, Fanai", entgegnet mir auf die gleiche Weise Jolar.

„Ganz sicher hast du recht. Aber sag mir, wie ich sie willkommen heißen soll. Gibt es etwas, was ich beachten muss?", will ich von ihm wissen, denn ich komme mir recht hilflos vor.

„Fanai,", spricht mich da Dilar an, „wir alle haben dir, nachdem du uns geholfen hast, uns zurückzuverwandeln, angeboten, dass du uns weiterhin wie gute Freunde behandeln darfst. Warum sollten wir jetzt plötzlich darauf bestehen, dass du dich vor uns zu Boden wirfst?

285

Wir fänden es lachhaft, so ehrlich es von deiner Seite auch gemeint wäre. Komm einfach her und lass dich umarmen!" Sogleich öffnet er seine Arme.

Ich laufe los und stürze mich dankbar für dieses Angebot einfach hinein. Dass ich in seine Arme im wahrsten Wortsinn hineinfalle, ist dem Umstand geschuldet, dass ich nicht daran denke, den Saum meines Kleides etwas anzuheben. Welch ein Glück, dass Dilar mir ein Stück entgegengekommen ist, sonst hätte ich mich ganz sicher schon vorher flach auf den Boden gelegt. Dies würde aber ganz und gar nichts mit Ehrerbietung zu tun haben.

Ich genieße es, auch in meinem weiblichen Leib vom Gott des Wassers an seine Brust gedrückt zu werden. Kaum lässt er mich los, reicht er mich sogleich an Adalar weiter. Auch Catandra ist zu uns gekommen und begrüßt mich genau wie ihre Brüder.

Anschließend umschlingt mich Kastehelmi ganz vorsichtig mit ihrem Schlangenleib. „Ich möchte dich schließlich nicht zerdrücken", merkt sie an.

„Menschen sind ja so zerbrechlich", bekomme ich von dem Drachen Lung in seinem für menschliche Ohren lautstarken gedanklichen Flüsterton zu hören. Dann stupst er mich mit seiner schuppenbesetzen Schnauze ganz leicht an.

Als Letzte stellt sich das gescheckte Einhorn Kirtan neben mich und meint: „Damit du keine Angst vor meinem Horn haben musst, biete ich dir an dich auf meinen Rücken zu schwingen. Hoffentlich kannst du dass in dieser Aufmachung überhaupt angemessen bewältigen."

„Mit ein bisschen Hilfe, gelingt das schon", mischt sich Jolar ein, umfasste meine Taille und hebt mich hinauf. „Glaubst du, du kannst dich ohne Decke und Sattel im Damensitz dort oben halten? Oder soll ich für andere Gewänder sorgen, Fanai?" Mit einem belustigten Gesichtsausdruck mustert er meinen Leib von unten bis oben.

„Ich bin noch nie von einem Pony gefallen", stelle ich etwas beleidigt fest, „da werde ich auch bei einem Einhorn keine Ausnahme machen." Sogleich greife ich mit einer Hand in die Mähne und fordere Kirtan mit einem leichten Druck meiner Ferse

auf, sich in Bewegung zu setzen.

Obwohl ich noch niemals allein auf diese Art geritten bin, fühle ich mich sogleich wohl und sicher, selbst, nachdem das Einhorn die Geschwindigkeit erhöht. Für meine Bequemlichkeit sorgt es, indem es nicht lostrabt, sondern wie ein Zelter[12] oder ein Pony töltet. So reite ich einige Runden im Tempelinnern, während alle anderen die Zeremonie vorbereiten. Ich muss gestehen, dass ich es genieße, auf dem Rücken eines Einhorns zu sitzen, das in der Widerristhöhe zwischen den gewohnten Bergponys und den Reitpferden der Grafenkinder liegt.

„Wir müssen zu den anderen zurück, Fanai", bekundet mir Kirtan mitten im schönsten Schrittwechsel. „Ich danke dir, dass du meine Einladung angenommen hast und mir nicht mehr böse bist, dass ich dich einst aufgespießt habe."

„Ach, Kirtan, ich habe dir zu danken, dass du es mir erlaubt hast, auf deinem Rücken zu sitzen. Es war mir eine Ehre, den Platz einzunehmen, der ansonsten der Göttin der Erde vorbehalten ist. Es war ein einmaliges Erlebnis", sage ich zu ihr, kurz, ehe wir am Teichufer anhalten. Schon will ich von ihrem Rücken gleiten, da stellt sich Jolar vor mich.

„Bleib sitzen, Fanai!", hält er mich auf, bevor er sich an mein Reittier wendet. „Kirtan, hättest du wohl die Güte deinen Reiter bis vor den Altar zu tragen?"

„Es ist mir eine Ehre auf diese Weise am Ritual teilzunehmen", erklärt sich das Einhorn sogleich einverstanden und setzt seine Vorderhufe ins Wasser. Ihm reicht es nur knapp übers Fesselgelenk.

Dachte ich zunächst, dass der Altar direkt aus dem Teich aufragen würde, so sehe ich beim Näherkommen, dass dem nicht so ist. Er befindet sich auf einer kleinen Insel, die gerade soviel Platz um ihn lässt, dass sich an seinen Seiten die Götter hinstellen können, ohne sich die nackten Füße nass machen zu müssen. Wie auch der Tempel besteht der Altar aus lebendem Holz. Vor unendlichen Zeiten mussten einmal fünf Büsche im gleichen Abstand zueinander dort

---

[12] Zelter = Damenreitpferd, welches außer Schritt, Trab und Galopp auch die bequeme Gangart Tölt beherrscht

gewachsen sein. Mittlerweile haben sie sich zu oberschenkeldicken Stämmen entwickelt. Ihre Äste haben sich derart mit- und ineinander verflochten, dass eine Art Nest in ihrer Mitte entstanden ist. Zusammen mit ihren ungewöhnlich großen und weichen Blättern bilden sie in Hüfthöhe eines erwachsenen Mannes die seltsam flache „Altarplatte".

Kirtan bleibt auf einer der Seiten stehen, die keiner der Götter eingenommen hat. Jolar, der uns gefolgt ist, nimmt seinen Platz auf der momentan einzigen freien Seite ein.

„Rutsch einfach von Kirtans Rücken hinunter und stelle dich auf die Äste. Du brauchst keine Bedenken zu haben, Fanai, dass sie dein Gewicht nicht zu tragen vermögen. Wesen mit weit mehr auf den Rippen haben bereits auf dem Astgeflecht Platz genommen. Bisher ist weder ein Zweig, noch jemand, der auf ihnen stand, beschädigt worden", fordert mich der blonde Mann mit einem vertrauenerweckenden Lächeln auf.

Ich lasse mich langsam und äußerst vorsichtig auf dieses Unterfangen ein, darf dann aber feststellen, dass die Äste sich mehr wie eine flache Fläche unter den bloßen Füßen anfühlen und fester sind, als sie auf den ersten Blick wirken. Trotzdem ist es ein angenehm weiches Gefühl auf den Blättern zu stehen.

„Ich hoffe, du bist jetzt ausreichend von der Haltbarkeit überzeugt, sodass du es wagst, dich hinzulegen", fährt Jolar fort, kaum, dass Kirtan sich auf den Rückweg durch den Teich gemacht hat.

Ich nicke nur und blicke kurz in die Gesichter der drei Götter, ehe ich mich langsam niederlasse. Der Magier ist mir mit dem Rock des Kleides behilflich, der hochgerutscht ist, während ich es mir bequem gemacht habe. Gemeinsam sorgen wir dafür, ihn faltenlos herunterzuziehen. Erst nachdem auch die göttlichen Geschwister durch Nicken ihr Einverständnis gegeben haben, hört Jolar auf an meinem Gewand herumzuzupfen. Dermaßen mit dem Stoff beschäftigt, habe ich gar nicht mitbekommen, dass mittlerweile auch der Platz auf der fünften Seite des Altars von jemandem eingenommen worden ist, den ich kenne. Erstaunt stelle ich fest, dass sich zu meinen Füßen eine wunderschöne junge Frau zu uns gesellt

288

hat. Noch bevor ich nachfragen kann, wer sie sei, nickt sie mich lächelnd an.

„Wir kennen uns, Fanai. Allerdings hast du bisher noch nie mein Gesicht zu sehen bekommen. Außerdem hat meine Stimme sich für dich durch den Helm, den ich trug sehr verzerrt angehört. Mein Name ist Melar und ich bin die Göttin der Metalle. – Sieh mich nicht so entgeistert an! Ja, ich bin weiblich, auch wenn ich dir in einer Rüstung erschienen bin. Anhand deiner Bekanntschaft mit meiner Schwester Catandra weißt du, dass es auch Göttinnen gibt. Allerdings muss ich zugeben, dass du zu Recht erstaunt bist, da alle immer von einem Gott der Metalle reden. Leider werde ich allzu oft verkannt. Daran ist wohl meine Erscheinungsform in dieser Rüstung schuld. Andererseits glaubst du gar nicht, welchen Spaß es macht, von Männern als männlicher Gott verehrt zu werden, weil sie es nicht besser wissen. Ich lasse sie gerne in dem Glauben und amüsiere mich umso mehr. Nur sehr wenigen Auserwählten habe ich bisher mein wahres Antlitz gezeigt. Du bist nun einer davon, dem diese außergewöhnliche Ehre zuteilwurde. – Heute bin ich hierhergekommen, um dir dafür zu danken, dass du meine Geschwister von ihrem Fluch befreit hast. Du hast sehr viel erdulden müssen und dennoch an deiner Aufgabe festgehalten, selbst, nachdem Feular dich und deine Mutter bedroht hatte. Viele hätten daraufhin aufgegeben und sie ihrem Schicksal überlassen. Dass du es nicht getan hast, selbst, als du damit rechnen musstest, sogar umzukommen oder in ein Tier verwandelt zu werden, hast du deine Aufgabe beendet. Daher bin ich hierher geeilt, als ich erfahren habe, was Jolar vorhat. Ich wollte unbedingt bei dieser für dich sehr wichtigen Zeremonie dabei sein", erklärt mir Melar. Ihre schwarzen langen Haare trägt sie zu einem Zopf geflochten, der ihr bis zu ihrem Gesäß auf dem Rücken herunterhängt. Ihre Haut hat einen leicht metallischen Kupferton und ihre Pupillen erstrahlen in einem Goldton. An diesem Tag trägt sie keine Rüstung, sondern ein langes Kleid, das in den Farben aller Metalle changiert. Auch sie ist barfuß.

„Ich danke Euch, dass Ihr mir diese Ehre erweist." Da ich bereits auf dem Naturaltar liege und die Zeremonie nicht durch mein

Aufstehen sprengen will, nicke ich ihr nur lächelnd zu. „Gerne würde ich Euch angemessen begrüßen, aber sicherlich würde Jolar das nicht zulassen, nachdem er gerade so einen Aufwand damit betrieben hat, mein Kleid zu glätten."

„Es ist nicht notwendig, dass du dich erhebst, Fanai. Ich weiß auch so um deine Ehrerbietung, die du mir entgegenbringst. Bitte nenne mich ruhig Melar und rede mich wie eine gute Freundin an. Catandra hat dich einst zum Ritter der Elemente geschlagen. Sie tat dies nicht einfach aus einer Laune heraus. Es geschah auf mein Anraten. Warum also sollte der wohl einzige Elementritter, dem diese Ehre zuteilwurde, nicht auch das Vorrecht haben zumindest vier der fünf Götter mit Du anzureden?"

„Wenn ihr genug geplaudert habt, möchte ich gerne mit dem Ritual beginnen", mischt sich nun Jolar ein. Ich finde, dass er sich ziemlich ungehörig einer Göttin gegenüber benimmt.

„Willst du mir absprechen, dass ich dem Menschen, der uns so sehr geholfen hat, nicht zumindest danke und ihm einiges erkläre?", will Melar etwas kratzbürstig gestimmt wissen.

„Es lag mir fern, dich zu beleidigen, Melar", entschuldigt sich der Magier und verneigt sich mit einem ausgestreckten Arm leicht in ihre Richtung.

„Entschuldigung angenommen, Jolar", meint sie nur und lächelt ihn verschlagen an. Sicherlich wird sie ihm noch einen Streich spielen, um ihn zu ärgern.

Nun streckt Catandra ihre Arme nach vorne aus. Ihre Handflächen sind nach unten in Richtung meines Leibes gedreht. Sogleich wachsen kleine Ranken von allen Seiten auf mich zu. Sie überkreuzen sich über mir und fesseln mich somit auf den Altar. Kurz will ich mich dagegen wehren und gleichzeitig Einspruch gegen diese Art der Behandlung einlegen, doch nachdem ich in die Runde geblickt habe, sehe ich davon ab. Alle schütteln leicht ihre Häupter und lächeln mich beruhigend an. Trotzdem fühlt es sich für mich nicht gut an, bewegungsunfähig zwischen ihnen zu liegen. Nicht, dass ich auch ohne diese Fesselung etwas gegen die versammelten Götter und den Magier ausrichten könnte. Allein der Umstand an sich lässt die

Anzeichen einer Panik in mir aufsteigen.

Meine Hände beginnen zu schwitzen. Mein Herz galoppiert und mein Atem rast. Doch ehe dieser Angstzustand mich ganz im Griff hat, wird der Rhodonit warm und strahlt in meiner Brust hellrosa auf. Im gleichen Moment lässt die Göttin der Erde ihre Arme wieder sinken.

Als nächster erhebt Dilar die seinen zum Himmel. Eine einzelne Wolke bildet sich dort am ansonsten blauen Firmament und beginnt genau über mir abzuregnen. Ich werde nicht einfach durchnässt, sondern ertrinke fast in den Wassermassen, die auf mich herabstürzen. An Gegenwehr brauche ich gar nicht zu denken, zumal der Stein ein Gefühl der Beruhigung aussendet. Gleichzeitig erinnere ich mich an das Versprechen des Wassergottes, dass mir sein Element in keiner Form schaden kann. Als auch der letzte Tropfen auf mich herabgeregnet und die Wolke verschwunden ist, sinken auch Dilars Arme herab.

Die Göttin der Metalle tut etwas Außergewöhnliches. Sie legt ihre Hände auf den Rand des Altars und sogleich sinkt dieser nach unten. Immer tiefer gleitet er in den Boden. Mittlerweile hat sie die unmittelbare Verbindung mit dem Holz schon lange verloren, aber noch immer verharren ihre Hände in der gleichen Stellung. Bald befinden sich die Ränder des Altars mit der Erde auf einer Höhe, was aber die Abwärtsbewegung in keinem Fall stoppt.

Eigentlich hätte ich spätestens in dem Augenblick, indem sich über mir eine Metallplatte über die Öffnung schiebt, in Panik geraten müssen, aber ich sehe dem allen gelassen zu. Noch immer leuchtet der Rhodonit hell in mir und strahlt sein beruhigendes Licht aus.

Plötzlich erscheinen Bilder an der metallenen Decke über mir. Es sind genau die Szenen, welche ich tief in mir verschlossen glaubte. Die Demütigungen meines Vaters, seine unrechtmäßigen Strafen, die Misshandlungen vonseiten meiner Halbbrüder und natürlich auch die Vergewaltigungen. Es gibt auch Vorkommnisse mit Bewohnern der Burg, die ich meine, längst aus meiner Erinnerung gestrichen zu haben. Zwar sind diese nicht ganz so prägend gewesen, wie die, welche vonseiten meiner Familie stammen, aber ähnlich gelagert.

Es schmerzt, dies alles noch einmal, wenn auch aus der Sicht eines Beobachters, erleben zu müssen. Aufgrund meiner Fesseln kann ich nichts tun, um dies nicht alles mit ansehen zu müssen, denn auch, wenn ich die Augen schließe, bleiben die Bilder bestehen.

Diesmal unterstützt mich der Rhodonit darin, dass ich endlich keine Angst mehr vor meinen Peinigern verspüre. Ich schreie sie an, werfe ihnen all das vor, was ich mich nie getraut habe, zu sagen. Ja, ich frage sie sogar, warum sie mich so behandelt haben. Die Antworten sind eigentlich immer wieder gleich. Meist geht es darum, dass sie ihre Wut an irgendjemandem ausgelassen hatten, der ihnen gerade über den Weg lief und schwächer als sie war.

Oder in Drutmars Fall ist es sogar so, dass er selbst in jungen sekels das erlebt hatte, was er später mir antat. Bei ihm hatte es sich um einen seiner Lehrer gehandelt, der ihm eigentlich Lesen, Schreiben und höfisches Benehmen beibringen sollte. Anfangs tat der Mann das wohl auch, später jedoch verging er sich an seinem schmächtigen Schüler. Wie und warum es dazu kam, dass der Mann irgendwann von der Burg verschwand, verrät Drutmar mir nicht. Aber aus Ebermuts Antwort, dass er es wohl auch bei dem schon immer viel gewichtigeren und muskulöseren Jungen versucht haben musste, schließe ich, dass er dabei seine Hände mit im Spiel gehabt hatte.

Bei meinem Vater war es einfach ein Weitergeben von dem, wie er selbst erzogen worden war. Mein Großvater schien der Meinung gewesen zu sein, dass er lieber einmal zu viel, als zu wenig zuschlug. Für irgendein Vergehen würden die Schläge schon als Ahndung dienen.

Wie lange diese Rückschau dauerte, weiß ich nicht mehr. Aber auf einmal verblassen die Bilder und der Altar steigt wieder nach oben. Kurz, ehe mein Leib die metallene Decke berührt, öffnet sie sich und ich erkenne über mir wieder den blauen Himmel. Außerdem sehe ich die zu mir hinabblickenden Götter und Jolar. Alle lächeln mich an.

Schließlich endet mein Aufstieg wieder. Kaum ist der Altar zum Stillstand gekommen, streckt Adalar seine Arme nach den Seiten aus, woraufhin ein Sturm einzig über mir tobt. Diesmal bin ich froh um die Ranken, welche mich festhalten, sonst hätte der tosende Wind mich einfach ergriffen und davongetragen. Allerdings tut er das mit etwas anderem. Zunächst spüre ich nur, wie er an mir zieht und zerrt und gleichzeitig mein Gewand trocknet, dann aber lösen sich die eben durchlebten schlechten Erinnerungen in Form von dunklen Fetzen. Sie entströmen meinem Leib, werden sogleich vom Sturm erfasst und davongeweht. Für mich fühlt es sich so an, als wehe er durch mich hindurch, fege jede Ritze und säubere sie. Mit jedem der mich verlassenden dunklen Gebilde fühle ich mich leichter und kann auch tiefer und befreiter atmen. Mit der Zeit werden diese Fetzen weniger, bis selbst der Letzte mich verlassen hat. Im selben Augenblick senkt auch der Gott des Windes seine Arme und der Sturm hört so plötzlich auf, wie er begonnen hat.

Ich blicke eines der mich umstehenden Wesen nach dem anderen an. Jedes lächelt mich aufmunternd an. Catandra streckt nochmals die Arme über mir aus und lässt die Ranken, welche nun mit Blüten in allen Farben besetzt sind und herrlich duften, sich zurückziehen.

Als auch der letzte Spross mich nicht mehr auf den Altar fesselt, beugt sich Jolar über mich und hebt mich auf. Geborgen an seiner Brust fühle ich mich zwar noch recht schwach, aber unwahrscheinlich erleichtert und glücklich. Ich versuche ihm meine Freude zu übermitteln, indem ich ihn einfach nur selig anlächle. Zu mehr bin ich im Moment nicht fähig.

Er ist es dann auch, der mich durch den Teich wieder an Land trägt. Die Götter folgen uns, jeweils zu zweit nebeneinander gehend.

Am Teichrand erwarten mich die drei Tierwesenheiten Lung, Kastehelmi und Kirtan. Sie beglückwünschen mich in Gedanken zu meiner geistigen Heilung und laden mich ein sie doch einmal zu besuchen. Der Drache verspricht mir einen Flug über das Land. Die Regenbogenschlange will mit mir im Meer schwimmen, allerdings in ihrer Gestalt als Meerjungfrau. Und Kirtan schlägt mir vor, mit ihr über die Hochplateaus zu galoppieren.

„Gerne nehme ich eure Geschenke an. Wie kann ich euch erreichen, wenn ich diese Angebote in Anspruch nehmen möchte?", sende ich ihnen meine gedachte Antwort, da ich mich noch viel zu

müde und erschöpft zum Sprechen fühle.

„Da du jetzt auch auf dieser Ebene mit uns reden kannst, brauchst du dir nur denjenigen von uns vorzustellen, mit dem du dies wünschst. Sobald du ihn erreicht hast, kannst du dich ihm auf diese Weise verständlich machen", entgegnet mir Kastehelmi mit ihren typischen Zischlauten zwischen den Worten.

„Ich bin mir sicher, dass Fanai eure Gaben gerne annimmt, wenn er sich einige Zeit ausgeruht hat. Für heute allerdings hat er genug erlebt und benötigt Ruhe", mischt sich Jolar ein und trägt mich in Richtung des Tempelausgangs.

„Ich habe mich noch gar nicht bei den Göttern bedankt", teile ich dem strohblonden Magier gedanklich mit. Es ist mir wichtig dies festzustellen, obwohl ich so erschöpft bin, dass ich am liebsten sofort einschlafen würde.

„Sie sind bereits alle aufgebrochen, Fanai." Um mir dies zu beweisen, dreht er sich kurz um, damit ich das Tempelinnere überblicken kann. Ja, er hat recht. Weder einer der Götter, noch ihre tierischen Freunde halten sich dort mehr auf.

Mit einem tiefen Seufzer zeige ich mein Bedauern, da ich mich gerne von jedem Einzelnen verabschiedet hätte.

„Schlaf jetzt, Fanai!", flüstert Jolar und schickt mir eine beruhigende Welle, welche meinen Leib überflutet und wohl der letzte Anstoß dafür ist, dass ich mich endlich dem Schlaf hingebe.

*

Ich erwachte am Ufer des Sees, an dem meine Oheime und mein Großvater ihr Lager aufgeschlagen hatten. Es war früher Morgen, denn soeben ging die Sonne über der Insel mit dem Tempel des Gottes der Liebe auf. Es war ein wunderschöner Anblick wie ihre Strahlen das Wasser in glitzernde Edelsteine verwandelten, sie selbst sich aber noch hinter dem Garten und dem Tempel versteckte.

Trotzdem war ich traurig. *„Warum hat er mich einfach hier zurückgelassen? Wieso durfte ich mich nicht angemessen von ihm verabschieden? Wenigstens einen letzten innigen Kuss hätte er mir* *noch als Dank für diese herrliche Zeit, die Jolar mir geschenkt hatte, erlauben können. Natürlich kann ich weder ihm noch den Göttern je vergelten, was sie mit dem Ritual der Heilung für mich getan haben. Allerdings finde ich diesen Abschied so ... Ich komme mir vor wie ein Spielzeug, das seinen Reiz verloren hat und einfach an seinen Vorbesitzer zurückgegeben wurde. Hat er mich nicht anfangs als ein Geschenk bezeichnet? Und jetzt gefiel es ihm nicht mehr, deshalb reichte er es an Großvater zurück."*

„Fanai!", sagte da eine Stimme neben mir.

Ich schreckte aus meinen Gedanken auf und wandte mich dem neben mir hockenden bronzehäutigen Mann zu. Luciano sah mich mit diesem neckischen Blick an, der mir verriet, dass er mich gleich wieder foppen würde.

„Fanai, Jolar ist ein vielbeschäftigter Mann. Außerdem liebt er keine dramatischen Abschiede. Aber, wenn du dich auf eine ganz bestimmte Weise bedanken willst, stehe ich dir gerne dafür zur Verfügung. Da ich annehme, dass du beim Meister der Verführung so einiges gelernt haben wirst, würde ich gerne in den Genuss dieser neuen Erfahrungen kommen. Vater sieht es zwar nicht so gerne und wahrscheinlich werde ich Ärger bekommen, aber das wäre es mir wert." Sein lüsterner Blick musste gut eingeübt sein, denn er sah wirklich echt aus.

„Ich möchte nicht, dass du von Großvater bestraft wirst, Luciano. Aber ich danke dir für das Angebot. Vielleicht komme ich einmal darauf zurück, doch jetzt würde es mir schon genügen, wenn du mich einfach nur in den Arm nehmen könntest. Ich nehme an, du weißt, was dort drüben geschehen ist. Ob du aber auch nachvollziehen kannst, was das für mich bedeutet, glaube ich nicht." Nein, ich wollte ihn weder reizen, noch zurückweisen, aber nach seinen Scherzen war mir im Moment nicht zumute.

Sogleich veränderte sich sein Blick. Nun sprach Verständnis daraus. Er setzte sich dicht neben mich, legte einen Arm um meine Schultern und ließ es zu, dass ich mein Haupt anlehnte. Gemeinsam genossen wir den Sonnenaufgang, ohne noch ein Wort zu sagen. Das Einzige, was er für mich tat, war mir ein beruhigendes, tröstendes

Gefühl zu übermitteln. Dies konnte ich gut annehmen, mehr auf keinen Fall.

Ich weiß nicht, wie lange wir so versonnen auf das blinkende Wasser sahen, mir jedenfalls kam es vor, als hätte es ewig gedauert. In Wirklichkeit war noch gar nicht so viel Zeit verstrichen, denn gerade kroch der Himmelskörper hinter der Insel hervor, da trat Großvater auf meine andere Seite.

„Wir sollten aufbrechen, sobald du das Frühmahl zu dir genommen hast, Fanai", war alles, was er sagte. Er konnte meine Verfassung spüren, da ich mich nicht abschirmte. Ich wollte, dass alle drei fühlten, wie es mir ging.

„Jetzt beleidige ihn nicht, indem du behauptest, keinen Hunger zu verspüren, Schwestersohn", warnte Luciano mich mit einem spitzbübischen Lächeln.

Er kannte mich einfach zu gut, denn genau das hatte ich gerade sagen wollen. Vielleicht hatte ich es auch bereits gedacht. Es wurde Zeit mich wieder abzuschirmen, was ich auch sofort tat. Ich beschloss, mir erst einmal Klarheit über mein Empfinden zu verschaffen.

„Ich hätte nicht gedacht, dass Shira Leora dir auch diese Eigenschaft vermacht hat", meinte mein Großvater und sah auf mich herunter. Dann nickte er mit einem vergnügten Lächeln. Dass beides aber nicht mir, sondern seinem Sohn gegolten hatte, erfuhr ich sogleich.

Luciano ließ mich los, sprang auf und hielt mir hilfsbereit eine Hand hin, um mir aufzuhelfen. Dankbar nahm ich sie an, landete aber, kaum dass ich stand in seinen Armen. Abgesehen davon, dass er mich damit überrascht hatte, dass er es im Angesicht seines Vaters wagte, mich fest an seinen Leib zu drücken, ging er noch viel weiter. Noch ehe ich wusste, wie mir geschah, presste er seine Lippen auf die meinen und forderte mit seiner Zunge energisch Einlass. Ich gewährte ihn ihm, merkte aber, dass mein Leib nicht mehr so stark auf meinen Oheim reagierte. Jetzt war ich es, der nicht mehr darauf erpicht war, weiter als bis hierher zu gehen. Entsprechend fiel auch meine Erwiderung seines Kusses aus.

Schnell löste er sich wieder von mir, hielt mich aber auf Abstand noch an den Oberarmen fest. „Das wollten wir wissen. Deshalb war Vater auch damit einverstanden", erklärte der bronzehäutige Mann sein Verhalten. Dann zog er mich noch einmal in seine Arme. Diesmal allerdings war es mehr eine Geste unter Verwandten und hatte nichts mehr mit Leidenschaft zu tun.

„Heißt das, dass ich auch von der Verliebtheit in dich geheilt bin?", fragte ich etwas irritiert, nachdem er mich losgelassen hatte und sah von ihm zu Großvater und wieder zu ihm zurück.

„Genau das, Fanai", bestätigte Luciano und drehte mich in Richtung Land. „Jetzt solltest du schnell etwas zu dir nehmen, damit wir aufbrechen können. Durch diesen Umweg und deinen Aufenthalt auf der Insel haben wir eine ganze Woche verloren. Die nächsten Tage werden wir unser Reisetempo erhöhen müssen, damit wir die Baronin nicht in Sorge versetzen. Sie erwartet uns nämlich bis zu einem bestimmten Zeitpunkt zurück."

Auf dem steinigen Uferstreifen stand auf einem größeren flachen Felsbrocken eine Schüssel mit der Sorte Brei, den mir mein dunkelhäutiger Oheim und auch Jolar bereits serviert hatten. Daneben befanden sich ein hölzerner Becher und eine tönerne Kanne mit Ziegenmilch.

„Danke!", sagte ich nur und ließ mich neben diesen Köstlichkeiten nieder. Dieses schlichte Mahl gab mir Halt und schmeckte besser als all die Leckerbissen, die mir der blonde Magier angeboten hatte. Es gab doch noch immer Dinge, die ich auch trotz meines neuen Status', nicht verändert haben wollte.

23. Kapitel: Melars Geschenk

Fünf Tage später ritten wir gegen Mittag bei herrlichem Sonnenschein und einer für Anfang Neblung[13] ungewöhnlichen Wärme durch das Burgtor derer von Karelien.

Großvater hatte darauf bestanden, dass ich Alda neben ihn lenkte, sobald wir den Wald verlassen hatten und von der Burgwache gesehen werden konnten. Meine Oheime folgten uns auf ihren Ponys auf einer Höhe miteinander reitend dichtauf. Die beiden ledigen Reittiere führten sie am langen Zügel hinter sich.

Diesmal war der Empfang wesentlich herzlicher, als das letzte Mal, da ich als Braut von Sir Rabanus heimkehrte. Abgesehen davon, dass wir nicht von dem vom Gesinde, den Wachen und auch seiner Familie gefürchteten Baron Dekert von Karelien erwartet wurden, empfand ich die Stimmung als weitaus gelöster.

Baronin Bianca stand mit ihrer Kinderschar nicht am oberen Treppenende, sondern am unteren Treppenaufgang. Meine Halbgeschwister plapperten fröhlich und winkten uns erwartungsvoll zu. Ihre Mutter und die älteste Tochter Euphemia hatten alle Hände voll zu tun, sie davon abzuhalten, auf uns zuzustürzen. Zum einen bestand die Gefahr, dass die lärmende Gesellschaft die Ponys erschreckte, zum anderen konnte sie auch allzu leicht unter die Hufe geraten.

„Gebt endlich Ruhe, Kinder, sonst lassen Wir euch in euer Gemach bringen!", griff Bianca von Karelien mit erhobener Stimme durch, woraufhin sich ihre drei Schreihälse besannen, wenn auch zappelig und flüsternd, stehen zu bleiben. Ihren jüngsten Spross schien das alles nicht zu stören, friedlich schlief er auf ihrem Arm, unbeeindruckt von dem ganzen Aufruhr um ihn herum.

„Entschuldigt, Sir Rell-Peras, Sir Cameron, Master Da'Simh!", bat sie und sah die Männer der Reihe nach an. „Es ist Uns eine Ehre Euch auf Unserer bescheidenen Feste begrüßen zu dürfen." Dann wandte sie sich an mich: „Fanai, geliebter Sohn meines Mannes, auch dich heißen Wir herzlich willkommen. Wie kommt es, dass du

---

[13] Neblung = November

in solch edler Gesellschaft nach Hause zurückkehrst?"

Ich wollte schon vom Pony steigen, mich vor ihr verneigen, ihre Frage beantworten und mich dann mit allen Reittieren in den Stall zurückziehen. Doch Großvater legte seine Hand auf meinen Arm und sagte laut vernehmlich: „Warte, Tochtersohn!"In Gedanken fügte er hinzu: *„Erst, wenn wir absteigen, folgst du unserem Beispiel. Denk daran, dass du zu unserer Familie gehörst und nicht mehr einfach nur der Bastardsohn des Barons bist!"*

„Wir danken Euch, für Euren herzlichen Empfang, werte Baronin Bianca", entgegnete er wiederum laut und verbeugte sich elegant im Sattel. Auch meine Oheime folgten seinem Beispiel. *„Du nicht, Fanai! Solange du diese Art der Ehrbezeugung nicht richtig beherrschst, möchte ich nicht, dass du dich damit lächerlich machst. Nicke ihr einfach mit einem warmen Lächeln zu."*

Ich tat, was er verlangte, ohne ihn mit Fragen zu löchern. Stattdessen beobachtete ich das Gesinde und die Wachen, welche bis auf die vier Ritter, die mit meiner Familie auf der Burg eingetroffen waren, erstaunte Mienen zeigten. Leises Getuschel entstand unter ihnen, verstummte aber sofort wieder, als Großvater erneut zu sprechen ansetzte. Schließlich wollte niemand etwas verpassen.

„Erlaubt mir, werte Baronin, für meinen Tochtersohn zu antworten."

Mit einer Geste forderte die Burgherrin ihn auf, fortzufahren.

„Fanai wurde von Uns gefunden, nachdem er sich von Eurem einstigen Gast Adalar getrennt hatte. Die genauen Umstände können wir später in Ruhe besprechen. Auf jeden Fall haben Wir herausgefunden, dass der Knabe der Sohn Unserer Tochter Shira Leora ist und somit der Schwestersohn von Cameron und Luciano. Wir haben Uns seiner angenommen und wünschen dies auch zukünftig zu tun. Und da sich zurzeit wohl alle Bewohner der Burg hier eingefunden haben, möchten Wir auch gleich feststellen, dass Fanai die gleiche Ehrerbietung wie Uns und Unseren Söhnen entgegenzubringen ist. Sollte Uns etwas Gegenteiliges zu Gehör kommen, werden Wir die Bestrafung Unserem Sohn Master Da'Simh überlassen."

Großvater drehte sich halb zu Luciano um und machte eine entsprechende Geste in dessen Richtung. Sein Sohn neigte nur leicht das Haupt, ließ seinen berühmten durchdringenden Blick von einem Mitglied der Burgbevölkerung zum anderen wandern. Jedem sollte klar sein, dass von diesem Mann keine Gnade zu erwarten war. Allein sein Ruf reichte aus, um Angst und Schrecken bei den Unehrlichen und Gesetzlosen zu verbreiten. Entsprechend verhielt sich auch das Gesinde und die Wachmannschaft. Wer sich nicht ganz sicher war, irgendetwas angestellt zu haben, was ihm nun zur Last gelegt werden konnte, wandte den Blick ab. Aber auch die Rechtschaffenen schlugen die Augen nieder. Man konnte ja nie wissen, ob dieser tangalanisch wirkende Mann nicht die geheimsten Gedanken lesen konnte, solange man ihn ansah.

„Außerdem haben Wir die Pflicht Euch, werte Baronin Bianca, und den hier versammelten Burgbewohnern mitzuteilen, dass Baron Dekert von Karelien nicht mehr auf seine Ländereien zurückkehren wird. Er hatte einen Unfall, bei dem er so schwer verletzt wurde, dass er seinen Verwundungen erlegen ist. Da Wir nicht davon ausgehen, dass es jemanden geben wird, der um ihn trauert, werden Wir auch von der Bekundung Unseres Beileids absehen. Gleichzeitig bestimmen Wir durch die Uns vom Großkönig persönlich verliehenen Vorrechte sein zweites Ehegespons, die verwitwete Baronin Bianca von Karelien zur Eigentümerin und Verwalterin der Ländereien. Sie wird von heute an mit allen Rechten ausgestattet, welche sie benötigt, um ihre Aufgabe bewältigen zu können. Dies verkünden Wir vor den hier versammelten Zeugen. Die entsprechende Urkunde wird Sir Cameron noch heute anfertigen und Wir werden sie siegeln. – Baronin, hiermit seid Ihr in Euer Amt eingesetzt. Solltet Ihr Hilfe bei der Durchsetzung Eurer Ansprüche benötigen, sind Wir gerne bereit, Euch jegliche Unterstützung zu gewähren."

Selbst für den geringsten Bediensteten war klar, dass der Großmeister persönlich seine Hand über die Baronin halten würde. Wer ihre neue Stellung nicht anerkannte oder sich anmaßen sollte, sie zu schmähen, bekäme es mit diesem Mann oder einem seiner

Abgesandten zu tun. Sir Rell-Peras war dafür bekannt, dass er hart durchgriff und dass mit ihm in solchen Angelegenheiten nicht zu spaßen war. Da die nächste Besitzung der Elementeritter nur zwei Tagesritte entfernt lag, würde die Baronin sehr schnell Gehör finden. Zur Not konnte sie sich von dort Unterstützung anfordern, welche ihr sofort und ohne lange Erörterungen gewährt würde. Auch wenn der Großmeister nicht anwesend war, würde dies kein Erschwernis bedeuten. Wer sich in Zukunft gegen Bianca von Karelien stellte, sollte sich das vorher gut überlegen.

„Wir danken Euch für die Nachricht vom Verscheiden Unseres Gemahls", ergriff nun die Burgherrin wieder das Wort und nickte dem Magier dankbar zu. Nur wenige verstanden, was sie ihm eigentlich damit sagen wollte. Sie war erleichtert, dass er das Ableben ihres Ehegespons so einfach zur Sprache gebracht hatte. Niemand würde auch nur auf die Idee kommen, diesen einflussreichen Mann nach den genauen Gründen oder dem Ablauf seines Todes zu befragen. Auch nach dem Ort seines Grabes würde keiner Erkundigungen einziehen. Der Großmeister war einzig dem Großkönig Jolar tu-Jas-Joklas gegenüber verpflichtet Auskunft zu geben – sofern dieser ihn darum bat. Ihr Verhältnis basierte auf rein freundschaftlichem Niveau. Beide Magier sorgten als gleichgestellte Partner für die Belange des Großkönigreiches. Einen solch mächtigen Mann stellte man nicht infrage.

„Habt die Güte, Unsere bescheidene Wohnstätte damit zu ehren, dass Ihr Unsere Gäste seid, solange Euer Amt dies erlaubt, Sir Rell-Peras. Natürlich schließen Wir auch Eure Söhne und Euren Tochtersohn in diese Einladung ein. Verfügt über Unseren Besitz sowie die Menschen und Tiere, welche auf Unseren Ländereien leben." Baronin Bianca wandte damit einen geschickten Schachzug an. Indem sie dem Großmeister der Elementeritter und seinen Nachkommen die vorläufige Herrschaft anbot, brauchte sie nicht mit Repressalien von außen oder innerhalb der Familien zu rechnen. Schließlich hätten auch die Brüder ihres verstorbenen Mannes, ihre Schwäger oder auch ihre eigenen Brüder sich einmischen können, solange die neue Besitzurkunde nicht besiegelt und eingetragen war.

Gegen Sir Rell-Peras indessen würde keiner Ansprüche geltend machen wollen, abgesehen davon, dass er keine Aussicht haben würde, sie jemals durchzusetzen.

„Gerne nehmen Wir Eure Einladung an, werte Baronin Bianca." Großvater machte damit klar, dass er verstanden hatte, worum es der Burgherrin ging. Mit einem Lächeln und einem bestätigenden Nicken stieg er aus dem Sattel, überließ das Pony einem herbeieilenden Stallknecht und trat auf die Burgherrin zu. Dann tat er etwas, dass eine große Ehre für das Weib darstellte, gleichzeitig aber auch klar machte, wie nah er ihr stand. Zunächst nahm er die ihm dargebotene Hand und führte sie zum Mund. Doch allein mit dem einfachen Handkuss ließ er es nicht bewenden. „Als leibliche Schwester Unseres Sohnes Eivin seid Ihr in gewissem Sinne auch Unsere Tochter, daher gewährt Uns, dass Wir Euch entsprechend begrüßen." Ohne ihre Einwilligung abzuwarten, umarmte er sie aufgrund des in ihren Armen schlafenden Säuglings leicht und küsste sie auf beide Wangen.

Nachdem er einige Schritte zurückgetreten war, erwiesen ihr Cameron und Luciano auf die gleiche Weise ihre Referenz. Inzwischen war auch ich aus dem Sattel gestiegen und hatte Alda hinter den anderen Ponys her in Richtung Stall geschickt. Sie würde dort auf mich warten, da sie nur sehr wenigen Personen vertraute. Dass ich mich an diesem Tag dennoch nicht selbst um sie kümmern brauchte, verdankte ich Notker, der sich in meine Nähe schob und mir zuraunte, dies zu übernehmen. Bei ihm war sie in den besten Händen.

„Fanai", nahm mein Großvater mit mir gedanklichen Kontakt auf, während meine Oheime ihre „Schwester" begrüßten. „Du kannst es bei dem Handkuss und einem leichten Neigen deines Hauptes belassen. Ich möchte dir nicht zu viel zumuten, aber dennoch solltest du diesen Leuten zeigen, welche Stellung du als mein Tochtersohn einnimmst. Sei dir darüber im Klaren, dass du sie als gleichgestellt betrachten kannst."

Als die Reihe an mir war, die Baronin zu begrüßen, tat ich, was er mir aufgetragen hatte, obwohl es mir nicht leicht fiel, dieses Weib mit anderen Augen zu sehen. Viele Sommer war sie die Herrin gewesen und jetzt sollte ich mit ihr auf einer Stufe stehen. Trotzdem machte ich meine Sache recht gut, zumal Bianca von Karelien mich nicht nur freundlich anlächelte.

„Wir freuen uns, in Euch den Tochtersohn eines so bedeutenden Mannes begrüßen zu können", übertrieb sie etwas und küsste mich ihrerseits auf beide Wangen.

Ich wurde ganz verlegen und trat deshalb mit einer leichten Verbeugung einige Schritte zurück. Dankbar für den um meine Schulter gelegten Arm von Cameron folgten wir den anderen ins Burginnere. An der Seite von Großvater schritt uns die Baronin, umringt von ihren Sprösslingen voraus. Luciano schloss sich ihnen dicht auf an.

*

Nach dem gemeinsamen Mittagsmahl zogen sich Baronin Bianca, Cameron und Großvater ins im Nordturm gelegene Schreibzimmer zurück, um die versprochene Urkunde aufzusetzen und zu siegeln. Eine Kinderfrau nahm sich des Säuglings Ermelinde und ihres zweijährigen Bruders Athanasius an. Für beide wurde es Zeit, für ihren Mittagsschlaf. Die drei älteren Sprösslinge Euphemia, Leana und Desiderius baten mich, ihnen aus meinem Geschichtenbuch die versprochene und längst überfällige Erzählung vorzulesen. Zunächst sträubte ich mich dagegen, doch Luciano meinte: „Tu den Kindern doch den Gefallen, Fanai. Ihr könntet in den Burggarten gehen. Bei dem schönen Wetter solltet ihr die frische Luft genießen."

„Nun gut", gab ich mich geschlagen. „Ich laufe nur schnell hinauf in mein Gemach und hole das Buch. Ihr könnt ja schon vorausgehen und euch einen Platz aussuchen."

„Beeil dich, Fanai!", forderte die fünfjährige Leana und ergriff die Hände ihrer Geschwister.

„Du kannst doch nicht so mit unserem Gast umgehen!", wurde sie sogleich von Euphemia getadelt, die als Einzige begriff hatte, dass mein Stand sich während meiner Abwesenheit verändert hatte. „Wir werden ihn nachher fragen müssen, wie wir ihn jetzt anreden sollen. Weißt du, Leana, Fanai ist der Tochtersohn von Sir Rell-Peras, dem Großmeister der Elementeritter. Damit ist er zwar kein Adliger, aber wahrscheinlich so etwas Ähnliches. Genau habe ich das zwar auch nicht verstanden, aber ..."

Den Rest hörte ich schon nicht mehr, da ich mich bereits auf dem Weg zu meinem Turmzimmer befand und die Kinder im Flur um eine Ecke bogen.

„Da hast du mir ja etwas Schönes eingebrockt, Großvater", dachte ich, ohne ihm gegenüber meinen Geist zu öffnen. *„Wie soll ich den Kindern eine Antwort geben, nachdem ich selbst nicht weiß, wie ich jetzt verwandtschaftlich zu ihnen stehe? Da Großvater und Cameron beschäftigt sind, werde ich wohl Luciano fragen, ob er Klarheit in dieses Chaos bringen kann. Irgendetwas muss ich den Kindern schließlich antworten."*

Leider erreichte ich ihn auch nicht. Ich würde es etwas später nochmals probieren. Sicherlich traf er sich mit Hilarius, Meinrad, Kallistus und Basilius – oder wie immer sie wirklich hießen.

Nachdem ich das Buch aus meinem Gemach geholt hatte, lief ich in den Burggarten. Dort stellte ich fest, dass keines der Kinder brav auf mich wartete. Dafür hörte ich Euphemia laut schimpfen. Wenn ich mich nicht täuschte, drang ihre Stimme aus Richtung der Stallungen an mein Ohr.

Mit dem Buch in der Hand rannte ich dorthin. Vor dem Eingang des Pferdestalls sah ich den Grund ihrer Aufregung. Leana und Desiderius waren gemeinsam auf den Rücken eines gesattelten Ponys geklettert. Leider hatten die Kinder nicht bedacht, dass sie eines der erst frisch zugerittenen Tiere unter dem Sattel hatten. Das kleine Pferd bockte und versuchte, seine Last auf diese Weise loszuwerden. Verzweifelt krallte sich Desiderius in die Mähen des Ponys, seine Schwester Leana an den Leib ihres Bruders. So leicht ließen sie sich nicht abwerfen. Genau wie ich, hatten sie schon reiten gelernt, noch bevor sie richtig laufen konnten.

Es wurde Zeit, dass ich eingriff, denn mit ihrem langen Kleid konnte Euphemia unmöglich ihren Geschwistern zu Hilfe kommen.

Derjenige, dessen Aufgabe das gewesen wäre, stand in der Stalltür und amüsierte sich köstlich. Ihre Empörung galt also nicht den Kindern, wie ich beim Näherkommen feststellte, sondern dem Knecht. Dieser Mann war der gleiche, der mich damals, als ich mich in Begleitung von Sir Rabanus im Stall umkleidete, mit den Augen verschlungen hatte. Er hatte anscheinend auch eine Neigung zur Grausamkeit.

Sobald ich meine Halbgeschwister gerettet hatte, würde ich wohl mit Großvater über dieses Ereignis reden müssen. Baronin Bianca würde trotz der von ihm gesiegelten Urkunde noch genügend Schwierigkeiten haben, von ihrem Gesinde anerkannt zu werden.

Doch bevor ich mich darum sorgte, musste ich erst einmal die Kinder aus ihrer misslichen Lage befreien.

Um das sich wild gebärdende Pony zu beruhigen, musste ich zunächst meine Gedanken klären. Wie ich es von Sir Marzellus gelernt hatte, atmete ich ein paar Mal tief durch. Erst als ich ganz bei mir war, öffnete ich meine Abschirmung in Richtung des Tieres. Ich sandte ihm Bilder, in denen es friedlich grasend auf einer Weide stand; neben ihm einen Berg mit Möhren und vor ihm einen Eimer mit Hafer. Dann ging ich auf es zu, meine flache Handfläche nach oben gekehrt.

Je näher ich ihm kam, desto ruhiger wurde das Pony. Schließlich stand ich neben ihm und ließ es an meiner Hand schnuppern. Die dunkelbraune Stute atmete noch schwer von der Anstrengung, stand ansonsten aber ganz ruhig. Nun veränderte ich die Vorstellungen. Ich zeigte ihm, wie ich zunächst die Kinder von seinem Rücken hob, es dann absattelte und abzäumte. Anschließend spazierten wir gemeinsam in den Stall, dort lag an seinem Standplatz eine Handvoll Möhren und etwas Hafer befand sich in seiner Krippe.

Zufrieden schnaubend erlaubte das Pony mir jetzt, mich in Sattelhöhe zu stellen und erst Leana, dann Desiderius aus dem Sattel zu heben. Die beiden liefen sofort zu ihrer etwas abseitsstehenden großen Schwester, die sie sogleich in die Arme schloss.

Nun griff ich nach der Schnalle des Sattelgurtes, wissend, dass ich mir beide Hände fürchterlich verbrennen würde, sobald ich das

Metall berührte. Aber das war mir in diesem Moment einerlei, denn ich musste mein Versprechen der Stute gegenüber halten.

Noch immer ihr das Bild vom im Stall auf sie wartenden Futter übermittelnd, öffnete ich die kalte Schnalle und nahm ihr den Sattel vom Rücken. Fast hätte ich vor Staunen die Verbindung zu ihr verloren, denn zum ersten Mal seit mehr als zwei sekels verspürte ich keinen Schmerz. Voller Unglauben legte ich den ledernen Reitersitz auf das Kopfsteinpflaster des Innenhofes und starrte auf meine unversehrten Hände. Ich drehte sie dicht vor meinen Augen hin und her, um mich davon zu überzeugen, dass weder eine Brandblase, noch eine kleine Rötung dort zu sehen war, wo ich das Eisen berührt hatte.

Neben mir schnaubte das Pony ungehalten, weil ich mich geistig von ihm abgewandt hatte. Sogleich schob ich mein eigenes Problem zur Seite und lenkte meine Aufmerksamkeit wieder auf die Vorstellung des Futterberges. Nun näherte ich mich dem Haupt des Ponys und nestelte an seinem Zaum herum. Auch dort gab es einige Metallstücke, die sich seltsam vertraut auf meiner Haut anfühlten. Abgesehen von der Körperwärme des Tieres strahlten sie keine Hitze aus. Kein Schmerz schoss durch meine Finger und keine Zeichen der Verbrennung stellten sich ein. Ich konnte es nicht glauben!

„Was ist geschehen? Bin ich von diesem Fluch befreit?"

Ich hätte meiner Freude gerne Ausdruck verliehen, aber zum einen war da das Pony, welches mich mit seiner weichen Schnauze anstieß, um mich daran zu erinnern, dass ich mit ihm den Stall aufsuchen wollte. Zum anderen waren da meine Halbgeschwister, die ich nicht mit dem Knecht allein im ansonsten menschenleeren Innenhof lassen wollte. Wer konnte schon wissen, auf welche Idee der Mann noch kommen würde.

„Baroness Euphemia, würdet Ihr die Güte haben und mit Euren Geschwistern schon voraus in den Garten gehen, wie ich es Euch bereits empfohlen hatte, bevor ich das Buch holen ging?" Die Spitze konnte ich mir einfach nicht verkneifen. Wenn diese Gören auf mich gehört hätten, wären sie nicht in diese gefährliche Lage geraten. So leid es mir tat, aber den Vorfall musste ich der Baronin melden, was auch immer für Folgen dies für die Kinder haben würde. Außerdem würde ich ihr auch meinen Verdacht bezüglich des Stallknechts mitteilen, nicht, dass den Kleinen noch etwas passierte oder er sich an Euphemia heranmachte. Diesem Kerl traute ich alles zu.

Ich übergab dem Mädchen das Buch, welches ich mir in den Gürtel gesteckt hatte, damit es nicht schmutzig wurde. „Ich werde Euch folgen, sobald ich hier fertig bin."

„Beeil dich, Fanai!", bekam ich von der sichtlich erleichterten Euphemia zur Antwort, die Leana das Schriftwerk in die eine Hand drückte. Dann nahm sie ihre Geschwister an die Hand und zog sie mit sich zurück ins Burginnere. Es sah mehr wie eine Flucht aus, wie sie so schnell verschwanden. Vielleicht brachte sie dem Knecht ja das gleiche Misstrauen wie ich entgegen.

Nun nahm ich den Sattel und das Zaumzeug vom Boden auf. Beides würde ich in die Sattelkammer bringen, nachdem ich die Stute an ihren Platz geführt hatte. Da sie mir freiwillig folgte, brauchte ich nicht zweimal zu gehen.

Als ich mich mit meiner Last zur Stalltür umwandte, war der Mann verschwunden. Wahrscheinlich hatte er drinnen noch zu tun und war nun, da es nichts mehr zu sehen gab wieder zu seiner Arbeit zurückgekehrt. Und richtig, nachdem ich den Stall betreten hatte, sah ich ihn ganz hinten, neben der Tür zur Sattelkammer in einem leeren Ständer stehen und ihn frisch einstreuen.

Da ich kurz stehen geblieben war, um meine Augen an das Dämmerlicht zu gewöhnen, stupste mich das Pony von hinten an. „Ich gehe ja schon weiter, meine Hübsche", meinte ich und ging ihr voraus zu dem leeren Ständer im vorderen Bereich. „Stell dich schon einmal hinein. Ich hole dir deine Belohnung." Die Stute tat, was ich ihr auftrug, während ich Sattel und Zaum auf einem dafür vorgesehenen Balken ablegte. Dann trat ich zur Haferkiste, füllte zwei Hände voll in einen Eimer, öffnete auch die danebenstehende Möhrenkiste und entnahm ihr eine größere Menge des orangen Wurzelgemüses.

Nachdem ich den Eimer mit den herrlichen Genüssen in die Krippe entleert hatte, überließ ich das Pony dem Vergnügen, sich zu laben.

Inzwischen konnte ich mich um den Sattel und den Zaum kümmern. Ich nahm sie vom Balken und brachte sie an ihren Platz in der Sattelkammer.

Als ich wieder herauskam und an dem noch immer mit der Einstreu beschäftigten Knecht vorbeigehen wollte, fuhr dieser mich an: „Glaubst jetzt was Besseres zu sein, Bastard! Meinst wohl, dass du einen einfachen Knecht übersehen könntest. Wo ist denn dein Bräutigam geblieben? Hat er dich zum Teufel gejagt, nachdem er dich genug besprungen hatte? Vielleicht brauchst du ja nur einen richtigen Kerl, der weiß, wie man dich nehmen muss."

Mir war mit einem Schlag klar, worauf er hinaus wollte. Aber diesmal geriet ich weder in Panik, noch erstarrte ich. Mein Geist war völlig klar und ich lächelte ihn nur abschätzig an.

„Du glaubst also, dass Wir Uns mit dir Abschaum abgeben würden, nur weil Unser Bräutigam gerade nicht in der Nähe ist? Meinst du, dass Wir es so nötig hätten, Uns von jedem dahergelaufenen Hund bespringen zu lassen? Durch Unsere Verwandtschaft mit dem Großmeister der Elementeritter brauchen Wir Uns nicht mehr mit solch stinkendem Pack wie dir herumzuplagen." Ich wusste, dass ich mit dem Feuer spielte, aber es gefiel mir, diesen überheblichen Hundsfott einmal von oben herab zu behandeln. So tat ich auch, als wolle ich einfach weitergehen und ihn nicht mehr beachten. Tatsächlich aber behielt ich ihn im Auge. Seine gleichgültige Miene täuschte mich nicht im Geringsten über seine Absichten hinweg. Er konnte ja nicht wissen, dass er dermaßen laut dachte, dass ich ihm gerne entgegengeschrien hätte, er möge leiser werden.

„Eingebildeter Laffe! Gleich wirst du nichts mehr zu lachen haben. Sobald du dich umdrehst, schlage ich dir den Stiel der Heugabel von hinten auf dein Haupt. Dann liegst du mir zu Füßen. Anschließend reiße ich dir das schöne Gewand vom Leib. Schade nur, dass du nicht mitbekommst, wie schnell du ausgezogen sein wirst und wie meine dreckigen Finger deine zarte Haut begrapschen. Aber ich bin mir sicher, dass du schon wieder zu dir kommst, wenn ich dich besteige, kleiner Hengst! Du wirst noch Gefallen daran finden, wenn ich dich richtig zureite! Die frische Strohlage lädt geradezu ein es

miteinander zu treiben. Auch für den Fall, dass du nach Hilfe schreien würdest, habe ich bereits vorgesorgt. Noch ehe du zu dir kommst, stecke ich dir einen Lappen als Knebel in dein großes Maul. Dummerweise kann ich dich dann nicht mehr stöhnen hören, sobald du merkst, wie dir der Ritt mit mir gefällt!"

Seine Gedanken sorgten dafür, dass ich mir schnell einen Plan zurechtlegte, der ihm zeigen sollte, dass ich nicht mehr das ängstliche, verschüchterte Kind war, das er gekannt hatte.

Kaum hatte ich ihm den Rücken zugewandt, holte er mit dem Stiel der Heugabel aus. Doch ich war wesentlich schneller als er. Rabanus sei dank! In der engen Stallgasse hatte ich nicht viele Möglichkeiten, ihm auszuweichen. Einfach zu einem der Ponys in den Stand zu schlüpfen konnte zur Folge haben, dass das erschrockene Tier austrat oder seinen vermeintlichen Angreifer mit seinem Leib gegen die Trennwand drückte. Sowohl die ein, als auch die andere Art der Abwehr konnte für mich sehr schmerzhaft enden. Außerdem wollte ich weder eines der Ponys gefährden noch mich selbst in eine Sackgasse begeben. Daher war es wichtig, auf dem Gang zu bleiben. Trotzdem reichte mir der Raum aus, um mein Schwert zu ziehen und mich damit sehr schnell umzudrehen. Mithilfe der wie ein Stock aussehenden Waffe wollte ich den Schlag parieren. Da ich sie genauso handhabe, prallte der Stiel nicht einfach auf der gedrehten Klinge ab, sondern wurde durch den Aufschlag durchtrennt. Das Stück, mit welchem er eigentlich auf meinen Hinterkopf gezielt hatte, flog ihm selbst um die Ohren.

Vor Erstaunen klappte ihm der Unterkiefer herunter und er sah mich entsetzt an. Trotzdem umklammerten seine Fäuste weiterhin den nun verkürzten Stiel. Leider hielt seine Verblüffung nicht lange an. Schon las ich seine Gedanken die Gabel umzudrehen, um mich mit den langen Zinken anzugreifen. Er freute sich, mich nicht nur damit aufzuspießen, sondern gleichzeitig auch zu verbrennen. Auf seinem Antlitz zeigte sich die sadistische Schadenfreude.

Noch bevor er seine Gedanken in die Tat umsetzen konnte, schlug ich mit dem Einhornschwert genau auf die Stelle zwischen seinen Händen und zerteilte den Stiel nochmals. Diesmal schrie er auf vor

Schmerz, da ihm die Krafteinwirkung durch den Schlag durch die Hände bis in die Schultern drang. Ich konnte mich noch genau daran erinnern, als Sir Rabanus dies einmal mit meinem Kampfstab getan hatte. Damals hatte ich noch darauf bestanden, den Umgang mit dieser meinem Stand erlaubten Waffe zu erlernen. So konnte ich nachvollziehen, welche Wucht in dem Aufprall lag und was der Knecht gerade empfand.

Um ihm aber auch gar nicht die Möglichkeit zu geben, erneut mit den Zinken auf mich loszugehen, schlug ich mit meiner Klinge direkt auf das Metall. Dass ich auch dies durchtrennte, überraschte selbst mich. Noch nie hatte ich das Schwert eingesetzt, um Eisen zu berühren.

Leider hielt meine Verblüffung etwas länger an als diejenige des Stallknechts. Zu meinem Glück rissen mich seine Gedanken wieder schnell genug in die Wirklichkeit zurück, um einem neuerlichen Angriff begegnen zu können. Mittlerweile hatte er die zerstörte Heugabel fallen gelassen und zu seinem am Gürtel befestigten Messer gegriffen. Da ich stets wusste, was er als Nächstes tun würde, überlegte ich mir schnell, wie ich ihn entwaffnen könnte.

Natürlich hätte ich ihm einfach mit der Schwertklinge die Hand abschlagen können, doch so weit wollte ich nicht gehen. Er würde nicht nur seine jetzige Arbeit verlieren, sondern womöglich als Dieb gebrandmarkt sein. Niemand würde ihm je wieder eine Stelle anbieten.

Jetzt wurden auch noch die Ponys unruhig. Ich bekam Bilder von ihnen vermittelt, die sich vor die Gedanken des Knechts schoben. Das konnte ich jetzt gar nicht gebrauchen. Es war äußerst wichtig, dass ich meine Aufmerksamkeit weiterhin auf meinen Gegner richtete. So ein überragender Kämpe wie meine Oheime war ich noch lange nicht. Diese Ablenkung konnte mir gefährlich werden. Ich musste den Kampf schnellstmöglich beenden, denn langsam gerieten die Tiere in Panik.

Es ist eine Sache zu sehen und zu hören, wenn Pferde anfangen sich wild zu gebärden, eine ganz andere, ihre Empfindungen aufgrund von Bildern übermittelt zu bekommen. Immer mehr und von allen Seiten strömten die Gedanken der Reittiere auf mich ein und überschwemmten meinen Verstand. Sie zeigten mir, dass sie Angst hatten, selbst verletzt zu werden, aber auch, dass ich verwundet werden könnte. Sie übermittelten mir ihre Zuneigung und boten mir sogar Hilfe an. Ich war so überwältigt von allen diesen Eindrücken, dass ich wie berauscht war.

Wahrscheinlich war dieser Zustand daran schuld, dass ich abgelenkt war. Ich hatte den Knecht fast vergessen, bis er dicht vor mir stand und mir fast das Messer in den Leib gerammt hätte. Buchstäblich im letzten Augenblick schrie eine weibliche Stimme mir zu: „Nimm den Dolch!"

Wieso ich diesem Befehl ohne zu überlegen folgte, kann ich nicht sagen, jedenfalls hatte ich die Waffe plötzlich in der Hand und wehrte damit die auf mich zustechende Klinge des Knechts ab. Meine Handlungsweise und sein Schwung bewirkten, dass der gebogene Zahn der Regenbogenschlange Kastehelmi mit seiner Spitze über seinen Arm fuhr und die Haut ritzte. So leicht diese Verletzung auch aussah, da sie kaum blutete, so bewirkte sie doch augenblicklich, dass der Mann sein Messer fallen ließ. Mit weit aufgerissenen Augen sah er mich an, bevor er mit der anderen Hand versuchte seinen gefühllosen Arm zu stützen.

Die panischen Gedanken der Pferde schwanden und ließen wieder Platz für die des Knechts.

„Was ist mit meinem Arm los? Ich fühle ihn nicht mehr! Ist der Knabe ein Magier? Ist es also wahr, was über den Großmeister und seine Sippe gemunkelt wird? Doch warum hat der Bastard sich all die sekels nie gewehrt? Lag vielleicht ein Bann auf ihm, der seine Magie behinderte? Was um alles in der Welt geschieht mit mir? Jetzt ist sogar die Schulter schon steif! Er hat mich verflucht! Diese Gefühllosigkeit erfasst meinen Hals! Verdammt, ich kann nicht mehr schlucken! Ich will ... ich sollte ..."

Im selben Moment, als seine Gedanken abbrachen, sank er ohnmächtig in die Streu und blieb dort reglos liegen. Sein Atem ging nur flach, war aber noch am sich leicht auf- und abbewegenden Brustkorb zu erkennen. Das Gift hatte zum ersten Mal seine Wirkung entfaltet. Entsetzt starrte ich auf das Opfer.

„Er wird nicht sterben, Fanai", beruhigte mich eine vertraute Stimme hinter meinem Rücken.

Noch immer das Schwert in der einen und den Dolch in der anderen Hand schnellte ich kampfbereit herum. Doch sogleich steckte ich die Waffen wieder ein und fiel Luciano um den Hals. Er empfing mich mit weit geöffneten Armen. Es tat gut, den vertrauten Minzgeruch einzuatmen und eine beruhigende Schwingung von ihm zu empfangen, während er mich an seine Brust drückte.

„Das hast du gut gemacht, Schwestersohn!", lobte er mich. „Er wird dich in Zukunft mit anderen Augen sehen. Außerdem wird sich beim Gesinde herumsprechen, was hier geschehen ist. Schon beim Abendmahl wirst du feststellen, wie scheu sich alle in deiner Gegenwart verhalten werden und wie ehrerbietig dir jeder entgegentritt." Seine mir ins Ohr geflüsterten Worte konnte ich gar nicht glauben. Wichtig war mir im Moment ohnehin nur, dass mein Lehrer mit mir zufrieden war und ich niemanden töten musste.

„Lass uns in den Burggarten gehen, Fanai", forderte er mich auf, nachdem ich langsam wieder zu mir zu finden begann. „Dort warten zwei bezaubernde Damen und ein nicht minder ungeduldiger Herr auf denjenigen, der ihnen schon mehrfach versprochen hat, sie mit einer Geschichte zu unterhalten." Er entließ mich aus der Umarmung, hielt mich aber auf Armeslänge fest. „Komm! Suchen wir sie gemeinsam auf. Es wäre äußerst unhöflich, von einem Elementerritter und erst recht von einem Mitglied unserer Familie, die Kinder länger warten zu lassen."

Wir sahen uns zunächst mit ernster Miene an, dann aber erschien ein leichtes Lächeln auf seinem Antlitz, das ich erwiderte. Kurz spürte ich einen festen Druck seiner Hände, welche noch immer meine Oberarme umfassten. Dann ließ er mich los, um mir gleich darauf einen Arm um die Schultern zu legen. Gemeinsam machten wir uns auf den Weg zum Burggarten.

*

Luciano sollte mit seiner Voraussage recht behalten. Schon auf dem Weg zur kleinen Halle knicksten die Mägde und die Knechte verbeugten sich. Selbst die Wachen begrüßten mich mit einem anerkennenden Nicken. Wäre ich in Begleitung meiner Halbgeschwister gewesen, hätte ich diese Ehrenbezeugungen nicht auf mich bezogen. Da ich aber allein unterwegs war, was völlig ungewohnt für mich war, konnte ja nur ich gemeint sein. Auch bei der Mahlzeit an sich bemühte sich die Dienerschaft, mir ebenso viel Aufmerksamkeit zu schenken, wie allen anderen an der Tafel.

Ehrlich gesagt war ich froh, als Baronin Bianca sich mit den Kindern zurückzog und vorschlug, dass wir am nächsten Morgen noch alle ausstehenden Probleme und Anliegen regeln könnten. Da unser Aufbruch für den späten Vormittag geplant war, zeigten sich meine neuen Verwandten damit einverstanden und wünschten der Familie eine angenehme Nachtruhe.

Bevor auch wir vier die Halle verließen, bat ich meinen Großvater und meine Oheime auf der Gedankenebene um ein Gespräch. Bedingt durch die Beschäftigung mit meinen Halbgeschwistern, hatte ich am Nachmittag keine Gelegenheit gehabt, mit ihnen über die Ereignisse vor und im Stall zu reden. Luciano hatte sie zwar miterlebt, sich aber dazu nicht weiter geäußert.

Gemeinsam einigten wir uns darauf, diese Versammlung in meinem Turmzimmer abzuhalten. Da sowohl Luciano als auch mein Großvater vorher noch etwas erledigen wollten, brach ich in Begleitung von Cameron auf.

„Es ist so ungewohnt, wieder ohne Geleit durch die Burg streifen zu können. Aber da Luciano meinte, dass mir keine Gefahr mehr droht, habe ich es gewagt." Meine Feststellung ließ ein verständnisvolles Lächeln auf dem Antlitz meines Oheims entstehen.

„Ich kann mir vorstellen, dass du noch immer hinter jeder Tür oder der nächsten Ecke mit einem Überfall rechnest, nach diesem Erlebnis im Stall. Aber du kannst der Einschätzung meines Bruders vertrauen. Wenn er dir versichert, dass dir nichts mehr geschehen kann, ist dem auch so. Du hast bei dem Stallknecht einen bleibenden Eindruck hinterlassen. Trotzdem solltest du morgen früh die Gelegenheit wahrnehmen und mit der Baronin über den Vorfall reden. Sie muss wissen, was sich ereignet hat, damit sie Vorsichtsmaßnahmen treffen kann. Du möchtest doch schließlich auch, dass deine Halbgeschwister keine Angst haben müssen, sich frei in der Burg zu bewegen. Allein anhand der Gedanken dieses Mannes kannst du dir vorstellen, was ihnen passieren könnte, wenn wir erst einmal die Feste verlassen haben. Bianca von Karelien wird wissen, was sie tun muss, um sich und die Kinder zu schützen." Cameron erwähnte mit keinem Wort, dass ich am eigenen Leib erfahren hatte, was den Kindern geschehen könnte. Ich durfte nicht darauf vertrauen, dass die Bestrafung des Stallknechts als Warnung genügen würde.

„Lass uns jetzt von etwas anderem reden, Fanai", schlug mein Oheim vor. „Möchtest du die Nacht noch einmal genauso verbringen wie bisher?"

„Was meinst du damit?" Ich sah ihn verwirrt an.

„Luciano möchte deine Tür genauso gesichert wissen wie früher", tastete er sich langsam heran.

„Ich soll also den Balken von innen vorlegen, obwohl er davon ausgeht, dass mir keine Gefahr mehr droht. Und er will ein magisches Feld von außen als Schutz erzeugen. – Ja, ich habe vermutet, dass er das getan hat. Dieses Zirpen konnte ich jeden Abend vernehmen, wenn ich selbst aufgestanden bin, um die Tür mit dem Holzstück zu sichern." Ich grinste ihn überlegen an. „Ihr wisst doch schon länger, dass ich Magie spüren kann. So manches musste ich mir zwar zusammenreimen, aber darin scheine ich ja ganz gut zu sein. Vielleicht ist das auch ein Erbe meiner Mutter."

„Du überraschst uns immer wieder, Fanai. Schade, dass du nicht unser Bruder sein kannst. Ich glaube, dass auch Vater dich liebend gern gegen Eivin eintauschen würde, wenn das möglich wäre. Aber vielleicht kommen bei dir noch einige Eigenschaften ans Licht, die aus dir einen passablen Magierenkel machen. Wer weiß, ob in dir nicht noch mehr schlummert? – Jetzt sind wir ganz davon abgekommen, was ich mit dir besprechen wollte. Was würdest du davon halten, wenn wir Morgen nach Sonnenaufgang zu dritt einen Waffengang auf dem Turnierplatz abhalten würden? Wenn du nach unseren Maßstäben auch noch ganz am Anfang mit deinen Fähigkeiten als Schwertkämpfer stehst, so bist du bereits so manchem Ritter überlegen. Seit der Rhodonit seine Wirkung entfaltet hat, hast du große Fortschritte in diesem Bereich gemacht. Jolar hatte schon recht, als er dich als Geschenk bezeichnet hat."

Camerons letzter Satz sollte mich dazu bringen, ihm von meinen Erfahrungen mit diesem unvergleichlichen Liebhaber zu erzählen. Ich konnte davon ausgehen, dass alles, was sich auf der Insel im Tempel der Liebe abgespielt hatte, unter uns geblieben war. Der strohblonde Mann hatte nichts nach außen dringen lassen. Selbst meiner Familie gegenüber war er verschwiegen gewesen. Es war an mir, was und wie viel ich offenbaren wollte.

„Wie genau möchtest du über das Kunde erhalten, was Jolar mir beigebracht hat?", fragte ich ihn frech und grinste ihn unverschämt an.

Mittlerweile waren wir vor der Tür meines Gemaches im Westturm angekommen. Aus Gewohnheit zog ich mir den Ärmel meines Hemdes über die Hand und wollte nach der Klinke greifen, da umfasste Cameron mein Handgelenk und hielt es fest. Irritiert blickte ich ihn an.

„Warte, Fanai! Wir haben eine magische Barriere davor errichtet, damit niemand unbefugt eindringen kann. Lass sie mich entfernen", erklärte er mir, ließ mich wieder los und vollführte mit den Fingern eine kreisende Bewegung.

„Jetzt kannst du die Tür öffnen. Aber ich glaube nicht, dass du diesen Schutz noch nötig hast." Während er das sagte, zeigte er auf meinen über die Hand gezogenen Ärmel.

„Es war also kein Zufall, dass ich mich weder an der Schnalle des Sattelgurtes noch an einem Metallteil des Zaumzeugs verbrannt habe", stellte ich fest und sah ihm im flackernden Schein unserer mitgebrachten Laterne ins Antlitz. „Hast du meine Verwunderung gespürt oder hat Luciano dir davon berichtet? Ich nehme an, dass er schon im Innenhof ein Auge auf mich hatte."

„Weder das eine noch das andere. Ich weiß es direkt von Melar. Sie hat es uns mitgeteilt, nachdem das Ritual der Heilung abgeschlossen war", entgegnete Cameron und wies mit einer Handbewegung in Richtung der Klinke. „Versuch es! Oder glaubst du, ich würde dich mit Absicht in eine Falle rennen lassen?"

„Das traue ich dir nicht zu, Cameron. So hinterhältig bist du nicht." Ich zog den Ärmel zurück. Trotzdem berührte ich die Klinke erst mit einem Finger. Als nichts geschah, traute ich mich, sie mit der ganzen Hand zu umfassen und herunterzudrücken. „Kein Schmerz!" Jubelnd stieß ich die Tür auf und trat in mein Gemach. Dort hielt ich die Laterne dicht an meine Hand und suchte sie nach Brandblasen ab, konnte weder diese noch die winzigste Rötung finden.

„Du sagst, das hat Melar bewirkt? Aber ihr habe ich doch gar nicht helfen müssen. Sie war die einzige Göttin, welche Feular nicht von ihrem Platz vertrieben hatte. Wieso hat sie mir ein solches Geschenk gemacht?" Ich konnte nicht glauben, dass ich in Zukunft keine Probleme mehr damit haben würde, Metall zu berühren. So setzte ich mich erst einmal auf mein Nachtlager und betrachtete noch immer ungläubig meine Hand.

„Du wirst nichts entdecken, Fanai", bestätigte mir Cameron, zog sich den Hocker heran und nahm mir gegenüber Platz.

„Melar fand, dass du es verdient hast", ertönte da die Stimme meines Großvaters von der offen stehenden Tür her. „Du gestattest, dass ich eintrete, Tochtersohn?"

„Wie könnte ich dir verbieten, wozu ich dich eingeladen habe?", entgegnete ich der Höflichkeit halber und lud ihm mit einer Geste ein, mein Gemach zu betreten.

Noch während er auf dem Weg zu mir war, schloss sich die Tür hinter ihm und der Stuhl rutschte über den Boden. Erst neben seinem Sohn verhielt er. Gleichzeitig mit Großvater war die Sitzgelegenheit dort angekommen, sodass er sich sofort niederlassen konnte.

„Ich weiß mittlerweile, dass Götter ihre eigene Auffassung von manchen Dingen haben, aber dennoch verstehe ich nicht, womit ich mir die Gunst von Melar verdient habe", versuchte ich an das anzuschließen, was Großvater soeben gesagt hatte.

„Du hast dafür gesorgt, dass ihre Geschwister wieder an ihre angestammten Plätze zurückkehren konnten. Selbst, als du nach

Dilars Rückverwandlung ahntest, was dich in Zukunft erwarten würde, hast du weitergemacht. Dreimal bist du schwer verletzt worden. Wenn auch die Götter deine Wunden behandelt haben, so hast du starke Schmerzen aushalten müssen. Manch einer hätte schon nach dem ersten Mal aufgegeben. Doch du hast durchgehalten. Nicht einmal die Drohung des Feuergottes mit deiner Mutter ein Kind zu zeugen, hat dich daran gehindert deine Aufgabe zu erfüllen. Dein Leben hier auf der Burg, die Demütigungen, die Misshandlungen und der Missbrauch, den du durch deine älteren Halbbrüder erlebt hast, haben dich stark gemacht. – Du schüttelst dein Haupt? Zu Recht! Ich weiß, dass dir durch die Heilungszeremonie die Erinnerungen daran genommen wurden und ich möchte auch nicht näher auf das eingehen, was du vergessen hast. Aber all das zusammen hat die Göttin der Metalle tief berührt. Sie hat erkannt, dass der Umstand, kein Metall berühren zu können, deine Form des Traumas war. Daher ist sie gekommen und hat bei dem Ritual mitgewirkt und diese Einschränkung von dir genommen. Wahrscheinlich wäre sie mit der Zeit auch von allein verschwunden, aber Melar fand, dass du schon mit genug Neuem klarkommen musst. Dein Leben hat sich in vielerlei Hinsicht verändert. Und niemand kann sich vorstellen, was das für dich bedeutet. Ich habe nie ein rein menschliches Leben gelebt und auch meine Söhne sind bereits länger Magier, als sie Menschen waren. Vieles haben sie bereits vergessen und manches erscheint ihnen aus ihrer neuen Sicht ganz anders und weniger bedeutend", erklärte Großvater mir die Zusammenhänge.

„Nun gut, das verstehe ich. Was mir allerdings noch immer ein Rätsel ist: Du sagst, dass ich kein Metall berühren konnte, war meine Form eines Traumas. Warum ist es aber genau an meinem fünfzehnten Geburtstag aufgetreten? Dafür muss es doch einen Grund geben. Hat Feular etwas damit zu tun? Oder meine Mutter?" Ich ließ nicht locker. Wer konnte wissen, wann wir noch einmal so gemütlich beieinandersaßen? Natürlich würden wir bis zu der ersten Besitzung der Elementeritter eineinhalb bis zwei Tage Ritt vor uns haben, allerdings wusste ich nicht, wie rasch wir reisen würden. Vielleicht blieb dann keine Muße, uns zu unterhalten. Selbst auf den

Abend konnte ich nicht hoffen, denn wenn wir tagsüber recht schnell vorankamen, würde ich dann garantiert zu müde sein, um Fragen zu stellen. Es war besser, diesen letzten Tag auf der Burg dafür zu nutzen.

„Fanai, du kannst ganz schön lästig fallen", seufzte mein Großvater mit einem Lächeln und schüttelte sein Haupt.

„Du wolltest es mir ja nicht glauben, Vater; jetzt erfährst du es aus erster Hand", neckte Cameron ihn schadenfroh.

„Ja, Vater, bedauert uns doch auch einmal", mischte sich nun Luciano ins Gespräch. Er hatte mein Gemach betreten, während Großvater mir die Zusammenhänge erklärte.

„Setz dich gefälligst neben deinen neugierigen Schwestersohn und reize deinen alten Vater nicht auch noch!" Er lächelte ihn dabei gequält an.

„Wie Ihr wünscht, altehrwürdiger Herr und Gebieter!", übertrieb der bronzehäutige Mann und machte eine tiefe Verbeugung, ehe er sich neben mir niederließ.

„Was habe ich nur bei der Erziehung meiner Söhne falsch gemacht?" Ein zweiter Seufzer entrang sich seinen Lippen.

„Großvater, entschuldige meine Neugierde, aber ist es dir nicht recht, dass ich dir diese Frage stelle? Cameron hat mich gelehrt, immer offen für Neues zu sein. Er hat mich aufgefordert, Fragen zu stellen, wenn mir etwas unklar ist. Möchtest du, dass ich ..." Ich legte den Kopf schief und sah ihn skeptisch an. Vielleicht wusste er die Antwort auf meine Frage ja nicht, dass er sich so seltsam verhielt. War es ihm peinlich?

„Weißt du Fanai, ich bin es nicht gewohnt, dass jemand soviel Anteilnahme an magischen Dingen zeigt. Aber um auf deine Frage zurückzukommen: Ja, ich denke schon, dass Shira Leora dafür gesorgt hat, dass du dieses Geschenk genau an deinem fünfzehnten Geburtstag erhalten hast. Sie wollte verhindern, dass Feular in dir ein geeignetes Werkzeug für seine Zwecke sieht. Dieser Makel verhinderte dies. Sicherlich hatte sie nicht beabsichtigt, dass du so darunter leiden solltest. Wahrscheinlich hatte sie auch keine so extreme Einschränkung geplant. Aber deine Erlebnisse mit deinem

Vater und deinen Halbbrüdern haben den Zauber außerordentlich verstärkt. Ich hoffe, dass du nun zufrieden bist, Tochtersohn."

Wenn er auch noch lächelte, so glaubte ich doch zu erkennen, dass ihm meine Fragerei lästig war. Gleichwohl konnte ich nicht anders, als ihm noch eine weitere Eigentümlichkeit vorzulegen.

„Ich danke dir, dass du mir endlich Klarheit in dieser Sache verschafft hast, Großvater", sah ich mich bemüßigt zu sagen, bevor ich zur nächsten Angelegenheit überging. Diesmal glaubte ich, gewitzter vorzugehen, indem ich niemanden unmittelbar ansprach. „Was mir aber so gar nicht aus dem Haupt gehen will, ist die Tatsache, dass ich vor der Heilungszeremonie bereits zweimal Metall berührt habe, ohne mich daran zu verbrennen."

Alle drei sahen mich verwundert an. „Wann soll das gewesen sein, Fanai?", wollte Cameron sogleich wissen, beugte sich leicht nach vorn und zog eine nachdenkliche Miene.

„Das erste Mal, als du mir bei meiner Verbindung mit – damals ja noch Sir Rabanus – den Anhänger in den Mund geschoben und anschießend die Kette umgehangen hast."

„Stimmt", erinnerte sich mein mittelblonder Oheim und winkte ab. „Das geschah aber auf einer anderen Ebene und zählt somit eigentlich nicht. Außerdem war beides aus Gold. Ist dir noch nie aufgefallen, dass Gold und Silber dich nicht verbrennen konnten?" Ehe ich antwortete, tat er das aber auch schon für mich. „Aber das kannst du ja nicht wissen, denn wann bist du schon mit diesen Edelmetallen in Verbindung gekommen? – Und wann war das zweite Mal?"

Ich blickte von einem zum anderen. Alle nickten.

„Das war bei dem Schwertkampf, den ich die Ehre hatte, gegen meinen vermeintlichen Vater auszufechten. Sicherlich erinnerst du dich noch daran, dass du mir einige sehr schmerzhafte Schnitte mit deiner Klinge beigebracht hast, Großvater", wies ich ihn auf unsere Auseinandersetzung vor der Erlösung Adalars hin.

„Das ist richtig, Fanai", stimmte der Magier mir zu und grinste unverschämt. „Auch Baron Dekert von Karelien war ein guter Kämpe, wie ich aus eigener Erfahrung weiß. Ich habe ihn bei seiner

Hochzeit mit seinem zweiten Ehegespons, der jetzigen Baronin, kennengelernt. Er hatte damals ein Turnier ausgerichtet, bei dem er auch selbst antrat. Sicherlich habe ich bei unserem Kampf nicht mit seinen Fähigkeiten übertrieben."

„Du hast weder meine Frage beantwortet, noch erklärt, warum du mich verletzen musstest. Ich bin während unserer Bekanntschaft zu dem Ergebnis gelangt, dass du eigentlich keine sadistische Ader hast. Was also hat dich damals dazu bewogen?" Jetzt wurde ich etwas ungehalten, da ich vermutete, dass er sich um die Antwort drücken wollte.

„Dass er dir diese Schnitte beigebracht hat, haben wir ihm, kurz nachdem er zu uns zurückkehrte, auch vorgehalten. Viel schlimmer fanden wir natürlich, dass er deinen schweren Sturz nicht verhindert hat. Damit wären dir die Knochenbrüche erspart geblieben. Aber darum geht es dir ja heute nicht", stimmte mir diesmal der neben mir sitzende Luciano zu.

„Und was hat er euch geantwortet?" Wissbegierig wandte ich mich ihm zu.

„Dass ich deinen Ehrgeiz und Adalars Zorn herausfordern wollte", entgegnete mir stattdessen mein Großvater und grinste. „Unser Kampf musste so wirklichkeitsnah wie nur möglich sein. Durch die Schnitte und das dadurch fließende Blut sah unsere Auseinandersetzung gefährlicher aus, als sie war. Du weißt mittlerweile, dass die Götter nur durch Zorn wieder zu sich selbst finden konnten. Das wollte ich damit erreichen. Aber auch dich musste ich dazu bringen, so gut wie nie zu kämpfen. Du solltest mehr Selbstvertrauen bekommen, indem du feststelltest, dass du es sogar mit einem langjährigen Streiter wie deinem Vater aufnehmen konntest. Leider ist mein Plan nicht ganz aufgegangen. Aber die Knochenbrüche, die du erlitten hast, als du rücklings auf den Felsen aufgeschlagen bist, sollten auch nicht so umfassend ausfallen. Ich entschuldige mich hiermit nochmals in aller Form für das Geschehen."

„Gut. Jetzt weiß ich, warum du mir die Schnitte zugefügt hast. Aber mir ist noch immer unklar, warum die Berührungen mit deinem

Schwert meiner Haut keine Verbrennungen zugefügt haben",
beharrte ich auf einer ausführlichen Antwort und blickte ihm fest ins
Antlitz.

„Ich bin ein Magier, Tochtersohn. Glaubst du, ich hätte dir mit
Absicht mehr als unbedingt notwendig angetan? Es gibt Mittel und
Wege selbst mit einer Waffe aus Hegranerstahl keine Brandwunden
bei dir zurückzulassen. Das soll nicht heißen, dass du keine erlitten
hättest. Allerdings habe ich sie durch einen Zauber sogleich wieder
heilen lassen. Es war nicht leicht, gleichzeitig dafür zu sorgen und
trotzdem weiterzukämpfen. Ich musste ja darauf achten, dich mit der
Klinge nicht allzu schwer zu verletzten. Ich hoffe, dass dich diese
Antwort zufriedenstellt. – Aber etwas muss ich noch loswerden,
Fanai: Für jemanden, der erst wenige Wochen Unterricht erhalten hat
– wenn auch bei dem wohl besten Lehrer, den du dir wünschen
konntest – hast du dich tapfer geschlagen. Mein Kompliment an auch
beide." Bei seinem zweitletzten Satz sah er kurz zu Luciano. Dieser
dankte ihm, indem er sich, obwohl er auf hegranische Weise neben
mir saß, verneigte, dabei führte er mit seinem Schwertarm eine
elegante Geste aus. Sein süffisantes Lächeln minderte allerdings die
Ernsthaftigkeit.

„Es wird Zeit dieses gastliche Haus zu verlassen." Großvater
blickte einen nach dem anderen durchdringend an. „Mein sonst so
zuverlässiger Sohn beginnt Flausen zu entwickeln, der Zweite
langweilt sich und mein Tochtersohn löchert mich derart, dass ich
mich regelrecht nach meinen Aufgaben als Großmeister des *Ordens
der Ritter von den Elementen* sehne. Ein streng geregelter
Tagesablauf wird uns allen gut tun. – Und nun sollten wir uns in
unsere Gemächer zurückziehen."

Der Magier erhob sich und stellte den Stuhl zurück unter den
Tisch. Mit hastigen Schritten durchmaß er das Zimmer und öffnete
die Tür. „Ich wünsche euch allen eine erholsame Nacht. Wir sehen
uns beim Frühmahl mit der Baronin und ihren Sprösslingen." Nach
diesen Worten schlüpfte er hinaus und schloss die Tür schnell hinter
sich.

„Er hat wohl Bedenken, dass ich ihn die ganze Nacht noch mit

Fragen bestürmen würde", stellte ich fest und grinste meine Oheime an. „Oder ist er etwa in Minne zu der Baronin ..." Luciano und Cameron konnten sich ein amüsiertes Lachen nicht verkneifen.

„Aber Fanai! Wie kannst du deinem Großvater, der gleichzeitig Großmeister des *Ordens der Ritter von den Elementen* und auch noch ein Magier ist, unterstellen der Minne zu frönen!", tadelte mich Cameron, was einen weitern Lachanfall bei uns allen auslöste.

Luciano ging sogar soweit uns ein Bild zu übermitteln, welches Rell-Peras zeigte, wie er vor der Baronin kniete und sie anhimmelte. Wieder konnten wir uns nicht halten vor Heiterkeit.

„Ich hoffe, du hast dafür gesorgt, dass er diese infame Unterstellung nicht empfangen hat", gab ich zu bedenken, nachdem wir uns beruhigt hatten. „Nicht, dass du noch wegen meiner unbedarften Äußerung, welche dich erst auf die Idee gebracht hat, Ärger mit deinem Vater bekommst, Luciano."

„Für wie lebensmüde hältst du mich, Schwestersohn? Natürlich habt nur ihr beiden das Bild empfangen können. Ich hoffe nur, dass ich dich nicht erst mit einem Bann belegen muss, damit du Vater nicht morgen früh darauf ansprichst, wo und wie er die Nacht verbracht hat. Sicherlich würde mehr als mein Ruf darunter leiden, sollte er je davon erfahren", stellte mein bronzehäutiger Oheim grinsend fest.

Vor nicht allzu langer Zeit hätte mich diese nicht ganz ernst gemeinte Warnung dermaßen erschreckt, dass ich ängstlich darauf angesprochen hätte. Inzwischen aber besaß ich genügend Selbstvertrauen, um diese Face mitzuspielen.

Ich rutschte von der Bettkante und sank mit bittend erhobenen Händen, aber einem Lächeln auf dem Antlitz vor Luciano auf die Knie. „Bitte, Master Da'Simh, habt die Güte und verschont mich! Ich will auch alles tun, was Ihr von mir verlangt."

Er setzte eine nachdenkliche Miene auf und blickte auf mich herab. Dann wandte er sich seinem Bruder zu. „Was meint Ihr, Sir Cameron, können Wir den Beteuerungen dieses Knaben trauen? Oder sollten Wir sicherheitshalber mit einem Bann dafür sorgen, dass er nichts ausplaudern kann?"

„Lasst Gnade walten, werter Master Da'Simh!", riet sein mittelblonder Bruder, wobei er sich das Grinsen nicht verkneifen konnte. „Ihr seht doch, wie er vor Angst bebt. Erlegt ihm als Strafe auf, dass er uns von seinen Erfahrungen mit dem Meister der Verführung im Tempel der Liebe berichten muss. Wir denken, dass ihn dies dazu bringen wird, unser Geheimnis zu wahren."

„Jetzt gehst du aber zu weit, Cameron!", sah ich mich bemüßigt, das Spiel zu beenden. Bei Luciano konnte man sich nie sicher sein, was ihm einfiel. So senkte ich die Hände und wollte mich gerade erheben, als meine Befürchtung sich bewahrheitete.

„Du bleibst, wo du bist!", befahl der dunkelhäutige Mann, beugte sich leicht nach vorn und legte mir die Hände auf die Schultern. Sein Antlitz zeigte weit mehr als Neugierde.

„Nein!" Ich wehrte mich nicht nur mit Worten, sondern griff auch nach oben und umfasste seine Handgelenke. Trotzig sah ich ihm in die Augen. „Wenn ihr beide euren Voyeurismus befriedigen wollt, sollten wir darüber auf gleicher Ebene reden. So erfahrt ihr nichts von mir!"

Sogleich ließ mich Luciano los, zeigte ein verblüfftes Gesicht und zog mich auf die Füße. „Unser Kleiner hat auch vor niemandem mehr Respekt. Selbst mein Ruf schüchtert ihn nicht mehr ein. Wo soll das noch hinführen?" Seinem Mund entrang sich ein tiefer Seufzer, während er dafür sorgte, dass ich mich neben ihm auf mein Lager setzte.

„Ich fürchte, wir werden alt, Bruderherz! Die nächste Generation scheint uns nicht mehr ernst zu nehmen", stellte Cameron fest und schloss seinerseits mit dem gleichen Geräusch.

„Schließen wir einen Kompromiss, werte Oheime", schlug ich vor und blickte sie frech grinsend an. Als beide nickten, machte ich den Vorschlag, ihnen einen Überblick über meine Erfahrungen zu geben, dabei aber nicht jede Einzelheit wiederzugeben. Auch damit waren sie einverstanden. So begann ich zu berichten.

Die Kerze war bis auf einen kleinen Stummel niedergebrannt und es ging auf Mitternacht zu, als sie mich verließen. Wie immer erinnerten sie mich daran den Balken vorzulegen, was ich auch tat.

Dabei stellte ich an dem Zirpen vor meiner Tür fest, dass Luciano zusätzlich mit Magie dafür gesorgt hatte, dass niemand bei mir eindringen konnte.

*

Am nächsten Morgen suchten Luciano und ich bei Sonnenaufgang den Turnierplatz auf. Dort gesellte sich Cameron zu uns. Nachdem wir einige Aufwärmübungen ausführt hatten, bat ich meine Oheime mir zu zeigen, wie ich mich, befreien konnte, wenn ich unter einem Gegner auf dem Boden lag. Sollte ich einmal in diese Verlegenheit geraten, wollte ich gut vorbereitet sein. Und wer konnte mich besser unterrichten, als diese beiden hervorragenden Kämpfer.

Cameron kam, nachdem sie es mir einmal fließend vorgeführt hatten, auf seine bewährte Methode zurück, die er bereits einmal ganz am Anfang meiner Ausbildung angewandt hatte. Sie wiederholten jede Bewegung Schritt für Schritt ganz langsam. So konnte ich genau verfolgen, was beide taten. Daher erklärte ich mich damit einverstanden, dies sogleich selbst auszuprobieren. Natürlich gelang es mir nicht beim ersten Versuchen, mich zu befreien, dennoch hatten wir viel Vergnügen.

Das Frühmahl nahmen wir zusammen mit der am Haupt der Tafel sitzenden Baronin Bianca ein. Ich empfand es als ungewohnt, sie nur mit dem jüngsten Spross auf dem Arm, dort thronen zu sehen. Diesmal saß Sir Rell-Peras an der Längsseite rechts der Burgherrin, neben ihm sein Sohn Cameron. Gegenüber belegten erst Luciano und dann ich die Ehrenplätze. Anschließend folgten die Kinder, welche es sich allerdings während des Mahles nach und nach auf dem Schoß der Männer bequem machten. Nur ich wurde von dieser Belagerung ausgenommen. Sicherlich lag es allein daran, dass Euphemia mit ihren zwölf sekels unmöglich auf einen Platz auf meinen Oberschenkeln bestehen konnte. Trotzdem führte ich mit ihr eine sehr nette Unterhaltung, nachdem sie zu mir aufgerückt war.

Als alle gesättigt waren, suchten wir vier zusammen mit der Burgherrin das Schreibzimmer auf. Dort berichtete ich ihr die

Ereignisse vom gestrigen Nachmittag. Mein nüchterner Bericht sowohl über die Gefahr, in der ihre Kinder aufgrund des Verhaltens des Stallknechtes geraten waren, als auch der Angriff auf mich entsetzte sie. Doch dieses Weib wurde keinesfalls hysterisch. Sie kündigte uns an, bereits an diesem Morgen über ihn zu Gericht zu sitzen. Allerdings erst, nachdem sie uns verabschiedet hatte, damit nicht der Eindruck entstand, sie wäre nicht allein zu diesem Schritt fähig. Keinesfalls wollte sie den Aufenthalt des Großmeisters für die Regelung dieser Angelegenheit ausnutzen.

Eine andere Hilfestellung für die erste Zeit ihrer neuen Herrschaft nahm sie hingegen gerne an. Rell-Peras überließ ihr die vier Ritter, welche sich als einfache Mitglieder der Wachmannschaft bereits bewährt hatten. Allerdings sollten sie von diesem Tag an wieder unter ihren richtigen Namen und in den Gewändern der Elementerritter auftreten. Ihre Knappen wollte der Großmeister ihnen schicken, sobald wir auf der nächstliegenden Besitzung des Ordens eingetroffen waren. Sie würden auch die Rösser ihrer Ritter mitbringen, damit sie nicht auf die Ponys der Baronin angewiesen waren. Sobald Bianca von Kareliens Stellung gesichert wäre, würden die Elementerritter heimkehren.

Kurz nach Beendigung unseres Gesprächs und einer Unterredung, welche der Großmeister und Master Da'Simh mit den vier Rittern geführt hatten, verabschiedeten wir uns von der Baronin, ihren Kindern und Notker.

Als wir losritten, saßen meine Verwandten allerdings nicht auf Ponys, sondern in den Sätteln der drei Reitpferde, mit denen die Grafenkinder auf der Burg angekommen waren. Allein ich hatte darauf bestanden Alda behalten zu dürfen, was mir die Baronin gerne erlaubte, zumal niemand mehr da war, der das Pony händeln konnte. Reiten ließ die Stute sich ohnehin nur von mir. Was lag da näher, als sie mir zu überlassen. Ansonsten hätte ich hinter einem meiner Oheime sitzen müssen, was mir gar nicht gefallen hätte. So blieb ich mein eigener Herr, wenngleich das Pony auch gut eine Handbreit kleiner, als die Pferde war und ich dadurch mehr wie ein Kind oder Diener wirkte. Aber das war mir egal, Hauptsache Alda und ich wurden nicht getrennt.

„Besucht Uns bald mal wieder, Sir Fanai", bat Bianca von Karelien mit erhobener Stimme, während wir anritten. Es war mir eine Ehre, dass sie mir diesen Titel, den ich ja von Catandra, der Göttin der Erde, verliehen bekommen hatte, offiziell zuerkannte.

„Sobald Wir es einrichten können, werte Baronin", entgegnete ich mit einer, wie ich hoffte, eleganten Verbeugung im Sattel. Ich gab der Stute die Zügel frei und töltete auf die vor dem Tor auf mich wartenden Magier zu. Sobald ich sie erreicht hatte, winkten wir ein letztes Mal allen Burgbewohnern, welche unter dem Torbogen standen, zu. Dann ließen wir unsere Reittiere antraben. In breiter Front strebten wir dem nahegelegenen Waldrand zu.

Mir traten Tränen des Schmerzes und der Freude in die Augen.

„Jetzt fang bloß nicht an zu heulen, Fanai!", warnte mich Luciano mit einem verständnisvollen Lächeln. „Eine herrliche Zukunft liegt vor dir. Trauere deiner Vergangenheit nicht nach. Genieße den Augenblick! Ist es nicht herrlich, auf einem Pferderücken zu sitzen und sich an der Freiheit zu erfreuen?"

„Ja, da hast du recht, Luciano!", gab ich zu. „Aber das Schönste für mich ist, dass ich diesen Ritt im Kreise meiner Familie auskosten darf. Ich fühle mich wohl. Endlich bin ich nicht mehr der Bastard eines Barons oder ein Niemand, der weder zum Adel, noch zum Gesinde gehört."

„Jetzt bist du wirklich angekommen, Wanderer der Götter", sagte Cameron und lächelte mir zu.

ENDE

Dank

Ohne dein an mich vererbtes Talent, lieber Papa, wäre mir das Malen mit Worten niemals so leichtgefallen.

Mama, du hast in den langen Sturmfahrten stets an meiner Seite gestanden und oft das Steuer in die Hand genommen, wenn ich es nicht mehr konnte.

Uschi, deine „Flügelworte" gaben mir den Mut, auf dem Wind weiterzusegeln, ohne die Bodenhaftung zu verlieren. Dein behutsames Lektorat spornte mich an.

Yvonne, danke, dass du mir bei den Tücken der Technik zur Seite standest. Deine Neugierde, deine Ruhe und dein Verständnis spornten mich an.

Karin, immer wieder hast du mich mit deiner Schreibfeder gepiekt und auf deinen privaten Lesungen zum Vortragen vor die „furchterregende Menge" gezerrt. Sei für deine Beharrlichkeit herzlich umarmt!

Birgit, meine schwarzen und von Feuern geprägten „Träume" wusstest du in unendliche Farbenpracht umzuwandeln. An das Thema dieses Romans hätte ich mich, ohne dein Einfühlungsvermögen und die harte „Arbeit" mit dir, gar nicht herangewagt.

Annelie, Erika, Ingrid, Mirta und Rosi, meine schreibenden Begleiterinnen, danke, dass ihr immer wieder nachgefragt habt, wann mein erster Roman erscheint. In all den Jahren habe ich viel von und mit euch gelernt.

Ich möchte mich bei allen bedanken, die meine Begabung erkannt und gefördert haben.

Über die Autorin

Andrea Rohn lebt in einem kleinen Ort im Westerwald.
Seit ihrer Kindheit schreibt sie Fantasie-Geschichten und Gedichte.
Mit viel Gespür erschafft sie magische Welten und besiedelt sie mit charakterstarken Persönlichkeiten.
Prosa und Lyrik wurden für sie zu einem Ventil der Verarbeitung ihrer mit den Jahren fortschreitenden, seltenen Erkrankung.
Einige ihrer Gedichte wurden in Anthologien veröffentlicht.
Sie ist Mitglied der Autorenwerkstatt „Flügelwort" und eines privaten Frauen-Schreibkreises.

Mein Denken ist schöpferisch

Oh, ja, geschöpft habe ich diesmal wirklich aus dem vollen Born meiner Fantasie. Mit den Büchern „Der Götterwanderer I und II" habe ich zum ersten Mal bis zum Grund des Brunnens geblickt. Immer wieder glaubte ich: Jetzt ziehe ich den letzten Eimer mit neuen Ideen hinauf! Doch dann merkte ich, wie nass das Gefäß auch noch von außen war. Sah ich in den tiefen Schacht hinein, erkannte ich, dass dort noch soviel von dem köstlichen Nass der Inspiration vorhanden war, dass ich noch lange daraus schöpfen konnte. Aber nach mehreren Monaten stieß ich auf harten Felsen und mein Eimer kam leer und trocken nach oben. Die Geschichte hatte ihr Ende gefunden. Dieser Brunnen war ausgeschöpft. Allerdings sehe ich schon den nächsten vor mir.

Bereits erschienen:

Der 17jährige Bastard Fanai
versteht die Welt nicht mehr.
Was ist mit seinem Vater,
dem Baron Dekert von
Karelien, los?
Hängt seine Veränderung
vom brutalen Schläger zum
Familienmenschen und

gerechten Herrscher mit seinen zwei neuen Leibwächtern
zusammen?

Ist einer von beiden ein Magier?

Wie kann sich Fanai, der uneheliche Sohn einer Heilerin,
vor seinen adligen Brüdern Drutmar und Ebermut
schützen? Werden sie ihn weiterhin missbrauchen? Oder
bahnt sich auch hier eine Wende durch den
undurchsichtigen Leibwächter Sir Rabanus an? Gibt es
einen Zusammenhang zwischen jenen seltsamen Träumen
und der Prophezeiung über die Götter? Ist Fanai etwa
selbst der dort verheißene Wanderer?

Weitere Bände über die Welt von Glendalach sind in Vorbereitung.

Demnächst folgt der Roman:

„Jarens verschlungene Pfade" Band I

„Jarens verschlungene Pfade" Band II